宮部美幸作品集

宮部美幸作品集 04

模倣犯　（四）

（中文版全四冊）

作者：宮部美幸
譯者：張秋明
責任編輯：戴嘉宏

發行人：陳雨航
出版：一方出版有限公司
地址：台北市 100 中正區博愛路 193 號 4 樓
電話：886-2-23703026　傳眞：886-2-23121263
e-mail: editor@ifront.com.tw
劃撥帳號：19732111　戶名：一方出版有限公司

總經銷：遠流出版事業股份有限公司
地址：台北市 100 中正區汀州路三段 184 號 7 樓之 5
電話：886-2-23651212　傳眞：886-2-23657979
遠流博識網：http://www.ylib.com
印刷：一展彩色製版有限公司

ISBN：986-7722-28-0
初版一刷：2003 年 10 月 5 日

定價：280 元

The 模 Copy 倣 Cat 犯

宮部美幸 著
張秋明 譯

12

篠崎隆一大年初一也只是回家拿換洗衣物，便回到搜查總部加班。一個人的生活沒有喝屠蘇酒的氣氛；附近的商家也都在放年假，連買個便當都得跑好遠。既然如此還不如待在搜查總部裡，至少吃飯問題不必擔心。

武上悅郎在初一下午回家，睡了一晚之後，隔天下午便來上班。一看見篠崎窩在內勤業務勢力範圍的會議室裡，不禁皺著眉頭質問說：「新年難道沒有去神社拜拜嗎？」聽到篠崎回答：「沒有。」他竟出奇不意地邀約說：「其實我也沒去，不如我們現在一起到附近神社去吧。」

墨東警署旁邊有一間小小的無名稻荷神社。兩人前往那裡。孤寂的神社庭院，幾乎感受不到新年的氣氛，武上故意大聲拍手，用很長的時間低頭行禮。篠崎這才發現這個臨時上司的後腦杓的頭髮已經越來越禿了。

除了慣例的署長新年訓示外，今年又加了搜查總部長的訓辭。此外篠崎今年的新年就乏善可陳了，內勤業務的工作並不會因爲年頭年尾而有特別的變化。照片上的女性們，還剩下四位難以確認身分。看著大批的父母、兄弟姊妹、好友們擔心或許是自己的女兒、姊妹、朋友或情人而來確認，最後帶著失望和安心交加的複雜表情回去。篠崎不禁爲那些行蹤不明、乏人問其安全與否的失蹤年輕女性，數量竟比想像的要多很多，而在心裡感到有些發毛。

到了大年初十，老家的母親來了一通電話，詢問十五日的聚會應該會參加吧？口氣半是確認，半是請求。篠崎幾乎已經忘了每年的一月十五日家裡邀請所有親戚舉辦的家族聚會。

篠崎的故鄉是山梨縣石和溫泉附近的小鎮，他父親經營該鎮上唯一的一間汽車修理廠。從小篠崎就對汽車沒興趣，由底下的弟弟代替他繼承父業一起工作。於是篠崎才能很早就到東京來工作。可是因爲身爲長男卻完全不管老家的罪惡感，一年一度的家族聚會，便成了他贖罪的良好機會。他的父母也以長子在警視廳工作而驕傲，只要看見篠崎的臉便很欣慰。

可是就是今年他不想回去；不是因爲懶，只是積極地不想回去。理由很簡單，去的話就會看見大舅媽在場，到時候他和高井由美子相親的事又會被拿出來講。

大舅媽人不壞，平常喜歡照顧人，個性很溫和。可是就是因爲這樣，她肯定會在今年的聚會上大聲道歉說：「都怪我眼睛有毛病，差點介紹有問題的姑娘給咱們家族的老大！」，篠崎實在不想看見或聽見這一場騷動。

篠崎內心是同情高井由美子的。

被武上責備後，曾經一度放棄跟她見面的意思。但心底常常還是浮現對她的內疚。

明知這是不合常理的情感。對方於他不過是個相親談不攏、只看過照片的女性，又不是一見鍾情。而且站在公家的立場，篠崎固然服務於墨東警署的搜查總部，但並非負責高井和明的部分，也不參予案件的搜索調查。他只不過是後勤支援部隊的一員，所謂的內勤業務就是整理文件、有空的時候做做電腦建檔或描繪地圖的工作。不管從哪一方面來看，都沒有蛛絲馬跡讓篠崎對她感到罪惡感的必要！

可是篠崎還是覺得難過。

高井由美子想要跟篠崎見面，因爲她想直接表達哥哥不是兇手的主張。明知道這一點，篠崎卻悶不吭聲。而是以自己沒有負責該業務，聽取高井由美子的證詞做成筆錄不是他份內的工作，而假裝若無其事。

他有一種怯懦的感覺。

篠崎從小就被說是懦弱，甚至被說是膽小鬼。實際上他的父母之所以高興放手讓他去當警察，或許這個過程充滿了意外性——那個膽小的哥哥居然能有如此的轉變！

可是實際情況並非如此。篠崎至今仍是膽小鬼，凡事表現怯懦。他之所以立志當個警察，也是因爲自己眞的很膽小的緣故。

篠崎小學五年級的那個秋天，在故鄉小鎮上發生了一起強盜殺人事件。一對旅館的老闆夫婦被人用柴刀砍死，並遺失了現金數十萬。由於兇手逃到山裡面，警方開始了大規模的搜山活動，連父親、叔叔、以及身爲消防隊一員的級任老師也加入搜山。結果兇手在緊鄰隔壁城鎮的山谷中，因爲飢寒交迫而被發現，身上還帶著凶器的柴刀。當時從兇手手上取下柴刀的人就是篠崎的老師。

在兇手找到之前，學校一直都是停課狀態。弟弟吵著也要去搜山，被媽媽罵了一頓；篠崎則是害怕得不得了，要不是擔心之後被弟弟和同學笑的話，他還眞想躲進壁櫥、窩在棉被裡發抖呢！他實在不想被柴刀砍死呀。謠傳說被害的夫婦，手腳都被砍斷、頭和脖子只剩一塊皮相連，死狀淒慘。光是想像的就能讓篠崎臉上失去血色，簡直跟做了惡夢一樣。

所以搜山之後，跟平常一樣來教學的老師在篠崎眼中成了不同世界的英雄人物。接受學生喝采時也一臉笑容的老師，看起來特別惹人厭。作爲一個男人，老師的身材瘦小，而且他個性溫和很少罵學生。因爲篠崎認爲老師和自己同樣是膽小的人，所以有種被背叛的感覺。之後有一段時間，篠崎開始避著老師。

老師似乎也感受到篠崎的心情。在第二學期快結束時，篠崎突然被叫到教職員辦公室去。老師本來就很會說話，篠崎三兩下就被套出眞心話，說出了事情的原委。

於是老師笑了，說他誠如篠崎所想的是個膽小鬼。篠崎生氣了，罵說老師根本是在取笑他，像老師這種人哪裡懂得自己的心情！

於是老師說了，因爲自己膽小所以才去參加搜山，因爲自己膽小所以才要從兇手手上取下柴刀！

「與其留在鎮上整天擔心兇手躲在哪裡？會不會突然衝進自己的壁櫥？還不如到處活動要心情輕鬆許多。

兇手已經累了，看不出來有瘋狂傷害人的力氣。而且因爲被我們發現而垂頭喪氣。所以我想與其胡亂刺激他恢復力氣，還是先將他的武器拿下來比較安心吧。於是我上前跟他說：『把柴刀給我！』他也沒有任何抵抗就把柴刀交出來，我便接了下來。

因爲害怕而到處躲藏，反而會更害怕。也有的人因爲害怕，反而決定起身對抗！

如果害怕火災，就去成爲消滅火災的消防人員好了。如果害怕做壞事的罪犯，就去成爲搜索壞人、逮捕罪犯的刑警好了。這麼一來比起沒有任何抵抗的方法和力量，只能等待事件或災害來襲的立場，實際上會更感到安心的。」

如今想來，這是一種狡辯。面對任何災厄，其實還是逃避、躲起來最安全。只是老師說法的重點正好抓住了膽小鬼特有的「成爲英雄方法」。正好符合了年少敏感、亟欲表現自我的膽小男孩心理。

日後篠崎當上警官後跟老師報告，老師還寄了一張明信片給他說「你的個性溫和，適合當警官」。篠崎至今還留著這張明信片。

武上就是那種天生要當刑警的典型代表，至少在篠崎眼中是這樣認爲。而他自己也很清楚他和這種刑警截然不同。所以混在這些「眞正的刑警」之中，爲了盡到做警官的本分，篠崎只知道要做好一件事。

那就是腳踏實地地工作。

關於高井由美子的事，武上要他不能接近，必須交給調查高井家的同事處理。篠崎也認爲這樣是對的。只是由美子本人指名要找篠崎。既然對方都說要見篠崎，他覺得自己也不能裝做沒有這回事。

武上說不行，不能動之以情，也不能被情感絆住，更不能破壞了搜查總部整體的搜索動向！

但是篠崎覺得他接受武上的忠告，其實是因爲想躲藏在武上忠告後面。他想一直躲著，等待高井由美子主動放棄跟他見面、訴說主張的心意。而這樣的做法未免太卑鄙、太不誠實了，尤其是缺乏同情心！

武上一定會罵說：「笨蛋，這種事不需要什麼同情心！」但篠崎本來就是爲了保護自己膽小鬼的一面而成爲冒牌警官的篠崎隆一，所以對高井由美子唯一能做的就是很在意。

因此他一方面很害怕武上的斥責，同時又覺得現在的武上其實還滿器重他的。其實他要跟武上學的東西還很多，最近篠崎也考慮要跟武上一樣成爲內勤業務的專家。在這種情況下，他內心有著不久能被叫到總廳上班的異想天開夢想。

所以他不能違背武上的意見行動。武上叫他不要涉及高井由美子的事那一瞬間，他的腿都軟了，充分發揮了身爲膽小鬼的本領。

因而他更覺得內疚。至少在大舅媽將高井由美子擺上祭壇，用這前所未有的殘酷話題來炒熱宴會的場面，他選擇退避三舍。

結果他跟媽媽解釋今天一整天都不能離開搜查總部。以長子的工作爲榮的媽媽，當然也就接受這個說法。不能見面固然孤寂，但內心還是爲增加兒子傲人的事實而高興。這種老實的情緒直接反應在媽媽說話的聲音裡。

十三日晚上，篠崎又回到住處一趟。因爲房東來電通知他老家寄來一包東西。篠崎打開一看，包裹裡面塞滿了衣服、食品等東西。爲了工作忙碌的兒子，專程寄送過來其實在東京也很容易買到的用品，篠崎對於媽媽這種不厭其煩的作風只有苦笑置之。既然回來了，就好好泡個澡，睡了一晚後，隔天上午七點前出門。武上則是一直住在搜查總部。篠崎心想只要自己幫他代電話班，十五日的假日，武上就能回家過節了。

一到達車站，立刻到店裡買幾份報紙。整理相關事件的剪報也是內勤業務之一。在吹著北風的月台上，篠崎縮著脖子翻閱社會新聞版。近來關於該事件的全面報導減少了，因爲沒有什麼新發現的事實嘛。

大致翻過一遍，正準備看另外一份報紙時，他看見了今天出刊的週刊廣告。心想不妨看看有什麼內容時，篠崎整個人僵住了。

標題旁邊就是高井由美子的照片——「闖入被害人家屬聚會，高井嫌犯的妹妹瘋狂鬧事始末」。

一股比北風更冷的寒氣貫穿了體內。

他將該寫眞週刊藏在大衣裡，悄悄進入內勤業務的辦公室時，辦公室裡只有一位同事正在打字寫報告。對方說武上出去吃飯了。篠崎大衣也不脫就走到檔案櫃，仔細尋找在武上精心指導下按照發音排列的檔案標籤。他找到了相關人士的住址、聯絡方法的檔案。因爲這是最常用到檔案，同一檔案做了五份。其中三份已經被外借，剩下的兩份上個週末才做過資料更新。這份檔案是武上整理的，他只負責管理。平常未經許可不得翻閱，目前篠崎做的已經違反內勤業務的內規。

同事的鑰匙發出輕響，篠崎沒有回頭。他迅速翻頁，找尋目前高井由美子的聯絡方法。在備註欄上，武上堅定的筆跡寫著埼玉縣三鄉市「朋友家」。下面還記錄了她父親目前所住的醫院名稱。

放回檔案，同事已停止玩弄鑰匙，正在打哈欠。

「我出去一下。」篠崎對著同事背影交代。

同事回答一聲「嗯」，用愛睏的眼神回頭看了他一眼，椅背也跟著發出嘎吱的響聲。

「呼叫器呢？」

「帶在身上了。」

「是嗎，武上先生說等你來了有工作要交代你。」

心跳加速。「是嗎，我馬上就回來。」

說完便走出會議室。如果利用電梯，很可能遇到回來的武上，篠崎決定走樓梯。心中想著高井由美子應該已經注意到這個報紙廣告了吧？

那天早上，高井由美子一個人看著電視。打算收看氣象報告而轉台時，卻看見了早上八點半的社會新聞報導。畫面上正是「今天出刊的週刊雜誌頭條新聞」，因此知道了自己十一日在飯田橋飯店引起騷動的事已經被報導了。

一瞬間周遭一片黑暗。

電視畫面上將該週刊的照片特寫出來。由美子一方面想擺脫飯店警衛的制止，同時向有馬義男的方向接近。尖銳的側臉、高挑的眼尾、扭曲的嘴唇像小時候惡夢中出現的厲鬼一樣，那是一幅面貌醜陋被映像化的照片。這東西是什麼時候被拍攝的？誰帶著照相機呢？明明沒有聽見任何快門的聲音呀？

網川浩一告訴她被害人家屬即將召開聚會，是在聚會前一天的十日。關於這一點，他說是前畑滋子告訴他的。滋子似乎沒有意思前去採訪。網川的語氣顯得納悶，覺得這麼好的機會能跟家屬接觸，前畑小姐放棄了太可惜。

「要是我是前畑小姐，就一定會去。」

一開始由美子也只是聽過就算了。家屬聚會的場所離她又很遠。可是聽網川說東說西，說到有馬義男這個豆腐店老闆是古川鞠子的爺爺，曾接過幾次兇手的來電，彼此之間有過交手，他也會出席該聚會。由美子心中閃過一個念頭。

她知道有馬義男這個老人。之前由美子也是事件的局外人，跟一般觀眾一樣看過電視，她還記得老人接受一群記者採訪的樣子。她還記得當時老人並未因爲被戲弄而錯亂、生氣，而是表現出強忍著憤怒與悲傷的神情。

爸爸說：「那個老先生眞是不得了，很堅強。要是我自己的孩子或孫子遭遇這種事，我又被兇手戲弄的話，精神一定早就崩潰了。那個有馬先生卻很振作，實在有骨氣。」

爸爸不是那種容易欽佩別人的人。歷經千辛萬苦才有了自己的店，他是靠自己的力量開拓人生。因爲擁有這種強烈的自負，對別人的要求也很嚴格，所以爸爸很少讚美他人。這樣的爸爸看著電視、讀著報紙，卻能直言不諱對有馬義男這個人表達尊敬之意。有馬義男就是這號人物！

而且除了一部份的電視台人員外，有馬義男可說是跟兇手接觸最多的人了。另一方面，他不只是聽兇手說話，還能跟對方交談，不接受對方的挑撥，冷靜地加以應戰。

由美子好像水底的石頭向上看，看見了射進來的陽光一樣，眼睛一陣明亮。

有馬義男目前對於栗橋浩美和高井和明有什麼想法呢？不對，應該說感覺如何？認爲他們兩人就是兇手嗎？還是多少覺得哪裡有什麼不對勁嗎？

根據報導，打電話給有馬義男，侮辱性地發言、並要求老人爲古川鞠子求饒的人已確定是栗橋浩美。因為第二次以後的通話，警方有錄音，進行過聲紋鑑定後，可以確知屬實。也就是說，有馬義男知道栗橋浩美平常隱藏起來的邪惡面貌。

這個有馬義男對於高井和明又是怎麼想的呢？知道他是共犯後，有馬義男可以認同嗎？

接著由美子又進一步考慮，假如有馬義男直接接觸到栗橋浩美的陰暗部分是眞實的，而非想像或臆測的，那麼他或許願意聽聽由美子的說法：「哥哥和明試圖將栗橋浩美這個朋友從他內心深處的無底泥淖中救出來，可惜力有未逮，卻倒楣地連自己也跟著栽了進去。哥哥並不是共犯。」

如果有馬義男眞知道栗橋浩美活生生的邪惡的話，那他就應該比刑警、記者更願意靠近由美子，聽聽她的心聲。或許他有興趣探索眞的共犯另有他人的可能性……。

如今想來，這一切都是由美子的一廂情願。只是當時想到了便亟欲跟有馬義男見面，跟他說明自己的心聲，想請教那個堅強的老人對整個事件的看法，由美子根本在家坐不住，所以她跑去了飯田橋的飯店。她知道跟其他人說一定會被制止，於是保持沉默地單獨行動。

結果就是那樣，而那樣所引發的後遺症，就是這個。

一連罵自己三聲笨蛋也無濟於事，如今由美子才知當初做下了難以抹滅的愚行。

那一天悄悄從飯店回到家時，前畑滋子打來電話，狠狠地罵了她一頓。由美子低著頭抓著話筒，一句話也不敢回。滋子說她也很想跟由美子當面談，只是顧慮由美子的媽媽，現在無法過去。等到稿子完成一個段落，到時再談談今後的事。語氣從頭到尾都很嚴厲。

接著掛上電話不久，從飯店送她回家的網川浩一也說了同樣的話：「還好沒有被媒體盯上，現在最害怕的就是這種事了。」

注視著一整個電視畫面上如瘋婆子般的自己，由美子渾身無力地跌坐在地板上。雖然沒有流淚，但是全身發冷，還可以聽見牙齒顫抖的聲音。前畑滋子說的「更可怕的事」，現在已經發生了……。

媽媽和勝木阿姨前天晚上便出門了。勝木阿姨的老朋友在濱松經營高級割烹旅館。她們去那裡當然不是爲了觀光或散心，而是爲了借錢。

長壽庵的新店面是貸了鉅款改建的，每月的清償費用是店裡生意不錯時所能支付的額度。現在店關了，爸爸的住院費又很貴，包含媽媽和由美子的食住開銷，手邊積蓄很快便用光了。勝木阿姨這裡固然沒有住的問題，但畢竟沒有增加負擔兩名女食客的資產。因此跟好幾位朋友商量的結果，濱松的好朋友給了善意的回覆。而且不只是借錢，還可以預借薪資的方式處理。換句話說，只要談得攏，媽媽和由美子就可以住在該旅館成爲員工。到時候就能將爸爸的醫院轉到那附近。

實在是求都求不來的好消息。因爲對方的善意和勝木阿姨熱心的說服，才能有這個對高井家而言，簡直是奇蹟的喜訊。

勝木阿姨最早知道這件事是在由美子大鬧飯店的隔天，也就是十二日早上。本來應該等到確定了才說出來，但是阿姨實在高興地喜形於色，心想說出來也無所謂吧。

「妳們兩個沒辦法出來見客，得做些下面的工作，但是可以有一個自己的房間。總之現在先離開都市是對的。」

由美子內心也是這麼認爲，她也很想忘了前天那個騷動帶來的餘波盪漾。

那天以來，她和阿姨、媽媽三人商量了很多。尤其在乎的是警方，警方也許對高井家三人一起離開東京的事會面有難色。如果這樣，只有盡力說服了。之前她們從來沒說過不協助調查的話，凡事不都配合警方了嗎？今後也打算繼續如此。對由美子她們而言，只要調查有進展，或許就有希望找到和明不是兇手的證據。雖然希望很渺茫，但也不能放棄。

然而日子還是要過下去。屋頂、米飯、溫暖的被窩，沒有錢一個也維持不了。她們必須工作，爲了讓警方了解這一點，她們會拚命拜託的。

不能只是一直躲在勝木阿姨家了，必須有所行動。由美子認眞思考這個問題，她知道該有所作爲了。不是潛入被害人家屬的聚會幹那些蠢事，而是更正向積極的行為、更腳踏實地的行動。為了證明哥哥的無辜，我必須更加振作，我得成為高井家的支柱才行。絕對不能再有那種短兵相接的失敗了！

可是……

她的幹勁和決心卻像被土石流吞噬一樣逐漸在傾頹毀壞中。

如果濱松親切的旅館老闆看了這本寫眞週刊，還會給由美子她們好臉色看嗎？還有勇氣迎接由美子她們到那裡去嗎？

哪有這麼好的事，不可能的。

或許我已經壞了所有的事了。

不知道在醫院的爸爸會以什麼方式知道這個消息？會是從同一病房的其他人口中聽說嗎？還是醫生會告訴他？他的血壓依然很高，心臟的情況也令人擔心，這次由美子闖的禍將造成他多大的負擔呢？

媽媽呢？媽媽又會怎樣？眼前為了解決生活問題，好不容易在出事以來，才有了一點小小希望和振作的力氣。就連勝木阿姨也會覺得丟臉，對由美子感到十分失望吧？她一定也很後悔當初為什麼要幫助由美子她們吧？

由美子上半身搖搖晃晃地靠在牆壁上。突然聽見一個聲響，是牆上掛的月曆掉下來了。她一閉上眼睛，眼淚霎時落下。

電話響了，由美子沒有行動。誰呢？她害怕得不敢去接。是媽媽嗎？還是前畑小姐？誰打來的都無所謂，誰打來的都一樣。由美子只要道歉就是了。

對不起、對不起。

電話鈴聲停了。但是馬上又響了起來。這一次是誰呢？是誰打來的？對不起，我跟你道歉。都是我不對，我對自己做出蠢事感到後悔。

由美子手扶著牆壁站起來，電話還在響著。她無視於電話的存在直接經過，來到走廊。

這是個老房子，到處都有冷風吹進來。走廊很冷，她縮著身體走路。

她進入洗手間。

四方形的鏡子裡面照出了自己的臉，但是她一時之間認不出來是誰。高井由美子長的就是這副德性嗎？我究竟是個什麼長相的女人呢？

她打開洗手間裡的小收納櫃。裡面排列著化妝品、香皀、髮夾、漱口藥水等小東西。由美子舉起手將那些東西推到一邊，直接探索最裡面。

勝木阿姨的丈夫很討厭用電動刮鬍刀，都是用傳統理髮店使用的摺疊式刀片刮鬍子。

「老公死了之後，我也捨不得丟掉，就一直放在那裡。」

阿姨說的果然是眞的，收納櫃裡面的確收放著一組傳統的刮鬍用具，就藏在阿姨愛用的整髮液後面。

由美子拿起了刮鬍刀，攤開了摺疊的部分。是銀色的，沒有生一點鏽。感覺好像很利。如果勝木姨丈還活著，現在每天都還會使用吧？

刀鋒的部分映出了由美子的臉。先是嘴唇、臉頰、然後是眼睛。扭曲的樣子，看起來不像是人的臉。可是比起剛剛鏡子上的臉，似乎這幅自畫像更讓由美子可以認同。啊……我就是長成這個樣子，的確這就是我的臉。

電話鈴聲還在響著。催促人般急切地響著。好啦，我知道了啦，現在就去處理了。我現在就要將這個沒用的高井由美子處理掉了！

電話鈴聲停了。

由美子將刮鬍刀的刀片對著左手腕，深呼吸一口氣。

篠崎一看打電話也沒人接，立刻跳上了電車。如果不在家就算了，總之先到三鄉市她們朋友家看看再說。如此果決的行動，在他來說算是很少見的。

篠崎的地理觀念比較強，很熟悉首都圈的交通網。從墨東警署到埼玉縣三鄉市的這個住家，在早上的通勤時間裡，預估大概得花上七十分鐘才能到。因爲反方向，車子很空。

他在車上不禁後悔只帶了呼叫器出來。剛剛要是先跟誰借個手機就好了，這麼一來車子行進間也能聯絡了。沒辦法，只好在轉乘常磐縣電車時，利用短暫的等車時間在月台打公共電話。對方依然沒有接聽。心裡面有著強烈的不祥預感，篠崎還是努力打消這種想法。高井由美子可能是外出工作了，也可能還不知道寫眞週刊的報導。就算知道了也不會立刻有什麼舉動吧。頂多只是鐵青著臉、嚇壞了而已；一時之間還不會做出什麼傻事。他現在會往壞的方面想，都是因爲過去對高井由美子內疚的反動。他不能胡思亂想受到影響。

問題是篠崎這樣慌張地衝出來，到時候見到高井由美子該說些什麼？他倒是完全都沒有好好想過。是該建議由美子，她可能因爲這件事被警方罵，到時只要乖乖道歉就是了；還是勸誡她做這種事只會造成反效果，他願意聽她說話，請由美子冷靜下來說出心聲呢？

相親照片上看起來很老實的女孩，如今又是怎樣的表情呢？現在才要跟對方見面，還不知道人家是否願意見篠崎呢？因爲這篇報導，篠崎才來找她，說不定她會因此有所戒心呢？

因爲腦子裡不斷想著心事，一不小心竟搭上了只到綾瀨的電車。懊惱地咋著舌頭下車，穿過月台後衝往驗票口，直奔計程車招呼站。爲什麼自己這麼迷糊呢？

還好計程車司機只憑著篠崎告訴他的地址，便正確送達目的地。一幢古老的兩層樓房子，還有一個小小的庭院。確認一下名牌，上面寫著「勝木」，跟他手上記的一樣。沒錯，就是這裡。但是找不到門鈴在哪裡。

周遭都是同樣結構樸素的住家。這是個平常日子的安靜早上；空氣冷冽刺骨，天空卻晴朗明亮。隔壁家二樓窗口有曬洗的衣服在翻飛著。

「請問有人在嗎？」

篠崎大聲呼叫。大門裡面安靜無聲。格子門的毛玻璃後面，隱約可以看見紅色鞋子的輪廓，是高井由美子的鞋子嗎？

「請問有人在嗎？」

再一次大聲呼喊。還是沒人應聲。篠崎試著拉開大門看看。

門開了。房子雖然很舊，但整理得很乾淨。

這是個小而美的玄關。進門處排著拖鞋，左邊的鞋櫃上面插著山茶花。篠崎背著手將門帶上，走進玄關裡面。

屋子裡面好像傳來些許的電視聲，不是人聲。

有誰在家嗎？

篠崎吸了一口氣，踏上地板，大聲喊說：「對不起，有人在家嗎？我是墨東警署的警察，請問高井由美子小姐在嗎？」

沒有回答。

只有電視中的人，一個人拚命說話。篠崎站在那裡豎起耳朵傾聽。

這不是早上播放的社會新聞節目嗎？主播的說話聲音他聽過。根據武上的做事方式，聽著電視新聞報導收集資訊也是內勤業務的項目之一；所以自從大川公園事件以來，篠崎也開始乖乖收看從來不看的新聞節目。

社會新聞！

胸口不禁有種被尖細銳利的指甲惡意刺傷的感覺。是社會新聞！爲什麼要看這種節目？高井母女匿名躲在朋友家，爲什麼會將電視頻道轉到以她們故事爲題材的節目呢？

爲什麼電視機會開著沒關呢？

篠崎趕緊脫掉鞋子，衝進屋子裡。經過短廊，電視的聲音越來越清楚，有笑聲，也有熱鬧的音樂聲。

右手邊就是客廳，電視就在裡面。旁邊有張矮几，矮几周圍的棉被形狀似乎訴說著剛剛還有人在，還維持著腿伸進去的形狀。

牆邊的月曆掉在地板上。

「高井小姐！」篠崎站在矮几旁邊大聲呼喊：「妳在家嗎？高井由美子小姐？」

電視聲音很吵，篠崎將電視關了。於是又再一次呼叫：「高井由美子小姐，妳在哪裡？」

突然聽見什麼東西掉下來的聲音，好像來自走廊後面。聲音很清脆，就像是磁磚碰到了什麼東西……。

篠崎轉身衝到走廊，是洗手間還是浴室呢？這股冷風是從哪裡吹進來的？這眞是一個走廊嘎嘎作響的老房子呀。

打開玻璃門一看，裡面是個白色磁磚的洗臉台。上面有鏡子，生鏽的水龍頭正在滴水，貼在牆上的小收納櫃門開著。

篠崎衝進了洗手間，並且立刻在旁邊的浴室裡發現一個女子蹲在那裡。

一時之間他吸了一口氣，說不出話來。所有訊息同時湧入，令他眼花撩亂，時間也彷彿靜止了。

女子身上穿著紅色毛衣，底下是膝蓋露出的牛仔褲。低著頭，及肩的長髮散落在臉的四周，只能稍微看到一點瘦弱的脖子。她的雙手垂在地上，垂落在舊式的磁磚地板上。旁邊翻落著一個小水桶。天氣這麼冷她的衣袖卻捲起來，而且還……。

迎著浴室窗口照射進來的陽光，女子的手上有什麼東西閃著光亮。

是刮鬍刀！一意識到這點，就像咒語被解除般，時間開始流動了。篠崎趕緊衝到女子身邊抓起她的手。她那幾乎沒有體溫的右手緊緊握著舊式的長柄摺疊刮鬍刀。這時篠崎才看見流在地板上的鮮血，血跡並不是很多。這會兒篠崎的時間加倍地運轉，他一口氣將刮鬍刀從女子手中取出、抬高女子的左手、確認微微沁著血的傷口有幾道、並搖動女子的臉。

「高井小姐？妳是高井由美子小姐吧？」

年輕女子的眼神像洞穴般虛空，無法凝聚焦點。垂著的頭好像斷了一樣地晃動，半張開的嘴唇失去了顏色，連呼吸聲也聽不見。

但是沒錯，這就是相親照片上的那張臉。單眼皮、豐滿的臉頰，下巴比照片上要突出，但就是這張臉。她就是高井由美子。

篠崎將刮鬍刀丟到洗臉台下，雙手抱起她的肩膀。將臉靠近她，每說一句話就用力搖晃她的身體：「妳是高井……由美子小姐吧？」

由美子沒有回答，眼睛連動也沒有動一下。

「妳知道寫眞週刊的事了吧？所以才會做這種事吧？」

幸好左手腕的傷口不大，只是小切傷，血流得不多。緊張地跑過來這裡是值得的。

「慢慢來，不要緊張。還好我趕上了。我們先回客廳吧，坐在這裡妳會感冒的。」

由美子想要站起來，但膝蓋總是使不出力，根本無法行動。穿著襪子的腳對磁磚地板而言太滑了，加上她的身體又很重——也許是因爲篠崎太軟弱，兩個人差點一起跌倒在地。沒辦法篠崎只好拖著她走出浴室，並靠在洗手間的牆上。因爲刮鬍刀就掉在附近地板上，他很自然地拾起，收放在西裝的內袋裡。眞的想不開鬧自殺的人，往往會趁著救他的人不注意時自殺成功。過去篠崎看過不少這種實例。

眞丟臉，他累得喘不過氣來。下次可得要好好鍛鍊身體。因爲想到這件事他才發現自己恢復了冷靜，開始有些餘裕，於是看著由美子的臉笑說：

「沒事了。聽見沒有，不能再有尋死的念頭了。妳家人在哪裡？妳不是跟媽媽一起住在這裡的嗎？」

由美子的眼睛有些動了，大概是對媽媽的字眼有所反應。她虛弱地眨眨眼睛，眼光渙散地看著篠崎的臉。當他們四目相對時，篠崎放心了，看來沒有什麼藥物的症候。她只是因爲驚嚇而精神虛脫吧。

「必須先處理妳手上的傷口，妳可以站起來嗎？對不起，我一個人的力量恐怕扶不起妳來。」

女子的視線有了焦點，她第一次仔細觀察篠崎。

「你……是誰？」她小聲地問。

「啊，我呀。」篠崎眼光有點迴避，他其實不打算這麼做，卻很自然做了出來。「妳還記得嗎？我是篠崎，篠崎隆一。」

突然有一陣子汽球沒氣一樣的空檔。高井由美子嘴巴張開，沒有發出聲音地好像想問什麼？

「嗯。就是本來要跟妳相親的那個墨東警署的警察。」

由美子聽了篠崎說的話，點了點頭。而且點了好幾次頭後突然表情像紙張皺了一樣地扭曲，並放聲哭泣。

就像什麼都不管的小孩哭泣一樣，淚水汨汨直流。因爲聲音太過悲痛，連篠崎都想跟著一起痛哭，鼻頭覺得很酸。

「對不起、眞是對不起。」篠崎搓揉由美子的肩膀安慰說：「我應該早點跟妳見面的。我卻沒有那麼做，眞是對不起。」

這個房子的主人勝木女士應該是個很好的家庭主婦，稍微尋找一下，便能找到一個東西齊全的急救箱。處理由美子的手傷，這個急救箱已經足夠用了。

左手腕包著繃帶的由美子看起來比外觀還要疼痛、無力、悲傷與疲倦。篠崎愼選語言問她問題，但是她有時前後回答的不一樣，有時說話語意不明，或是回答文不對題。篠崎花了一個小時好不容易才弄清楚飯田橋飯店發生的騷動和目前高井母女的近況。

「我做了蠢事。」由美子聲音幾乎聽不見地低喃著。

兩人已經回到了陽光照射的客廳裡來，但她還是很冷的樣子，身體始終在發抖。

「的確妳這件事做得很不高明，但是事情過了也就算了。」篠崎老實說：「只是今後千萬不能再像那樣跟被害人家屬接觸了。」

由美子乖乖地點頭。

「我想搜查總部應該已經知道這件事了，大概今天妳會被傳訊。到時候就老老實實把發生的事情說出來吧。」

「我……犯了什麼罪嗎？」與其說是害怕這件事，她的口氣聽起來是希望獲罪反而心情會更加輕鬆。

「要看受傷的男孩怎麼想，目前看來應該不會有事。他應該也會跟妳一樣接受傳訊，情況必須等到傳訊完之後才會更清楚一點吧。」

由美子的視線落在自己包著繃帶的左手腕一下。

「你一定覺得我不是眞的要這麼做。你覺得我沒有意思要自殺，只是想博取同情罷了。」

「我不認爲妳會大費周章搞這種遊戲。」

「可是我就是會鬧出一大堆事的女人，你一定這麼想。」

「有時破釜沉舟也不見得是壞事呀。」篠崎說完關上了急救箱。「聽說妳到處主張妳哥哥是無辜的。」

「……」

「我不是直接負責搜查的業務，所以不太清楚詳情。負責這個案子的刑警是否有認眞聽妳和妳的父母表示過意見呢？」

由美子低著頭沉默不語。

「如果覺得警察對妳們不公平，最好能說出來。因爲的確和明還沒有被斷定是兇手。」

「是嗎？」由美子幽幽地問說：「不是已經決定我哥哥是兇手了嗎？」

「就我所知道的，整個事件還沒有完全確定。不只是妳哥哥的部分，整個事件還有很多疑點。」

「警方認爲的高井和明……？」

「嗄？」

「並不是我哥哥。」

因爲抓不到對方說話的意思，篠崎看著由美子的臉。

「不只是警察，現在整個社會報導的高井和明，根本是我不認識的人。哥哥不是那種人，那是別人呀。」

多方面蒐集一個人的資訊組合起來，就能建立一個人的形象。這一點不管是負責調查的刑警，還是寫報導的記者都一樣。但是經由這種過程構築的形象，往往和眞實的人有著微妙的落差。這是當然的，就某些意義而言也是沒辦法的。蒐集資訊的人各有其獨自的解析角度；所謂的資訊都必須無條件地在那個解析角度內加以篩選吧。由美子所要表達的是否就是這個意思呢？還是說這麼做無法從外圍加以確定時，就不能進行犯罪的搜查；而且不管跟眞相的落差多大，只要能重組那個人犯罪的事實，警方也可以接受。不，應該說是不得不接受，這就是他們的工作。

篠崎明白由美子的想法，想要尋找正確言詞說明由美子因為不知道如何對外表明，所以才會行為錯亂。這時電話鈴聲響了，突然間由美的眼光顯得怯懦。

「也許是媽媽打來的。」篠崎說出最安全的答案：「接電話比較好吧。」

由美子搖搖頭。篠崎心想：如果是她媽媽，她或許更不想說出來，因為很沒面子。

「我可以接電話嗎？」

有美子點頭表示可以。

「電話在往二樓的樓梯下面。」

篠崎趕緊跑到走廊。電話鈴聲響了十次以上，他一拿起話筒，就聽見男人的聲音直逼耳膜。

「由美子？妳是由美子嗎？妳還好吧？現在一個人在家嗎？」

篠崎有些困惑，盡可能用最客氣的語氣回答：「高井由美子小姐現在沒事，請問你哪裡找？」

話筒裡面傳來一陣靜默，然後對方問說：「請問你是哪位？」

篠崎又感到困惑了，因為很難說明自己的立場。

「我是墨東警署的人。」

「什麼？那麼由美子被逮捕了嗎？」

「沒有，我只是來問事情的。」

「關於寫眞週刊的事……」

「沒錯。對不起，請問你是哪位？」

「我是由美子的朋友。」對方調整了一下聲音和態度說：「我叫做網川浩一。」

「網川先生。」復誦一次後，本來在客廳畏首畏尾偷看的由美子跳了出來。難掩臉上安心和喜悅的神色，從篠崎手上奪下話筒跟對方說話。

篠崎有些愣住了。好像為了解救在山崖遇難的由美子，他拿著繩索衝過來正要投遞過去時，她卻迎向另一個慢半拍丟過來的繩索。彷彿一開始人家就沒把你放在眼裡一樣。

高井由美子幾乎是緊抓著來自網川的男人電話。雖然一邊抽搐一邊哭泣，但神情不再緊張，身體也沒有發抖。提到自己用刮鬍刀割腕的經過時，臉上又流出了新的淚水；但那種稍不注意就會尋死的緊張氣氛，在她身上已經不復存在了。

之後他們說些什麼，光從女方的隻字片語很難猜得出來。因爲幾乎都是網川在說話，由美子只是回答、點頭、有時被說了什麼而哭泣、有時則是不停道歉。篠崎覺得很不是味道，突然覺得房間裡很冷。

網川又說了些什麼，於是由美子側眼看了篠崎一眼，並對著話筒說：「嗄？嗯，好。聽說可能會被墨東警署的人傳訊……。」

看他們說話的樣子很親密，反而是提到「墨東警署」的語氣充滿了嫌惡和害怕，而且這種情感是針對篠崎而來的。換句話說，當她恢復了平靜，可能已經想起來篠崎是哪邊的人了吧。

只不過篠崎有一點很在意。網川這個名字不難記，卻也不是很常見。他好像在哪裡聽過或在哪裡見過？還是他記錯了？

「對不起……」由美子對著他伸出話筒說：「網川先生要跟你說話。」

篠崎接過話筒，但先掩住話筒的部分問由美子說：「這個網川先生是妳的朋友嗎？」

由美子有些驚訝。爲什麼呢？

「出事以來，他給你幫助很多嗎？」

「沒錯。」她小聲回答。

「對不起，他是妳的未婚夫嗎？」

由美子淚水還沒乾的臉頰紅了。「才不是呢。」

是嗎，篠崎這才接聽電話。

「我剛剛聽說了，由美子讓你多照顧了。」網川口齒清晰地說話：「危險之際承蒙你的幫忙，眞是謝謝你。現在你要帶她去墨東警署嗎？如果是這樣，可否等我一個小時？我也想一起去，我現在就趕過去。」

篠崎同時之間想了許多事。原來這個男人誤會篠崎來這裡是因爲公事，而由美子也還沒有跟他解釋誤會。所以往前推論，由美子應該也還沒跟這個叫做網川的男人說明篠崎是她沒相親成的對象；也沒有告訴他，事件發生以來由美子一直想跟篠崎見面，爲哥哥的無辜申冤。

「喂？喂？」網川催促的聲音：「怎麼不說話了呢？」

「對不起，不好意思。在電話裡說，可能很花時間。只不過我不是因爲公事來這裡的。」

對方的聲音突然緊張了起來：「那是爲了什麼？」

「我想還是待會兒再說明吧。不然也可請高井小姐說明，可以嗎？高井小姐。」

由美子被問到，顯得有些狼狽而退縮，但還是點了點頭。

篠崎拿著話筒對網川說：「她說可以。」

「那我現在就過去。」因爲緊張過度，他的聲音聽起來有些生氣：「刑警先生，請你視線不要離開她。自殺未遂之後不久，聽說是最危險的時期。千萬別讓她一個人在那裡！」

篠崎很想回答「不用你說我也知道」，但還是將湧上喉嚨的話給吞了回去。只是簡短回答：「我知道。」，便掛上電話。這之間由美子的表情變成被律師一個人留在偵訊室，和刑警四目相對的嫌犯一樣。實際上這也是她目前的心情吧。

總之只能先等待再說。正當篠崎想要招呼她說：「走廊上很冷，先回客廳吧。」剛剛掛上的電話又響了。篠崎反射性動作地接起電話，一聽對方報出姓名，不禁流出了冷汗。

對方居然就是搜查總部的刑警。是負責處理「高井和明」的組員，和篠崎同樣隸屬於墨東警署。他所寫的報告書，篠崎不知已讀過多少並加以歸檔。

對方不知道是篠崎接的電話，而是用事務性的口吻要求：「請寄住在那裡的高井由美子接電話。」倒不是毫不猶豫，而是篠崎認爲現在最好別隱瞞，於是報上姓名並問吃驚的對方是否馬上過來？對方回答當然要過來。

「是爲了寫眞週刊報導的事嗎？」

「就是說嘛。要我去問清楚爲什麼會發生這種事？上面的人簡直氣壞了。搞什麼嘛？高井的妹妹。你知道我們今天早上被削的多慘，眞是受夠了。對了，篠崎，你幹嘛在那裡呢？你不是內勤嗎？什麼時候被換成步兵連了？可不要隨便亂來哦！」

「見面之後再告訴你吧。」趕緊說完便掛上電話，好不容易呼了一口氣。被同事的組員說什麼無所謂，他只擔心被武上責備。儘管已經有了心理準備，但還是沒想到這麼快就穿幫了。其實說是已經有了心理準備，根本表示自己還沒有做好眞正的準備，何況自己本來就很膽小。篠崎因爲很了解自己，所以更加感到畏縮。

也許會從內勤業務的工作除名吧。武上雖然不是不能容許屬下犯錯的上司，但也不是能夠容許明知故犯地背叛的指導主管。很可能他不會生氣也不會罵人，只是放棄了篠崎。現在還在興奮當頭，篠崎可能還沒什麼感覺；但其實這是會讓他眼前一暗的重大處分呀。

「篠崎先生。」由美子小聲呼喚。

「聽說要來，從搜查總部過來。」篠崎垂頭喪氣地表示：「可能有點……不，應該會說得很難聽吧。實際上他們對妳做的事不怎麼贊同。」

由美子聽了之後低下了頭。

「不過因爲那個叫做網川的人跟妳一起出席，至少不是妳一個人還好啦。」

「篠崎先生……。」

「我等負責這件事的同事來就回去。」

「我不是這個意思，我是說篠崎先生會不會……因爲這件事而被罵呢？」

因爲疑問來得意外，篠崎不禁回過頭看著由美子。她詢問的眼神向上看，充滿了擔心。

「沒事的。」他回答。事到如今，也只能這麼回答了。

因爲會發生這種事，所以當初武上會說「不行」。篠崎心想：我眞是個大笨蛋！可是再一次處於相同的立場，他還是會這麼做吧。濫好人躺在針山上面，依然會是個濫好人。

結果同事的兩名刑警，比網川浩一還早到達。看見他們可怕的表情，由美子臉色發白地顫抖；但是兩名刑警似乎只想先把篠崎帶到一旁，忙著處理他的狀況。

大概是拜武上之賜，他們同事之間的言語沒有直接進入由美子的耳朵裡。聽完篠崎說明事情經過後，他們兩人將篠崎罵到臭頭。

「你是不是鬼迷了心竅？」

「眞要那麼缺女人的話，要多少我都可以介紹給你嘛。」

「不是這麼一回事啦。」

「你實在是個濫好人呀。」

「那種女人就算丟下不管，也不會鬧自殺的。她不是跑去找被害人家屬，還打破人家的頭，害得對方被送進醫院嗎？」

「事實不是還沒確定嗎？不要亂栽贓嘛！」

「你有問出什麼來嗎？」

「我沒有問什麼，因爲我怕重複問訊浪費時間。」

在等待同事來的這段時間，篠崎問由美子的多半是現在的生活狀況、她父親的病情、今後的生活怎麼過等細節問題。原本很想跟篠崎表明哥哥無辜的由美子，不知爲什麼一句話也沒有提。儘管篠崎提到該話題，由美子還是避開不談。

篠崎覺得由美子有由美子想法；對於以這種方式拖篠崎下水，她感到很不好意思，大概是想表明我們就到這裡爲止吧。由此可見她不是頭腦不好的女性，也不是自私任性的人。篠崎多少有種獲救的感覺，但是這麼一來，對於她所眞心期望的事情，篠崎便完全幫不上忙了。或許這一點武上也早就看穿了；不管情況如何轉變，篠崎終究不能爲由美子出點力。

被責罵、揶揄夠了，同事要篠崎趕緊回去。本來應該照同事所說，立即離開現場，但是篠崎很在意那個叫做網川浩一的男人究竟是什麼人。倒不是因爲他是高井由美子心儀的對象，而是聽過這個名字的事讓篠崎無法掉以輕心。

「其實待會兒趕過來的人，聽說是高井由美子的朋友。」篠崎試著跟調查高井家的同事問說：「叫做網川浩一。你們知道他是怎麼樣的人嗎？」

高井小組的兩名刑警對看了一眼，然後其中一人皺著眉頭拿出了筆記本。

「我好像也知道，這個名字。」

「年輕男人嗎？」

「對呀，是她的朋友嘛。」

「現在的高井由美子不可能有什麼情人或朋友，大家都躲她遠遠的。」

翻閱筆記本的刑警，發出「噢」的一聲。「找到了，我見過他。」

「誰呢？」

「他是栗橋浩美的同學，小學中學都在一起。換句話說，也是高井和明的同學。」

原來如此。篠崎感覺眼前的迷霧散去，難怪他覺得看過這個名字。既然是栗橋浩美和高井和明的同學，至少在畢業紀念冊上會有這個名字，所以即便沒有跟本人說過話，在問訊過程中應該也會常常提到。網川的名字也就這樣出現在記錄問訊內容的報告書上吧！

「只不過他對高井小組而言不是重要人物；栗橋小組的人比較清楚他吧？」

「怎麼說？」

「網川浩一和栗橋浩美的交情很好。國中時期的同學都異口同聲這麼說的。」

篠崎沉默不語。他是栗橋浩美的同學……。

「這種人怎麼會跟高井由美子扯在一塊呢？」

「不知道。不過這個叫網川的男人好像很受歡迎，所以栗橋也對他另眼看待，甚至願意跟他一夥。不管問誰，大家對他的評價都不錯。」

「是資優生嗎？」

「好像是，連當時的導師都還記得他。聽說外號叫做『和平』，大概常常一臉親切的笑容吧。就連我們高井小組在問訊時，也常常聽到網川的名字，可見大家對他的記憶有多深。實際上網川好像也幫過班上最後一名的高井複習過功課。」

「眞令人感動嘛！」

「栗橋的功課也不錯，頗受到女孩子的喜歡。乍看之下是個好學生，但對老師們而言卻不是那麼好處理；但是網川就不一樣，他是眞的好學生。想知道的更清楚，不妨去問栗橋小組的人。」

「也就是說資優生長大之後還是資優生，不忍心看著殺人兇手的妹妹在一旁受苦受難嗎？」

高井小組的兩名刑警笑了；但是篠崎沒有笑，感覺心情就是不太好。

「他現在在做什麼？職業是？」

高井小組的刑警看了一下筆記本上寫「補習班講師」，於是簡單回答說：「老師吧！」

「老師呀……」

這時篠崎被敲了一下，對方說：「喂！我幹嘛跟你說這些事，你聽了又能怎麼樣？趕快回警署吧，小心被武上先生修理。」

一聽到武上的名字，篠崎的茫然似乎也有點醒了。趕緊拿起大衣走出戶外。

走出勝木家玄關，經過停在門口的警車旁邊時，篠崎注意到一輛小型箱型車慢慢從道路右手邊開過來。車子停好後，一個高瘦的男子打開車門從駕駛座出來。身穿褐色的夾克和牛仔褲，頭髮有些長。

年輕男子往勝木家的方向走來，腳步堅定、沒有疑惑。逐漸接近時，篠崎終於能看清楚他的長相。線條柔和的端正臉龐，與其說是英俊，應該說是充滿了知性與溫柔的印象。

兩人擦肩而過。距離近得幾乎肩膀要碰在一起了；男子目不斜視，但篠崎在錯身時回頭看了男子一眼。勝木家的名牌被男子寬廣的背部遮住看不清楚。

男子走到門口詢問：「請問有人在家嗎？」

就是這個聲音，剛剛電話裡的聲音。沒錯，他就是網川浩一。

正義的使著。毫無意義地想到這裡，篠崎覺得有些寒意。

他轉身前往車站的方向前進，這時上衣口袋裡的呼叫器響了。取出一看，液晶螢幕上排列著片假名的簡訊：「混帳東西！」

誰傳來的簡訊，不言而喻。篠崎只覺得更冷了。

那一天前畑滋子起得很晚。抓著蓬鬆的亂髮，睡眼惺忪地看著時鐘，居然已經將近十一點了。雖然還想睡，但想到對不起昭二便起床了。

昨天晚上跟《日本時事紀錄》的寫作同好、編輯們，以新年春酒的名義聚會，回到家已過了凌晨三點。結果連早上昭二起床上班，她都一點感覺也沒有。昨天出門前說會晚點回家，回來時昭二已經睡著了，滋子覺得十分過意不去，擔心昭二是否生氣了。中午還是到工廠看看吧！現在已經沒有時間做便當了，乾脆買些好吃的東西過去。

可是想想還眞是麻煩呀。

工廠裡面公公婆婆也在，簡直就是去找罵捱的嘛。還是等昭二回家跟他道歉比較省事吧。

不過說起來，昨天晚上還眞是快樂。從嚴肅到無聊的話題，氣氛一直都很熱絡。在這麼熱情又親切的聚會裡面，滋子頭一次感覺到受到《日本時事紀錄》工作夥伴們的認同。所以明知不該到了凌晨還不歸營，卻依然捨不得離席。

頭有些痛。基本上滋子屬於酒性好的，很少有宿醉的情況。所以這應該是過度興奮的後遺症吧，但她還是覺得昨晚參加聚會眞好。

儘管腦子裡都是寫報導的事，滋子的日常生活還是被家事給佔去了時間，經常得陪丈夫、公婆說些沒什麼營養的話題。能夠扮演文字工作者前畑滋子的角色，只有在一個人面對電腦的時候。她一天的大半時間都只是身爲前畑鐵工廠的媳婦罷了。剛開始連載的那一段時間，對於媳婦在專業雜誌寫文章的事感到自豪的公婆，一旦習慣之後也不再引以爲傲，甚至對於滋子做不好媳婦的部分，挑剔得更加厲害。出去外面，置身在只認識「文字工作者前畑滋子」的人群中，可以讓她有洗清日常生活煙垢的感覺。

無所事事地喝著咖啡時，聽見公寓門外的樓梯有人跑步上來的聲響。滋子心想這公寓的建材都是用便宜貨，沒想到腳步聲逐漸接近她家門，並且猛然打開了大門。是昭二氣急敗壞地衝進來。

「原來滋子妳在家，爲什麼不接電話呢？」

昭二因爲寒冷而興奮的紅臉，讓滋子的睡意一下子消失無蹤。滋子注意到昭二眼中有令人難以忽視的光芒，她趕緊站起來，心中馬上聯想到——有誰病倒了？

「發生什麼事了？是爸爸還是媽媽？怎麼了？」

兩位長輩都有異於常人的高血壓，沒有降血壓藥就不能過日子。老年人常常不是忘了吃藥，就是怪說吃藥沒效而拒絕服用。所以滋子擔心他們會出了什麼事。

可是昭二聽見滋子說的話，一時之間發呆地猛眨眼睛，然後才爆發出怒氣說：「妳胡說些什麼？爸媽都還很健康呢。妳到底是在想些什麼？」

「可是……」滋子呑呑吐吐不知說些什麼才好。這是她第一次看見昭二如此大聲跟她說話，而且被罵的人是滋子本身。

「妳看看這個！」

昭二腋下夾著本雜誌。他拿出雜誌用力甩在桌上，震得滋子的咖啡杯跟著晃動作響。

那是寫眞週刊。滋子的腦海裡一下子掌握不到重點。讀完封面上的內容標題，大約花了兩三秒鐘才明白這是怎麼回事。

「嫌犯妹妹瘋狂鬧事」

滋子的臉色一下子刷白了，甚至可以聽見血液退去的聲音。她手上拿著起雜誌，但只是心情急躁卻無法順利翻頁。看不過去的昭二一把搶去雜誌，打開那一頁遞到滋子面前。

「妳在做些什麼？居然跟嫌犯妹妹搞在一起，鬧出這麼大的騷動。妳究竟打算幹什麼嘛？」

滋子顫抖的手拿著雜誌，好不容易讀了一遍。讀的時候還從椅子上跌下來，但是她的頭腦卻不顧發呆的主人繼續運轉著。忙著整理出雜誌的內容寫些什麼。

當然這是關於高井由美子在飯田橋飯店引發的騷動報導，並沒有寫出她的眞名。但是被害人家屬之中，在這次事件中差點成爲受害者的有馬義男和文字工作者前畑滋子則是用本名刊出。而且還亂寫說前畑滋子認爲主張哥哥無辜的高井由美子應該到被害人家屬聚會中發表意見，所以帶她到場鬧事。

讀的時候，很自然發現這篇報導的目標表面上是高井由美子，其實是針對前畑滋子寫的。尤其是昭二沉默不語，只有大聲喘氣。滋子抬眼一看，看見昭二的臉又漲紅了。

「那是亂寫的，昭二！」滋子語氣嚴肅地呼喚丈夫：「一切都是亂寫的！」

昭二的表情痛苦，顯得十分扭曲。彷彿想要說的話太多了，擠滿在腦子裡，每一句話都爭先想說出去，於是從內側開始擠壓他的臉。

好不容易他說話了，聲音有些沙啞：「這是隔壁的田中告訴我的，他說是在牙醫等待治療時看見這雜誌的。」

「這是今天出刊的雜誌。」

「早上還有人打電話來。朋友打到工廠來，所以爸媽都知道了，兩個人都很生氣。」

滋子的手掩著臉。

「我從工廠打了好幾次電話回來，妳都沒有接。」

「我把電話按成留言了，鈴聲也關掉了。因爲昨晚回家太晚，早上不想被電話聲吵起，所以在睡前調整的。」

「我……」好不容易說出話來：「我沒有做出這種事，你要相信我。」

滋子的手失去了力量，雜誌掉在桌子上面。

「不僅是對被害人家屬，連對牽扯到該事件的所有人，也幾乎完全沒有考慮到他們傷心或不愉快的心情，一心只想到雜誌賣座與否。這就是自稱『專業女性記者』的眞面目嗎？強調重視『媒體的正義與良心』的《日本時事紀錄》編輯部居然會養出這種人，眞不知他們心裡在想些什麼？」

後半段的部分，一連串的文字寫著：前畑滋子爲了獨家報導，不讓其他記者跟高井由美子接觸，而將其隔離起來了。這樣的做法也妨礙了警方的搜查。前畑還讓大川公園事件第一發現者的少年A，也就是眞一，和她住在一起；而這名少年就是幾年前發生教師一家被殺事件的倖存者。因爲前畑打算在完成這篇報導後，繼續以少年A的事件爲題材寫報導，企圖再下一成，所以將他牽扯進來。少年已經完全被前畑洗腦了，這一次在騷動現場還成爲她的助手，最後竟被打傷讓救護車送進了醫院……。

「妳幹什麼嘛？」昭二邊說邊和滋子一樣倒在椅子上。臉上的潮紅逐漸退去了，可怕的表情還在。因爲生氣而發光的眼睛失去了光芒，開始渙散了起來。

昭二有氣無力地低喃說：「我該怎麼對大家說？眞是丟臉。」

滋子不禁抬起頭來重新看著丈夫的臉。他一副很正經的表情，走投無路地垂放著雙手。

丟臉！

滋子犯下不能原諒的過錯，這是千眞萬確的。所以她願意接受斥責，願意被甩耳光。可是說我丟臉，又算什麼呢？簡直就像是送上臉頰準備挨打，卻被吐了口水一樣。

「對誰會丟臉呢？」滋子問：「這句話是什麼意思？」

昭二看著滋子，臉部表情又扭曲了。滋子聲音裡面潛藏的怒意嚇到他了。而這個情形也讓滋子有些驚訝。這個人不知道剛剛的那句話，我心裡作何感想；他不知道我的感受如何。

「在採訪上我的確做錯了。」滋子盡可能壓抑自己的情緒：「我處理的方式有問題。可是我沒有做出這篇報導上所說的事。我承認犯錯，但還不至於做出這種蠢事，我也不可能做出這種蠢事！」

昭二空手拍著桌面大聲說：「可是都被寫成這樣了，不是嗎？」

「我不是說上面都是騙人的嗎！」

「就算是寫眞週刊，也不會百分之百都是騙人的吧！一定是妳做了什麼，人家才會這麼寫。」

滋子睜大了眼睛，簡直不敢相信！這就是我所認識的昭二嗎？這就是不斷鼓勵滋子加油的丈夫嗎？

「你……」終於滋子的聲音顫抖了：「你也不問問我。要我說明究竟是怎麼一回事！劈頭就說些什麼，又是丟臉，又是不知道怎麼對大家說。我覺得你才是丟人呀。」

「妳的意思是說自己一點都沒錯囉？都是我的不對囉。」

「我沒有那麼說。你看，你又爲了我沒有做的事跟我生氣了！」

「自己的太太被寫得這麼難聽，做丈夫的能不生氣嗎？」

「你不管我是否眞的做了丟臉的事，而只是討厭我被人寫了胡說八道的騙人報導嗎？是這樣子嗎？」

「妳不要編些有的沒有的欲加之罪！」

「才不是欲加之罪呢！」

你一方面照單全收這篇報導上所寫的內容，只關心周遭的人怎麼想，然後像個小孩子一樣逃到我這邊，對我大叫大罵，質問我做了什麼。

滋子拚命擠出聲音說：「在你說我丟臉之前，爲什麼不先問問我：『滋子這是怎麼一回事？妳是做錯了什麼，才被人寫成這個樣子？』

昭二有些退縮，立刻又像個孩子嘟起嘴巴說：

「滋子做些什麼，我哪裡搞得清楚！」

「你不也讀過我寫的報導嗎？爲什麼說你搞不清楚呢。」

重點是，你不是我的丈夫嗎？比起其他任何人，滋子最希望能被理解的人就是你呀！

「我又不是整天跟在滋子的屁股後面走，哪裡知道妳在幹什麼？」昭二不高興地反駁：「一出門就不見人影。就像昨天晚上，妳究竟是幾點回來的？跟誰見面了呢？」

滋子的臉上充血，頭昏眼花。

「昭二，你的意思是說不相信我囉！」

「我沒那麼說。」

「不，你說了。當朋友告訴你這篇報導時，你怎麼回答的？你是不是說：『眞是不好意思，謝謝你告訴我。』你有沒有想過回答：『我不認爲滋子會做那種蠢事，一定是哪裡有問題，我來問她本人。』」

「我……」

「還是說你只是覺得很丟臉？」

昭二默不吭聲，臉頰抽搐顫抖。

「妳……」

滋子發漲的頭腦想著：我可是有名有姓，什麼妳不妳的。

「妳要站在高井和明妹妹那一邊嗎？妳要幫殺人犯撐腰嗎？」

和由美子見面、聽了她的說法的事，滋子並沒有跟昭二報告過。因爲她不覺得這種事需要一一報告，這是滋子的工作領域。

她也認爲不說昭二也該相信她，所以沒有說出來。可是她完全看錯了，這要怪滋子的一廂情願嗎？

「我眞得很以滋子爲傲。」昭二語帶哭泣地表示：「就是因爲太引以爲傲，所以才覺得這算什麼？」

滋子想要控制住情緒，想要抓住一點感情的尾巴。但是就像身處在急流中要抓住救生圈一樣，那是很困難的。

「我不記得曾經拜託過你要以我爲傲！」

啊！還是說出口了。

「要引以爲傲是你的自由。可是一旦發生不能引以爲傲的事情時，你就將責任推給我？」

兩人之間落下一道冰冷的幕。

冰冷的心中，滋子忽然想起十年前，剛從事寫作時交往的男朋友。他做了十年的記者，很有野心，實際上頭腦也很好、很有才華。年輕時候的他們經常吵架，是那種互相亂丟彼此之間容易損壞的寶貴東西的吵架。

和昭二這種的吵架完全不同。她和昭二之間沒有交集，不管丟什麼東西也打不到昭二。一開始昭二就看不見滋子丟出什麼東西，所以他也抓不到什麼東西。

門口有人敲門。正猶豫要不要應聲時，房門開了。是塚田眞一，一臉悲戚的表情。

「打擾你們了。」他對著昭二說話。昭二人卻背對著門口。

「手島總編輯打電話到我的手機，他說滋子姐的電話一直沒人接。」

一聽見手島的名字，滋子趕緊跳了起來：「他還說了些什麼？」

「他叫妳趕緊到編輯部去。」眞一一邊在意昭二寬廣的背部，一邊很抱歉地繼續說下去：「聽說有馬義男先生來了，他要跟滋子姐見面。」

儘管考慮收起店面，但是已經持續幾十年的生活習慣不是那麼容易改變的。有馬義男早上四點鐘便會醒來。因爲客人銳減，所做的豆腐數量也減了一大半。由於工作量減輕，這一陣子只要求木田在早上六點上工就行了。因此他一個人也沒有必要這麼早起床，偏偏眼睛就是張開了。很自然地他會茫然地抽香菸、沉浸在回憶中，像個蝸牛一樣度過安靜無爲的清晨時光。

但是這一天早上不一樣。義男起床準備幫爐子生火時，聽見外面有人敲門的聲音。打開一看，木田紅著一雙耳垂站在寒風中。手上握著一本捲成筒狀的雜誌，說是看見報紙廣告，一早到便利商店買來的。義男一手接過來，心想：這個阿孝跟我一樣，沒事做還是起得很早。

然而看到封面上的標題時，這種想法立刻灰飛煙滅。

「眞是可惡！」木田聲音顫抖地表示：「什麼女人嘛！老爹也實在是太見外了，爲什麼不跟我說呢？」

的確關於跟「淺井律師」一夥人的詳細始末，還有飯田橋飯店的騷動，他都沒有跟木田提過半句。一方面是因爲不想再提到「淺井律師」的事；另外和高井由美子見面的事，有馬義男自己也還沒理出個頭緒。義男有點神情恍然地低喃道：「對不起。」

木田一個人又是生氣又是感嘆，這之間有馬義男想了很多。自從飯田橋的事情以來，他感覺心中始終有個芥蒂，趁著這次的機會他要做個了斷。再也不想被騙或是讓人作弄了。

時鐘剛過清晨五點，他臨時宣佈「今天不開店了」，讓木田就此回家。然後在店門口掛上「本日休息」的牌子，將今天泡了水的大豆瀝乾，關掉電源。

前畑滋子的名片就和墨東警署搜查總部「有馬小組」刑警們的名片放在一起，夾在名片簿的最後一頁，一下子便找到了。打電話過去，是義男最討厭的電話留言，他立刻掛上電話。之後每隔十分鐘直到六點，他一直在打電話。不知道前畑滋子是在睡覺還是不在家，始終是電話留言。最後義男感覺自己好像是在跟機器比賽，而今天早上看來是沒有贏的指望了。

放下話筒，他取出了和名片簿一起保管的最新一期《日本時事紀錄》。封底印有編輯部的專線電話號碼。他試著撥號，只聽見鈴聲不斷，就是沒人來接。看來得再等些時間了。

簡單用完早餐，確認門窗都關好了，穿上鋪綿的短大衣、圍上圍巾，前往眞智子住院的醫院。會客時間是下午兩點以後開始，但是因爲病房的護理長人很親切，加上又很清楚眞智子的狀況，所以義男隨時來都可進去探病。

到達時間是上午七點過後，眞智子還在睡覺。聽護士說，昨晚眞智子的精神狀況很不穩定，又哭又叫不斷發作，情況很嚴重。義男到時看見眞智子兩手被綁在病床的欄杆上。年輕護士抱歉地解釋說怕眞智子發作起來傷了自己，義男客氣地跟對方道謝。他抓著眞智子被綁住的雙手，感覺手很冰冷，他想握著直到眞智子的手變溫暖。

他對著睡覺的眞智子娓娓訴說自己的心事。因爲是單人病房，不需要顧慮外人；但是直接對外發表個人意見，或是條理井然陳述想法，並不是義男的生活經驗。做這種不習慣的事時，聲音自然會變小聲。

「……所以說呢，眞智子。」握著女兒的手輕輕搖晃，義男說：「如果高井和明眞的是兇手，那我是一點也不同情他的；我也絕對不會再理他的妹妹由美子。但是我想要確認清楚，所以我現在去聽她說話。但不表示我對鞠子的仇人親切，妳可以理解嗎？」

眞智子的鼻息中混合著淡淡的藥味。緊閉的眼睛沒有張開的意思。義男突然覺得，透過比實際年齡還要蒼老的女兒睡著的病容，似乎看見了無法親眼目睹的孫女的遺容。

「那我去去就來。」

說完後，便走出病房。下樓梯時，沒有看見來門診的病人。他在空無一人的大廳公共電話處，又撥了一次電話給前畑滋子，還是電話留言。義男搖搖頭，重新再撥抄在紙張上的《日本時事紀錄》電話號碼。這一次鈴聲響了五聲之後，有個男人來接；語氣顯得很驚訝，彷彿覺得這麼早怎麼會有人打電話來。報上自己姓名，說明關於寫眞週刊的事之後，對方聽了似乎更加驚訝。雖然不很意外，但對於那麼直接的驚訝反應，義男覺得有點生氣。在前往車站的途中嘴裡不禁唸唸有詞：「記者跟賣豆腐不一樣，遇到什麼事情都不應該驚訝才對，不然怎麼做好這工作！」

飛翔出版社《日本時事紀錄》的編輯部裡，剛剛接電話的那個年輕男生一臉浮腫、頂著一頭雜亂的長髮，說話很快地對義男表示：「現在總編輯手島正在上班的路上。」義男坐在房間角落的椅子上，感覺很不自在。房間裡顯得很雜亂，就像被闖空門的舊書店一樣。香菸燻黃了牆壁，垃圾也溢滿了桶子。椅子、桌子下面堆放著紙箱和書籍，裡面還放了一個怎麼看都像是睡袋的東西。雜誌社用這種東西要幹什麼？

剛剛的男生好像熬過夜，一臉愛睏的樣子。坐在離義男最遠的位置，面對著桌子工作。有時會偷偷看著義男，臉上的表情好像在笑，又好像很困擾。因爲他的視線惹火了義男，義男開口說話：「我說小伙子，你不知道寫眞週刊的事嗎？」

長髮男生猛然抬頭，看了一下四周。編輯部裡沒有其他人在，只有我一個。所以老頭子是在跟我說話。當他明白這一點後，不得已只好面對義男說：「你是說……剛剛電話裡提到的那件事嗎？」

「沒錯。」

「老實說我昨晚睡在這裡，所以什麼都不知道。」

「原來是這樣子呀。」義男點點頭。

也不是責怪他，但長髮男生好像辯解什麼似地又趕緊補充說：「不是只有我，我想我們這裡的人應該都不知道吧。除非是被電話聲給挖起來，他們一向都起得晚。」

「難道號外這種東西，非得要在半夜才會發現嗎？」

長髮男生撥開頭髮說：「我們的雜誌並不是那種追求號外的雜誌，跟你想的不一樣……。」

「原來如此。」

「只是大家都起的很晚，因爲太忙了。」

「我還以爲跟一般公司一樣，八點一到大家都在，所以才來打擾。」

「有時搞不好不到下午是看不到人的，我們這裡。」長髮男生笑說。

「前畑小姐也是一樣嗎？」

「她呀……我們部門不同，所以不太清楚。」

義男沒有聽懂長髮男生跟前畑小姐「什麼」不同。

「我一早打過電話給前畑小姐，都是電話留言，沒有人接。」

「啊！那她大概還在睡覺吧。」長髮男生稍微側著頭說：「對了，他們特別專題小組昨晚好像喝春酒吧？」

「原來是喝春酒呀。」

手島總編輯遲遲未來。在義男的觀察下，長髮男生整理完熬夜的成果，大概也想回家睡覺；只是因爲不能留外人義男在辦公室，所以才在那裡磨蹭吧。

義男覺得很奇怪而忍不住說出口：「我看那本寫眞雜誌，不只是批評前畑小姐，連刊登前畑小姐報導的你們也被說的很慘耶。」

「是嗎。不用讀，我大概也能想像。」

「你無所謂嗎？」

「我們對這種事已經習慣了。」

「噢……」

「手島來了，我想你可以跟他談談這方面的事。請稍待一下。」

要等就等誰怕誰，只是這裡也實在太隨便了。

「對不起，可不可以麻煩你再跟前畑小姐聯絡一下？」

「嗄？我嗎？你可以用這裡的電話沒關係。」

「這裡的電話看起來很複雜，我不知道會不會用呀。」

大約是七、八年前吧，家裡的電話壞了換新時，爲了記住新的用法眞是吃了不少苦頭。這裡的電話按鍵太多，一看就知道操作方法很複雜。長髮男生明顯表現出不耐煩的神色。

「先撥零就可以打外線了……」

「對不起。」

「前畑小姐的聯絡方法……在哪裡呢？是這個嗎？」

在周圍的桌上翻了一遍，好不容易拿起話筒開始撥號。放在耳朵聽了一下，立刻回答說：「還是電話留言。」

他臉上的表情有著「你看，還是一樣吧！」的安心神色。義男道謝之後，開始保持沉默。

聽木田說，《日本時事紀錄》是追求社會正義與眞實的專業雜誌。可是在他們的社會正義與眞實之中，看來並不考慮連先撥零就可以打外線都不知道的老人家。也沒有考慮過一早四點就起床工作的豆腐店老闆。義男自我安慰說：「來到不熟悉的雜誌社，我有點緊張，一點小事都會讓我容易生氣。

所以我不該像個刺蝟一樣……。」

可是另一方面心裡卻又不得不想：認眞的上班族擠著電車趕往公司，不管昨晚有多晚睡、工作忙到有多累，都必須坐在辦公桌前的時間裡，有人將電話設定成留言好睡覺；有的團體因爲工作忙晚睡，所以不到下午不來上班，你說他們能多了解「社會」，實在令人存疑。這種地方所認定的「社會」，甚至可能也沒有將長年跟義男買豆腐的客人考慮在內吧。

發生飯田橋飯店的騷動之後，義男特地買了一本《日本時事紀錄》，好一讀前畑滋子的報導。由於連載是中間的部分，所以光就這一期的內容評論有失公平。但義男讀了還是感覺好像在讀別人的故事一樣，一點都不覺得是在談論鞠子被殺害的那個事件。

不是因爲剛好這一次的連載沒有出現鞠子的名字，也不是因爲沒有提到義男親身經驗過的部分。義男之所以想要閱讀前畑滋子的文章，是因爲直接和她交談過，對她的印象是——她很認眞、以她最大的誠意在做事。實際上她的文字也很老實，所以本來應該讓人感同身受的文章，卻起不了這種效果。

義男覺得很奇怪，為什麼會這樣？他找不到答案。直到坐在《日本時事紀錄》的編輯室，他才有恍然大悟的感覺。

前畑滋子的文章感動不了義男的心，那是因為充滿了「我什麼都知道」的寫作態度。關於栗橋浩美內心的黑暗、高井和明的劣等感、和他們不為社會所容許的扭曲惡夢等，用了各種不同的字眼形容。看起來前畑滋子好像完全懂得這些字眼，但其實不過只是文字的堆砌。

所以沒有辦法深入有馬義男的內心。

因為義男看不懂。他不知道對鞠子做那些事的人，為什麼要那麼做？為什麼殺了許多人之後，還要玩弄她們的家人？他根本難以想像，所以才希望逮到本人問個清楚。

偏偏前畑滋子她知道。《日本時事紀錄》也知道。他們憑什麼知道？

一開始像義男這種人就不該來這裡。這裡是不同的世界。這裡說的事情，也許對住在這裡的人具有某些眞實的意義；但對義男而言，卻只不過毫無意義的「故事」。沒錯，不管前畑滋子多麼熱心地採訪，只要她抱著「我什麼都懂」的寫作態度，出來的東西頂多只是些「故事」。這裡充其量只是個「故事」生產的工廠罷了！

義男還無法判斷高井由美子是否眞的相信她哥哥的無辜？該不該聽聽她的說法？既然前畑滋子寫的是「故事」，由美子跑去找她就是一大敗筆。

「讓你久等了，請問是有馬先生嗎？」

有人說話，義男抬頭一看，是個身材矮小、眼光銳利、四十多歲的男人站在一旁。雖然穿著西裝外套，但是沒有繫領帶、襯衫胸口的釦子也沒扣。

「我是總編輯手島。」

義男立刻站了起來，說話的速度比自己想像的還要快：「我是有馬。因為今天早上讀了寫眞週刊，想要快點見到高井由美子小姐問她事情。」

名叫手島的男人表情沒有變，只是眉毛動了一下。

「我在想因爲那種事被報導出來，高井小姐廣受批評，大概很難跟她說話吧。所以在這之前，我想跟她見面，聽聽她的說法。高井小姐好像跟前畑小姐很熟，可不可麻煩身爲上級的總編輯您對前畑小姐說，讓我和高井小姐見面呢？拜託您。」

在等待前畑滋子過來的期間，手島總編輯幾乎沒有跟義男談到什麼有內容的話題。只是對義男剛剛說的話，訂正了他不是前畑滋子的「上級」，所以沒有義男所謂的上對下「命令」對方的立場。前畑滋子是自由撰稿人，如果她不滿意手島總編輯的做法，她可以反對，甚至把文章帶到別的雜誌社投稿也行。只是他有責任安排一個讓義男和滋子好好說話的場所，所以願意幫義男將滋子叫來這裡。

這個叫手島的人，也毫不知情飯前橋飯店發生的騷動。不過如果眞如他所說滋子不是他的屬下，倒也是很有可能。而且感覺他對前畑滋子好像很生氣，至於爲什麼生氣，他沒有必要跟義男解釋，因爲那是手島和前畑滋子之間的問題。

好不容易趕來的前畑滋子一頭亂髮還來不及梳理、也沒有化妝，腳上穿著左右顏色不對的襪子。意外的是，那個受傷的少年塚田眞一也跟她一起來了。少年的穿著乾淨俐落，色調顯得陰暗。考慮到他的情況也是當然。

手島總編輯首先對於前畑滋子帶眞一同行的事開罵了。在滋子準備說什麼之前，眞一已經搶先說明因爲想對有馬義男日前在急救醫院的照顧表示道謝而硬要跟來的事實。太陽穴的傷口已經好多了，因爲貼著肉色的繃帶藏在髮際裡，不仔細看是看不出來的。

「因爲不知道有馬先生的聯絡方法，所以一直沒有道謝的機會。」眞一說的很誠懇，並看著義男說：「當時實在很謝謝你。」

義男搖搖頭說：「沒什麼啦。看你傷口好多了，眞是太好了。」

「可以了嗎？你可以離開這裡了吧。」手島說得很乾脆：「的確麻煩你傳話了，因爲你也成功了；但是到此爲止。有馬先生和前畑小姐他們有事要談。」

塚田眞一並不想簡單告退。「飯田橋飯店的騷動，我也是一名當事人，我可以說明情況。」

手島的眉毛動也不動地表示：「有馬先生不是爲那件事而來的，所以跟你沒關係，你請出去！」

眞一聰明的眼睛閃動著，似乎在考慮如何回答。這孩子以他個人的方式在保護眼前的前畑滋子。雖然很勇敢，看在義男眼裡只覺得很痛心。眞是個命運不好的孩子呀！失去了家人、一個人必須負擔普通人沒有的操勞和擔心。之前一直沒有餘裕詢問他爲什麼寄住在前畑滋子那裡的理由，難道沒有其他更可靠的大人嗎？所以他才會那麼感激滋子、願意爲她努力？

眞一被趕出會客室後，手島神情嚴厲地看著滋子，說明義男到此訪問的目的。滋子驚訝地張大眼睛說：「有馬先生，關於這件事，那時候在醫院不是說過了嗎？我不認爲有馬先生跟高井由美子見面是好事，兩個人都會受傷的。總編……」

一看見手島猙獰的表情，滋子說：「高井由美子的事，是我的錯，我不會多加辯解。但是爲什麼要讓有馬先生牽連進來呢？」

「我不是被牽連進來的，我是自己要來這裡的。」義男鎭定地表示：「因爲妳的電話不通，我想說這裡的總編輯是妳的上級，所以就來這裡看看。因爲不趕快和高井由美子見面，她今後會很麻煩的。警察可能會調查她；像她那樣的女孩，也可能跑得行蹤不明。這樣是不行的，所以我要盡早跟她見面。」

「可是……」前畑滋子用力說：「我不是說過不行嗎！不管說幾遍，我的答案都是一樣。讓你們見面，只是讓由美子懷抱著哥哥是無辜的夢想，讓有馬先生懷抱著活捉殺死孫女兇手的夢想，並不能解決事情呀！」

「有馬先生並沒有說要解決事情。」手島冷靜的口吻插嘴說：「他只是想要聽聽高井由美子的說法。你沒有權利阻止他，因爲你又不是刑警或是心理醫生。」

「總編……」

「如果不是因爲那次的騷動有機會跟高井由美子直接見面，有馬先生也不會考慮他現在所提出來的事吧。所以既然已經見面，有馬先生不得不從那裡感受到什麼東西。因爲妳必須對不小心招惹出這種狀況表示負責，所以妳沒有權利阻止有馬先生！」

前畑滋子的臉色發白，嘴巴閉著不說話。她舉起手撥開雜亂的頭髮，手勢之中充滿了憤怒與疲倦。

「有馬先生會這麼依賴妳，是因爲妳和高井由美子有所接觸。其他找不到跟高井由美子接觸的管道。並不是因爲妳是這件事可以給有馬先生特別忠告的人，這一點請妳不要搞錯！」

控制住場面後，手島問義男：「只是萬一搜查當局知道你和高井由美子見面的事，大概會不高興吧！這一點沒問題嗎？」

義男點頭說：「現在警方已經沒有派人監視我，我想可以偷偷見面吧。」

「可是如果被發現了，你恐怕會挨罵的。」

「這種小事沒關係的。」

手島的表情有些扭曲。「對不起，你是對警方的搜查感覺不信任嗎？」

「不，我想他們做得很好。最近警方是沒什麼可以告訴我們的，但是在事件發生的時候，兇手不是打電話來我家嗎？警方很幫忙，我是親眼看見警方做得很好。」

他不知道手島是否知道因爲那個警察的錯誤害得眞智子變成這個樣子，但是義男已經決定不再提起這件事。的確，那個叫鳥居的刑警很可惡，但是因爲他責怪搜查的品質是不對的。儘管義男目前遭受這麼多打擊，這點差異他有馬義男還是分辨得出來的。

在醫院時前畑滋子也曾說過，目前並沒有發現足以推翻栗橋浩美和高井和明兩人共同犯案的事實。警方的蒐證調查，也都是在朝這個路線進行。滋子說的沒錯，如果找到他們做案用的祕密基地，目前罪證稀少的高井和明，應該也會起出難以推翻的鐵證。這一點絲毫不令人懷疑，聽起來也不會覺得牽強附會。所以義男自己從來也沒想過兇手會是他們以外的其他人。

因此說得具體一點，義男根本就沒有聽取高井由美子說法的理由。他眞的沒什麼必要跟她見面。

可是因爲跟她見過一面，看過她那幾近瘋狂的表情，聽她訴說哥哥無辜。或許義男便被下了一種咒語，覺得由美子說的是可能是眞的、說不定栗橋浩美的共犯眞的另有其人，現在正躲在一旁竊笑不已、也許……也許……也許。

要解開這個咒語，就必須多聽聽高井由美子說些什麼。只要她說得內容錯亂，義男就能一舉得救。其實這或許就是他的希望。義男或許希望跟她見面，聽她說些令人熱血沸騰的胡言亂語！

義男試著將他的想法表達給手島知道。他也知道很難說得清楚，但手島聽他說話的神情認眞而嚴肅。一旁的前畑滋子眼神半是責怪半是歉意地看著他的側臉。

手島好像在內心確認什麼似地，不停地點點頭。然後重新坐好，對著義男探出身體說：「有馬先生，你讀過前畑小姐的報導了嗎？」

「沒有，對不起，我還沒有全部讀過。之前的騷動之後，我買了這個禮拜的雜誌來讀。」

「是嗎？所以你並不清楚前畑是站在什麼立場的囉？」

一直保持沉默的前畑滋子終於抬起頭來說：「我是基於栗橋和高井是兇手的前提下寫這篇報導。我也對有馬先生說明過對於這個基本立論沒有絲毫的懷疑過。」

手島沒有看著滋子，繼續對義男說：「前畑之所以保持這個方針，自有她的根據。她的根據也就是來自警方搜查行動的內容、相關人士的證詞、以及我們編輯部特殊管道蒐集來的資訊。當然其中也包含了高井由美子接受警方偵訊的報告書。本來這是不能對外公開的資料。」

「是，我知道。因爲搞媒體的人比較特別嘛，要不然就不能寫東西了。」

義男質樸的說法，讓手島第一次表現出苦笑的是十分失態的愚行。」

義男明白手島說話的意思，也很同情前畑滋子。不管在什麼情況之下，眼前看見有人被罵畢竟不是輕鬆愉快的經驗！

「我們編輯部也會對這個事件做出獨立的調查，並將結果公布在雜誌上。前畑在我們之後也必須在自己的報導中對讀者加以說明。這兩件事是勢在必行的。現在我們的電話就已經吵個不停了。」

這麼說來，和會客室隔著一個屛風的對面空間果然傳來電話鈴聲不絕於耳。而且不是一支電話，而是好幾支同時一起響。

「有的電話是來採訪的，有的則是讀者打來的抗議電話。實際上過去讀過前畑報導的讀者，對於前畑到底在想些什麼？爲什麼讓高井由美子跟被害人家屬見面？他們有知的權利。」

前畑滋子疲倦地垂著頭，但語氣堅定地表示：

「我沒有讓高井由美子接近有馬先生。那是個錯誤，絕對不是故意的。」

「關於這一點以後再跟妳問清楚。」手島乾淨表情。

「剛剛我也說過了，我不是前畑的上級。所以關於前畑獨自調查的採訪內容，我不能讓有馬先生過目。但是從我們的管道蒐集來的資訊，就不一樣了。所以這些先讓有馬先生看看吧！請看看高井由美子對搜查人員說了些什麼樣的證詞。看過之後，如果還是決定跟她見面的話，我可以幫你們安排。不我直接聯絡高井由美子並說服她。這種情況下，不經由前畑。但是因爲高井由美子好像很依賴前畑……」

手島語帶諷刺，可以知道前畑滋子因此咬了一下嘴唇。

「在跟有馬先生見面時，她可能會希望前畑一同列席。到時候再商量吧。另外還有一件事。」手島舉起他的食指。

「關於這次的騷動，爲什麼會發生這種事？前畑必須對我們編輯部做出詳細的報告。這並不是上級與屬下的關係，而是對我們簽訂連載契約的媒體，她有解釋的義務。過去隱瞞不說的舉動，可說俐落地回到主題：「這樣可以嗎？有馬先生。」

言下之意今天的談話就到此爲止。義男立刻從椅子上站起來，並低著頭說：「我知道了。眞是麻煩您了。」

「不，這是應該的。請抬起頭來，該道歉的人是我們。造成您的困擾，實在很不好意思。」

看見他們從會客室走到編輯室來，坐在最近椅子上的塚田眞一趕緊站起來，並看著義男的臉。義男想起來了，之前在救護車中，這孩子說曾經在大川公園事件的當天，在墨東警署前面和義男擦肩而過。當時義男沒有什麼印象，現在看到這孩子的表情，他想起來的確有過那種情形發生。那個時候這孩子也是這種表情，好像從腳踏車上跌下來，企圖尋找媽媽安慰的小孩子的神情。

「前畑小姐好像還得留下來說話。」義男說：「我不是責備你，你今天還是早點回去吧。我了解你的心情，但是小孩子不該介入大人的事情。如果要去車站的話，我們可以一起過去。」

他們一邊走出大樓。一開始有馬義男和塚田眞一都沉默不語。在前往車站的路上，有一個碧草如茵的公園。在進入公園之前，義男對少年開口說話：「你吃過午飯了嗎？」

眞一大概精神不太集中，神情有些恍惚。義男又重複問了一遍，他才聽見。少年有些惶恐的樣子，但是比起他思前顧後的腦袋瓜，他的胃袋已經老實說出了答案。

義男笑說：「那就吃過再回去吧。」

公園入口的旁邊，有個賣漢堡、熱狗的攤販。那是以車子移動的攤販，現在時間又是下午兩點，攤販大概也要休息了，車上的看板已經收了起來。義男上前大聲詢問：「還有在賣嗎？」

穿著紅色圍裙的男生回答：「漢堡已經沒了。咖啡只剩下一杯，牛奶也還有。」

「那就這些吧。」

義男買完東西，雙手抱著食物回來。看見眞一一臉無可奈何的表情站在那裡。

「不吃嗎？你討厭熱狗嗎？」

「不，不是的。」眞一戰戰兢兢地搖搖頭說：「對不起。」

義男帶頭走進了公園，還好向陽的長椅上沒有坐人。一坐上去，便看見對面的長椅上躺著一個穿著大衣、西裝的中年男子。男子的臉上蓋著一本攤開的週刊雜誌，睡得好像很熟。

兩人開始吃午餐。眞一將咖啡遞給義男，義男卻說牛奶對老人家的胃比較好。

「有馬先生今年幾歲呢？」像是突然想到一樣，眞一開口問。

「七十二。」義男咬著熱狗回答：「你幾歲呢？」

眞一好像在做困難的心算一樣側著頭說：「十七歲。」

語氣中有種驚訝，一如猛然發覺自己才活了十七個年頭。

「前畑滋子小姐幾歲，你知道嗎？」

「我想大概是三十歲吧。」

「她有丈夫吧？」

「你是說她結婚了嗎？如果是這樣，她結婚了。」

「一樣也是寫文章的人嗎？比方說是報紙或雜誌的記者。」

「不是。」眞一微笑說：「是鐵工廠的小老闆。」

「是嗎？」義男頗爲吃驚，他一直以爲寫東西的人會跟寫東西的人共度人生。

「他們有小孩嗎？」

「沒有，因爲結婚過後還沒很久。我也不是很清楚。」

看來眞一開始慌忙設下防線，表示自己不談論閒話。義男覺得好笑。

「你別擔心，我沒有意思挖掘前畑小姐的私事。」

「我沒有那個意思……」

「你爲什麼會住在前畑小姐那裡呢？雖然你的父母遭遇不幸，但總還有其他親戚吧？」

眞一將熱狗的包裝紙揉成一團，一副不想回答的樣子，但是臉上也沒有關你什麼事的表情。大概是因爲不知道義男爲什麼要問，所以難以決定回答的方式吧。

塚田眞一身上缺乏這個年紀的年輕人都有的「隨便性」。這種隨便性，常常是造成重大事故的原因；但相反的，少了這個，年輕人就不像年輕人了，事實上少年在義男眼中顯得太過老成。

義男想起前幾天在電視上看到的風景。那是報導國外的某個國家，內戰之後遺留下來的地雷造成的問題。戰爭結束了，地雷還是被埋在土地裡遺留下來，於是曾經是農地、住宅區的土地還是不能自由使用，也不能放牧家畜。甚至在村莊外圍，沒有經過安全確認的地方是不能涉足的。而通過安全確認的道路寬不過三十公分，其餘全部都是危險區域。

對眞一而言，他的生活就像那樣。電視畫面中，小孩子爲了帶牛去喝水，小心翼翼地在高大的草叢中，踏著有人走過的「安全道路」。他們的臉上和眞一的側臉有著同樣的表情。那神情好像知道已經發生了什麼事，也知道什麼事不能做的，但是靠自己一個人的力量是無法改變現狀的，所以只有忍耐。

但是因爲這樣，義男才覺得奇怪，爲什麼塚田眞一那條只有三十公分寬的道路會通往前畑滋子這個報導文學作家所在的地方呢？如果是犯罪，過去降臨在自己身上的不幸就已經足夠了吧。

「我自己也……不是很清楚。」

突然眞一說話了。看著手上揉成團的包裝紙，他的聲音眞的很小。聲音小到義男一開始並不知道是對剛剛詢問的回答。

「不清楚是指什麼？」

「我在幫前畑小姐的忙。」說到一半，眞一用力搖頭說：「我根本幫不上忙。我只是打擾她住在她家。前畑小姐的婆家有一間公寓，我住在其中的空房間裡。她只收我一點的房租，幾乎等於是免費。」

「生活費怎麼辦？」

「我在打工。」

「自己做飯吃嗎？」

「一半吧。其他都靠滋子姐的照顧。」

義男也將包裝紙揉成團，空出來的手則擦了鼻子一下。「學校呢？」

「沒去，很久了。」

「已經上高中了吧？」

「是的，我辦了休學。」

「那麼想回去的話還是能回去囉。」

眞一聳了一下細瘦的肩膀。

「除了前畑小姐，沒有其他大人照顧你嗎？」

義男盡可能讓自己的語氣不會顯得太囉唆、有指責的味道，所以問得很小心。

「我有監護人的叔叔和嬸嬸。」眞一說完後，又搖搖頭說：「因爲我回不去了。」

「是不想回去還是回不去呢？」問完之後，義男自己回答：「還是都有。反正就是那麼回事吧。」

「有馬先生！」眞一突然發出正經的聲音，抬頭看著義男說：「你是眞的要跟高井由美子見面嗎？」

之前都是規規矩矩下棋，突然之間來個不按棋理下棋。爲什麼要將棋子放那個位置，義男注視著少年的臉，想看出他的心意。說是冬天，今天卻沒有風，陽光照射下的長椅顯得十分溫暖。但是眞一看起來卻很冷。

漫無目的地舉起手，義男摸摸自己的後腦杓。脖子部分剛理過的髮根有些扎手。

「我只是想聽她說話。」義男慢慢地回答：「那個孩子應該也有很多話想說吧。」

「你不生氣嗎？」眞一生氣地詢問：「由美子說她哥哥什麼都沒做呀。」

「生氣呀。」

「那你爲什麼？」

「萬一那個孩子說的是眞的話，該怎麼辦呢？」

眞一好像要說什麼，卻沉默不語。於是義男繼續說：「如果眞的兇手沒被逮捕，躲在別的地方，會怎麼樣？我其實更害怕這種情況。晚上也會睡不著覺吧。」

想到這裡，感情也跟著激動。義男爲了不讓自己生氣，故意一字一句將話說的簡短。

「想到眞的壞人還逍遙法外，心情就不對勁。」

「可是和高井由美子見面也不能怎麼樣呀！」眞一頭一次表現出任性的小孩子口吻：「外行人無法看穿她說的話是眞是假，所以交給警方處理不就好了嗎？」

「一開始都是這樣處理的，但是心情還是不能夠完全認同呀。」

「所以，就算見面也不見得有用呀！」

「前畑小姐也是這麼說。她說只會讓我和那女孩抱著自私的希望而已。」

「我也是這麼認爲。你們說的話我都聽見了。」

義男笑說：「是嗎？那也無所謂呀，如果這樣做能滿意的話。反正又不會麻煩到警方。」

這時忽然對面長椅上熟睡的上班族仰著頭、閉著眼，大聲喊叫：「混帳東西！」

義男和眞一都嚇得差點要跳起來。上班族臉上的週刊雜誌不知道在什麼時候已經掉在椅子旁邊，所以能夠清楚看見他的睡臉。

「大概是夢話吧。」義男笑說：「在公司裡大概有什麼不愉快的事吧！」

「眞是丟臉！」眞一不屑地說。

「本人醒來時或許會覺得羞恥吧。這也是沒辦法呀。」

義男將垃圾集中成一個，並將眞一手中的包裝紙拿過來。碰觸到的少年手指十分冰冷。

「也許是沒公司可歸的被裁員上班族吧。除了在這個長椅上打發時間外，沒其他地方好去了。」

義男站起來將垃圾拿到最近的垃圾箱裡丟。這裡的垃圾箱和大川公園的不一樣，是用鐵絲網做成、可以清楚看見內部的那種。回到位置上時，發現眞一的眼眶有些泛紅；也許是沾了風沙，也可能不是吧。義男取出香菸，點燃了火。

「你吸菸嗎？」

少年低頭表示沒有。他吸了吸鼻子。義男一邊觀察那個還在睡覺的上班族瘦削的側臉，一邊緩緩地吞雲吐霧。

「明明知道這麼做沒什麼用，可是又不知道其他該做些什麼。」眞一說話時依然在吸鼻子；鼻頭紅紅的，看起來年紀好小。

「如果你想幫前畑小姐工作，那就做嘛。」義男捺熄香菸。「我想你對她一定有所幫助的。」

「剛開始我也是這麼想。」

「做了一半覺得不對勁嗎？」

「好像是吧。」

「一開始你的想法是怎樣？」

眞一用手背擦擦鼻子，然後笑說：「我記得我說過：『想要知道殘酷的犯罪是怎麼發生的！』」

「這想法不錯呀。」

「不錯是不錯，但我是騙人的。眞是可笑，我只是想把話說得好聽而已吧！」

義男側著頭說：「是這樣子嗎？」

「沒錯。」

「現在聽起來像是騙人，可是有些事說出口便是眞的了。時間經過後，想法也會改變的。所以不見得以前說過的話全部是騙人的呀。」

眞一用手摩擦臉部。

「不要太過於鑽牛角尖地研究自己的心情，你們是怎麼說的？分析嗎？做那種事沒什麼好處的。」

義男眼睛看著垃圾箱的方向。

「那個垃圾箱已經滿到邊了；可是因爲是鐵絲網做的，所以下面丟了些什麼也看得見。看不見的垃圾筒比較漂亮吧。沒有人會因爲看得見，就把已經丟掉的垃圾再拿出來用一用。就算是曾經很好用的東西，變成了垃圾就是垃圾，何必故意再把它挖掘出來呢！」

眞是奇妙的說教方式。眞一沉默不語。長椅上的上班族還在睡覺。義男心想：這樣睡覺會感冒的，也許叫他起來比較好吧。

眞一有點咳嗽，然後聲音沙啞地說：「我不明白有馬先生爲什麼對由美子那麼寬大？我做不到，殺……殺……殺人犯的說法，我才不願意聽。」

他的眼睛激動地吊了起來。嘴巴就像身體不適快要嘔吐的人一樣不停顫動。接著眞一開始說起自己家裡發生的不幸，他提到自己犯的過失、提到了樋口惠的糾纏、提到了爲逃避她的糾纏而有了現在的生活、提到了目前他所走過的這條寬三十公分的道路。雖然眼睛已經不再泛淚，但是說話中間幾度哽咽；每一次他都用力摩擦臉部，用力到令人擔心是否將壓壞他那形狀漂亮的鼻子。

眞一訴說心情的時候，對面長椅上的上班族醒了。一臉沒睡飽的樣子站起身，一手抓著蓬鬆的亂髮，同時斜眼看著認眞說話的眞一，神情顯得有些納悶。

好不容易等到眞一喘口大氣、說完話，對面的上班族跟著打了一個大哈欠。少年吃驚地看著他，上班族拉平大衣上的皺摺，好整以暇地往公園出口走去。義男和眞一幾乎是以一種感動的心情目送著他離去。

「既然那個叫做樋口惠的女孩子那麼固執，」義男說：「那本寫眞週刊上提到你目前住在前畑滋子那裡，不就曝光了嗎？到時候又會被她找上門來。」

「嗯。」眞一深深地點點頭。表情顯得好像突然發現，目前最困擾他的問題其實就擺在垃圾箱最上面、最顯眼的位置。

「有地方去嗎？」

「不知道耶。」

「既然這樣，要不要來我家？」話一出口，義男自己也驚訝地覺得不是個太爛的臨時提議嘛！眞一也嚇了一跳，睜大的眼睛一時之間讓義男鮮明地回想起記憶中鞠子清澄的眼眸。

13

武上開始整理關於高井由美子在飯田橋飯店引起騷動的報告書和調查資料，是在該期寫眞週刊出刊後第五天。

當時的電視新聞、社會新聞等節目已經不再提這個事件，晚報和八卦小報也停止了報導。主要原因是由美子出糗事件之後的第二天，東京發生了一件持槍搶劫殺人的殘酷事件，大部分媒體的關注都轉移了方向。由於強盜事件的兇手還不知道是誰，很可能帶著凶器的槍械逃跑，所以當然會引起街頭巷尾的關心。

包含店長、會計、工讀生三人被殺的事件，於案發後的十二個小時後在八王子中央署設立特別搜查總部，開始進行大規模搜查行動。負責指揮那裡內勤業務的是一位叫做生田的副警長，正好也是武上的舊識。當初在成立內勤小組時，有關利用電腦做搜查資料的資訊管理，兩人還經常通電話討論。

當時的通話中，有一次生田突然問武上說：

「是否有透過網際網路來做事件的資訊收集呢？」

「資訊收集是怎麼一回事？」

「武上你不上網的嗎？」

「我女兒有時會上，我是不太清楚的。」

武上家有一台父女各出資一半添購的桌上型個人電腦，放在女兒房間。對於一個出了錢的父親而言，爲什麼電腦不能放在家裡的公共區域而有所不滿；但是因爲他比女兒在家的時間少得太多，很多操作方法又必須靠女兒指導，所以他又不敢太大聲說話。

「你女兒上網很勤嗎？」

「還好吧，聽我老婆說：『最近鍵盤上都是灰塵。』」

好像是因爲女兒從去年底起有了一個交往密切的男朋友。由於老婆聽見他們的電話，不禁生氣罵說：「還在靠父母養的女孩子家交什麼男朋友！」這還是幾天前發生的事。

「有了男朋友，現在正忙著談戀愛呀。」

「是嗎，那麼你不太清楚也是沒辦法囉。」

網路上有各式各樣的網站和聊天室。其中生田最常瀏覽的是一個就目前發生的刑事案件發表意見的網頁。

「那是一個名叫劍崎龍介的週刊記者開設的網頁。我想說好像曾經在哪裡見過劍崎這個名字？結果你還記得五、六年前吧，不是有一個足立區短期大學女學生被男偏執狂殺害的事件嗎？他有一本書就是寫這個事件，算是一個很專業的作家。」

「那個劍崎自己……出了一個什麼？網頁是嗎？是在上面蒐集關於現實生活中的犯罪意見嗎？」

「沒錯。而且寫來的人還很多。用句話形容，簡直是外行評論家的大遊行！一開始我對於社會上對於眞實發生的事件，竟有這麼多人想表示意見而感到驚訝。」

「談論關於犯罪的事很好玩吧，但是相對地想當警察的人卻沒有增加。」

「近年來大家都想當犯罪心理學者。其實他們哪裡知道眞正的犯罪心理學者是在做什麼研究，都是憑印象猜測的吧！」

就生田的調查，其他類似主題的網頁和聊天室還很多，規模有大有小，討論的情況也都很熱烈。

「不過我個人看來，劍崎的網頁最値得參考。因爲他善於整理話題吧。如果不管就會變成天馬行空的聊天團體，根本無法收拾。但是他常常會鎖定主題，誘導大家討論的方向，做出很好的整理。」

「可是從裡面能得到什麼呢？難道經常能推測出警方漏失的嶄新觀點嗎？」

「那倒不會；有的話，我們的飯碗就不保了。但是可以作爲認識社會對某個事件如何看待的材料。」

「所以社會學者應該比我們更加有興趣囉！」

生田笑說：「沒錯。可是武上，今後的警察如果沒有訓練出社會學者般的看法，恐怕是跟不上時代囉。」

武上嗤之以鼻，從以前起他就很討厭學者。生田咳嗽一聲停止了笑，繼續說：「我會提到這件事，是因爲在劍崎的網頁上有很多人寫到武上目前負責的案子。」

「現在排行榜第一名，就是那個案件嗎？」

「你是說暢銷排行榜嗎？別開玩笑了。其實上面還有幾件關於犯罪未遂的留言。」

武上重新抓好話筒問說：「犯罪未遂？你是說……」

「就是有人提到曾經被可能是栗橋、高井二人組看上，差點被帶上車的經驗。扣掉一看就是惡作劇的留言、和幾天後自己承認是騙人的留言外，我整理了一下就有十二件之多。」

如果是那一類的受害經驗的報告，搜查總部收到的還更多。就調查和偵訊報告整理出來的，目前已經有五十七件，其中有二十二件被當作搜證調查的對象。武上說完後，生田反問：「這二十二件的地域範圍有多廣？都在首都圈裡嗎？」

武上拉著電話線直接去翻檔案。第一頁有地域別的索引，他先翻那裡。

「沒錯，二十件是首都圈，應該說都是在東京都裡。其他兩件是在靜岡市和名古屋。名古屋那件暫時保留，因爲地點有些遠；而且和這個事件的同一時期，那裡還發生五起連續強暴案件。還沒找到犯人，所以先歸檔，但應該屬於不同的案件吧！」

「二十件之中，具體發生在東京都裡的有幾件？」

「十六件。」

「剩下四件的地點呢？」

「兩件是發生在郊外的福生和東村山市；一件在橫濱市郊外面；一件是習志野市。」

「原來如此。」生田說完後，又繼續說：「我在劍崎的網頁上看到的留言都是來自地方都市。伊豆下田、福島、歧阜、奈良、小樽……」

武上忍不住大笑說：「簡直就像是旅遊推理小說嘛！」

「一開始我也覺得好笑。」生田的語氣很認眞：「可是後來覺得這可能不是好笑的事。你看，她們——會寫留言進來報告的人大概都是女性吧，爲什麼要在網路上寫下這些事呢？既然眞的差點遇害，有這種虎口逃生的經驗，就應該報警嘛，這樣對搜查也有幫助。但是她們爲什麼不這麼做？」

武上將最先浮上腦海的答案說出來：「因爲對自己的危險經驗是否眞的來自於栗橋和高井，沒有什麼信心吧。」

「你說的也許沒錯。但是相對於首都圈的二十二個報案者，你說這十二個網友都缺乏信心，不覺得有些奇怪嗎？」

「我想是因爲距離太遠的關係吧。多少首都圈的人也是缺乏信心，但是畢竟東京都離搜查總部較近，感覺比較容易聯絡。她們也知道這種事情不是打通電話，『是的，我們會做成檔案，辛苦了！』就能結束了事的。距離遠的人當然不可能專程來報案吧。」

「沒錯，我也是那麼想。所以她們才會留言在劍崎的網頁上。在還沒有網路這種方便的東西之前，假設發生同樣的情況，大家都悶不吭聲，頂多只是跟周遭的朋友親人透露，之後便不再提了。但是現在拜網路媒體之賜，我們才能看到這些。」

想了一下之後，武上反問：「你想說的是什麼？」

「我是覺得應該有調查一下的價值吧！」

「那十二件嗎？」

「嗯。」

「會留言在網頁上的人，不是可以不用本名嗎？」

「嗯，可以用化名。」

「那麼不是性別也看不出來嗎？」

「沒錯。」

「所以難怪會有錯覺、誤解，不……甚至是完全騙人的情形。」

「的確。」

「要調查是誰留言進來的，大概工程浩大吧？」

「沒錯，但是有一個方法可以一試。先從總部上網寫信叫她們出來，然後跟她們要求更詳細的資訊。看看她們的反應之後再行動。」

武上「嗯！」了一聲，表示認同。

「在這分散全國各地的十二件犯罪未遂報告

中，如果有一件是眞的，收穫不能算是不大吧？只要我們知道栗橋、高井他們的行動範圍比我們想像還要大的話，搜索他們祕密基地的方針也要跟著改變吧。而且……」

說到這裡，感覺上生田的聲音有些含混，他還是有所顧慮吧。

「你不必在意，直說無妨。」

「確定了遠地發生的未遂事件，或許能跟栗橋、高井的不在場證明扯上關係。尤其是高井的部分，目前沒有確定的不在場證明，但也不能肯定就是沒有，現在的情況陷入了膠著，不是嗎？」

武上很明白生田要說的是什麼。假如栗橋和高井在小樽犯下未遂案件，比起同樣在東京都裡的犯案，考慮到移動因素，自然物理性的時間需要的比較多，也更能喚起他們周遭人們的記憶。此外飛機的搭乘紀錄、特急電車的對號券、住宿的紀錄等足以蒐證的可能對象也會跟著增多。

到目前爲止，已經知道身分的受害者之中也有在更偏遠地方失蹤、然後被殺害的例子，如群馬縣涉川市山中遇害的伊藤敦子。群馬、小樽和歧阜，的確各地的情況不一樣。

武上從生田顧慮的語氣中感覺有些不一樣的意見。「怎麼了，生田？難道你對栗橋和高井是兇手的說法有疑問嗎？」

生田又咳了一下，他打電話的地方十分安靜。

「對於栗橋，我毫無疑問。」他慢慢回答：「對高井，我懷疑。」

「果然是這樣。」

「武上你覺得呢？」

「我是內勤業務，對於搜查內容沒有說話的立場。」

「的確，你說的沒錯。我對於自己的案件也不能說話。」

「只是……在總部裡面，對於高井涉案的程度意見分歧。」

「其實下午就有個會議。」武上說：「討論的議題就是這個。上面的人很想早點確定兩人的犯案，但是現場有人持反對意見。」

生田嘆了一口氣說：「可是這種懷疑千萬不能對外洩漏吧？」

「嗯。可能會造成社會的恐慌吧。」

「也可能會有模倣犯的出現。不，武上，其實網路上已經出現了。」

自稱是這幾起連續誘拐殺人事件的「眞凶」，曾經在劍崎的網頁上留言。

「當然是騙人的。對方被劍崎一問，馬上就說出不合情理的說辭，立刻行跡敗露。但是跟他一樣的傢伙今後還會陸續出現。」

「應該是吧。」

「我再跟你說些令人心寒的事吧？上個禮拜吧，不是高井的妹妹引起騷動嗎？」

「你打電話來的時候，我正在歸檔整理這個事件。」

「在劍崎的網頁上，又一大堆關於她是否參與犯罪的推理。有人說其實跟栗橋合作的人不是高井，應該是由美子吧？」

「有什麼證據嗎？」

「聽說在美國有這種實例，有個女人幫助先生強姦殺人。換句話說，高井由美子愛上了栗橋，兩人是情侶關係。」

「編故事的話，要多少有多少。」

但是武上還是想上那個網站瀏覽，所以要了網址記下。

「我倒是沒想到你是網路通耶！」

「什麼通呀，我也不很熟的。」

「是什麼原因開始上網的？」

生田好像在朗讀自己寫的東西一樣：「不是有縱火狂會回到自己放火的現場觀看；殺人犯回到殺人現場或參加被害者的喪禮、接受電視採訪嗎？」

「嗯，常有這種情形。」

「犯罪心理學者說這種行爲是犯人在下意識間希望自己被逮捕、被懲罰的慾望表現。但是我認爲這中間應該還有希望讓別人肯定是他們幹的衝動存在。」

武上對著髒舊的話筒點頭說：「然後呢？」

「我之所以瀏覽劍崎的網頁，是從去年的二月起。剛好那段期間有個關於搶劫便利商店的小案件發生。抓到犯人後，那傢伙居然曾經在該網頁上留言過好幾次，針對一些電視新聞也不會播報下文的事件提出個人感想。題目不外乎是：誘導深夜便利商店犯罪的條件、都市生活中被喚起的人類暴力性等之類的。」

武上揉了一下眼睛，突然在腦海裡浮現一個年輕男人對著電腦打字的身影。在武上的想像中，那個年輕男人並非眼露凶光，也不是對日常生活厭煩顯得渾濁暗沉；而是沉溺於自我表現的快樂散發出生氣盎然的光芒。

「如果說……我強調的是如果說哦。」生田低聲繼續說下去：「栗橋，高井之外還有第三者的話，那傢伙一定和那個強盜是同一類型的人。對於該事件一定很想對外公開得不得了，早晚他都會說出來的。就像在事件還在進行的時候，他們打電話給HBS特別節目時一樣。而這一次應該不會像上次一樣突然斷線了吧。只要說過一次，就不可能停止。而且這一次他一定會說到自己滿意、自己膩了才肯結束。」

「一旦滿意了、膩了會怎麼樣？」

就像事先說好的暗號一樣，武上的腦子裡的答案跟生田口中說的完全一致：「一定就會又開始殺人！」

電話掛上之後，考慮了一陣子。結果武上走出內勤業務的辦公室，來到一樓。從一樓大廳的公共電話跟家裡聯絡，接電話的人是他太太。他請太太寫下留言，順便提到換洗的衣物沒有了，便掛上電話。這一通電話只花十塊錢。

會議馬上要開始了。準備搭電梯上樓時，正好看見從外面回來的篠崎往員工出入口的方向走來。大衣上面像個上學的中學生一樣圍著圍巾；一月的寒氣讓他像個上學的小學生一樣臉頰通紅。一看見武上的身影，他的臉頰緊張地抽動了一下。

篠崎應該是從墨田區公所剛回來，腋下夾著裝圖表用的圓筒。那是改修工程完後，大川公園的最新藍圖。武上先走進電梯裡，按下要去的樓層。篠崎縮著脖子跟上來。兩個人沒有交談。

自從在呼叫器留言「混帳東西」之後，武上便沒有跟篠崎說過一句話。有工作讓篠崎去忙，卻完全不跟他聊天。像現在也沒有說話的心情，因爲武上還在生氣。

被高井小組的刑警們拚命抱怨時，武上擺低姿態不斷道歉。最後大家反而同情武上，覺得他沒有必要那樣道歉。有人勸武上把篠崎給換掉；實際上，上面也不喜歡對搜查對象有個人情感的刑警，即便是內勤業務也是一樣，所以也有除去篠崎的「勸告」。面對這些，武上一概都以因爲自己監督不周所致，責任在於自己。以低姿態要求上面能原諒篠崎，讓他繼續留在搜查總部裡服務。幸好高井由美子的自殺未遂，以及被篠崎發現等事情在沒有讓媒體知道的情況下結束。武上的道歉加上他們的好運，搜查總部對於調走篠崎，至少目前是持保留的態度。

但是武上個人的想法，還是希望能阻止篠崎的調職。

墨東警署老舊的電梯慢吞吞地上樓之際，篠崎幾度想開口說話。即使背對著他，武上的皮膚都能感覺到，只是他既不回頭，嘴巴也緊閉著。

電梯停止、門一開，武上便立刻走出去，後面的篠崎發出女人一般的叫聲：「嗯……！」

武上停下腳步回頭，嘴巴還是緊閉著。

篠崎貧瘠的喉結上下移動。

「沒……沒什麼事。」聲音比剛剛更加小聲。

武上努力踏著不愉快的步伐往會議室移動。目前這一陣子，他還不打算原諒篠崎。

搜查會議進行了三個小時。

關於栗橋浩美房間發現只有錄影帶影像的四名「可能受害者」的身分，目前還沒有解開。光是年輕女孩失蹤的事實，就已經毫無疑問受到周遭的注目。警方的想法是——跟這四名女性有關的人們，只要有任何一人突然想起來跟警方聯繫就好了，偏偏進行的也不是很順利。

但也並不是說全日本對這四名女性毫不關心；不停有人前來詢問確認，只是都不是她們。看著

「可能受害人小組」肩膀疲憊地繼續報告，武上再一次想起了生田的提議。

「剛剛說全日本毫不關心是不對的。」他訂正剛剛自己的說法：「身分的確認詢問並非來自全國各地，不是全日本，而是以首都圈爲中心。

栗橋浩美和高井和明是否具有我剛剛和生田交談時所嘲笑的那種旅遊推理小說的行動力呢？」

「萬一剩下的四名女性是在北海道或九州被誘拐殺害的，會怎麼樣？

女性的肖像畫已經刊登在全國的報紙上；電視新聞也有播出，連社會新聞都有報導。所以全國的人都應該看過才對。如果身邊有失蹤女性存在的家庭或職場，一定會特別留意，不可能默不作聲才對。」

「還是說……

的確資訊是沒有距離的；但人們之間有距離。活生生的人們依然保持距離相互存在。所以擔心失去行蹤的女性可能是東京栗橋浩美的『蒐集品』之一時，假如是在北海道或是四國的某個鄉鎮，有爲她們感到不安的父母、丈夫還是情人的話，讓他們站起來、前往東京、拜訪墨東警署，究竟需要多少的勇氣和精力呢？

還是說負面的想像力（不想有那種不吉利的想法）發揮了更強大的逆向力量呢？」

武上曾經有過這種經驗。一個十幾歲少女的殺人棄屍案件，由於被害人身分難以確定，只好公開身上的特徵和爲數不多的貼身遺物來徵求資訊。立刻有人前來了確認，結果其中有那個少女的父母。事後警方詢問少女的母親才知道，他們夫妻爲了要不要跟警方聯絡大吵了一架。

「我先生光是想到女兒可能被捲入這種事件，就覺得很討厭。我一說要去警察局，他竟然大聲怒吼說：『妳是不是覺得自己痛肚子生的女兒死了最好！』」

其實已經離家出走一年以上的少女，家裡並沒有提出搜查申請，也是因爲父親的反對。

「只要不想到壞處，假裝沒看見就不會有壞事發生。這就是他的想法。我先生對於眼前發生的事，因爲不合自己的意就連看也不想看一眼。自從女兒變壞以來，他就是這個樣子。」

結果認回女兒遺體，舉行葬禮不久後，這對夫妻便分居，日後也離婚了。逮捕到兇手是在那半年以後，武上前往她家報告時，站在供奉著女兒小小牌位的神桌前，母親小聲地表示她先生到現在還相信女兒活在某個地方。

就算這對夫妻是個極端的特例，人們的心理就是這樣。的確行蹤不明比死亡的通報還要痛苦，越拖越久就越加痛苦。但是不敢直接面對恐怖事實的駝鳥心態，對人們的行動有著莫大的影響。

而且其中還隔著「距離」的障礙。對生活在日本全國的一般人民而言，這絕對不是狹隘的距離。

相反的，資訊流通得越快，因爲其速度很可能會產生切身生活經驗跟不上的弊害。有誰會特意去讀三天前的報紙呢？想要買一個禮拜前出刊的週刊雜誌，要到哪家書店或便利商店才能買到手呢？

「可能受害人小組」之後是「祕密基地搜索小組」站起來報告。這裡停滯不前的情況也是一樣，目前沒有任何進展。

栗橋浩美留在初台住處的行動電話通聯記錄，是搜查總部重要的資訊來源。他的刷卡記錄也是一樣。可是到目前爲止，其中居然找不到一件初台住處以外可能聯絡的場所，像是受理出租別墅的不動產公司、租車公司、或賣家具、家電的商店等業者。

提到收穫，反而是知道了栗橋浩美經常出入的小酒館、不斷重複借錢的高利貸、電話俱樂部語音留言信箱。這些資訊隱藏了許多從外面無法窺探的他的交友狀況。可以推論栗橋浩美至少在留有這些電話記錄的一年之間，並沒有特定的情人或女朋友。另一方面，他經常跟高井和明聯繫，大約是一個禮拜或十天打一次。但是嚴格說起來，這些是否都是打給高井和明的卻很難說。因爲高井個人並沒有專線電話，用的都是家中店面「長壽庵」的電話。比方說，很有可能栗橋浩美打電話來是爲了點外送。想到高井或是高井由美子是兇手的說法，很可能根源於此；武上不禁苦笑。

「祕密基地搜索小組」最後提到他們以冰川高原爲中心進行地毯式搜索，一旦沒有成果將繼續擴大區域搜索的方針後便結束報告。之後是高井小組的刑警站起來，武上以爲是要報告高井由美子的事件，所以離席回到內勤業務的辦公室。

辦公室裡有四名同事，各自忙於自己的工作。大家都已經知道篠崎被武上責罵的事，所以這陣子辦公室裡的空氣凝重。武上拍拍手要大家注意：「待會兒五點鐘一到要開會。」面對著電腦的篠崎也只是稍微回頭一下，沒有抬頭看著武上的臉。

一回到位置上，先是看見留言的字條。大概是目前離開位置、看不見人影的同事留的，端正的字跡寫著：「令千金來過電話」。武上才坐下馬上又到樓下大廳去。

打回家裡的電話，女兒很快便出來接：「哎呀，辛苦了！」輕佻的口吻就像在跟外送的小伙子說話一樣：「找我嗎？有什麼事。」

「妳今天回家得還眞早嘛！」

「因爲下午停課了呀。」

「不用去打工嗎？」

「今天不用。到底有什麼事嘛？人家正好要出門買點東西。」

很想問她關於男朋友的事，找不到切入點。女兒其實也很清楚，故意這麼說話，讓武上更覺得不好開口問。

武上要女兒準備好紙筆、記下劍崎龍介的網頁網址，並交代要她幫忙做的事項。

「嗯……聽起來還蠻好玩的嘛。」她好像還蠻有興趣做的。

「妳現在還會使用電腦吧？」

「很失禮耶，當然會用囉。」

「那妳先上去看那個網頁，印出來拿來給我。」

「爸！」女兒大叫一聲。

「幹什麼？」

「家裡又沒印表機。」

「沒買嗎？」

武上責怪的口氣讓女兒大聲反擊：「當初說沒有必要的人是爸你。說什麼只是收電子郵件，不需要買那麼占地方的東西！」

武上搔搔頭說：「那就買嘛！」

「謝謝！」

「爲什麼要說謝謝？」

「當然是爸去跟媽說，然後拿錢出來買呀。」

武上抱怨了一大堆，就像在無人的荒野上掃射機關槍前進，敵人早已經挖好洞躲起來了。

「爸你先在電話等著。我去確認一下你抄的網址對不對，先去上網查一下再說囉。」

話筒傳來保留的音樂。武上想可能要等很久，便在口袋裡找尋香菸。還來不及點火，女兒已經回到電話線上。

「喂！爸，有你的電子信件。」

「妳說什麼？」

「有人寫信給爸，是『建築師』寫來的。」

「上面寫什麼？」

「說要跟你見面。」女兒竊笑說：「該不會是……爸的祕密情人吧？」

「別胡扯！」

武上本想立刻回電，心裡卻很納悶：爲什麼是寄電子信件過來呢？大概是因爲武上最近經常不在內勤辦公室裡，所以才會跟家裡聯絡吧。

經過不到五分鐘，女兒又回來報告說已經找到了劍崎的網頁。最後武上答應事件告一段落後，會給她一筆零用錢才掛上電話。

14

塚田眞一決定離開前畑家的公寓。他跟昭二和滋子都說好了，雖然他們夫妻都力勸他住下，但是眞一沒有改變自己的決心。

自從那本寫眞週刊出刊到今天爲止，眞一始終抱著一半認眞的態度，在黎明前的寂靜街頭、在午休的悠閒時間、在深夜平穩的安眠氣氛中，等待著樋口惠高亢聲音的打擾。她什麼時候出現在前畑家門口，眞一都不會覺得奇怪。與其說是做好了心理準備，應該說是想早點解決掉這件事，有一種破釜沉舟的心情。

但是到目前爲止，樋口惠還沒有現出身影。但是眞一還是要離開。

就算已經看開了，但是對於自己等待樋口惠上門的這種被動姿態，眞一還是覺得有些討厭。一旦見到了樋口惠，自己還是會動搖吧。還是會跟以前一樣混亂、膽怯吧！

但是他還是想不要再每次都選擇逃跑了，不，應該說是決定了。雖然膽怯害怕地堅守在一個地方，可能什麼都不能改變、也不一定會不見某些東西吧。但是每次逃跑，稱不上是敏捷或機靈，只會讓他覺得是怠惰使然；只是因爲找不到其他路，爲了避開不去看事實，就不得不到處躲藏。眞一終於開始認爲：原來爲了給自己什麼都不會的藉口，於是只能機械性地到處脫逃呀！

因爲《日本時事紀錄》的關係，讓他再次跟有馬義男見面。大概是能夠和那位老人家說出心裡的話，讓他有此轉變的想法。那個人沒有逃跑；儘管受傷也很疲倦，卻不會像我一樣把精力都浪費在逃跑上。

「要不要來我那裡住？」

有馬義男的那句話，充滿了對眞一的關愛。比其他任何嚴肅的忠告或強烈的鼓勵，都還能打動眞一的內心深處。只是眞一今後的人生不能再躲在這些溫暖的人們後面，不能再靠著他們的溫情逃避過一生了。

一月十九日下午，眞一整理一小袋手提行李，連同裝滿衣服的紙箱，拿到來接他回去的石井夫妻後車箱裡時，頭上忽然飄來一陣雪花。眞一吃驚地仰望天空。藍得幾乎要把人吸進去的天空裡，到處飄著浮雲。降下這些花雨般的雪片，難道是那些雲朵嗎？

今天的天氣冷得厲害。這樣子站著，耳朵已經開始受不了。眞一心想這種天氣在東京算是少見吧，一邊關上後車蓋。然後像個孩子似地張開雙手迎接雪花。撲在臉上的雪花像天使的靈魂般夢幻而冰冷。

石井夫婦在滋子夫婦的房間裡一直在談些什麼，眞一不想加入他們的話題。行李已經整理好了、房間也打掃得差不多了，剩下來就看怎麼打發時間囉。還是就這樣欣賞一下飄雪吧，畢竟花雨般的雪片不會下太久的。只要北風將這些雲朵帶走，雪自然就停了吧。

眞一靠在石井夫婦白色的轎車門上，閉上眼睛置身在飄落的雪花之中。這麼一來，彷彿也能聽見雪花飛舞的聲音。雪花不停地像說話般飄落下來，雖然不知道在說些什麼，但是聽它們的低語，自然覺得心情平靜。好久沒有享受這種安詳的感覺了。對呀，好久好久以前，在我還是小孩子的時候⋯⋯⋯。

那是眞一國小二、三年級的時候吧，一家人曾到箱根旅行。教職員的旅遊會館就在蘆之湖畔。喜歡開車的爸爸宣布不坐火車，往返都自行開車前往。去的時候還好，回程因爲繞了許多地方，終於迷路了，比預定計畫花了更多的時間。

爸媽坐在前座，年紀還小的妹妹坐在媽媽的腿上。眞一一個人獨占整個後車座。肚子吃得很飽所以很想睡覺，平常這個時候早已經窩在被子裡呼呼大睡了。

眞一拿坐墊當枕頭，車子的晃動很舒服，就像搖籃曲一樣。爸媽在聊天，又好像在看地圖。眞一很快便進入夢鄉。然後突然醒來時，橫躺的身體上面蓋著爸爸厚重的大衣，很暖和。橫躺在後車座的姿勢，幾乎看不見爸媽的背影，只能稍微看到他們的頭頂，但是可以聽見說話聲。不知是因爲眞一想睡了，還是爸媽壓低了聲音說話，兩人的交談像低喃般聽起來很小聲。兩人的確就在那裡。車子繼續行駛著，往回家的路上。

這麼一來什麼都不害怕，只要像這樣就不會出什麼事。爸爸和媽媽守護著我和小妹妹。我們在一起，永遠在一起，所以不必擔心會一個人孤苦伶仃。包圍在慢慢波動的安心感之中，眞一睡著了……。

就在附近有汽車的喇叭聲音。眞一立刻恢復自我，張開眼睛。

不知道時麼時候雪花已經停了。在轎車的後面正停著一輛箱型車。坐在前座的是網川浩一和高井由美子。並列的兩顆頭。其陰影在一瞬間跟剛剛的夢境結合，立刻又消失了。

「天氣這麼冷，一個人站在這裡幹什麼？」

網川停好車，立刻下來走向眞一。由美子的神情沒有他那麼輕鬆自如，這也難怪。

寫眞週刊的騷動後，由美子跟滋子姐好好見面，就眞一所知，今天應該是第一次。也許她們之間有通過電話，但詳細情形眞一並不清楚。飯田橋飯店事件的善後處理，完全跟眞一毫無關係。

「塚田小弟，怎麼了？」由美子躲在網川的背後，問眞一：「今天不用打工嗎？」

「我要搬家了。」眞一簡單地說明：「我想回去監護人石井叔叔他家住。」

網川和由美子彼此對看。

「沒問題吧？」網川擔心地問：「回去石井家的話，那個……對方不是還會追來嗎？」

眞一從來沒有跟網川浩一提過任何事，什麼時候他卻對眞一的心事這麼清楚。滋子姐不可能大嘴巴跟他說這些，很可能是他用想像力加油添醋拼湊出來的。說起來他的腦筋還轉得眞快。

「總不能一直都在逃避吧。」眞一說：「而且已經被那樣報導了，我再麻煩滋子姐，只會讓她的立場更加艱難。」

高井由美子縮著肩膀，緊抓著網川的手臂小聲說：「都是我的錯。」

眞一沒有說話。因爲他實在說不出口，那句由美子打從心裡想聽到的話：「這不是妳的錯！」

於是網川趕緊說話：「妳說些什麼？這樣不對，由美子。眞要說起來，一開始都怪我不該大嘴巴，沒有考慮到由美子的心情，隨隨便便就說出了飯田橋有他們被害人家屬聚會的事。」

由美子低垂著頭。人有些瘦了，但是化了整齊的妝、頭髮也整理得很漂亮。跟第一次在三鄉市的公車站看到的比較起來，神情平靜許多，而且還有點……（脫胎換骨的感覺）。

她給人這樣的印象。

（還是因爲網川一直在她身旁的關係。）

高井由美子和網川浩一，最初出現在滋子和眞一面前，就是一對雙人組。網川幾乎是保護者，視線從不離開由美子；由美子也好像十分依賴他。眞一幾乎無法想像事情發生之後，在網川這個救火隊還沒有趕來之前，一個人獨處的由美子會是怎樣的表情？大概滋子姐也是同樣的想法吧。

這兩人怎麼樣，根本不關我的事。眞一冷淡地思考。我一開始就沒站在由美子這邊，今後也是一樣。不，就算能夠我也不要！

「可是這麼一來可能不方便吧。還是下次再來吧？」網川說時還看著公寓的方向。「突然能夠撥出時間，所以也沒先打個電話就來了。」

「我的事沒什麼大不了的，應該沒關係的。」

「是嗎，那由美子我們上去吧！」

在網川的催促下，由美子開始走動。可是立刻又停下腳步，回頭看著眞一說：「塚田小弟，你眞的就這樣離開了嗎？」

眞一沉默地點頭。他實在對掛在網川手臂上的由美子覺得很生氣。

「你已經不幫滋子小姐了嗎？」

「還不知道耶。」眞一簡短回答，他自己眞的也不知道答案。

「眞的就這樣走了嗎？」由美子困惑地眨著眼睛說：「這樣的話，我……有些事想跟塚田小弟說。」

說完抬頭請求似地看著網川，網川似乎已經知道由美子想要說的內容是什麼。

「妳要在這裡說嗎？由美子。」

由美子眼光低垂著悶不吭聲。

「有什麼事？」眞一問，眞想趕快趕走這兩個人。

「我……就是……」由美子口齒不清地說話：「那個糾纏塚田小弟的女孩，叫做樋口惠的，我見過她。」

這一點倒是讓眞一很驚訝。「妳說什麼？」驚訝之情表現在說話的聲音裡。

「由美子和樋口惠見過面。」網川插嘴進來：「是去年十月的事了。對吧？」

由美子的雙肩縮得更小。「是的，是眞的。我覺得很偶然，但我確實跟樋口惠見過。」

「在哪裡？」

由美子說不出口，看了一眼網川，又瞄了一眼眞一的表情，好不容易才輕聲回答：「在大川公園。」

雲朵散去、雪花停止了，卻感覺天氣更冷。青空下、寒風裡，眞一聽著由美子說話。爲了跟蹤和明來到大川公園，在那裡差點被一個身體骯髒的少女偷了皮包。那個少女就是樋口惠，她的行爲異常。就在由美子不知道該如何是好的時候，遇到了石井良江，兩人將昏倒的樋口惠帶回石井家。聯絡了警察也無法處理，最後只好讓由美子護送樋口惠回家，沒想到路上還是被她逃跑了。

「塚田小弟，你沒有聽石井太太提起過這事嗎？」網川問。

「完全沒有。」眞一有些茫然地回答：「我什麼都沒聽她說過。」

「大概是怕你擔心所以沒說吧。她或許是想：聽到發生這種事，你會更不想回到石井家。」

嬸嬸居然讓樋口惠進家裡，這一點最讓眞一感到驚訝。也許是形勢不由人，但對嬸嬸而言仍是一個很大的決斷。

「我以爲嬸嬸幾乎都想殺了樋口惠！」眞一低喃道。

「是的，我看見她的時候的確是那樣。」

「對由美子她們愛理不睬的巡警最是可惡！」

「不過這樣也好。」由美子說：「沒出什麼事。」

眞一總算明白高井由美子內疚畏縮的表情是怎麼回事。

「對了，高井小姐。這件事滋子姐應該也沒跟警方說吧？對不對？」

由美子嘴唇緊閉地抓住了網川的手臂，網川也靠近保護她。

「沒有說吧，對不對？」

北風呼嘯中，聽不見由美子的回答，只見她的下巴微微上下移動。

「說不出口吧。」網川溫柔地出聲幫腔。

「說的倒也是。」眞一突然覺得生氣，不，應該是說壓不住怒火和反感。他語氣強烈地表示：「如果提到這件事，就必須先說明由美子爲什麼要到大川公園的理由。這麼一來高井和明在事件還在發生的期間去過大川公園的事就曝光了，不太好吧！而且是很不好！所以才說不出口的，對不對？」

由美子躲在網川的背後。

「網川先生，你明明知道這些事。」眞一氣極了：「爲什麼還要護著那個人？」

網川一抱住由美子的肩膀，由美子便將頭靠在他胸前低聲哭泣。網川表情扭曲，痛苦地牽動嘴角看著眞一。

「對不起。」他的聲音沙啞：「關於這件事，我也是在飯田橋事件之後才聽說的。我也覺得很吃驚，這麼重要的事，由美子一直隱瞞沒說。」

由美子沒有抬起頭。

「塚田小弟，你會生氣是應該的。但是我能理解由美子的心情。沒有勇氣說出對哥哥不利的事，那也是沒辦法的呀。」

「眞是溫柔呀，你！」

「因爲我們是朋友。」網川說得很堅定：「而且我覺得這件事隱瞞那麼久，卻能一鼓作氣對你說，是很棒的。當然也會對前畑小姐說，跟警方做證的。我負責讓她這麼做。其實今天來見前畑小姐，也是因爲飯田橋事件之後，由美子有了許多反省和訂下目標。她想來聽聽前畑小姐的意見。」

「她要跟滋子姐說些什麼呢？」

網川稍微看了由美子一眼，嘆了一口氣說：

「她是要來跟前畑小姐提出分道揚鑣。」眼神十分嚴厲。

「妳是說今後不再利用滋子姐來主張高井和明不是兇手了嗎？」

「我從來都沒有想要利用過她！」

「騙人的，妳明明就是想讓滋子姐寫出妳的心聲！」

「我只是想對身爲記者的前畑小姐，說明自己的意見呀。」

「那還不是一樣！」

「不，完全不一樣。」網川眼光銳利地瞪著眞一說：「我不想和你爭論這件事，因爲你不是這個事件的當事人。固然你是第一發現者，但也僅止於此。或許你眞的也是殘酷犯罪下的被犧牲者，但並不表示你就可以理所當然地對跟你毫無關係的事件有說話的權利！請你停止以被害者的感情論調來責備由美子。」

眞一腦中一片空白，一句話都說不出口。眼前網川的臉扭曲得十分厲害。

「網川先生！」由美子抓著他的手臂，聲音哭泣地說道：「不要再說了。塚田小弟沒有錯，錯的是我不該有所隱瞞。」

「不，不對。」網川抬起下巴，神情顯得更加精悍。「塚田小弟沒有錯、由美子也沒有錯。大家都沒錯卻都很痛苦，因爲大家在彼此傷害對方。我希望到此爲爲止，大家必須停止才行。」

眞一不停地眨眼；不管怎麼眨眼，網川的臉還是看起來有些傾斜。那是因爲眞一的心也傾斜的關係。

「對不起！」由美子蒼白著臉道歉：「我想改掉過去的所作所爲。爲了主張哥哥的無辜，我必須振作起來才行，我必須堅強才行。」

由美子邊說邊撩起蓋在臉上的頭髮，於是從她拉高的大衣袖口，看見了包著繃帶的左手臂。

「那是怎麼了？」眞一問。自己也覺得自己說話的聲音不太一樣，好像多了些顫音。

「妳的手臂怎麼了？」

由美子慌張地將大衣袖口拉回，藏住了繃帶。

「妳是想要自殺過嗎？」

由美子沉默地低著頭，取而代之的是網川開口回答：「沒錯。因爲飯田橋的事被寫眞週刊擺了一道，眼前一陣黑暗就……」

「是割腕嗎？」

「沒錯，用刮鬍刀。」

眞一不是對著網川而是面對由美子詢問：「妳是玩眞的嗎？」

「塚田小弟！」網川臉色一變說：「你說些什麼？」

「我是在問由美子小姐，不是問你。」眞一的視線完全沒有離開由美子的臉。她依然是想躲在網川的背後。

「當然是來眞的，那還用說！」網川難掩怒氣地表示：「有誰會拿割腕開玩笑，像你這樣的小鬼是不會懂得的。算了，由美子，我們走！跟他說什麼都沒有用的。」

網川抱著由美子的肩膀轉過身去，看著由美子瘦弱的背影貼近網川的身形裡，眞一不禁大聲喊叫：「由美子小姐，妳跟樋口惠根本沒什麼兩樣！」

突然間由美子的步伐錯亂，差點踩空了。網川趕緊扶住她，兩人離眞一越來越遠。

「在大川公園和樋口惠遇見時，妳不也是麼想嗎？覺得那傢伙逃避現實、只顧慮到自己的方便。當時的妳和樋口惠還不是一夥的，妳們並非同類。但現在不同了，妳和那傢伙都一樣，都是一丘之貉。」

網川和由美子走到了滋子她們住的公寓大門口。網川用力推開大門，將由美子往門裡塞。

「那傢伙和妳都只看見自己想要的，只知道自己希望的。根本不管現實情況是多麼的扭曲。不管怎麼拖累周遭、讓別人狼狽，只要能說出自己的主張強迫別人接受，妳們都無所謂，不是嗎？」

網川猛然回頭逼視著眞一的臉，用力關上大門。

「自私鬼！」眞一大聲怒吼，聲音卻被北風呼嘯而過帶去。

前畑滋子送石井夫婦來到門口，突然聽見粗暴敲門聲，打開門一看是網川浩一的臉。眼睛低垂的由美子幾乎被他抱著依靠在他身上。

「怎麼了？」滋子不禁大聲詢問。正在狹小客廳穿著大衣的石井夫婦，驚訝地看著她們。

「對不起。」網川語帶生氣地道歉，並越過滋子肩膀看著石井夫妻點頭，打了一個不太禮貌的招呼。

「由美子有些不舒服，我們上來得有些急。可以打擾一下嗎？」

滋子一時之間對於這一個禮拜發生的事、擔心眼前幾乎要哭出來的由美子的心情、滋子也想聯絡由美子和網川好好談一談，整個事情的前後順序都被打亂了，她只覺得一股反感油然而起。這傢伙什麼東西？上門演這齣戲，打算幹嘛？雖然只是一瞬間，強烈的反感竟是那麼鮮明，連滋子也嚇了一跳。

「我們正好要告辭了。」石井太太大概是顧慮滋子的心情，語氣穩重地表示。然後回頭看著先生說：「我們該走了。」

「塚田小弟在車子那邊等你們。」不知道網川為什麼眼神始終很嚴厲，說話的語氣也很衝：「不快去的話，恐怕他會感冒的。」

石井夫婦倆人都一臉訝異地詢問網川說：「眞一他怎麼了嗎？」

「沒什麼，我只是跟兩位報告他人在下面。」

石井夫婦相對看了一眼，趕緊打完招呼便下樓去了。先後進入客廳的網川和由美子身上穿著大衣、圍著圍巾，也不打算坐在椅子上。滋子已經不再驚訝了，只是剛剛明顯的反感還無法完全擺脫，頭腦一下子還不能轉換過來。

「不先坐下來再說嗎？」

對兩人招呼一聲後，滋子穿越客廳來到可以俯瞰大門。

視公寓下方的窗口。往下一看，石井夫婦的車子就停在那裡，正準備倒車往公路開去。因爲位於正上方，無法確認石井夫婦和眞一的表情。

儘管空間狹窄，石井夫婦的車子卻能一次倒車成功，發出引擎聲揚長而去。滋子目送著他們心想：剛剛應該走到樓下跟眞一說說話才對的……。

回過頭一看，網川和由美子總算是坐下來了，但表情還是一樣的嚴肅。

「你們和眞一出了什麼事？」滋子在窗邊說話。

「我們有些意見不合。」網川皺著眉頭回答：「那傢伙對由美子說了過分的話。」

「是我的不對。」

「妳沒有錯。」

滋子嘆了一口氣。眞一不得不離開這裡的原因，就是因爲由美子引起的騷動。手島總編輯命令滋子停止原來的報導，必須以一次的連載對讀者說明飯田橋事件的經過，也是因爲由美子的關係。而由美子會搞出這種事來，都是因爲網川不小心說溜了嘴，關於被害人家屬在飯田橋飯店聚會的消息。眼前的兩個人造成這麼大的影響，現在他們又想幹什麼了？

「你們和眞一吵架了？」

「也不算是吵架啦。」網川表情認眞地反駁：「他大概是誤會了。還是個小孩子，沒辦法吧。」

由美子沉默不語；沒有看著滋子，始終盯著網川。

沒辦法，把大家情緒都搞壞了，並不能讓事情有所進展。「算了，這件事待會兒再說。既然來了正好，我也想跟兩位見面談談……。」

收拾桌面、幫由美子她們重新沖泡咖啡，滋子同時說明目前的現況。兩人神色老實地聽著；當滋子說到一個段落時，網川一副嚴肅的表情抬起頭說：「前畑小姐，關於妳的報導是妳個人的自由。」

滋子稍微笑了一下說：「你還眞會說話！」

一股金屬般的冷冽空氣降臨在三人周遭。不對，從網川和由美子進入這個房間起，或許這股空氣便存在了，只是因爲滋子過去的惰性讓她沒有發覺。

「這次的騷動，有一個明顯的事實吧？」網川說。

「什麼事實？」

網川瞄了一眼垂頭喪氣的由美子，然後正眼看著坐在斜對面滋子。

「前畑小姐對於高井和明和栗橋浩美是共犯的推測毫不懷疑，沒錯吧？」

滋子沒有立刻回答，而是等著網川繼續說下去。

「如果是這樣的話，那麼由美子對前畑小姐就沒有任何指望了。不管由美子爲妳的報導提供多少資訊，也無助於高井和明無辜的主張呀。」

「原來如此。」滋子說完後，由美子因爲這句話脖子縮得更厲害了。

「所以呢？」滋子催促網川：「你的結論是什麼？」

「今後由美子將不再幫助妳了。之前由美子對妳提供的任何證詞都拒絕用在妳的報導之中。」網川爲表慎重而再一次詢問：「沒錯吧，由美子？」

滋子看著低頭的高井由美子，想起去年年底時她第一次打電話來的情景、想起了在三鄉市公車站見面的經過、想起了當時由美子孤苦無依、走投無路的眼神。

滋子並不想說些什麼，只是不由得開口叫了對方：「由美子……。」

「妳欺騙了由美子！」網川先發制人地插嘴說話。

「我欺騙了她？」

「沒錯。我想妳也不需要特別回想，從第一次妳和由美子接觸開始我就跟妳們在一起，所以我很清楚。妳會聽由美子說話，假裝同情她，其實是爲了想親耳聽到她的聲音，作爲妳報導中的上好材料！」

網川用力呼出一口氣、晃動一下肩膀後，又換成了一副嘲笑的表情：「那也是難怪嘛，全日本的媒體記者們哪一個不張大了眼睛想要採訪栗橋和高井的家屬！比妳有能力、有經驗、有實績的人們拚命在摸索方法，最後卻只能放棄。而妳只是因爲由美子想找根救命索、剛好送上門來，便得了這個好運。當然不可能放棄這天外飛來的幸運。我要是站在妳的立場，肯定也跟妳一樣的想法。所以妳明明一點也不認爲和明可能不是兇手卻隱藏不說，故意假裝相信由美子說法想要留住她。」

滋子感覺自己的膝蓋顫抖：「我從來沒有那樣機關算盡地跟她交往！」

「是嗎？」網川歪著嘴巴說：「也許前畑小姐只是沒有自覺罷了，但其實已經病入膏肓。妳的做法根本就是想盡機關算計呀！」

「你說話未免太過分！」終於滋子生氣了；之前始終是突然被揍了一拳，衝擊太大的混亂感覺。

「妳不明白嗎？」網川抬起下巴，眼光銳利地繼續說道：「妳一直對由美子很過份。由美子或許是被妳騙了，也可能感覺到被妳利用；但是爲了主張和明的無辜，她需要妳這個窗口，所以只好忍耐，裝著不知道妳的內心想法。但是這齣戲到此已經結束。」

滋子雙手交叉抱住自己。不這麼壓住手臂的話，她怕會想亂丟或破壞什麼東西。

「由美子鬧出飯田橋飯店的騷動，並被那樣子報導，讓妳不得不保護自己專業報導記者的身分，跳出來發表自己的眞正心聲。妳根本不相信高井由美子的說法，對於高井和明和栗橋浩美犯下一連串事件的事實認定毫無疑義。既然這樣，由美子當然也沒有必要忍耐跟妳交往了。」

「換句話說，你們今天來是跟我宣布斷交的了？」滋子毅然決然抬起頭說：「是這樣嗎，由美子？」

由美子雙手掩著臉。網川立刻接著說：「請妳不要威脅由美子！」

「我沒有威脅。我只是不想聽你的說明，想親口聽由美子怎麼說。」

「由美子對於以這種形式跟妳決裂，感到很悲傷。所以請妳不要再折磨她了。」

「對不起。」從掩著臉的指縫中，由美子低喃道。對於這個只知道道歉的女人，滋子覺得十分生氣。

「今後打算怎麼辦？」她好不容易克制住自己說出話來。沒錯，她想知道這點，看看他們的目的何在？

「爲了伸張和明的無辜，找到其他方法了嗎？有什麼新的手段嗎？」

由美子輕輕放下手，露出了臉。她的眼睛沒有看著滋子而是看著網川。一直以來她都是盯著網川。

網川再一次直視著由美子的眼睛進行確認後，轉過頭面對滋子的臉宣布說：「我將開始寫報導。」

15

這是那個星期的星期三的事。

足立好子爲了做晚飯，比丈夫和兩名員工早一個小時離開工廠回家。一邊撫摸著時而還會疼痛的左膝蓋，走進了廚房。工廠早在十年前就改成了水泥結構，但住家還是有三十五年歷史的木造老房子，所以到了這個季節冷得很厲害。好子快步穿梭在沒有一點火苗的寒冷廚房裡，不禁打了一個好大的噴嚏。

她趕緊打開電暖氣的開關，將裝滿的水壺放在爐口上。火苗的色澤給人溫暖的感覺。很想就這麼坐下來好好休息，但對回到家就身爲家庭主婦的好子而言，這種奢侈是不被允許的。打開冰箱和儲藏室，拿出晚餐的材料。今天天氣特別冷，所以晚上吃燒酒湯。通常中午便決定好晚餐吃什麼，是三人份的晚餐。

去年九月初，好子因爲送貨途中出車禍，左膝蓋複雜性骨折。住了將近兩個月的醫院，治療本身又苦又累，之後的復健更是難熬。

可是突然間被迫得一個人過日子的丈夫其實也很辛苦。少了好子的飲食生活，立刻就變得乏善可陳。

個性傳統的丈夫最討厭一個人吃飯。丈夫繼承家業得來的印刷廠，目前雖然爲了赤字而苦；以前生意興隆的時候，在好子還沒嫁進來之前，聽說員工旅遊還一起去過夏威夷呢！當然底下的員工人數和今天不能比，平常不是星期假日的話肯定加班到深夜，所以員工們都在這裡用餐。丈夫在這樣的環境下生活長大，幾乎沒有一個人吃過飯。

好子住院期間，丈夫常常面對著無人的桌子說自己好像被關在個人監獄似地，想來也是怕寂寞的。兩個女兒又都嫁到遠方，加上孩子也小，根本不能指望她們。好子住院躺在病床上，幾乎不敢面對爲這些事抱怨的丈夫的臉。治療之外，就屬這件事情最讓她難受了。

不過之後丈夫倒是自己找到了解決方法。工廠裡的兩個員工之中，一個已經有了家室；另一個則是上高中夜校的二十歲年輕人，叫做增本，有著現代年輕人難得的老實個性。丈夫決定和增本一起吃飯。反正增本也是一個人過日子，而且薪水不高，能夠省下餐費也不無小補，所以也就愉快地接受新的習慣。

當然兩個男人不習慣做飯，做的菜也千奇百怪；但比起一個人枯燥無味的飲食生活，這樣子要好玩多了。

到了十月二十日，好子終於可以出院的日子，增本已經十分習慣足立家的廚房。剛出院的那段時間，好子也很高興有人幫忙作家事。結果等好子身體恢復健康後，增本還是維持跟他們一起吃飯的習慣。

廚房逐漸暖和了起來。好子洗了蔬菜、燒熱鍋子，動作熟練地準備晚餐。這時客廳老舊的咕咕鐘響了，是七點鐘。好子將火勢轉小，走進客廳打開電視。丈夫和增本也快要回家了吧。

電視畫面上的臉孔是平常只在晚上十點以後新

聞節目出現的女主播。好子以爲是自己弄錯了星期幾，仔細一看原來是特別節目。是有關去年九月到十一月初之間，膾炙人口的連續誘拐殺人事件的報導。

哎呀！

好子坐在暖桌前，眼睛直盯著電視畫面。畫面上是兩個年輕男子的臉部特寫。現在全日本大概沒有人不認識這兩個人吧？

右邊臉形較長，面貌端正的是栗橋浩美；左邊胖胖的、眼睛小、眉毛下垂的是高井和明。就目前所知，這兩個人殺死了三、四個人，而且好像是爲了好玩而殺人。

好子知道高井；不認識栗橋浩美，卻認識他媽媽栗橋壽美子。住院期間，曾有過短暫時間彼此睡在隔壁床。壽美子因爲從家裡的樓梯跌下來而住院，不知該說是頭腦有問題還是心神出了狀況，因爲誘拐了來看門診的小孩，而被轉到其他病房。之後好子曾經看到過高井和明到壽美子的個人病房探望。

不只是這樣，好子還跟他說過話。雖然只是在電梯前面聊了兩三句，感覺對方是個個性很好的年輕人；連病樓的護理長也那麼說。護理長還告訴好子：「高井和明和栗橋壽美子的兒子從小認識，常常代替對母親冷淡的兒子來探望壽美子。」實際上從好子聽來的對話中，高井和明總是很親切地叫栗橋壽美子「阿姨、阿姨」，看起來很有愛心的樣子。

因此好子再出院回家不久後的十一月五日，看見這臨時的新聞節目，不禁吃驚得差點心臟都要停止跳動了。一開始她是因爲高井和明和栗橋浩美出車禍死掉而訝異；可是比起之後眞正的驚訝，這個驚嚇還只是小巫見大巫。因爲那個高井和明居然和栗橋浩美聯手誘拐了好幾個女生、將她們關起來虐待凌遲、最後還棄屍、打電話玩弄女生的家人、打電話到電視台吹噓自己的惡行惡狀……。

一開始她還懷疑，如果是栗橋浩美就算了；自己所知道的高井和明，是個身材龐大、一臉害羞笑容的大哥哥，不可能生性那麼殘暴。一定是哪裡搞錯了！

可是之後的報導不斷提供讓好子心情破滅的材料。造成兩人車禍身故的是高井和明的私家車，後車箱則裝著名叫木村庄司的川崎地區上班族的屍體。發生車禍前，他們在綠色大道高速公路的加油站加油時，加油站的員工還親眼目擊他們的交情密切。前一天晚上在冰川高原車站附近的餐廳也有女服務生看見他們在停車場說話。怎麼說兩個人都是一起行動的。

從栗橋浩美在初台的住處起出了大量的照片，被拍攝的七個女性之中，已經知道三個人的身分。她們都是行蹤不明的失蹤女子。那裡是栗橋浩美居住的地方，附近的住戶有人出面做證說是看過高井和明在附近出現。栗橋浩美行動電話的通聯記錄也有許多打給高井和明的電話。

共犯，這個字眼在任何一個新聞、任何一篇報導，都輕易作爲說明兩人之間關係的名詞。

醫院護理長說的沒錯，他們兩人從小就認識。但是彼此的關係並非對等；栗橋是老大，高井和明是他的屬下，甚至只能算是個跟班的。栗橋成績優秀，是班上受歡迎的人物，高井則是學習落後、常被欺負的可憐蟲。

然而這些殘酷的行爲，一開始積極行事的人是栗橋，高井被他牽著鼻子跑、受到影響而越陷越深。

可是好子不明白，眞的會有這種事嗎？

人是會變的。小時候是成績優異的學生，到了長大也可能不成才、不長進呀。小時後難以管教的人，也可能長大成人對社會很有貢獻。小時後的高井和明或許是栗橋浩美的跟班，卻不表示二十歲以後依然一樣。人是會成長的，要維持一成不變才是更困難的。

每個人小時候都有害怕欺負你的人或是對某些同學總是抬不起頭來；相反的，也有欺負比自己弱小、條件差的同學的情形發生。可是這種力量關係也許不會隨著成長而漸漸褪色，但也不會那麼頻繁。至少好子是這麼認爲的。

好子沒有養育過男孩子，她生的都是女兒。但是照顧像增本這樣子年輕的員工卻是經驗豐富。地方小工廠的老闆和老闆娘，有很多機會可以比他們的父母更能就近關心年輕員工的日常交友、金錢出入和感情交往等方面。根據她的經驗法則來判斷：高井和明過了二十歲還不敢反抗栗橋浩美，於是接二連三殺人的說法，儘管出自於有名的評論家、主播或記者口中；但聽在好子耳朵裡就像是編造出來的故事一樣。

十一月五日以後，好子住過的醫院來了許多的警察，媒體也大批趕到。目前好子仍然每隔十天前來看診，因此常聽到住院期間熟識的護理長、護士們抱怨根本沒辦法好好工作。但其實她們在某些方面是很興奮的，能夠和平常沒有緣的人們接觸、面對著照相機和麥克風說話，似乎也很陶醉。而且比起好子，這些護士們擁有更豐富關於栗橋浩美和高井和明的資訊，可談論的內容像山堆一樣多。

和好子同一病房的病人，還有些人仍在住院。來門診的時候也就順便探望她們一下，大家見面還是十分興奮，讓病房的空氣馬上活潑了起來。

根據她們的說法，警方感興趣的是高井和明和栗橋壽美子說了些什麼話？他的態度如何？幾月幾日的幾點來過等問題。另外還不厭其煩地一再確認栗橋浩美自己有沒有來過？當然不包含第一次送壽美子進來住院的情況。

媒體的焦點一開始也跟警方一樣；自從有位病患不小心說溜了嘴，洩漏了壽美子誘拐小孩子未遂事件後，媒體的態度一百八十度轉變。事實上，站在醫院的立場，這是醫院管理不當的問題，所以當然不希望將誘拐小孩子未遂事件洩漏給外界知道，但終究是紙包不住火。

壽美子引起的事件，其實也不是很嚴重的事件；好子認爲沒有必要鬧得這麼大，因爲跟事件本身也沒什麼關係。但是現實人生卻不是這樣，壽美子的頭腦有問題正好給了栗橋浩美的犯罪有了證據，社會新聞光是炒這個話題就炒了一個禮拜。

就連之前住在同一間病房的病人也都異口同聲批評好子的想法單純。之前睡在好子前面那張床的女中學生，看起來很聰明，卻故意說些心理學等困難的名詞，又是什麼遺傳啦、幼兒期怎麼樣的人會成爲犯罪者啦。好子只能一臉無奈地看著照顧女學生的媽媽一臉驕傲地看著女兒大放厥詞。

聽在好子的耳朵裡，她們說的話題不過都是些空想或謠言的綜合。甚至連腰骨摔斷躺在床上不能動的老太太也聲稱在上廁所途中遇見過高井和明，讓好子覺得有些悲傷。這時候警方和媒體還沒到好子家採訪過，所以她們提醒好子可能有人追上門，到時被問了些什麼要告訴她們……。使得好子回家時的心情十分沉重。

之後經過幾天，果眞來了兩名刑警，說是按照順序調查曾經和栗橋壽美子住過同一病房的病人。兩人都穿著整齊的西裝、打領帶；腳上穿的也不是破鞋，而是看起來好穿好走的上等皮鞋。好子心想：「電視上的警察影集都是騙人的嘛。」

刑警們問話的語氣客氣、容易明白，讓好子毫不緊張地暢所欲言。大概警方也事先做過了調查，對於好子的回答並不驚訝。問話進行到出院那天，在大廳第三次看見高井和明時，他心不在焉、臉色蒼白地剛到達醫院的樣子。於是刑警們眼光也變得銳利。

「他的樣子眞的很奇怪。好像後面有誰在追他，他拚命想要逃離開一樣。」

刑警們將好子說的內容記在本子上。因爲他們認眞記錄，讓好子的信心增強了。

「我不知道發生了什麼事？但去問栗橋壽美子應該就會知道。你們去見過壽美子了嗎？」

新聞報導說栗橋夫婦離家出走，行蹤不明。但是警方應該知道他們的下落吧？

年紀較大的刑警簡單回答有關跟壽美子問訊的內容；但是因爲她的精神狀況不好，提供的證詞不是很清楚。好子爲栗橋壽美子的現況感到心痛。

經過兩個小時左右問訊結束，刑警們便回去了。從此再也沒有來過或電話聯絡，好子開始有些後悔。當初應該語氣更強烈點，表達自己意見才對。高井和明看起來不像是壞人，就像是個身材胖大、個性溫柔的大哥哥一樣。難得的機會，自己卻這樣給浪費掉了。

隨著一陣腳步聲，丈夫和增本站在客廳入口探頭進來。

「今天下班了。喂，晚餐吃什麼？」丈夫問。

這個人都有了孫子還像個小孩子一樣，每天晚上都這麼問。今天晚上有什麼菜？有沒有我愛吃的呢？

一聽好子回答「燒酒湯」，丈夫高興地去洗手間洗臉。跟在後面的增本則看了一下電視，並問好子：「老闆娘，這是那個事件的特別節目嗎？」

「好像是吧。」好子一邊回到廚房一邊背對著他說：「吃飯時候不要說這種難過的話題，轉個台吧！」

增本沒有回答，反而站著津津有味地繼續看電視。好子將涼拌青菜裝碟、切好泡菜、從冰箱拿出啤酒，身手俐落地忙東忙西。

「老闆娘！」增本視線不離電視畫面地大喊：「這個……有點怪耶！」

「怪？我不喜歡聽殺人的新聞，你趕快轉到別台吧。」

「不是，我不是那個意思。」增本走向廚房說：「這個新聞報導跟其他的不太一樣。」

「不一樣？電視台的報導不都是一樣的嗎？」

「不對，這個主播明明說眞的兇手另有其人。」增本張大眼睛指著電視說：「妳看嘛，老闆娘！」

好子看著電視機，這時特寫鏡頭的主播正好說到：「現在警方的看法，眞的沒有問題嗎？沒有看錯什麼證據嗎？我們HBS透過獨自的採訪，有了新的推論。」

一瞬之間隨著思緒的轉變，畫面的鏡頭也轉變了，出現整面的文字寫著：「連續殺人事件的主要嫌犯還活著」。

那一天的晚餐食不知味。大家坐在一起，但好子始終看著電視。她像個機器女傭一樣幫丈夫、增本添飯服務，眼睛卻始終盯著電視畫面。

「上次電視台播類似的特別節目，是因爲兇手打來電話吧。那一次是哪個電視台呢？」

「好像也是HBS嘛。」

兩人的交談聽起來就像是擾人的噪音一樣。

1. 一連串的事件背後，潛藏著過去搜索線上沒有浮出的第三者。這個人物我們暫稱爲X。

2. 事件的眞凶是這個X和栗橋浩美，而且主要兇手是X。

3. 高井和明沒有參予一連串的犯案，但是因爲發現栗橋浩美涉案，於是有可能受到X和栗橋的脅迫。

HBS的主張大致可分爲上面三點，證明其推論的看法如下：

①顯示高井和明積極涉案的證據很少。

②被認定爲兇手們誘拐、殺害的受害人之中，已確定身分、和知道失蹤日、場所的是下列五名受害者。

・古川鞠子
一九九六年六月八日上午一點左右
東京都內東中野車站附近

・日高千秋
一九九六年九月二十三日傍晚？
東京都內新宿車站附近

・木村庄司
一九九六年十一月三日下午？
群馬縣冰川高原或湖畔地帶

・伊藤敦子
一九九四年三月十五日下午？
群馬縣涉川市山中

・三宅綠
一九九三年六月一日下午？
東京都田無市

就目前所知道的，上面任何一件案例，栗橋浩美都沒有不在場證明。已確認是「沒有」，但高井和明的不在場證明則還沒確認。換句話說，還停留在可能有或可能沒有的階段。

③高井和明的家人強力主張他和這些事件無關。

④在HBS獨家調查中發現同一兇手犯下的未遂事件中，被害人的證詞提到：「當時的兩名兇手之中，其中一個的年紀、長相和高井和明完全不

同，很難說是同一個兇手。」

上述四個證據，最具衝擊性的是第③和④點。主播依序說明四項證據，很自然地第③和④點在節目的後半場提及。這也是吸引觀眾收視到最後的技巧之一吧。

就算栗橋浩美是兇手，高井和明不是。可是兇手是兩人犯案的事實，在事件還在進行當中，兇手們打電話到HBS特別節目的聲紋分析已經獲得證實；而現在又跳出來第三人物X。到此爲止，好子還能夠慢慢地理解，實際上她也覺得很高興。沒錯，那個高井和明才不是兇手。那麼好心腸的青年，怎麼可能會殘酷地殺人呢！

接著HBS又開始說明爲什麼會將栗橋浩美推開，讓這個謎樣的人物X成爲主要兇嫌的推論。一般會認爲，既然從栗橋初台的住處起出大量的照片和化成白骨的屍體，就可以作出栗橋是主嫌的結論。但是HBS卻提出了那一次打到HBS特別節目的電話佐證。

當時因爲廣告插入而中斷兇手說話的電話和之後生氣掛斷電話的說話主人，經過聲紋分析知道是栗橋浩美的聲音。那麼另外一通之後重新打來的電話聲音就可以推斷是X的。同時高井和明因爲沒有留下聲音的錄音，無法做聲紋鑑定，所以少了一個重要的物證。

從推斷是X打來的後半段電話中，可以聽出對之前電話掛斷的遺憾，和希望與HBS繼續談下去的企圖。如果栗橋是主要嫌犯、X只是從犯的話，他應該很難擺出這種態度吧。因爲是栗橋單方面掛斷了前一通電話的。

另外還有一項一向被忽略的重要事實。在HBS特別節目播出之後，古川鞠子的外祖父有馬義男立即接到一通某人使用變聲器打來的電話。由於這通電話沒有錄音，通話內容也只能憑藉有馬先生的記憶，但搜查總部仍大致斷定是栗橋打來的電話。

而根據有馬義男對搜查總部的做證，當時打電話來的人，也就是栗橋浩美非常生氣，就像掛斷HBS的電話時一樣生氣。

有馬先生有收看HBS的特別節目，所以知道事情經過。而且還別具慧眼，在聲紋鑑定的事實出爐之前，當場就已經發現前後打電話的是不同的人。就還沒有兩人以上兇手的說法，甚至連這種假設都還很薄弱的當時而言，不能不稱讚他實在具有卓越的洞察力。

有馬先生對著電話裡的兇手說：「你們是不是兩個人？你一個人不可能做出這些事的。還是說你是被誰指使的？」那個被認爲是栗橋浩美的人立刻咒罵有馬先生並掛斷了電話。

搜查總部幾乎完全無視於這個事實，簡直可說是抹煞此一事實。因爲以栗橋浩美和高井和明兩人犯案爲主軸的搜查行動上，這項事實顯得非常礙眼。在搜查總部努力想要完成的拼圖中，根本不打算放進這一片圖片。

搜查總部致力於「栗橋主嫌、高井從犯」的搜查方向。然而有馬先生的這段插曲，儘管小卻具有推翻警方假設的力量。因爲它是搜查總部不可或缺的一片拼圖。

假如像搜查總部描繪的想像圖一樣，栗橋是主要兇嫌、高井是聽命於事的從犯，那麼生氣的栗橋一旦掛掉電話，爲什麼又要重新打電話給節目呢？或者退一步想，假設「共犯」的高井和明鼓起勇氣自做主張打電話和ＨＢＳ交涉，這時栗橋會悶不吭聲嗎？

兇手們經常使用行動電話。而且小心謹愼，看得出來有變換通話場所的習慣。打電話給ＨＢＳ或有馬義男等受害人家屬時，兩名兇手是否在一起無法確知；甚至也不知道是否是誰的主張打電話給受害人的家屬。

但至少在打給ＨＢＳ特別節目時，從栗橋生氣掛斷電話後，共犯的迅速應對來判斷，兩人是在同一場所，而且很可能共犯在一旁守候著栗橋打電話的樣子。這麼一來，假設共犯的是高井和明，栗橋浩美怎麼可能默許他奮勇重新打電話的舉動呢？

足立好子猛盯著電視畫面看，專心聽著主播說明的每一件事項。儘管丈夫在一旁擺出吃驚的臉色也無所謂，因爲我可是親眼見過高井和明呀！還跟他說過話。那孩子不可能會殺人的，我一直都這麼認為；可是警方和新聞都不這麼想。這下子我有人幫忙了。好子用力握緊拳頭。

「老闆娘，妳還好吧？」增本擔心地探過身來。

兩個小時的節目播出了一半，現正在介紹贊助廠商。好子舒了一口氣，走到廚房泡茶。

「妳會不會太熱過頭了？」丈夫的臉色有些生氣：「人不可貌相，心裡怎麼樣很難說。有些人笑笑的，一樣是壞人。」

「這種事我當然也很清楚。」

廣告結束後，主播又出現在畫面上。

「我們HBS對此一事件提出新的看法，並不是要引起社會不安。」

而是因為搜查總部完全歸罪於栗橋、高井，想要結束此一案件。如果以這種方式解決殘酷而受害者眾多的殺人事件，未來將對社會產生諸多的不良影響，甚還擔心會有好事的模倣犯出現。如果讓這類的兇手打開逃脫法網的先例，很可能會刺激因為事件殘酷性而行動的模倣犯，甚至比模倣犯還要危險的眞正罪犯起而效尤。

我們明白警方想要迅速結案的心情，但不能為了先求社會的平靜而忽略了事實。主播旁邊坐著一個神情緊張，看起來像是大學生的青年。只有他一個人。

青年和主播打招呼。嘴裡說著「請多指教」的聲音，聽起來竟是十分冷靜。

「今天請到的來賓是網川浩一先生。」主播對著鏡頭介紹，然後看著青年問說：「你現在的工作是補習班的講師嗎？」

「是的。我教的是中、小學生。」名叫網川的青年回答。他整齊地穿著西裝外套，但沒有打領帶，襯衫顯得很乾淨。頭髮有些長，但梳理得很整齊。五官端正，給人有好印象。

「網川先生和身故的栗橋浩美和高井和明是同學。」

眼睛瞇得快要閉上的好子丈夫，大叫一聲問說：「同學？這傢伙還眞敢上電視嘛！」

「喂！安靜一點。」好子轉大了聲音鈕。

「節目前半段提到的HBS新看法，其實並非只是我們的看法。當然我們HBS對於這一連串的事件也在進行調查，但這次促成我們在調查進行當中製作特別節目的動機，是來自於網川先生的一封信。」

畫面上出現了信紙，一封橫寫格式的文章，配著播音員的朗誦。對於目前警方的搜索方針，我個人有些重大的疑問……。

「剛剛我們也介紹過網川先生和生前的栗橋浩美、高井和明熟識。」

「是的，我和他們從小認識，一直交往到最近。」網川明確地回答。

接著網川說明目前的狀況和爲什麼不得不跳出來說話的原因。

「身爲他們的朋友，我不忍心。而且更不能看著高井的家人受苦，他們眞的很可憐，我沒辦法沉默不說些什麼。」

足立好子認眞地注視著電視畫面上清晰映出的這個年輕人臉孔。筆直的眉毛線條，意志堅強的嘴角，看起來很聰明的眼神。長期以來在足立印刷有限公司工作的她觀察過太多的年輕人，眼前這個叫做網川浩一的青年，感覺人很不錯，顯得誠實又值得信賴。他不像之前那個叫做田川的男人躲在奇怪的屏風後面，堂堂正正的風貌令人耳目一新。結果那個叫做田川的男人雖然和連續殺人事件沒關係，卻還是在別的地方做出了騷擾小女孩的噁心事件。

「高井的父親因爲過於傷心而住院了。母親這幾個月幾乎無法外出，過著躲避外人的生活。」

網川說時還停頓了一下，抿緊了嘴唇繼續表示：「但是其中最可憐的就是高井的妹妹。她堅信自己的哥哥沒有涉入那麼可怕的事件，實際上也曾對警方不斷強調她的主張。高井家開蕎麥麵店，一家人和樂做生意。所以和上班族不一樣，她們全家人都很清楚高井的生活狀況。警察認爲高井在關店後，趁著家人熟睡偷偷溜出家門犯案。而且假設是在每個禮拜一次的公休日。這種說法太可笑，請各位冷靜思考一下。高井三餐都跟家人一起吃，生活步調也沒有錯亂過，這從他妹妹的證詞可以得知。

試問有什麼人能夠不讓同居的家人知道，像個獵人般一一犯下這些駭人聽聞的殺人案件呢？」

網川青年對著鏡頭訴說。

「我們不要推測，希望大家僅就常識來判斷。可是這麼合理的主張卻完全不被接受。警方一開始就認定高井是兇手，做好了一切假設，只挑選足以佐證假設的證據使用，認爲他的父母和妹妹的說法只是障礙。」

主播趕緊出面制止語氣有些興奮、說話速度加快的網川青年。

「網川先生，你剛剛提到了高井和明先生的家人。那麼對於栗橋浩美先生的家人，你有什麼樣的看法？」

網川青年稍微低垂了一下視線，然後不斷眨眼。接著抬起眼睛時，神情顯得毅然決然。

「身爲他的童年好友，我覺得很難過。關於栗橋浩美是這一連串事件的兇手，我個人毫不懷疑。但是他的共犯另有其人。」

主播重新攤開寫有HBS主張的看板，再一次依序說明①到④點看法。

「栗橋浩美的共犯不是高井和明，而是第三人的X。」網川對著主播點頭後開口說：「而且這個X是這些事件的主要兇手。這麼一想，之前特別節目中『重新打來的電話』等謎底就能簡單揭曉，計畫安排所有事件的主要兇手另有其人。栗橋，我這樣形容也許不太好，他只不過是個『跑腿的』。所以主要兇手才會在之後重新打電話來，所以栗橋才會在節目結束後打電話給有馬義男出氣！」

「可是這種情況下，高井和明先生的立場似乎變得有些奇怪。」

主播始終保持冷靜地說下去，而且隨時不忘強調「高井和明先生」的說法。

「剛剛網川先生提到高井先生的家人主張他的生活狀況沒有異樣。但是十月四日到五日之間的行動很明顯是有問題的。他被栗橋浩美叫出去、故意開著自己的車到冰川高原。還有人目擊他們親密商量什麼事情的模樣。」

「是的，所以說……」

主播爲了制止突然插嘴的網川，繼續說明：「發生車禍的十一月五日，也有很多人目擊到高井先生和栗橋浩美共同行動。根據他們的做證，栗橋浩美有些精神不太穩定的樣子，看起來反而是高井先生保護著他行動。關於這點，網川先生怎麼看呢？或者不只是網川先生，也可以說明一下高井先生家人的看法呢？」

足立好子的手抓緊了筷子。的確連好子這個外行人，也覺得十一月五日高井和明的行動有些怪異。而且四日到五日的晚上，他人在哪裡？過去的報導中，說是栗橋和高井睡在祕密基地裡。五日被發現屍體的木村庄司大概也是被監禁在祕密基地，並在那裡被殺害的。

網川青年停頓了一下調整好呼吸。然後舉起身爲男人顯得過長的睫毛，慢慢地看著主播說：「我認爲會不會是眞兇脅迫了高井？」

主播的表情好像倒吸了一口氣凝視著網川。實際上主播當然不可能是第一次聽到這爆炸性的發言。就算是現場轉播，也一定會有事前的彩排。目前進行的行程都是預定中的內容。可是主播認眞到幾乎是害怕的神情，還是讓好子起了一身雞皮疙瘩。

「被脅迫的？」主播若有所思地重複。

「是的。我按照順序說明吧。首先在一開始我認爲可能先是高井因爲什麼事情而發現栗橋浩美可能跟這一連串的事件有關。」

栗橋和高井不只是童年好友，長大成人後也住在附近。的確栗橋是一個人在初台租房子住，但是因爲他沒有工作遊手好閒，所以經常在老家進出。這可以從鄰居的說法獲得佐證。

此外栗橋還經常向高井借錢。實際上，與其說是借錢，應該說是「勒索」比較恰當。高井對於栗橋蠻橫的態度從不反抗，顯得順從。這也是警方「栗橋主嫌、高井從犯」看法的主要根據。

「警方覺得他們兩個的這種型式，可說是老大和屬下的關係，因此認爲高井被栗橋牽著鼻子走並不奇怪。這麼一來，兩人繼續這種友誼關係，栗橋的所作所爲被毫無關係的高井因爲什麼因素而察罪，應該是很有可能的。」

「可是，網川先生。」主播又插嘴詢問：「栗橋浩美做的都是凶殘的犯罪。這麼重大的事情怎麼可能讓什麼都不知道的朋友輕易發覺了呢？他應該不是笨蛋吧？」

「栗橋他……」網川說到一半，表情顯得很痛苦。

「就我所知，的確栗橋頭腦很聰明。可是相反的，他也很自負，習慣從一開始就瞧不起別人。這件事從他上班三個月就辭職的證券公司同事回答某個採訪時的說法就能獲得印證。」

這麼說來，足立好子好像也記得看過什麼週刊雜誌曾經提到過這件事。那是栗橋浩美中學時的朋友說的話吧？

「栗橋尤其看不起高井。大家早就知道，高井從小眼睛就不好。雖然不是視力的問題，因爲左眼功能幾乎完全失調的視覺障礙，使得他跟不上學校的功課，被認爲頭腦比實際還要壞。中學二年級還是三年級的時候吧，知道原因後接受復健訓練，成績變得越來越好。可是栗橋還是抱著過去對高井的印象，繼續利用高井個性柔弱的一面跟他勒索金錢。」

主播在一旁點頭稱是。

「這傢伙怎麼聽個外行人說話也那麼贊同。」丈夫不禁抱怨了起來。喝了兩瓶啤酒，心情也跟著好轉。「得好好加油一下才行嘛，妳說對不對？」

好子沒有回應。燒酒湯已經涼掉了。

「因爲是這樣的栗橋……」網川青年說話的聲音依然興奮：「在什麼都不知道的高井面前，故意說出駭人聽聞的殺人事件，而且暗示是自己做的。我覺得一點都不奇怪。栗橋本來就是這種人，愛出風頭又過度自信。不管是好事壞事，只要是自己做的，他就不可能悶不吭聲。何況這次是這麼重大的殺人事件，受害者不是一人兩人。就算是栗橋，他也知道要挑個對象來暗示，否則後果不堪設想。」

「所以他找了高井先生……。」

「是的。因爲他一向瞧不起高井，認爲他不可能發覺什麼，所以很可能安心地暗示對方自己的犯行。可是高井並不像栗橋所想的那麼愚蠢。他知道栗橋在說些什麼，也知道該如何分辨什麼是眞的假的。」

於是他開始懷疑栗橋浩美，因爲不知道該如何是好而煩悶。

「可是這些都只是網川先生的想像吧？」

「的確是我的推測；但是我聽過高井的妹妹跟我說過這些事。」

主播拿出新的看板，那是最早發現右手腕的大川公園照片。和照片一起的還有從栗橋和高井所住的練馬區前往大川公園的路線圖。

「各位觀眾應該很清楚，這是事件開端的大川公園。」

在主播的催促下，網川青年繼續說明下去：

「十月下旬的時候，高井的妹妹曾經尾隨哥哥外出。」

「你是說跟蹤嗎？」

「是的，沒錯。爲什麼她要這麼做呢？因爲她看到哥哥那一陣子心情鬱悶，好像在煩惱什麼。但是當時妹妹以爲哥哥有了心愛的人，也就是說爲了戀愛問題而痛苦。於是在公休日尾隨哥哥外出，她以爲哥哥是要出去約會。」

然而高井和明不是出去約會，而且前往的目的地是大川公園。

「從路線圖可以看得很清楚。大川公園不是住在練馬區的人特別搭電車經常前往的地點。日比谷公園或新宿御苑更適合作爲約會的場所吧？妹妹心裡覺得很納悶；卻在公園入口跟丟了哥哥，最後只能一個人回家。這段時間高井在做些什麼？跟誰見面了？她什麼都不知道。但是高井和明心情鬱悶、好像在煩惱什麼、而且特意到大川公園的舉動卻是事實。如果他眞的涉案了，就不可能有這麼不謹慎的行動。」

主播故意露出不懷好意的笑容說：「不是說兇手都會回到現場嗎？」

網川用力甩了一下頭髮說：「這個犯人沒那麼笨。他當然知道警方根據犯人會回到現場的經驗法則正在進行搜查。大概他很熟悉犯罪搜查、也讀過流行的有關犯罪心理學的教科書吧。所以絕不可能毫無防備地回到現場。正因爲高井不是兇手才會去大川公園。」

「去幹什麼呢?」

「他是有所想法才去的，一定是。」網川青年斷言道：「該如何看待栗橋浩美的暗示?他是否眞的是一連串事件的兇手?在當時的時間點，大川公園是唯一被公開報導跟事件有關的地點。所以高井想站在那裡，仔細思考栗橋浩美是否眞的來過那裡丟棄右手腕呢?一定是這樣子的。」

主播又一副皺著眉思考的神情，然後慢慢地說：「結果加強了你的懷疑?」

「是的。我很清楚他，因爲知道所以才會這麼說。這種情況下，高井不會一個人去報警，絕對不會的。他不是會做這種沒良心事的人，他會跟栗橋商量。而且如果栗橋眞的犯下殺人等罪行，他會勸栗橋跟他一起去報警。可是栗橋不是一個人，主要兇手另有其人。結果他的好心被背叛了，對方威脅他：『如果告訴外面的人知道，要殺了他的家人。』所以被目擊的高井的行動，絕對不是出於主動的。他是被威脅不得不那麼做。而且他很清楚栗橋是被牽著鼻子跑，所以他很同情栗橋，不禁想要保護因爲不斷殺人精神變得有問題的栗橋。」

網川青年說完一連串的主張之後，令人驚訝的是主播手上拿著一本書。

書名是《另一個殺人事件》，作者網川浩一。主播說明這次的節目主旨是根據這本網川的著作加以推展的。

「今後HBS也將繼續協助網川先生，繼續朝解開事件眞相的方向努力。」

「什麼嘛!結果是在推銷書。」丈夫擅自做出結論，足立好子卻想著其他事——我要去見這個叫網川的孩子!

16

武上悅郎遲到了十分鐘。「建築師」正深深坐在飯店大廳的沙發椅上，盡情地讀書。

看見武上小跑步穿越大廳過來時，「建築師」闔上書本，摘下滑稽的眼鏡，抬起眼睛看著武上的臉。這是使用過老花眼鏡看書的證據。

「武上難得會遲到嘛？」

「不好意思，因爲讀書，車子坐過站了。」

武上坐在斜對面的沙發上。仔細一看，「建築師」不是在讀書，而是一本薄薄的冊子，好像是麼論文集吧。

「你在讀什麼？」

武上從舊公事包裡拿出一本書。灰色的表皮印著《另一個殺人事件》的標題，封面設計很簡單的一本書。厚度約兩公分，裡面照片和插圖很多，讀起來不怎麼花時間。

「讀完了嗎？」

「沒有，還剩一點。就是這樣才坐過了站。對不起呀。」

「這本書我已經讀過了。」

前天才上市的書。之前作者網川浩一還上過HBS的特別節目造成轟動。出版社不是很大，但是出版過幾本很暢銷的非文學類書籍，算是一流的出版社。

「好像還賣得不錯。這個叫做網川的年輕人，看來很會做生意嘛。」

「該不會有人幕後安排吧？」

「也許吧……。」「建築師」翻閱著封底背面網川的照片，側著頭說：「武上你看過這傢伙上的節目嗎？」

「正好沒看到，不過內勤業務組有錄下來，想看隨時都能看。我想內容跟這本書一樣吧。」

「嗯，那倒是眞的。只是看著本人說話，感覺比較有意思。」

武上拿出香菸。「你怎麼認爲？關於網川主張的說法……。」

「建築師」笑著說：「不先說說你自己的意見，就問別人。武上未免太缺乏自信了吧！」

武上一邊點菸，並看了周圍一下。這家飯店是武上跟「建築師」見面時，常用來約會的地點。每次來都覺得這麼冷清，居然還沒有倒閉。大廳很寬敞，散置著桌子和沙發。除了很難得的情況外，幾乎沒有遇到隔壁有人坐的時候。今天也是一樣空著，只看見櫃檯的服務人員無聊地拚命忍住哈欠。

「其實搜查總部之中也有人對高井和明的涉案抱持不同意見。」

「我想也是，意見分歧是正常的。」「建築師」搖搖頭說：「畢竟物證太少了嘛。」

「所以找到祕密基地就變得更加重要……。」武上催促地說。

「關於這一點，目前缺乏任何明顯的線索。年輕人之中甚至有人認爲不需要什麼特定的祕密基地，每一次犯案利用犯罪現場的空屋或晚上沒人的工廠、學校等適當地點就可以了。」

「當然有祕密基地。」「建築師」說得斬釘截鐵：「只有一個，是特定的場所。現在搜查總部的方針並沒有錯。」

武上抬起眼睛看著「建築師」。對方將書本收進口袋，然後從身旁的扁公事包裡取出訂書針裝訂的書面報告。

「我將目前我個人的意見做了整理。」說時將報告交給了武上：「其實也沒寫什麼大不了的內容，嘴巴說明一下就可以了。做成書面，是幫你省掉記筆記的麻煩。」

「謝謝。」武上將報告放在腿上，打開了第一頁。上面排列著「建築師」工整的筆跡。

「一開始說這些有些不好意思，武上，這次的事件對我而言太難了。別說是整個建築，就連一個房間都摸不著邊。」

「是的，我知道。」

「建築師」能夠拿來推論的材料，就只有栗橋浩美住處中收集的照片片段。一小部份的牆壁、一小部份的柱子、一小部份的天花板和一小部份的地板。

「但是我還是盡量地推論，應該說是有百分之七十的自信做出了推論。以下就這些跟你說明，對了，還有……」

他苦笑了一下說：「我無法特定出兇手，只能說我確信是兩人以上的兇手犯案。所以就稱呼兇手們『他們』好了。」

「建築師」重新坐好，雙手手指交錯地放在身體稍微前傾的腿上。

「首先這一連串照片的拍攝地點，也就是他們的祕密基地，並非一般的住宅。不是公寓式房子，而是獨門獨棟的。房子在兩層樓以上，家裡面一定有樓梯，樓梯上面很可能是挑高設計的。」

武上一邊看著手上的報告一邊點頭。

「我們先從不是一般住宅或公寓的推論根據說明起。這一點很簡單，因為房間的天花板很高。」

「建築師」伸出右手食指指著飯店的天花板，然後繼續指著說明：「不是有被害人坐在椅子上或手腳被銬在椅子上的照片嗎？好幾張。將這些全部排開，數數看有幾張椅子。結果是兩張。換句話說，這些椅子經常被放在他們用來監禁被害人的房間裡吧。一張是木框有布墊靠背的椅子，另一張是板凳，椅面的形狀類似豆子。板凳的照片通常只照到腳，只有一張能夠稍微看見椅面的邊緣。」

報告之中有這兩張椅子的簡單素描，還附註了推測的尺寸大小。

「推測的尺寸是比較一般的椅子大小和照片中被害人的身高所推論出來這些椅子的高度、寬度。然後以這些數據輸入電腦一一模擬每一張被拍到的椅子是在什麼角度、高度下完成的？」

「建築師」伸出手來翻閱武上腿上的報告。

「拍到椅子的照片共有五十八張。假設這個房間是標準的，也就是合乎建築標準法的規定範圍進行設計天花板高度的話，這五十八張之中至少有二十二張必須拍到天花板才行。但實際上五十八張之中只有九張拍到了天花板。而這九張幾乎都是將照相機放在地板上，仰著頭拍攝天花板的方向所致。」

武上點點頭，他大概記得是些什麼照片。那是被害人趴在地上，由下往上拍攝的臉部照片。

「因此該房間應該擁有超過一般標準的奢侈天花板高度，這在一般公寓是不可能有的，高級公寓也絕對看不到。所以說這戶人家應該是獨門獨棟、專人設計的房子，這是第一個推論。」

接著……「建築師」催促著翻下一頁，武上照做了。

「這一戶專人設計的房子，位於冬天氣溫零度以下、很有可能降雪的高地上。因爲它的窗玻璃。拍攝到這個房間的窗框或窗玻璃的照片，即便是很小，全部也有六十三張。其中窗框和窗玻璃同時被拍到的有四十七張。放大照片加以確認，可以看見原來是雙層設計的窗框被改造成普通單層的痕跡。改造時間應該不會太久，大約是四、五年前吧。很可能是因爲打掃、維修太麻煩才改造的。新使用的窗玻璃具有優良的遮音、防濕效果，氣密性也很高。而且大概是在改造窗戶的同時，裝在這個房間的牆上的鋼管電暖器也被拆了。這可以從僅剩一點的壁紙痕跡去判別。不知道是偷工還是捨不得花錢，拆掉電暖器時並沒有更換壁紙。」

「建築師」皺著眉頭，一臉好像馬上要打起噴嚏的表情。這就是他表示「我不高興」的表情。

「兇手們連續殺人的第一號被害者是誰?」

「還不知道。」武上回答：「也許是初台住處的照片中，哪一個身分不明的受害者。也可能還有其他受害者也說不定。」

「建築師」點頭說：「目前只知道最後的被害者是木村莊司囉。」

「對，沒錯。」

「我在想這個房間的改造時間和殺人開始的時間會不會幾乎一致。當然可能會有些微的前後差別。最早的殺人是衝動，因爲食髓知味，所以需要監禁被害人好加以玩弄的場所，或許就拿這個房間充數。也可能兇手本來就是惡魔心腸，一開始就準備好這個房間，進行他們狩獵人們的遊戲。」

「建築師」似乎不能忍受自己嘴裡說出來的話語，表情扭曲地繼續說：「但是可以確知的是這一連串的殺人事件從很早開始便用到這個房間。而且是連續使用，所以不可能是租借的房子。整修內部需要時間和金錢。租來的房子不太能隨便整修內部。因此可以推論這個房子是特定某個人的持有物，這是第二點。」

在武上說話之前，「建築師」緊接著又說了下去：「可是在仔細檢查照片後，發現有趣的事實。有一部份的壁紙發霉了、地板也翹了起來，長期沒有使用的電燈座空在天花板上。這代表什麼意思？可能性有二。一個是這個房子平常沒有人居住。另外一個是平常有人住，但房間太多，所以房子的照顧維修不是很徹底。」

「會不會是別墅……還是一個人住在大房子裡？」

「有可能，但我個人認爲別墅的可能性比較高。而前目前定居在別墅的情形也很普遍。」

「冰川高原的別墅地帶，就是你剛剛提到冬天規格的建築林立的地區，因爲那是新興的避暑勝地。」

「而且那種地區一月、二月份的溫度會降到冰點以下，但是雪下得不多。將被害人關在沒有電暖器、電暖地板的房間一、兩個晚上，還不至於凍死。」

武上抬頭看著飯店挑高的天花板，有些髒了，可見得這飯店並不熱門。

感覺上兇手們使用該房間的建築，整體而言也不很美麗的吧。但是無庸置疑的是那是間私人擁有的財產。

「你想房子建了大概有多少年了？」

「能夠推測的根據只有地板的傷痕和耗損情況。所以如果地板換過，推測就會不準。不過一般沒有用來居住的房子，或是住那裡卻不常使用的房間，很少有人會去換地板的。所以以沒有換過地板爲前提考量，至少已經建了十年到十五年是最安全的估計。」

「兩個兇手之中，可能有一個買了中古別墅吧。」

「很有可能，但是我個人認爲遺產繼承或贈與的可能性較大。這幢建築不便宜，天花板很高；從地板和柱子的樣子來看，建造時應該花了不少錢。我覺得可惜的是不能看到地基的部份。」

「建築師」果眞懊惱地搔搔頭。

「不過兇手應該年紀不會太大。光靠聲紋無法判斷年紀，但從他說話的方式，推估是二十幾歲的人，保守一點也頂多是三十五歲之前的年紀吧。」

「嗯，我也是這麼認爲。」

「那麼年輕的人，就算是中古，也沒有能力買這樣的房子……不，當然也有可能有買得起的例子。應該是藝人或是一舉成名的暢銷作家之類的，或是青年企業家才能辦得到吧？可是這種屬性的人們一定得忙於本業，哪有時間搞這種連續誘拐殺人的遊戲？」

兇手的時間很多。一開始搜查總部就認爲兇手沒有固定工作，或者是時間很自由的人。這一點武上也同意。

「這麼一來，很可能是有錢人的小孩、孫子，反正腦海裡浮現的就是有錢有閒的年輕人形象。可能本人目前還沒有那麼多的錢，但是至少能維持這個房子。就算有工作，也不會累得像是拖車的馬匹一樣。」

武上翻閱報告。「關於樓梯和挑高的部份呢？」

「這個與其從照片來分析，不如參考一起附上來的日高千秋驗屍報告可以更清楚。她是窒息死的，被絞住脖子而死的。兇手不是用手勒死對方，而是使用繩索。」

「原來如此。凶手們是將她吊死的，就像絞刑一樣。」

「是吧？可是那裡並沒有絞刑台。兇手們大概是將繩索套在她脖子上，然後從高的地方推下來。」

「想要在一般住宅吊死人，這是最簡單的方法，而且能夠辦到的地方就是樓梯。但是樓梯上方通常是一般高度的天花板，而且人的體重，加上斷氣前一定會掙扎，必須要有撐得住的堅固鉤子，這一點很困難。但是如果有樑就另當別論了，只要將繩索掛在樑上面。而且從樓梯要看得到樑，除非是挑高設計，否則不太可能。或者樓梯上面有天窗，也可以將繩索從那裡垂下來，但是被吊著的日高千秋身體就會撞到牆壁，因此她的身體各處會留下撞傷、擦傷才對。不過驗屍報告中沒有這些記錄。」

「那個樓梯有沒有可能是通往地下室的樓梯呢？」

「有可能。想到樓梯上方有樑的條件，這個可能性倒是很高。可是這要看房子的地理條件而定。而且被害人被監禁的房間，是普通及腰高度的窗戶，陽光可以照射進來。可見得房間並不在地下。而且從拍照時沒有放下窗簾或百葉窗來看，根本就不擔心隨時有人會經過偷看房間內的情景。表示這房間的位置並不危險，換句話說，應該是在二樓以上的高度吧。也可能庭院很大，周遭沒有其他人家。而且一般在監禁或軟禁什麼人時，在允許的範圍內，總是會選擇難以脫逃的房間，這是兇手很自然的心理。所以二樓比一樓好，三樓又比二樓好，不是嗎？」

「的確。」

「是吧？那就是監禁的房間在二樓。於是準備吊死日高千秋的兇手們，與其使用連接地下室的樓梯，不如使用連接一、二樓的樓梯會更自然吧？所以有沒有地下室，以目前的資料很難判斷。不知道武上拘泥於地下室有什麼特別的理由嗎？」

武上搖搖頭說：「沒什麼特別的理由，只是總覺得……。應該說是印象吧，突然間覺得，你不必在意。」

「這種印象其實很重要。」「建築師」說時，用一隻手揉揉眼睛。「我最近常常盯著這堆問題的照片。當然我的目的是要解析房間和建築物，所以盡可能不去注意到被拍攝的被害人，但是還是會看進眼裡。晚上閉上眼睛睡覺，被害人的臉孔就會浮現在眼前。」

這麼說來，「建築師」眼睛下面果然有著黑眼圈。

「我說過好幾次了，這個案件能夠分析的對象太少，所以我幫不上什麼忙。但是因爲長期盯著看，還是會浮現出一種印象。」

「武上！」「建築師」輕聲低喃：「照片中的女性們，應該都沒有活著吧。」

武上沉默以對，如今已不知道說些什麼好了。想到被拍照的失蹤女性家人的心情，誰也不能大聲說話吧。

「七個人的遺體究竟被藏在哪裡呢？」

「你想會是哪裡？」武上重新坐好。「你有沒有什麼想法？」

「建築師」立刻回答說：「在這個屋子裡呀，武上！」

「爲什麼會那麼想？」

「因爲印象。」「建築師」說完，又揉一揉眼睛。「這個屋子，在我看起來就像個『舞台』。」

「舞台？」

「嗯。武上你不看西方的舞台劇吧？」

「管它東方西方，我跟看戲沒有緣分。中學時候曾經觀摩過歌舞伎，而且那時候幾乎都是打瞌睡渡過的。」

「我想也是。」「建築師」笑說：「我倒是蠻喜歡看戲的，尤其常看西方的推理劇。劇情很有意思，舞台布景也很棒。」

「什麼嘛，結果還不是在看建築物。」

「話是沒錯。可是他們演的舞台劇，通常布景都不錯。因爲推理劇多半是室內的布景。」

稍微側著頭看著上面，「建築師」又繼續說下去：「在那些戲裡面，房子就像是個隱藏祕密的箱子一樣。而且不是一年、兩年，而是收藏著好幾十年、好幾百年的祕密的箱子。海洋對面的劇作家十分清楚這一點，畢竟還是有歷史的差別。」

日本人的房子是木頭、竹子和紙搭的，頂多歷經一代就改建。很少有房子會比屋主活得更長久。但是歐美國家都是石頭、磚瓦的建築，比起居住的人，房子的壽命永恆長久許多。房子目睹過這一家人好幾代的歷史，知道某些愛恨情仇、隱瞞了某些事件，不爲人知地繼續守著祕密。

「只是都是隱藏的話，住在那裡的人們就沒有社會生活。所以房子這個箱子，必須有些對外公開的部份，這就是舞台。」

所以房子裡的居民出現在舞台上就成了出場人物，劇情也跟著展開。

「我整個地觀察這堆栗橋浩美拍的照片，突然有種看舞台劇的感覺。我不會形容……好像這些被拍攝的女性們，她們在被帶到這個監禁用的房間起，就成了一種的出場人物。玩弄她們、不停幫她們拍照的兇手也成了出場人物。爲了配合劇情的進行，他必須扮演殘酷的兇手。」

「是這樣子嗎？我倒覺得擁有這些照片的栗橋浩美陶醉在這種行爲中。」

「建築師」立刻說：「噢，那是當然的。栗橋浩美應該很陶醉吧，那傢伙很想做這種事。因爲想做得不得了而實現了，所以覺得好玩有趣得受不了。換句話說，栗橋浩美根本都沒意識到自己其實只是個被放置在舞台上的一個配角！」

武上盤起手臂，靠在沙發上，很自然地發出呻吟般的嘆息聲。

「也就是說，你也認爲栗橋不是主要兇手，還有一個人在幕後操縱，栗橋只是被他利用罷了。」

「建築師」像讀著刻度一樣瞇著眼睛仔細觀察武上的側臉，然後說：「是的，我是這麼認爲。栗橋應該不是主要兇手，但卻是『主角』。所以他是舞台上最亮眼的人。但是演出一齣戲劇最偉大的存在，並非在舞台上。劇作家或導演，不會親自上台表演的。」

「建築師」繼續說：「戲劇是爲了讓觀眾欣賞而創作的。」

「因此在這種情形下，最外圍、最大量的觀眾就是我們，就是一般大眾和媒體。這一點『主角』的栗橋浩美也很清楚。所以他的動作很挑釁，發言充滿了愉快犯的色彩。當然因爲他在扮演那個角色。」

「因爲喜歡而積極扮演自己的角色。」武上說：「並不是被強制的。」

「沒錯。但是究竟栗橋浩美是否眞的『積極地』動手殺了人，我其實覺得有些奇怪。不，你別擺出那種表情，先聽我說嘛！」

「建築師」一看見武上嘟起了嘴，立刻揮揮手說：「我認爲主要兇手設計這個沒有人知道的舞台，他的第一個觀眾沒有別人，就是栗橋浩美。」

「可是他不是主角嗎？」

「對，是主角。所以這個主要兇手兼劇作家兼導演的傢伙一開始就爲了栗橋浩美這個人，設計他最想演的角色、配合角色安排最適當的劇情。因此栗橋自然高興擔任主角，而且自我觀賞擔任主角的自己。這些照片大概也是因此而存在的吧。栗橋浩美爲了日後能欣賞自己演出這個殘酷犯罪者的角色，而拍下了這些照片。感覺有些麻煩，但其實一點也不複雜。外行人演戲不都是這樣子嗎？最初的觀眾肯定是自己。這個事件也是同樣的結構。」

「建築師」痛苦地表示：「被害人也是同樣的立場。」

「倒楣被選上，被迫參加栗橋主演的戲劇成爲共同演出的一員，也是觀眾。所以她們同時演著被害者的角色，同時必須觀賞這齣犯罪劇的演出。而這部戲眞的很叫座，栗橋浩美十分陶醉其中，被害者的恐懼是眞實的。於是劇作家兼導演的傢伙考慮，該到更大的場地舉行公演了、應該正式與眞正意義的廣大觀眾見面了。劇團的實驗公演很成功，可以升格成爲正式公演了。」

於是栗橋浩美繼續演出，面對著更廣大的觀眾。他也繼續欣賞著自己的表演。

「這是一連串的事件呀，武上。很大規模的戲劇呀，主要兇手是負責編劇的人，不是栗橋。」

「那傢伙沒有那種頭腦……」

「我在意的是……」「建築師」用力搖頭說：「武上，聽說栗橋浩美車禍死亡之前的樣子很奇怪。關於這點搜查總部有確認過嗎？」

有很多證詞提到栗橋浩美在加油站想要接近年輕情侶時的歇斯底里狀態、高井和明支撐著搖搖晃晃的栗橋浩美上車的樣子。

「就是這個。這就是栗橋根本只是一個沒有主見的演員的證據。」

「因爲他演不下去了嗎？」

「不，應該說是栗橋對於自己扮演的殺人犯角色，產生了自我中毒的現象。演員必須要扮演各種的角色。不解風情的柳下惠要能扮演登徒子；連隻蟲子也不敢殺的濫好人也演得活連續殺人犯。總之演什麼要像什麼。但是不管怎麼熱情地投入角色，戲演完了就要結束。並不是眞的去殺人、調戲女人，對方也是演員呀。只是爲了讓現實生活沒有的現實化彼此的一項共同作業。」

但是栗橋浩美的情況卻不一樣。

「他眞的殺了人，被害者不只是扮演死人，而是眞的死了。所以栗橋演出的劇情中，果眞是屍橫遍野。他的鼻頭還聞得到屍臭味，手上也應該能感受到被害者的血液粘稠的感覺。」

「建築師」將自己的雙手攤在眼前看著。

「栗橋浩美順著自己的衝動不斷誘拐、殺人，終於也產生了自我中毒的現象。只是『方向』不一樣，他沒有出錯、露出馬腳、留下證據被逮捕、讓監禁的受害人逃跑、在誘拐現場被人目擊等。栗橋浩美沒有做出這些不小心的錯誤，儘管他心理是那麼樣的不穩定，還是沒有出紕漏。因爲他是按照第三者所寫的劇本行動，並不是根據個人的衝動或感情行事。」

武上皺了一下眉頭，感覺頭有些痛。

「栗橋已經不想擔任主角了嗎？」

「他不會不想吧，畢竟很好玩，又是他適合的角色。應該是說他已經無法保持一個正常人該有的精神狀態吧。」

「建築師」說完又用雙手揉眼睛。

「話題扯遠了，總之武上，這就是我的意見。這個房間的這個屋子，對兇手們而言，其意義大過於祕密基地，而是舞台。而且舞台會有後台，所有的演員，包含已經下戲的演員都會等在那裡。」

「所以說？」武上問，又搶先自己回答說：「你是說被殺害的受害人遺體都藏在這個屋子裡嗎？」

「建築師」用力點頭。

「庭院或是武上說的地下室吧。也可能在屋簷下的閣樓裡，甚至有特大號的冰箱也說不定。反正沒有丟在外面，都留在這裡了。所以只要找到這裡，只要發現舞台，所有的機關都能迎刃而解。」

「如果眞如你所說的」武上深呼吸一口氣：

「那個劇作家兼導演也會出現在舞台上吧？」

「會，那是他的地方，他的場子。」

照片上的被害人影像，重新浮現在武上的腦海裡。發生那些事的地方，那裡是他們的家，他們的舞台。那裡是……「也就是說那傢伙是眞正的兇手，負責寫劇本和導演的人並不是高井和明，這就是你的意見？」

「建築師」悲傷的嘴角下垂。

「沒錯。這一點我和寫《另一個殺人事件》的網川年輕人意見相同。並不是因爲我相信個性溫柔、力氣很大、但不懂世事的蕎麥麵店哥哥不可能做這種事；而是對這個劇作家兼導演的眞凶而言，高井和明只不過是意外踏入舞台、可增加戲劇趣味效果的客串演員罷了。」

武上試著想像「建築師」所說的舞台劇。連續殺人是齣大製作的好戲，觀眾是全國民眾。的確大家都吞著口水靜觀這些事件的發展。被害人以及出場人物，就像魔術師從觀眾席找人幫忙一樣，兇手親自挑選她們演出適合的角色。

於是被害人的家屬也必須跟著演出配角。他們的悲傷、憤怒、嘆息就這樣成爲舞台劇中的低音伴奏之一。身爲兇手的導演最喜歡的受害人家屬，有可能獲得獨唱的演出機會，比方說像是有馬義男……

……。

武上抬起眼睛說：「理由是什麼？」

「理由？」

「對，兇手，也就是導演開始這齣戲的理由何在？你也可以說是動機。沒有任何動機就不會開始什麼行動吧？」

「建築師」不知什麼避開了視線。如果不是武上太多心，應該就是「建築師」自己頭腦裡面浮現的答案，讓他有點不知如何啓齒吧。

「兇手並不想殺人。」武上慢慢地重複說：

「根據你的說法，那傢伙只想要鬧事，換句話說是創作。那麼他的動機何在呢？」

「建築師」眼睛直視著桌子回答：「武上，創作活動是不需要動機的。你可以去問問作家、問問畫家。問他們爲什麼要創作？大概他們給你的答案都一樣。」

只是因爲他們想要創作。

兩人陷入一陣沉默。原本就門可羅雀的飯店大廳，顯得明顯的靜寂。站在櫃檯百無聊賴的員工開始注意起武上他們。或許這有所意義的沉默已經感染到他身上了。

「如果是這樣，那就太恐怖了。」武上的低喃讓「建築師」沉默地點頭。

「如果這傢伙只是爲了創作的熱情而導演殺人劇，他大概一點犯罪的意識都沒有吧。因此出錯的可能性便會減少，幾乎可說絕望性地沒有。」

武上認爲犯罪搜查就是探索犯人所犯下的錯誤。犯罪很難，可說是這世界上最困難的事情之一了。再怎麼頭腦好的犯罪者，也無法絲毫錯誤不犯地全身而退。不可能有所謂的完全犯罪。對追蹤犯人的警方而言，他或她們留下的錯誤就是一個個指標，是釘在岩壁上踏腳的鐵環，是輪胎上止滑的刻痕。

既然這樣，爲什麼犯罪者要犯下讓自身危險的錯誤呢？有時是因爲感到內疚而失手。有時就像「建築師」所說的，因爲自己的犯罪產生的自我中毒現象而有自我毀滅的情形。近年來逐漸增加缺乏「良心」概念的衝動型犯罪者就更極端了，他們缺乏道德和倫理觀念，內心只意識到自己的所作所爲是非日常的事情——無關乎善惡，總之就本能性加以理解那是異於日常生活的事情，他們不會花費精力去掩飾自己做過的痕跡，而是以一種彷彿是處理異次元事務的感性來行動。結果會留給以常識爲標準的追查的人許多的重大線索。

不管怎麼說，現有的犯罪者形象都跟「建築師」所提示的眞兇形象大相逕庭。這個眞兇是以創造不同於日常的舞台爲目的，所以他（他應該是男人吧）最終的目的不是殺人、不是監禁女人或虐待她們，而是將這麼大的事件搬上舞台，集合觀眾讓他們熱中興奮。對於這一點，他哪裡會有良心的苛責？一開始就是要做非日常的演出，爲了讓演出更完美，他不斷修改劇本；重新設定事件的進行、上場人物的個性、力量與場面、改寫台詞等。

舞台劇現在還在演出當中，而且不能期待會有任何因素產生的差池。對於這個和其他兇手基本目的完全不同的眞兇而言，如果不用異於過去的手法將找不出任何破綻吧！

武上想起大川公園的垃圾箱事件。他還記得跟篠崎談過：「這個兇手讓遊民丟棄被砍下來的右手腕，而且還計畫好讓這情景被拍攝下來。」

當然攝影可能會被拍到，也可能不會。就算沒有，也不會成爲破綻。只要當作沒用的片段，直接從劇情中刪掉就可以。可是一但被拍攝到了，就像身上帶著晶亮配件的演員一樣，更增舞台的光芒。這就是他的設計。

沒錯。對於這個眞兇而言，不管是不好的演出、錯誤的選角、部份的台詞不夠精練、還是觀眾在外面鼓譟，都算不上是足以讓舞台劇結束的錯誤。唯一能讓戲劇演出停止的人就是導演一個人。

「只要沒有了觀眾……」「建築師」幽然開口說：「導演就會落幕離去吧。曾經大受歡迎，但最後大家還是會膩。他只有搔搔頭想，下次該搞些新的花樣吧。」

卻絲毫沒有罪惡感的意識。

「你剛剛說全國人民都是觀眾。」武上說。

「沒錯，大量的觀眾。」

「但是警察和媒體，是觀眾的同時也是出場人物嗎？」

「建築師」無趣地笑了起來說：「沒錯，當然囉。他們都在舞台上，動作都配合著導演的需求。不只是警察而已，連在一旁欣賞舞台劇的一般觀眾，什麼時候會上台參加演出也不稀奇。它就是這種的舞台劇，觀眾參與型的舞台劇。」

「建築師」用下巴指了一下往上放在身旁的公事包說：「那本《另一個殺人事件》的作者網川浩一，就是典型的代表。他對於戲劇劇情的不合理感到生氣，不由得從觀眾席站了起來。在那一瞬間他就被賦予了新的角色。因爲加了他的出場，今後的劇情將有不同的發展。而且這是眞兇所期待的，他應該會期待有人對高井和明的涉案提出不同的看法。」

「他會……」

「沒錯，他就是看得那麼遠。」「建築師」語氣顯得痛快地表示：「我們不妨回過頭來想想。栗橋和高井的車禍身故，那是單純的偶然，就連眞兇的導演也覺得驚訝吧。他應該沒有預料到兩個人會是那樣的死法。」

「所以說在栗橋和高井的車禍身故之前，應該有另一套劇本囉？」

「當然，可惜的是我們已經無法知道那是怎樣的一個劇情。只不過在消失的劇本中，高井一定會被賦予重要的角色。」

武上挑高了眉毛說：「你認爲高井爲什麼會跟栗橋一起行動呢？」

「建築師」看著武上的公事包說：「那本書你讀到第幾章了？」

「第三章。」

「那應該有寫到吧？我贊成他的意見。」

網川浩一這麼主張：高井和明發現栗橋浩美可能跟這一連串事件有關時，想要幫助他出面自首。可是他的行動被眞兇X知道了，有所警戒，於是高井陷入了危險狀態。

「像網川浩一說的，高井有可能受到X的脅迫嗎？」

「建築師」搖搖頭說：「會不會很難說，反正不過是個推測嘛。但是從過去已經明朗的高井和栗橋的關係，以及高井的性格來推理，就算沒有遭受殺害家人的威脅，高井在離間栗橋和X的關係之前，也不敢輕易報警不是嗎？因爲高井想保護栗橋，想幫助他。盡可能以受傷最少的方式將他拉回現實。」

武上有些皺眉地說：「你說得好像你眞的看過一樣。」

「建築師」笑得很大聲，他的丹田之音與天花板起了共鳴。

「沒錯，我說的好像我看過。因爲你不就是這麼要求我的嗎？」

「你不覺得意見太過於和網川一樣嗎？」

「建築師」一時之間眼神恢復成擔任刑警時的銳利看著武上說：「我讀網川的書，聽取他的意見，都是在我整理出自己的意見之後。栗橋是主角而不是主要兇手、負責寫劇本的另有其人、那傢伙在確定能掌控全局時開始作案，之後只要按照順序組合劇本。而且如果我的這些想法沒錯的話，早晚出現擁護高井和明的意見也不足爲怪，我甚至認爲眞兇X也在期待這個意見的出現。就在這時網川出來了。」

武上從公事包拿出網川的書。書名《另一個殺人事件》，已充分說明高井和明也是眞兇X手下的另一個被犧牲者。

「武上不是也提到搜查總部中也有人強烈主張主要兇手另有其人嗎？他們又是如何定位高井的呢？」

「意見不一呀。有的人認爲他只是非常倒楣，偶然和栗橋一起行動，對於整個事件完全不清楚。也有人認爲他很清楚栗橋和眞兇X，因爲違抗不了他們，所以乖乖做旁觀的第三者。」

武上將書放在桌上，點了一根新的香菸。並對「建築師」說明網路上劍崎龍介的網頁內容。「建築師」的眼睛一亮。

「結果武上你怎麼做？」

「我讓女兒上網，並寫些訊息上去。如果能和未遂事件的受害女子們有個人信件的往來，那就太好了。」

「建築師」不斷點頭。「這件事你有跟總部報告嗎？」

武上搖搖頭。

「爲什麼不報告？可能成爲重要證詞的來源呀。」

「總部根本不太相信網路上的資訊。你只要回想過去刑警時代的想法，應該就能理解。那是匿名的世界，什麼人都有。那裡面流通的資訊，其可信度低於海平面以下呀！」

「根據我的經驗，匿名的資訊來源往往跟大事件有關。」

「的確是。但是機率有多少？一萬分之一嗎？

網路上的資訊，其分母還要更大。每一件都去調查的話，光是被耍得團團轉，也要花上一、兩年的時間吧。」

「建築師」不屑地「哼」的一聲後，笑說：「所以你才會叫女兒去做！」

「是呀，那是我私人的調查。我是內勤業務，跟總部的搜查一點關係也沒有。我是爲了興趣而做，應該就沒關係吧？」

「建築師」越笑越大聲。「武上，如果和這些未遂事件的受害女子見面，對方說攻擊她的兩人之中，一個很像栗橋浩美，另一個則跟高井和明完全不像，你怎麼辦呢？」

「不怎麼辦呀。」武上不高興地回答：「先放在心裡吧。光是這些證詞也不能怎麼樣。目擊證詞，尤其是馬後砲的證詞，肯定是不能用的。何況這個未遂事件的雙人組，就等於那些事件的雙人組，未免也太奇怪了吧！想要騙女人上車施暴的男子雙人組，全國上下不知道還有多少呢？」

「那你爲什麼那麼在意那個叫劍崎的網頁？不是浪費時間嗎？」

武上一邊吸菸一邊回答：「所以我說是我個人的興趣呀！」

「我……之前沒辦法用言語表達清楚，今天在和你說話之際，感覺好像有些明白了。我覺得有興趣，所以想調查看看。」

「對什麼有興趣？」

「這次的事件對社會的影響。」吸了一口氣後，武上稍微一笑說：「這樣說有點太抽象了，你等我一下……」

他抬頭看著上面。

「這樣說好了。這次的兇手們做出了前所未有的案件。連續殺人的實況轉播。而且在轉播最熱門的時候，留下了難解的死亡謎題。這麼不合常理的劇本，在我們日常生活中和事件沒有直接關係的人心裡，將喚起什麼樣的情感反應呢？我想知道這一點。尤其是和被害人同年代的女性們，對這種可惡的兇手、以及有他們存在的當今社會，會抱持怎樣的情感？這些將會留下多少不好的影響，社會將繼承多少負面的因子繼續流傳下去呢？」

網路上的未遂事件報告也許只是個錯覺，很可能一開始就是做假的。但是探索爲什麼會有這些錯覺、做假的作品出現，也具有一定的意義。這些空中樓閣眞的是社會消化這些前所未有的事件所必須要的嗎？所被創造出來的嗎？

而這種創作的精力其實並非什麼，武上認爲應該跟鼓動兇手犯案的精力是同一種類型的東西吧！

沉默了一陣子後，「建築師」說話了：「感覺上武上在聽我的意見之前，好像已經發覺這次的事件是個大型創作，不是嗎？」

「是嗎……？」

「是的。因爲這就跟武上想要知道賣座的戲劇是哪裡受到觀眾歡迎？哪裡刺激到觀眾？是一樣的道理呀。」

「建築師」伸出手拿起了《另一個殺人事件》。翻開封面後，上面是一張網川眞一的臉部照片。

「新的出場人物！」「建築師」低喃一聲後，看著武上說：「武上，眞凶X早晚會跟他接觸的。我不知道會是什麼形式，但他一定會出來接觸的。」

武上也開始思考同一件事情。

17

月曆從一月份變成二月份時，塚田眞一就立刻來拜訪有馬豆腐店。北風呼號的寒天裡，從最近的車站沿著住家走五分鐘的路，手指已經失去了感覺，耳垂也冰得發痛。

那是一家小巧整齊，古老的店面。正面的鐵門關著，上面貼著手寫的紙張：

「各位顧客

有馬豆腐店感謝大家長期的惠顧，將於今年的一月三十日起關店。十分感謝本地的顧客厚愛，謝謝。店主敬上。」

大概是有馬義男自己寫的吧。字體不是很漂亮，但很有味道。

回到石井夫婦家之後，眞一立刻打電話給有馬義男。出來的是一個男性員工的聲音，一聽眞一報上名，發出驚訝的叫聲後便將話筒交給了義男。

「你好呀！」老人的聲音聽起來還算很有精神。就跟從《日本時事記錄》回家時在公園裡聊天一樣，還是很穩重的語氣。

眞一提到自己離開了滋子那裡，已經回到石井家了。反正樋口惠總是會上門，他已經決定不再逃避了。他還老實承認都是因爲和義男談過一番話，才讓他有這種想法。面對面說這種事有些害羞，打電話就無所謂了。

「嗯，是嗎。」老人的反應意外地乾脆，眞一有點失望。他以爲老人會說些長者的話鼓勵他說：「很好，你變得堅強了。」

「那你今後打算怎麼辦？回學校嗎？」

「還沒決定，還在跟叔叔嬸嬸商量。」

「是嗎，反正閒著也是閒著。要不然來我這裡幫忙怎麼樣？我需要工讀生。」

老人說要將有馬豆腐店給收起來了。

「之前和你聊天的時候，就已經決定關店了。收拾店面還眞是麻煩，因此需要人手。」

一發現眞一猶豫如何回答，老人趕緊又說了下去：「這可不是天涯淪落人相互安慰哦。我這種型的打工，就算找人也不見得有人來。當然也可以拜託便利屋的人，但是工作又不是很多，都是些小東西要處理。」

結果眞一答應了。眞一知道有馬對他的親切是一種關心，他或許可以從這種的關心裡面學習到什麼。這是他眞實的想法。同樣地他也十分關心義男。

由於網川浩一《另外一個殺人事件》的出版，造成這一陣子連續女性誘拐殺人事件有了戲劇性的發展。高井和明不是栗橋浩美的共犯，反而是被牽連的受害者。眞兇X另有其人，而且逃離法網之外。電視和報章雜誌這些日子都圍繞著網川提倡的新主張大作文章。

電視新聞上還放映出記者、媒體到有馬義男那裡採訪的畫面。你怎麼看網川的主張呢？有什麼意見？面對著麥克風，有馬義男什麼都不回答，只堅持這樣會造成客戶的困擾。自從二十二日網川上電視演出（說他是戲續性的演出固然令人生氣，但效果實在驚人）之後，至少有兩、三天有馬豆腐店沒辦法做生意。尤其是決定在月底收起店面，這時候更希望清靜點過日子呀。

日高千秋的母親也一樣遭到媒體的採訪攻擊，不管門鈴響得多厲害，她就是不應門。這麼說起來，因爲她而引起的（這麼說她雖然很可憐）淺井祐子假律師事件，因爲和網川浩一出現的時間一樣，沒有被大幅報導。但最近又被提出來炒熱了。如果沒有被寫眞週刊報導，這件連警方都不會知道的事件，也不會鬧成那麼大的醜聞。

果然淺井祐子和同夥的男人是騙子，她們召集了事件的被害人家屬，煽動提起毫無根據的損害賠償官司，目的只是爲了騙取「預付款」。淺井祐子因爲詐欺嫌疑被逮捕了，同夥的男子因爲身分特殊躲了起來。他們兩人都是詐欺、僞造文書等前科累累的騙子。

眞一看到的電視節目裡，主播和那些身爲來賓的眞正律師們都十分生氣。並擔心今後以這些兇殘事件的受害人家屬爲目標，還會發生同類型的詐欺事件。只要有誰先開始一種手法，就會有人起而效尤，而且手法越來越熟練，越來越巧妙，這就是社會的常態。

「身邊的人成爲犯罪的犧牲品，這種悲劇往往來得突然，又很少見。因此不管是被害人本人或是家屬，當然不知道如何應付這種狀況，因爲沒有範本可循。這時如果有假裝親切的壞人潛入，根本防不勝防。他跟你一起生氣、提議如何防止受害，你會相信他也是人情之常。反而懷疑對方會不會是騙子的人令人覺得無理取鬧。」

邊生氣邊說明的律師強調爲了不再讓這些不法之徒繼續囂張，國家和自治團體應該盡早設立支持被害者和家屬的專門機構。

「這次的事件也是一樣。一開始淺井祐子跟日高千秋的家人提起訴訟的事時，如果有一個可以毫無顧忌商量的地方詢問：『有人跟我這麼說，我該怎麼辦？』是不是就能防患於未然呢。」

最後他還生氣地結論說：「律師協會也應該檢討今後如何防範這類事件的對策。」

在其他的節目上，三宅綠的父親神情比那天毆打高井由美子要冷靜許多，但一張憔悴的臉回答說：「不願意想起這椿騙人的損害賠償訴訟和淺井祐子這個騙子。」拿著麥克風的記者又詢問對網川浩一《另外一個殺人事件》的看法，他回答說：「沒有看過。警察還在調查當中，何必去聽信一個外行人說的話呢！」

「可是如果眞的兇手X存在的話，你怎麼辦？」

三宅綠的父親聲音顫抖地回答窮追不捨的記者說：「如果？我所想到的『如果』不是這個。我每天呼吸時候想到的『如果』，不是這種事。『如果』我這麼做、『如果』我沒這麼做，綠子現在是否就能活著？這才是我所想的。我想的都是這種的『如果』呀。其他的『如果』，我沒有空去多想！」

眞一曾對前畑滋子提到過被害人家屬的心情。三宅綠的父親說的一點都沒有錯。

哪有空去想其他的「如果」呢？這句話再眞實不過了。但是網川眞一提倡的新說法，卻不是沒空想就可以忽略的那種。他丟出來的是沒空想也必須跟著想的疑問。就算三宅綠的父親那樣子回答毫無同情心的記者，但在內心還是會跟著一起思考。思考網川浩一丟出來的主要想法「如果」——如果眞兇另有其人的話？

有馬義男也是一樣吧。

義男因爲眞一還年輕，應該說是還很幼稚，所以關心他。眞一則是尊敬義男的年長，但擔心他的年紀。如果有什麼自己可幫得上忙的，也許微不足道，他希望能出一點力。義男雖然用的是否定的說法，就算是天涯淪落人相互安慰，他也無所謂。只要能幫得上忙的話。

於是眞一往有馬豆腐店——「前有馬豆腐店」的方向走去。

義男告訴他住家的入口在鐵門左邊小巷的盡頭。沒有鋪水泥、一個人走便擠滿的小巷，應該說是房子與房子之間的縫隙要更恰當。穿過小巷，從屋子裡傳來有馬義男的說話聲。他在跟誰說話，好像有客人，是男人的聲音。

原本是後門的門開著，眞一探頭進去，正好面對著對著門方向說話的有馬義男的臉。老人從椅子上站起來打招呼，和老人面對面坐在鋼管椅子上的客人也回過頭站起來。那是一個穿著西裝、身材高大，年約三十歲的男人。

「哎呀，你來了，謝謝。」有馬義男上前說話。

「你好。」眞一半對著老人、半對著客人行禮打招呼。大概是發覺了，有馬義男輕輕指著客人的方向說：「這是搜查總部的刑警。今天我去醫院，他正好來探望眞智子。」

身材高大的刑警毫不訝異地對眞一說：「你是塚田小弟吧？我是秋津。」

因爲這個事件見過面的人中，眞一唯一能將臉和名字兜在一起的只有武上那個中年刑警。眞一適當地客氣回禮。不過他對秋津這個年輕刑警沒什麼壞印象，大概因爲探望古川眞智子，給他加分不少的關係吧。

「回來的路上，他還幫我帶回來換洗衣物等行李呢。」

有馬義男說時還幫眞一空出一張椅子。眞一一邊坐下，一邊對曾經是店面的空間如此空曠而訝異，不禁環視了周圍一下。

「大型機器幾乎都搬出去了。」有馬義男還是有些寂寞地表示：「油炸機留下來了，因爲太舊，得當廢棄物處理。」

果然在對面的牆邊有一個連接小型輸送帶的狹長機器。大概是因爲煤炭燻的關係吧，整體顯得烏黑，充滿了油煙味。

「眞的要收起來了嗎？」秋津刑警問，關愛的眼神看著有馬義男的臉。「曾經繁榮過，感覺有些可惜呀。」

「也沒什麼啦，最近生意掉了不少呀。」

「明明跟事件毫無關係的。」

「對客人來說，就有關係。會讓他們覺得不吉利吧，我不是不知道他們的心情呀。」

「要不將店面換個地點試試看呢？」

「不行不行！」有馬義男搖頭說：「我已經七十二了。已經沒辦法到新的地方重新開拓客戶了。」

親切地說些有的沒的家常話，或許是因爲秋津刑警「負責」的對象是有馬義男。仔細想想，義男不只是被害人的家屬，而且還是透過電話和兇手好幾次講過話的重要關係人。

「聽說塚田小弟要來幫有馬先生的忙？」

秋津將話題轉到眞一身上。眞一沉默地點頭。秋津看起來是個豁達的男人，但眞一總覺得有些不自在。正神情緊張地四處張望時，突然看見身旁的辦公桌上有一本打開的《另外一個殺人事件》的書，好像有人已經讀到一半的樣子。

「塚田小弟讀過了嗎？」

注意到眞一的視線，秋津立刻詢問。果然反應很快。

「我沒有讀過，但是看過電視。」

「聽說作者有出來。」

眞一問有馬義男：「有馬先生全部讀完了嗎？」

「只讀了一半左右。」

「我正在跟他說不用讀也沒關係呢。」秋津插嘴般表示意見：「因爲這本書的寫法，既沒有證據，用詞只會引人不安。」

「上面說眞兇X還活著。」

「毫無責任的鬼扯！」秋津大罵。

「根本沒有考慮到被害者的感情。」

眞一發現了。這個名叫秋津的刑警之所以探望古川眞智子，其實是要告訴有馬義男這件事。他大概是因爲目前搜查總部的搜查方針因爲這本書提出的不同見解，擔心會對被害人家屬有什麼影響，所以前來關心一下。原來是這樣子呀。

接著秋津站起來表示該回去總部了，有馬義男不斷行禮送走了刑警。等到只剩他和眞一兩個人時，才發出疲倦的聲音說：「警方對那本書也覺得很困擾吧！」

眞一吃了一驚說：「你也注意到了嗎？」

「嗯，不過那個叫秋津的年輕人不是壞人哦。之前也常常來看眞智子的情況；有時也會告訴我搜查進行的狀況，雖然說的都不是很重要的內容。」

眞一走向辦公桌，拿起了書本。打開的書頁，一邊是車禍現場的綠色大道照片。懸崖邊的急轉彎，壞掉的圍欄。

「你讀到這裡了嗎？」

「不是，我全部都讀完了。」有馬義男笑說：「我只是怕對秋津不好意思，故意騙他說只讀了一半。」

「讀了，有什麼想法？」

「還不知道。」

「還不知道……？」

「我不知道他寫的是眞還是假。和警方的意見相差了一百八十度呀。又不能全部相信，完全不信又很奇怪。看來是得自己出來調查了。」

眞一睜大眼睛看著老人瘦削的臉。

「有馬先生？」

想知道眞相，所以說要跟高井由美子見面的老人。可是也不能因爲這樣就……。

「我也想學前畑小姐。」有馬義男說的乾脆：「採訪有那麼困難嗎？不過是跟人見面，聽他們說話嘛？我想我應該沒問題。」

眞一嚇呆了。

「你是來眞的嗎？」他不禁問。他雖然覺得有馬義男可能是在開玩笑，但老人的表情很認眞。

「我是來眞的。」

「你說要自己調查，具體的想法是什麼？首先要跟誰見面？」

老人用手指摸摸鼻翼。

「還是先從高井由美子開始吧。」

「如果那個人還是那副奇怪的態度，你怎麼辦？」

「應該不會那樣了吧。」

「爲什麼你可以這麼說呢？」

「那之後她打過電話給我。」

「高井小姐嗎？」

「是的。還有寫這本書的網川，那個男人也在電話上面。」

眞一翻開封底，看著作者的照片。感覺是個給人好印象的青年。一副訂做出來的模樣，眞一心想。爲了什麼而訂做呢？他問自己。還是爲了誰而訂做？我幹嘛想這種問題呢？

「她在電話裡哭說，一定要跟我道歉。」

「哭泣是高井由美子的武器嘛。」

眞一辛辣的語氣讓有馬義男又開始摸起了鼻翼。

「網川浩一說了些什麼？」

「說他從前畑小姐那裡知道我們在飯店聚會的事，然後是他告訴了高井由美子，所以他也有責任，一樣跟我道了歉。」

「如果光說對不起就沒事，就不需要警察了。」

「你不要那麼生氣嘛！」

有馬義男將椅子拉上前重新坐好。鋼管椅子在水泥地上發出空虛的聲響。

「我要你來幫忙，可能是我的錯。」

由於眞一面對辦公桌的方向，所以看不見有馬義男的臉。

「可是我……應該怎麼說……我想跟你好好談一談。當然我們是不同悲慘事件的被害人家屬，立場不一樣，而且讓我們痛苦的事件也完全不一樣。

所以談一談也可能沒什麼幫助。可是我就是覺得不能不管你，你可能只會覺得我多管閒事。」

眞一小聲說：「就算是多管閒事也沒關係。」

「是嗎？」

「因爲我也愛管閒事。我也是擔心有馬先生才答應來幫忙的。」

老人笑了。笑聲溫柔明朗，讓眞一不禁回過頭。

「你擔心我，謝謝。這麼一來我們扯平了，好管閒事和擔心是半斤八兩呀。」

「我連自己都照顧不好，其實沒有資格說這種話的。」

有馬義男用力搖頭說：「沒有的事，不要這麼說。不過你們年輕人老是用這種方式說話嗎？」

「這種方式是什麼？」

「就是說自己沒有資格什麼的。以爲自己怎麼怎麼樣，所以做了這些事，其實那是騙人的，根本是將自己內心想怎麼怎樣的動機給藏了起來。那是不對的。」

因爲說得很對，眞一不禁微笑了起來。

「我常說的就是這回事。」義男笑著繼續說：「我實在覺得很奇怪，哪有必要那麼做呢？所以我之前不是說過，不要老是想深入分析自己做的事！擔心就擔心，想管閒事就放手去管，不就好了嗎？」

眞一靠在桌子上，看著自己的腳下。灰色的地板打掃得很乾淨，但是還是到處沾染了污點和油漬。三十年來、四十年來，一年三百六十五天，有馬義男在這上面走來走去，作豆腐、賣豆腐、維持生計。很長的一段時間了，這些污點和油漬都是有馬義男的足跡。他年輕時也是像這樣子嗎？跟眞一一樣大的時候也是這樣嗎？他不會那麼麻煩去一一分析自己的內心，而是做，努力做。只要努力生活就會有好事上門，他就是堅持這種理念的人嗎？

所以到現在，即便失去了一切，即便他努力生活還是遭遇不幸，即便他深刻地體會到人生的無常，他還是一樣堅強嗎？因爲他本來就那麼堅強的人呀。

「跟降臨在自己身上的不幸奮戰，一點也不是什麼壞事。」有馬義男的語氣變得緩和。

好不容易眞一可以抬起頭看著老人。老人也看著眞一點頭說：「大家都是這麼做，所以我也一樣。就連三宅先生、日高女士也是一樣。就算被那個假律師欺騙了，還是努力想要從事件中站起來。」

眞一想起那天三宅綠的父親毆打高井由美子時說的話：「讓開、我要幫女兒報仇！」

「像我這種人到處問話，可能什麼用也沒有。警方大概也不會給我好臉色看。可是我就是不喜歡什麼都不做。跟很多人見面、聽他們說話，結果還是發現高井和明有問題，警方說的不錯。於是我又再一次生氣，大家都說我這老頭做的是白工，我也無所謂。就算是掙扎也無所謂，這種事我一開始就知道了。我的所作所爲不過是一種掙扎。因爲鞠子不會回來了，眞智子也不會恢復正常。沒有一樣會恢復原狀，不是嗎？就算我想挽回什麼，也都是沒用的呀。」

沒用的，但是……

「但是我還是願意掙扎。我想要做點什麼。鞠子、眞智子、還有我，過去從來沒有故意想傷害過別人，至少我覺得我們沒有做過需要遭遇到這麼殘酷懲罰的壞事。可是現實生活中，鞠子被殘忍地殺害，眞智子神智不清，我失去了店面變成一個人。我無法再這樣就繼續坐著不動，眼睜睜地看著什麼東西過來將我剩下的人生，我所剩無多的人生給拿回去。我不要這樣過日子！」

「可是做什麼，結果可能都一樣呀。」眞一說：「有馬先生剛剛不是這麼說過嗎？」

「是的，沒錯。但是對現在的我而言，重要的不是結果。結果將不盡如人意，令人難以接受。這是我早就知道的。但是到達結果之間的過程很重要，我不要再繼續被動接受這一切！」

義男向眞一的方向探身過去。

「你不是曾經幫忙過前畑小姐嗎？你不是也說想要知道爲什麼會發生這麼殘酷的事嗎？」

眞一激烈地搖頭說：「我說過那只是表面上說

得好聽。」

「那也沒關係。因爲想要幫忙前畑小姐時的你，的確是想要做點什麼事呀。」

「才不是這樣！」眞一大聲反駁：「我才沒有那麼正面的心情。我會去前畑小姐家，是因爲沒地方可去，因爲方便的關係。所以當連載刊出來時，我再也受不了聽見或看見犯罪，於是喊說要離開那裡。我差點就要離開那裡了！」

「那你爲什麼又留下來了呢？爲什麼那個時候不一走了之呢？」

「因爲高井由美子出現，對滋子姐說了些有的沒的。所以我……」

眞一舌頭打結，說不出話來。於是他吞了一下口水，然後再說：「我擔心滋子姐會聽信她說的話。我擔心滋子姐會完全不顧被害人家屬的心情寫報導，所以留了下來。沒有人會跟他們說什麼，家屬只知道悲傷，根本搞不清楚事件是怎麼發生的，一定會拚命自責。爲了怕他們說出無謂的、不顧慮別人心情的難聽的話，所以我留下來看著他們。」

「那不就是想要做點什麼事嗎？我認爲你當時所考慮的一點都沒有錯。」

「可是其實是因爲我還沒有下定決心回石井家，所以拿由美子當作藉口……」

「你看，又來了。」義男搖頭說：「你又開始了。什麼其實嘛，其實是錯的。其實就是其實，你要改變這種說法。你當時所想的就是眞的，眞正的你當時就是眞正地在場呀。」

眞一沉默了，嘴唇顫抖著不知該說什麼。

「你任何時候都想做些什麼。爲了從降臨在你身上的災難中走出來，你一直在探索有沒有出路。每一瞬間你都朝著正確的方向前進。可是只要稍微持續下去，你就會覺得好像出錯了，開始說剛剛做的其實不對。好像你不說『那不是眞的』，就會被人責怪似的。沒有人會責怪你的，因爲你的人生是你自己的。今後的人生也是你自己的。你不需要問別人的意見；你只要爲了自己，自由的思考就行了。」

「可是我和有馬先生不一樣呀！」眞一大叫：

「因為我的關係……」

「你們家發生的事，不是因為你的錯。」有馬義男斬釘截鐵的語氣，沒有大叫或怒吼，卻充滿了足以讓眞一安靜的魄力：「的確你不小心說溜了嘴，可是想想看，你是在跟朋友說話耶。儘管父母要你別說，你沒有遵守約定。但是有可惡到需要接受這麼大的懲罰嗎？你換成別人的立場來想想嘛。如果換做是我，你會責怪我嗎？你會怪我將原本很無謂的小事告訴外人或朋友嗎？」

你不會怪我的，義男說。

「你剛剛也說過了，我們這些家屬都會自責活著的自己。沒錯，我也是一樣。日高女士、三宅先生他們也都一樣。如果那麼做就好了，如果這麼做就沒事，都是會想這些有的沒的。你會先想到這一點，表示你自己為了家裡的事也自責過。而你認為自己有不得不自責的理由，卻認為我們不需要。但是那是不對的。在我的眼裡，你也沒有自責的理由。一點都沒有，跟我們是一樣的。」

數著手指，義男繼續說：「我也曾經和你一樣，在出事之後一直責怪自己，想了很多事情。當初古川離家出走的時候，如果勸眞智子和鞠子跟我一起住，就不會發生這種事；鞠子行蹤不明的時候，如果我大聲吵鬧，要求電視台做出尋人節目，在鞠子還活著時候，或許兇手們會主動跟我聯絡；一開始兇手打電話給我時，如果我不要什麼都聽兇手的擺布，不要一個人到廣場飯店，先報警請求埋伏的話，也許鞠子就能得救……」

「有馬先生！」眞一不禁阻止說：「那不一樣，因為當時鞠子已經……」

「我知道，不用你說我也知道。但是我不得不想呀，沒有任何理由。我的心中不得不想，因為我沒那麼做，所以鞠子死了。如果我不這麼做，或許鞠子不會被殺。我整天都在想這些事，你不也是這樣嗎？如果你自責跟朋友隨便說幾句話，就害得三個家人被殺；我也會因為答應兇手的指示而自責殺死了鞠子呀，不是嗎？」

義男吸口氣停止說話，氣喘吁吁地。

深呼吸一口氣後，繼續說道：「但這是不對

的。你問我哪裡不對？實際上殺死鞠子的人不是我，動手殺害你家人的也不是你。兇手是別人呀，你不要忘了。絕對不要忘了這一點。」

眞一膝蓋顫抖地蹲在地板上，兩手抱著頭。有馬義男慢慢地從椅子上站起來，靠近眞一。然後立刻蹲在他的身旁。

「殺人殘酷的地方，不只是殺死了被害者，像我、你、日高女士、三宅先生這些活著的人也一點一滴被殺害著。而最令人生氣的，殺害我們的不是殺人的人，而是活著的我們自己殺害自己。那有這麼不合理的事，我不能接受。我就是討厭這一點。我沒有那麼堅強可以拚命自責，忍受著一點一滴殺害自己。我是膽小鬼，所以無法忍受這種殘酷的對待。」

義男輕輕將手放在眞一頭上說：「這一次來幫我吧。你只要在我旁邊，看我這個老頭如何掙扎。不是只有你，所有處於同樣立場的人都是這樣在受苦。如果你能明白這一點，或許就會想要放了自己一馬。」

老人的手輕輕摸著眞一的頭。

「比任何人都讓你痛苦的不是樋口惠，而是你自己。她很清楚這一點，所以才會追著你跑。看著你因爲自責而痛苦，她會覺得自己多少獲救了。」

眞一抬起頭看著老人，眼神有些恍惚：「獲救……？」

「是的。她應該也會認爲遭遇不幸不是她的錯，她自己沒有錯吧。」

樋口惠曾經說過：「我們彼此都是被犧牲者。」

「你決定不再逃避了。」有馬義男說：「很好，這是個很好的決定。但是放棄因爲不想挨打而逃避，結果只是讓人痛毆的話，那也是不行。不斷被人毆打，不會是什麼好事的。所以既然決定留下來不再逃跑，就不要再被她欺負，你要罵回來才行！你要說：『沒錯，我是很自責，因爲我覺得自己有責任。也有人告訴我不是這樣子，但我就是覺得自己有責任。所以我已經充分傷害了我自己，但是今後不一樣，我要思考怎樣做才不會傷害自己。

現在我還不知道怎麼做，但我會努力思考。』」

眞一低喃道：「如果這麼說，那傢伙一定又會要求我跟她爸爸見面。她會說：『既然你知道錯了，就去跟樋口認錯！』」

「那你就跟她說，如何平衡自己內心的傷痕跟罪惡感，我自己會想辦法，不需要聽妳的命令。妳也應該自己思考如何療自己的傷，不要拿妳爸爸當藉口！」

不要拿妳爸爸當藉口！

眞一想要說些什麼，卻說不出話語，只是顫抖地嘆了一口氣。但是眞一感覺到自己像個病人，長期以來生的病頭一次有了復原的徵兆。現在隨著嘆氣，自己內心深處隱藏的污濁東西也跟著呼出來了。當然病還沒有完全治好，傷口也還開著。但是病因已經找到了。

過去被污濁東西占據的內心深處，現在開了一個大洞。這個大洞開始顫動，而且牽動了眞一的身體跟著顫動，眞一明白這點之後整個人開始哭泣。

他沒有哭很久，沒有流很多淚。只是因爲安心而留下高興的淚水，現在整個人縮成一團。這淚水跟過去流的不一樣，不會燙到臉頰，氾流的時候也不會割痛眞一的心。

有馬義男蹲著，不說一句話抱住眞一。

眞一曾經是個外向，不太依賴父母的小孩。很早便上幼稚園，上學之後也幾乎沒有請過假。出外露營或是到親戚家住，他都可以一個人去。身爲長子的獨立個性，很讓他身爲老師的父母感到欣慰。

所以最後一次被父母抱在懷裡安慰，是多久以前的事了呢？他已經不復記憶了，三歲還是四歲？應該是很小的時候吧。

可是現在抱著他的老人手臂，跟遙遠記憶中雙親的手臂竟是一樣的溫柔，同樣都很有力。這不是父親也不是母親，更不是一般大人的手臂。

這是一同走過痛苦道路，來自同志的手臂。

結果那一天兩人打掃了店面和家裡，到了傍晚義男出發到眞智子住的醫院。眞一陪他走一段路，一路上商量今後的計畫和時程表。

「跟高井由美子見面的事，當然不能讓警方知道。」老人摸摸下巴說：「也不能讓前畑小姐知道。」

「當然我不會說。可是有馬先生這裡經常會有刑警像今天一樣過來嗎？」

「我打算直接去長壽庵算了。白天不方便，如果是晚上的話。」

「由美子應該有鑰匙，我想沒什麼問題吧。」

只是覺得很大膽。

「順便請她讓我看看高井和明的房間。」有馬義男稍微搖搖頭說：「當然，看了房間也不會知道什麼的。」

「不可以喪氣。你剛剛的氣勢哪裡去了？」

「是呀。」老人笑了。

回石井家的路上，眞一心想如果樋口惠在門口等就好了。現在的心情很想訴諸語言反擊在她身上，同時也能讓自己的心情更加堅定。

但是一回到家，大門口外沒有站著任何人。太陽已西下，西邊天空留下一抹的紅光。眞一從信箱抽出晚報，歪了一下嘴巴嘲笑自己。儘管有一種期待落空的無奈，但是不能因爲魔法解除就又回到從前。只要自己還依賴這股氣勢，這份決心便還不夠眞實。

打開門，大喊一聲「我回來了」。從家裡面傳來輕快的腳步聲，接著就看見石井良江的臉。

「眞一，你去哪裡了？家裡有客人來，一直在等你。」

「客人？」

會是前畑滋子嗎？猛然想到的就是這個答案。她是來看我過得怎樣吧？還是說滋子姐有今後的計畫，還是需要眞一的幫忙呢？就算是這樣，今後眞一也不能跟滋子姐一起行動了。

「你好，我來打擾你們了。」

聲音很明朗，一聽就知道是誰的聲音。但是眞一一時之間不能相信，維持著正在脫鞋的姿勢，張大眼睛杵在那裡。

「我是來跟你和好的，可以嗎？」

水野久美兩手藏在身後，一臉笑得很害羞的樣子。

18

自從一月二十二日晚上，第一次戲劇性地參加HBS的電視節目以來，網川浩一已經一連好幾天出現在各家電視台的節目上。眞誠的態度、清新的口吻、端正的容貌、安詳的笑容，他到處在散播好印象。有些電視節目故意找來對他所提倡的「眞兇X說」感到懷疑的來賓，發出極其挑釁式的質詢；但網川還是以平常的冷靜、充滿熱忱但不流於感情用事的理性方式應答，始終保持恭敬有禮的態度。

凡是他參與演出的新聞節目、社會新聞都獲得極高的收視率。隨著收視率的節節高漲，他的書也十分賣座。出版一個禮拜後就榮登暢銷書排行榜第一名，而且還成爲話題，持續發燒大賣。因爲來不及加印，甚至連東京都內許多大型書店都必須在櫃檯貼出明顯的「等待補書」告示板。

相對於提倡個人主張、集眾人矚目於一身的網川浩一，搜查總部則是始終保持沉默。《另外一個殺人事件》出版後，在一月份唯一召開一次的記者會上，面對有關網川新說法的相關提問，總部還是一貫的標準答案敷衍「搜查還在繼續當中，無法回答」。

一月三十日，HBS再次於黃金時段播出特別節目，並邀請網川參加。在節目中他和去年年底前畑滋子做的一樣，走在赤井山中的鬼屋廢墟中，發表自己的感想。跟他搭配演出的是主持HBS主要新聞節目的當家男主播，兩人的交談出現許多令正在吃飯看電視的觀眾難以理解的細膩意見。

但是比較敏感的觀眾或許也會發現到，這個男主播的語尾中，些微地隱藏不住對網川浩一的不信任感。這一點跟他本人口中所說的言語理論性不太搭調，雖然他努力想掩飾，但是聽得出來的人還是聽出來了。即便是坐在電視機前，這個男主播還是以HBS的高級主管爲對象表示反對這個個別節目的策畫，如果一定要執行的話他就不參與；最後堅持不了還是參與演出時，男主播心想至少自己面對網川這個「好青年」，可以將對他的不信任感表現給工作同仁、甚至讓觀眾知道。儘管不知道，從主播和網川之間流露的莫名緊張感，或許還是會有觀眾能讀出某些訊息。

但是這又能怎麼樣？社會對於新上場的網川浩一正覺得耳目一新，充滿魅力。管你多專業、採訪經驗多豐富，男性主播的臉早已經看煩了，說的話也聽膩了。而網川浩一還具有未知的魅力，足以吸引更多的人。

棚內現場負責主持的是去年十一月一日那個特別節目的主持人向坂小姐，當晚的錄影帶再一次播放出來，清晰地重現和兇手之間的電話交談。

網川浩一在實況連線的鬼屋現場看了棚內的節目，並發表感想。他對著電視鏡頭、對著全國觀眾說：「一開始的電話是栗橋打的，但是重新打過來的電話絕對不可能是高井打的。和明說話的方式不是那樣，我很清楚他們兩人。關於這一點我在書裡面也很清楚寫到，沒有什麼理由，就是憑直覺可以知道。不是，那通電話絕對不是和明打的。」

在他背後是轉播的燈光照亮的鬼屋，看起來就像是曝屍荒野的白骨一樣。

同一個晚上。

赤井山南邊山腰的新興住宅區一角，在眼睛的高度位置可以看見因爲綠色大道路燈連成一小段珍珠項鍊般的地方。

一間乳黃色防水牆、搭配綠色屋瓦的漂亮洋房二樓裡，一名年輕主婦在小孩床邊照護。她小學二年級的長子因爲扁桃腺發炎發高燒，連今天已經躺了三天了。

由於這個孩子經常有扁桃腺發炎毛病，甚至高燒到四十度，做媽媽的倒是不怎麼緊張。通常經過一個晚上，或是兩個晚上後就會退燒，一連燒了三天，媽媽還是沒有顯現不必要的不安。當然還是會擔心，夜裡總要過來看好幾次；還好醫生人很親切，在這附近又有好名聲，情況緊急時隨時願意來看診。沒事的，小孩子發燒很平常，連續幾天也是有的。今天的看診，醫生的態度還是很平靜。只要多喝水，給他安靜休息就好了。我想明天會退燒，已經過了危險期。

但是這次和媽媽一樣已經習慣扁桃腺發炎發高燒的長子卻顯得十分不安。平常會趁機享用冰淇淋的他，這一次卻興趣索然。跟他說病好了要買喜歡的東西給他、帶他去動物園玩，小孩子也不回應。丈夫安慰說：「小孩子因爲病情比較嚴重所以有些擔心吧。」既然這樣不是更應該想辦法幫孩子解除心裡的不安嗎？

不管怎樣今天晚上陪孩子一晚再說吧。媽媽握著孩子的手、輕撫孩子的頭。媽媽跟你在一起，沒事了。等到明天太陽公公出來，就會退燒了。

小孩子睡眼矇矓地張開眼睛看著媽媽的臉，安心地睡著了，然後又睜開眼睛尋找媽媽。就這樣過了午夜，趴在小孩床頭睡著的媽媽，因爲小孩的手拉她的衣袖而醒來。

「怎麼了？想尿尿嗎？」

「嗯。」

媽媽抱著小孩上廁所。小孩的身體像火爐般熱，尿水充滿了藥味。因爲睡衣都汗濕了，媽媽幫小孩換好衣服後繼續讓他睡下。量了一下體溫，還是三十九點八的高溫。

「流了好多汗，會不會口渴？喝點果汁好嗎？還是削個蘋果吃呢？」

小孩沒有立刻回答，只是濕紅了一雙眼睛。媽媽心想是發燒的關係，卻眼看著小孩的淚水溢滿眼眶，流落在臉頰上。

「哎呀，怎麼了？」

媽媽趕緊抱起小孩安慰，小孩哭了一下子。然後抽噎地訴說：「燒都退不下來！」

「就是說嘛，這次的扁桃腺發炎眞是壞心腸。可是沒關係，你會好的。醫生不是這麼說過了嗎？」

「我會死嗎？」

「你不會死的。」

這孩子眞是的。

「會跟直樹的爸爸一樣上醫院嗎？直樹的爸爸上了醫院後就沒回家。」

「對呀，直樹好可憐。可是他的爸爸不是扁桃腺發炎，而是得到更嚴重的大人的病。你不一樣，所以馬上就會好的。」

「媽媽！」

「怎麼了？」

「偷東西的話，會有報應吧？」

突然怎麼會說這個呢？大概是燒壞了頭吧？

「爲什麼要問這個呢？」

「我是因爲報應才發燒的。因爲我做了壞事，所以都不能退燒。」小孩哭泣地訴說：「對不起。」

媽媽愣住了，她一向都管教很嚴厲。因爲看過年長的堂姐小孩一進中學就學壞，義務教育還沒結束便多次出入警察局，所以下定決心自己的小孩一定不能教養成那樣。經常告誡孩子做壞事會有報應，也是家教中的一項。

「爲什麼你會這麼想呢？」媽媽一邊幫小孩擦淚一邊溫柔地詢問：「做了什麼壞事呢？」是和朋友吵架了，還是欺負誰了呢？

「我偷東西了。」

「偷東西？」實在有些吃驚。「什麼東西呢？」

「我撿到的，人家掉的東西。可是我沒有交給警察伯伯，因爲我想要。好像壞掉了，可是樣子很棒，我想要嘛。」

「你撿了什麼？」

「電話，行動電話。就是上個禮拜天，我們去南赤井的足球場時，在停車場旁邊的空地上撿到的。」

這孩子參加了地方的少年足球隊，星期天去足球場就是爲了和其他隊伍比賽。因爲還小不能出場，只能在場外幫年長的選手加油。他們是全家開車出動的。

「空地那邊不是有小河嗎？就是在那裡撿到的。」

如果以媽媽的說法，所謂的小河不過是小水窪罷了。赤井山中有幾條小河，有些會繼續流到與大河相連，有些到了山腰便逐漸變細，加上土石的阻絕而變成了水窪，堆積許多垃圾。

「你在那種地方撿到了電話呀？」

「嗯。」

身爲媽媽的第一個想法是：在那種不乾淨的地方撿到東西，會不會連危險的細菌都撿了回來。如果是這樣，這次可能就眞的不是扁桃腺發炎了。

「那個電話放在哪裡了？」

「我的書包裡。」

「一直嗎？」

「嗯。」

媽媽趕緊檢查黑色書包的裡面。每天她都會和小孩子一起檢查帶到學校去的東西。「不可以忘記帶東西」也是她的家教之一。可是那些時候都沒有注意到行動電話。小孩子雖然像天使般可愛，可是只要他們想隱瞞什麼，馬上就能展顯惡魔般狡猾的一面。

「眞的有耶。」

小孩說的沒錯，在書包下面找到了一個行動電話。淡藍色帶著銀色的外殼，天線折斷了，但外觀不會很髒。應該是在撿到的時候仔細擦乾淨過了吧。按了一下按鍵，沒有反應，液晶畫面完全沒有亮起。

「這個已經壞了嘛。」

「嗯。」

「一定是誰丟掉的，因爲壞掉了。所以這是垃圾。」媽媽微笑說：「撿垃圾回來雖然不乖，但不是偷東西。」

小孩的眼睛亮了起來：「眞的嗎？」

「眞的呀，所以你不會有報應。安心睡覺吧。睡著了，藥才會有效，燒也才會退。」

大概是說出祕密，感覺安心了吧，小孩立刻睡著了。扁桃腺發炎的高燒不退，或許跟這件事有關係吧。

媽媽將那個行動電話放進圍裙的口袋，重新坐在床邊，思考自己的家教是否太嚴了。也許不應該對現在的小孩子說什麼做壞事會有報應的話吧，何況只是撿個行動電話。畢竟不是隨處會掉的東西，所以小孩才會那麼好奇。就算知道壞掉不能用了，還是想讓朋友們看看吧。

遺失這麼高價的東西，失主的損失可不小。還是說因爲壞了所以丟棄？眞是浪費，這社會就是有這種人。

一邊已經開始精神恍惚，卻還是漫無目的繼續思考。行動電話……最近電視上有說過，以假名簽約，在第一張帳單來之前將話機丟掉，聽說東京灣裡沉了許多這種電話。而且有些人一開始就選擇用完即丟的電話……。

頭腦裡面閃過什麼，媽媽猛然抬頭看了一下孩子熟睡的紅臉。

就在之前吧，不是有個新聞跟行動電話很有關係嗎？對了，就是那個事件，在赤井山中綠色大道上死掉的那兩個人，那兩個可惡的傢伙！

聽說找不到行動電話。在車禍現場遺失的，附近有瀑布，之後又是下雨又是下雪，警方也努力搜索過了，最近好像已經放棄，但是報紙上不是有刊出這條記事嗎？發現行動電話的人請盡速跟警方聯絡。公寓的聯絡板上應該也有提到這件事吧？我好像收到過傳單，我放在哪裡了？

可是……有可能嗎？

經過了短暫的睡眠，她還是沒有忘記。第二天一早，在小孩的床邊醒來，伸手摸了一下小額頭，燒退了不少。她站起來，伸展一下酸痛的背，下樓走到廚房。一邊燒熱水的同時，一邊在收集廣告傳單的櫥櫃裡找尋那張赤井警署發給居民的傳單。

對了，警方在找行動電話。那個栗橋浩美持有的電話。

她從圍裙口袋掏出那個行動電話。不是作夢，東西眞的在眼前。

那孩子說是在足球場旁邊撿到的。距離赤井山綠色大道下方約五公里的地方。沒錯，很有可能。這麼輕的東西很可能爬下斜坡、被雨水沖流、被河水帶著跑……。

丈夫已經起床了，頂著蓬亂的頭髮正在打哈欠。

「爸爸！」她喊說：「這裡有樣東西你來看看！」

19

二月十日中午過後，武上悅郎回到久違半個月的家裡，竟是女兒在等著他。

「爸回來了呀！」女兒的聲音很愉快：「有做午飯留給你，要不要吃呢？是爸愛吃的什錦飯。」

今天早上打電話回家給太太說過了中午會回來，所以應該是太太特別做好的吧。太太因爲工作外出，這個時間點是不在家的。但是女兒平常日的中午時間應該有課才對。

「大學怎麼了？又停課了嗎？」

「不是，我今天沒去。」武上法子無所謂地表示，並在爸爸責罵之前補充說明：「因爲那個網頁的事，我有東西跟爸報告。與其在電話中講，還是當面說比較清楚。」

父女兩圍坐在廚房的小餐桌上。氣溫雖然冷，但天氣很好，流理台上的窗戶射進來明亮的陽光。月曆上已經是春天了，儘管氣溫還是很低，多少已經有點回暖的感覺。

自從綠色大道的車禍至今已經將近過了百日；大川公園事件案發以來也已經過了五個月。殘暑炎熱季節案發的事件，經過秋冬，到了迎接春天的現在，還陷入混沌狀態之中。連正確的被害者人數都無法確定，甚至到了今天，武上個人心中對於整個事件的內容開始有些動搖。

坐在平靜的廚房享受明亮的陽光，突然間疲倦感和焦躁一起湧上心頭。不單只是這次的事件，每一次一有長期的調查，在回到家時武上總有失落的感覺，好像附身的緊綳心情猛然消失，他很討厭這樣的自己。

法子畢竟是年輕女孩，一邊大口吃飯，還能滔滔不絕說話，彷彿生了兩個嘴巴一樣。但是除了她的自然豁達，她說話的內容也讓武上驚訝。

「妳要見面嗎？」

「嗯，已經約好明天的兩點。」法子若無其事地回答：「我去羽田接她。」

自從接受武上的委託，法子便熱心上劍崎龍介的網頁。就她所掌握到的，上網表示自己可能是被栗橋、高井誘拐未遂的有三十三件案例。但是其中提到自己幾乎被害的經驗只有八件。其他的內容多半是將聽來的誘拐未遂報告而加以誇大或加入個人的推理。換句話說，生田要武上注意這個網頁之時，有關這些未遂事件的資訊準確度已有明顯下降的趨勢。或者可以用熱情來代替準確度的說法，顯然溫度已經下降了許多。

「最近主要的話題都是在談《另外一個殺人事件》。大家都在討論網川這個人提出的新論點是否可信。有人說想要直接問網川的意見，已經由出版社發出電子郵件給他。」

法子一方面觀察這些活潑的動向，一方面跟未遂事件的報告者通信，並且利用聊天室和多數人同時交談、交換資訊。對於網上資訊的眞假與否，憑她個人的經驗判斷。

「可信度很低的內容，只要三兩下就能看得出來。有些內容可能連爸看了都會吃驚，仔細描述被誘拐的細節，內容具體到光是閱讀都覺得雞皮疙瘩要起來了。心想這是眞的趕緊發一封信給對方，結果是別人回信。說什麼儂儂……噢，對了，儂儂是我的代號。信上說：你可能覺得我雞婆，但我必須給妳忠告。妳最近聯絡很勤的網友某某人，其實是男生。我以前也被騙過，那個人很喜歡這種惡作劇。」

也就是說，未遂報告也可能是假的。

「也沒什麼特別啦，這種就叫做『網路人妖』。網上不僅是匿名，想要變性也不是困難的事。」

在探索資訊的階段，法子也就是儂儂，並沒有公開自己是刑警女兒的事實。因爲就算寫了，也沒有人會當眞吧。

「可是繼續上網，看了之後網友們寫的東西，逐漸會有些比較熟的人出現，其中一個……。」

一個叫做角田眞弓的二十歲專科學校學生。住在小樽，前年夏天差點在小樽市內被誘拐，而且還是距離她家走路五分鐘不到的地點。

「角田小姐其實是東京人。因爲父親工作的關係，在高中一年級的時候搬到了小樽居住。小樽的玻璃工藝不是很盛行嗎？她對這個很有興趣，所以上的是玻璃工藝學校。家人因爲去年父親的工作調動，又都搬回東京來了，所以只剩她一個人留在小樽。」

「妳說前年，那女孩還是高中生囉？」

「嗯，聽說是在暑假，她在國道上的速食店打工。因爲晚班回家已經是夜裡了，一路上雖然很小心……。」

她通常是騎輕型機車去打工的地點。出事的那個晚上……

「日期很清楚，因爲她每天都很認眞地寫日記。八月七日，回到家看見時鐘上面的時間是十點五分。所以說出事的時間是在十點以前。」

當時的角田家位於小樽市郊外的新興住宅區。那是父親公司提供的宿舍，還是新蓋好的。附近的人家不是很多，有些房子還沒有人住。所以太陽下山後，外面來往的人不多，加上路燈也少，整體顯得陰暗。尤其是進入小巷，樹叢也多，算是十分寂靜的居家環境。

「她們家從國道進去住宅區，位在第二個街角裡面。她必須騎著輕型機車穿越而過。」

就在她經過第一個街角那棟漂亮紅磚洋房的門口時，看見一輛深藍色車牌爲3號的租用車停在那裡。這棟漂亮紅磚洋房還在出售中，角田之前還跟她母親提到：「這麼漂亮的房子怎麼會賣不掉呢？」

「所以她以爲終於有人買了，只是怎麼會在這個奇怪的時間。她正想放慢速度經過該車子時，車子前面突然跑出一個年輕男人……。」

男生用力揮著雙手，擋在角田眞弓的輕型機車前面。眞弓騎車的速度很慢，所以還能保持平衡，但還是吃驚地停下了車子。

「對方揮手擋住機車嗎？」

「是的。感覺好像是出車禍了，想要尋求救助。」

但是在眞弓的機車接近之前，那個男生始終將身體藏在汽車前面，讓眞弓很不高興。她決定不脫掉安全帽，手上按著油門，看著男人的臉。

「那個年輕男生沒有威脅她，只是一臉困惑地問路。」

說是開車兜風迷了路，不知道現在人在哪裡？加上朋友肚子痛得難過，想知道附近有沒有醫院。

「他穿著白色T恤，領口掛著一支墨鏡。二十多歲，感覺像個大學生。」

男生身高約一百八十公分，車頭燈關著。但是因爲輕型機車的燈亮著，所以只能看見對方臉部的陰影，看不清楚長相。

「角田小姐是個身材高大的女生，有一百七十三公分。從中學起就參加排球隊，身體受過鍛鍊，所以隨便有什麼男人想作怪，她都有做好反擊的準備。於是她明確地跟對方說：這裡是住宅區，前面右轉就能上國道，跟著往小樽市方向的路標走，大約走兩公里就有急救外科醫院。」

結果男生說他朋友人很痛苦，想要叫救護車來。問她有沒有行動電話？

角田眞弓有行動電話，但當時一種難以言喻的直覺告訴她回答沒有比較安全，所以她說謊了。並且她還強調：「與其等消防隊的救護車來，不如直接去急救醫院比較近。如果你朋友痛得不能開車，那就你來開車不就好了嗎？」

年輕男生搔搔頭，很自然地靠近眞弓的機車，這時眞弓終於可以看清對方的長相。

「是什麼樣的男生？」武上問。

法子停頓了一下故意吊人胃口，然後才一個字一個字說出「栗、橋、浩、美」的名字。

「不是前年的事嗎？怎麼可能記得那麼清楚？」

法子故意嘆了一口氣說：「我可是爸爸的女兒耶，這一點當然會想到。所以爸再繼續聽下去嘛！」

在這個過程中，深藍色車子的駕駛座位和旁邊都不見人影。眞弓心想：說什麼載著朋友，是騙人的！於是側眼瞄了一下，好不容易看到了車牌。是札幌的號碼，大概是租來的車子吧。

年輕男生發現眞弓堅持不離開機車，隨時保持可以發車的姿勢，於是裝出一付笑臉要求：「我是路痴，可不可以麻煩妳在前面引導呢？」但是眞弓堅持回到國道就不會迷路，完全不理會對方的請求。

「但是內心害怕得不得了，眼光不禁老是看著自己家亮著的燈火。心想希望趕快到家，想趕快離開這裡。」

年輕男生警覺地注意到這點，於是問說：「妳家就在附近嗎？」

眞弓沒有回答。因爲她不知道對這個男生該告訴他自己家就在附近比較安全，還是別讓他知道家的位置比較好呢？

但是就算嘴巴不說，對方還是看出了。故意回過頭看著眞弓家的下一個街角說：「既然就在附近，有什麼關係嘛？就親切幫助外人一下嘛。」

說完，年輕男生突然抓住了眞弓的手臂。因爲是夏天穿著短袖襯衫，眞弓直接感覺到男生手的接觸。汗濕的手，力量很大。被抓住的兩隻手臂幾乎要發出骨折的聲音。

眞弓大聲尖叫，同時準備舉起腳踢對方。男生迅速地後退半步避開了，但腳步有些不穩。眞弓趁這個空檔甩開手臂，發動機車引擎。一邊俯身加速離開現場，一邊回頭看男生有沒有追上來。年輕男生追了兩三步，立刻從深藍色的車子裡走出另一個男生。因爲除了逐漸遠去的機車和那輛車子的煞車燈以外，沒有其他光源，只能看得出來有兩個男生站在一起的陰影。可以聽見他們的聲音，帶著笑、嘲諷什麼的語氣。

眞弓拚命騎著車，故意經過家門口，直接穿過住宅區往相反的出口來到國道上，騎向市中心。她不斷回頭查看他們有沒有跟上來，沒有人在追蹤她。騎了五分鐘後，胸口的悸動還沒有消退，她看見一個加油站趕緊衝進去打電話回家。跟媽媽說了事情經過，請媽媽偷偷從窗簾縫隙看一下外面。媽媽立刻回到電話回答：「沒有看見任何人。」這時角田眞弓才發現到剛剛被年輕男生抓住的手臂上清楚地留下兩道紅色指痕。

「結果她在加油站待了三十多分鐘，再一次打電話回家，因爲爸爸已經回家，就請爸爸來接她回去。之後沒有發生什麼奇怪的事，但是將近一個星期她晚上都睡不好，因爲擔心家裡附近有可疑男子出沒，連窗戶都不敢開。」

「沒有報警嗎？」

「又不是眞的遇害。」

「當時如果報警，或許就能有所幫助。」

法子一副指責的眼神看著武上說：「爸雖然這麼說，但是這種程度的事件，派出所根本不太理你的。有些人還會怪說：『警察也是很忙的。』」

武上無趣地扒完剩下的什錦飯。

「她已經忘記了這個事件。」法子恢復認眞的語氣說：「既然能忘記，表示這也不是她想長期留在記憶中的事情。可是發生綠色大道的車禍時，電視上公開了栗橋浩美的照片……」

看見電視畫面的那一瞬間，又喚醒了記憶。當時她吃驚得差點從椅子上掉下來。

「可是那種記憶……」

「你是說靠不住嗎？我也知道。但是角田小姐不是只有記住栗橋浩美的長相，連他的名字也記住了。」

「名字？」

「嗯。剛剛不是說過了嗎？她逃跑之後，立刻從深藍色車子裡走出另一個男生，她聽見他們的談話。他們說的話是——『算了吧，浩美。那女孩身材太高大了！』」

「她的身高有一百七十三公分！」法子說：「而且從車子裡走出來的另一個男生跟栗橋浩美一樣的體格，不是像高井和明那樣子肥胖。因爲看過身影，所以她表示自己的記憶很明確。」

武上皺起了眉頭，這是完全聽信可能有危險的說辭。就算對方說的一切都是事實，拚命逃脫時聽見的交談，究竟能正確聽到多少也是個問題。還有體格目擊的說法也是一樣。

但是就心情上而言，武上有種腳底癢處被搔到的感覺。在和「建築師」討論的過程中，他已經有點傾向於眞兇X存在的說法。

「所以妳要去見她嗎？」武上說到這裡便放下筷子，站起來從熱水瓶按熱水到杯子裡。

「我聽到了這裡，有點像是賭博，決定跟她說明情況。當然只有跟她說而已，也請她不要跟別人說。」

法子跟對方說：「自己是刑警的女兒，受到父親的委託來調查遠處的未遂報告。」當然角田眞弓顯得很驚訝，但是絕對沒有慌張地訂正或補充自己說過的話，還是怪罪法子欺騙她。

「只是她有點懷疑我說的話，甚至現在可能還在懷疑。常常問我是不是什麼記者呢！」

法子爲了讓對方確認自己的身分，主動詢問眞弓如果不嫌棄，要不要見個面？眞弓沒有立刻答應，好像是跟誰商量過了，幾天之後寄來郵件說：過幾天要和家人見面，到時候再見面吧。

「那妳見了她打算怎麼樣？」

「討厭，接下來應該是爸的工作吧。我還想聽聽爸的指示呢？是要說服角田小姐帶她到墨東警署，正式接受問訊呢？還是只要聽她說話就算了？」

武上不置可否地表示：「我個人對於劍崎龍介的網頁內容是什麼？看起來好像是公開的，其實是屬於私人的資訊的空間。目前有哪些人上網寫東西進來，我只是想大概了解一下。老實說，我不覺得有和提供證詞的個人直接見面的必要。」

「什麼嘛！」法子放下筷子說：「既然這樣就早點說嘛！」

「我沒想到妳會那麼熱心調查嘛，對不起啦。」

法子有些吃驚，她從來沒有接受過父親這麼正式的道歉。

「算了啦，誰叫這是爸拜託的嘛！」女兒滿不在乎地一笑。情緒轉換快速這一點，與其說是武上，應該說是遺傳了母親的特質。「可是很麻煩耶，這樣我跟角田小姐見面就沒什麼意義了。」

「應該不會沒有意義吧！她如果願意向警方提出證詞，妳就帶她來墨東警署呀。」

「這一點她的態度不是很明確……。可能是擔心——事到如今才說，警方可能不會理她吧。可是你們眞的會認眞處理這件事嗎？」

「當然會。」

「只是，不會因爲這樣就馬上改變搜查方針

吧？這樣的話她應該還是會很失望吧。《另外一個殺人事件》造成那麼大的話題，搜查總部表面上還不是沒有放棄栗橋、高井共犯說的看法？只是內部怎麼想就不知道了。」

武上說明：內部在《另外一個殺人事件》問世之前早就意見分歧了，所以現在看起來也沒什麼改變。搜查總部表面上對於《另外一個殺人事件》所寫的內容，乍讀之下無法分辨有多少是眞實的，採取無可奉告的態度；事實上已經默認了。

一般社會人士讀了那本書，可能會推測：警方大概開始緊張了吧？還是會大發雷霆。但就一個組織而言，警方其實沒有那麼軟弱和膚淺。

只是站在個人立場就不同了。有些人和武上一樣，早就對高井共犯的說法存疑；也有些人則是劈頭就否定網川浩一的說法。甚至有人激動地大罵網川不過是爲了出名和賺錢，故意將些事實加油添醋，寫得引人入勝罷了。像秋津就是其中的一個。

「網川的說法好像這個事件中最悲慘的人是高井和明和他的家人，其他受害人和家屬還不夠倒楣。我就是看不慣這一點！」

「秋津先生就是那個小時候看警察電視劇很感動，決定長大後要當警察，果然當上警察的那個人嗎？」法子大笑說：「如果是他的話，就很有可能說那種話。」

「我怎麼不知道這種事？」

「是嗎？有一次新年他來家裡喝醉酒說的，感覺就像是四肢發達的單細胞生物一樣，是個蠢大個嘛！」

武上不禁也笑了出來，其實秋津眞的有那麼一面。

「我怎麼能笑他。」

「可是，爸……」法子恢復認眞的表情探身詢問：「你老實說，總部目前哪一邊的意見佔優勢呢？是栗橋高井共犯說還是眞兇X存在說呢？」

武上故意跳過女兒的詢問：「我很難回答吧。」

「那爸你個人的意見呢？」

「無可奉告。」武上說完反擊道：「妳的看法呢？」

「我？」法子用手指指著自己的鼻頭說：「我呀……這個嘛……」

盤起手臂在胸前思考了一下，然後眼神很嚴肅地說明：「老實說，我無法判斷。警察在搜查過程中蒐集的資訊並沒有全部公開吧？所以網川所寫的事情中，有些搜查總部已經調查過，所以就算是有足以推翻高井和明共犯說可能性的材料，我們也不知道。他所提出的假設，乍看之下很具有說服力，但是不知道他的立論基礎是否是根據事實。如果他的立論基礎包含了個人意見、確認不夠詳實等可能因素在內，那我就無法完全聽信他的說法。」

武上爲自己的女兒感覺有些驕傲，但是保持沉默沒有顯現在臉色上。

「可是如果事件跟他推測的一樣，萬一眞兇X好端端活在人世上……」

大學生的女兒正面盯著一臉疲憊的刑警父親的臉看。

「眞兇X是不可能就這樣放過網川先生的。他應該會對網川先生有所行動才對！」

這個說法跟日前武上和「建築師」討論的結論是一致的。X一定會跟網川浩一接觸的。

「網川受到社會矚目後，X應該會覺得不是味道，應該會感到很不高興。因爲整個事件的主角寶座，到目前爲止將被網川給篡奪了過去。」

「可是他如果輕舉妄動，就會讓大家更加確信他的存在。」武上故意這麼說：「只要悶不吭聲，笨蛋警方可能會以栗橋、高井共犯說來息事寧人，他沒有必要冒這個險呀！」

「冒險！」法子故意像說台詞一樣地誇張，她對著廚房的天花板說：「對眞兇X而言，冒險算什麼！本來被警方逮捕這種事，他不見得就以爲是危險吧。」

「因爲他不一定會有犯罪的自覺吧。」

「犯罪！」她又大聲地朗誦般說話：「是嗎？他……也就是眞兇X，會認爲這是犯罪嗎？爸爸。」

對，這是舞台劇。武上內心一驚。法子居然和

「建築師」一樣說出同樣的話。

「這是妳個人的意見？還是有誰曾經這麼說過呢？」

「劇場型犯罪，大家都這麼說呀。電視和報章雜誌也是。」法子吐了一下舌頭：「不過我覺得兇手一開始是否認爲這是犯罪，這時候的兇手不管是栗橋也好還是高井或是眞兇X，我個人的意見是覺得有點存疑。」

「爲什麼妳會這麼想？」

不知不覺之中，武上問話的態度變的客氣許多。

法子稍微想了一下，歸納自己的意見。然後視線直視著桌子，眼睛動也不動地述說：「我們女性通常都是被殺的一方。」

武上有些驚訝。

「所以在看犯罪或事件時，或許看法總是跟男人不一樣吧。這一次就目前所知的，被害者除了木村庄司外，其他都是女性吧？所以很難置身事外。」

的確是吧。一邊顫抖地看著新聞一邊心想「萬一運氣不好，自己也可能落入這個壞蛋手裡」，和擔心自己內心也可能潛藏這種暴力傾向的部份，這兩種心境是截然不同的。然而作爲一個實際問題，搜查總部無法輕易放棄栗橋、高井共犯說的堅持，是擔心已經降溫一段落的事件熱度再度炒熱。事件熱度昇起時，類似犯罪的兇手們就會出現。因爲同樣類型的犯罪根芽到處都存在著。

「我總是覺得這個『兇手』玩得很高興！」法子表情痛苦說：「不過他不是對『犯罪』感到高興，也不是因爲作惡讓別人害怕而感到好玩。那是一種根本不同的高興，就好像在演出一齣劇一樣。」

舞台劇！武上再次想起這字眼。這是觀眾參與型的戲劇。

「他想讓看戲的社會人士高興。不只是這樣，這個『兇手』甚至認爲被殺的受害者們也應該覺得高興才對。因爲受害者們也參與了演出。」

這個想法讓武上說不出話來：「連受害者們也

是……嗎？」

法子用力搖頭說：「當然現實生活是不可能的，但是我不禁會有這種想像。這個『兇手』不是有跡象顯示他在受害人被殺之前會從本人口中問出過去的回憶、家人的事等等嗎？就像美國常見的變態殺人兇手一樣，他不是將對方當作東西看待。而是故意花很多時間和功夫，不斷確認對方也是具有人格的一個人，然後才動手殺人的，不是嗎？」

武上沉默地點點頭。

「所以我想像說，即將殺死被害人時，『兇手』會對她們說：『妳拚命求饒不想死，但是像妳現在這樣卑微地活著又有什麼意思？如果經由我動手，成爲這一連串連續殺人事件的受害者，就等於參與了盛大的演出，妳的名字將響遍全日本。大家都會知道妳的名字、記得妳的長相、大家都爲妳的死而哀悼。妳不覺得這樣很棒嗎？』」

法子朗誦般的語調說到這裡，突然回過神來眨了一下眼睛。

「雖然很可怕，我卻會這麼想。可是這麼一來，『兇手』根本不覺得自己對這些被害者們做了什麼壞事吧？當然對她們的家人也是一樣。是我讓你們平凡無趣的人生，投射了光量無比的聚光燈呀！參與的人和一般社會的觀眾，大家都很快樂，沒有人受損，我哪有做什麼壞事？我做的事有什麼不對嗎？誰能跟我解釋清楚呢？『兇手』一定會這麼說。」

法子就像是被「兇手」附身一樣，探身對著武上要求答案。身爲父親的武上寒著一張臉，害怕地想找出答案。

「人類純粹只是爲了娛樂而犧牲他人生命的做法，是不會被現代文明社會所容許的。反過來說，爲了建立不容許那種做法的社會組織和規則，需要花上好幾百年的時光。如果現在反而容許這種事發生，人類的歷史不等於是在開倒車嗎？」

「開倒車就開倒車嘛，有什麼關係？」法子故意用挑釁的語氣，嘴角上揚地說話：「只要好玩的話。」

武上背部竄起一陣寒氣，頭卻開始發熱。女兒頭腦裡面藏著一個他完全不認識的其他人格。

「不要用那麼可怕的表情瞪著我嘛。」法子微笑地說。她恢復成爲武上很清楚的，那個曾經幫她換尿布、一起洗過澡、教過她九九乘法、幫她做暑假作業的勞作、從什麼時候開始討厭爸爸在她房間走來走去的女兒的神情。

「妳在大學是不是演過戲呢？」

聽見武上一邊擦去冷汗這麼問，法子不禁哈哈笑說：「才沒有呢。不過剛剛我表現得很有說服力吧？」

「太有說服力了。」

「這就是年齡的代溝吧。」法子邊收碗筷邊說：「我當然也不認同剛剛說的狗屁論調。絕對不能接受！可是有這種想法的人出現，也不會讓我驚訝。因爲我們這一代已經有這種的趨向性了。」

「妳是說你們無所謂生命是無條件貴重的、必須遵守社會安全的這一類想法嗎？」

法子搖搖頭說：「比起這整體性的說法，年輕人的趨向性偏向於不要無聊比較重要！」

然後她想了一下又補充說：「嗯，沒錯。最可怕的事莫過於人生的平淡無奇。與其過著沒有人知道、毫不刺激的人生，還不如死了乾脆。這就是年輕人的趨向性。」

法子一副什麼都知道、若無其事的口吻，讓回到墨東警署的武上始終掛在心頭。尤其在這之前女兒分析得很漂亮的「兇手」口白，每一次回想都讓武上心神動搖。

「大家都很高興，又算不上是什麼壞事！」

「是我讓你們平凡無趣的人生，投射了光暈無比的聚光燈呀！」

法子沒有用任何艱深苦澀的語詞，也不是在說什麼哲學、社會學的東西。對武上來說，法子固然是他以引以爲傲女兒，但不表示他認爲女兒是超過社會平均水準的優秀人才，也沒有任何根據讓他會這麼想；就像他這父親一樣，法子也是一個認眞勤奮的普通人。

而這個普通人用平常的話語所能述說的犯罪

——這次的連續誘拐殺人事件，也是屬於這一類的犯罪嗎？這種殘酷、帶著冷笑的犯罪根源，難道也是從同一時代的年輕人們輕易就能理解的動力中產生出來的嗎？

如果眞是這樣，兇手就一定也是個「普通」人了。

剛好這一天下午，在武上的指示下，內勤業務的兩位下屬開始歸檔整理到目前爲止蒐集到的未遂報告案例。當然內勤業務整理的未遂報告案例，是到目前跟搜查總部報案、有蒐證調查結果、並被認定有留作記錄之必要性的案例，所以件數不是很多。但是武上卻擅自決定，將總部指示「根本與案件無關」不必留作記錄的其他案例中，有關二人以上兇手的未遂案例都加以建檔。

內勤業務的人數從之前的兩人變成四人，他將這四人分成兩組。第一組負責整理未遂案例的受害人明確指出兇手就是「栗橋浩美、高井和明」的案例。第二組則是整理對兇手的證詞不是很確定；或是兩名兇手之中，只目擊到其中一人、只聽見聲音；或是兇手的身體特徵和栗橋浩美、高井和明不太一樣的案例。

這裡所謂建好的「檔案」，是根據事件問訊的調查書、搜查人員的現場調查報告、照片等，將未遂事件發生經過寫在實地繪製的精密地圖上，作成一綜合性文件資料。所以只要閱讀該檔案，任何人都能對上面報告的未遂事件一目了然。而且將兩個小組分別完成的檔案加以對照比較，或許能找出共通、相反或過去沒有發現的事實。或可能從被認爲是「栗橋高井組」的案例中所呈現的兇手動向、對被害人的接近手法等比較出跟不是這種案例的具體差異。

確定好負責人將工作分配完畢後，武上環視了一下各自回到崗位的下屬們，然後叫了篠崎。篠崎像隻縮頭烏龜一樣窩在自己的位置上。

「過來一下！」

武上先來到走廊。篠崎猶豫了二十秒鐘，也跟著出來。武上等不到內勤業務辦公室的門關好便開口問：「你願不願意去保護一個大學女學生呢？」

「所以我也不太清楚，就變成我來陪妳。」篠崎汗流浹背地說明。

武上法子實在覺得很好笑，嘴唇噘著忍住不要笑出來，終於還是放聲哈哈大笑。

「篠崎先生被要命的長官給看上了嘛。不過你還好，長官是可以選擇的。像我可就沒有選擇父母的權利！」

「噢……。」篠崎發出曖昧的聲音。

羽田機場國內班機的入境大廳，因爲是假日午後顯得人群擁擠。兩人站在入境大廳的正面，混在來來往往的人潮中，常常被擠來擠去。

篠崎好幾次被邀請到武上家吃武上太太做的菜、洗過澡、也因喝醉酒而留下來住過，所以當然跟法子見過面。但是正在享受大學生活的法子，在篠崎來家裡作客的時候，從未碰過面。所以這是他們第一次正式交談，甚至可說是第一次好好地觀察對方的長相。

感覺她是一個活潑的女孩子。看起來瘦弱的身體，卻給人充滿活力的印象。動作敏捷、說話清晰、走路速度很快、姿勢也很漂亮。有些響亮的聲音和個性堅定的下巴看來是遺傳自父親。雖然不是可以參加選美的漂亮，但是表情豐富、聰明伶俐的長相，倒是極具魅力。

光是這樣，已經讓篠崎加倍地緊張了。在過去的二十八年中，他從未和這麼活潑的女生一起行動過。更何況又是上司的女兒，讓他緊張得不得了……。

但是武上法子面對這樣的篠崎，卻直言無諱地說：「篠崎先生，你很緊張吧？」

「嗄？是……是呀。」

「從剛剛起你就同手同腳走路。討厭，我有那麼可怕嗎？」

「不……不是。我不是那個……。」

「應該說不是我，而是我爸爸很可怕吧。他對部下很兇吧？其實在家裡，對媽媽倒是抬不起頭的。」

「是……是嗎？」

「所以沒事的，你不要緊張。不過篠崎先生，你也不能從現在起就裝模作樣喲。誰叫你上次睡在我們家時，半夜還大聲說夢話呢！」

「我……我……我有嗎？」

「嗯。」

「那……那我……說……說了些什麼？」

法子開心地笑說：「那些話，我說不出口呀。」

篠崎幾乎快要貧血或是窒息了，他只知道自己的系統出了致命的錯誤。

「對……對不起！」

好不容易壓出一句抱歉和行最敬禮，法子趕緊拍拍他的背部說：「討厭，不要這樣啦。這樣好像是我在欺負篠崎先生嘛。」

「不……只是……」

「我看角田小姐也快到了，但注意看出口才行。說到目標，就是我身上穿的這件紅色雙排扣大衣！」

當初跟角田眞弓約好：目標是穿著鮮豔大紅色雙排扣大衣的年輕女孩。萬一有很多人穿著紅色雙排扣大衣，只要上前一聞，身上有樟腦丸味道的人就是我武上法子了。因爲我媽媽覺得沒有味道的除蟲劑根本沒用，所以她堅決不用。

的確味道很強。

「很臭吧？可是沒想到居然在這時候派上用場了。人眞的是很多！」

於是篠崎才回過神來，想起武上交代的業務命令。武上命令他跟法子一起到羽田機場接角田眞弓，並聽角田小姐說話的內容。如果角田小姐同意的話，就帶她們來墨東警署。

關於角田眞弓的資訊，當場武上做了簡單的說明。剛剛和法子在約定的地點見面後，又聽到了更詳細的說明。

篠崎對於武上進行私人立場的調查感到十分驚訝，同時也非常有興趣。由於高井由美子鬧事以來，他被武上冷落，絲毫沒有交談的機會。實際上篠崎自己也在收集網路上的資訊。對於電腦他不是很內行，但使用起來一點排斥感也沒有，自從分配到內勤業務之後，有時回到住的地方，在窩進一團臭棉被睡得跟死人一樣之前，他會讓舊式的雙槽洗衣機發出嘎啦嘎啦的聲音洗衣服，一邊吃著加熱過的冷凍食品，一邊上網搜尋，查看上面流通的意見和資訊。

只是篠崎並不知道劍崎龍介的網頁。跟法子交談之下，才知道自己的搜尋方法不太對。因爲回家的機會不多，沒辦法搜尋得太仔細。

「篠崎先生都是怎麼搜尋的？」

「就是看看過去有沒有類似的事件發生過……」

法子睜大了眼睛說：「這樣的話，不如在警察局裡找資料還要快些！」

「不，我所找的不是現實發生過的事件。而是想找看看虛擬世界中有沒有類似這次的事件……？」

所以他都是瀏覽電影、推理小說、電視劇等聊天室或會議室。

「是嗎！」法子發出欽佩的聲音說：「的確這也是種方法。結果怎麼樣？找到了嗎？」

這要看「類似事件」的定義而定。

「二人以上兇手犯的快樂殺人、連續殺人事件倒是找到了不少。尤其是美國的推理小說，有許多這一類的故事。」

法子像小鳥般側著頭問：「現實生活也很多吧？」

「也許吧，畢竟那是個犯罪先進的國家。」

男性的快樂殺人犯（或是後備軍），誘拐女性，將她們監禁一段期間，由兇手單方面地設計與她們交流，如果進行得不順利——通常不順利是正常的，最後便殺了被害人、遺棄屍體的虛擬小說數量很多。實際上在找尋這一類要素時，篠崎開始懷疑這麼做有什麼意義呢？可見得虛擬世界中這種東西有多少了。

「篠崎先生，你沒有搜尋現實世界的快樂殺人犯嗎？」

「搜尋過了，但是必須附帶條件。這種的快樂殺人犯的實例，不管作者是搜查當局、兇手本人還是文字工作者，一定都是來自已發表的手記或報導，而且是有日文翻譯的。所以僅限於比較有名的實例，例如傑佛瑞•達馬、艾德•凱恩、戴德•班迪等人。這種程度通常都可以拍成電影或電視劇了。噢，對了，還有相反的情況，就是沒有出版成手記或報導，也有拍成電影或電視劇的日文版作品。」

法子很有技巧地將身體重量移到一隻腳上，並將雙手盤在胸前說：「是嗎，也就是說變成書本或戲劇的資訊，不論是文學或非文學類的其實都很類似。因爲經由作者的觀點將情節給故事性處理了。也就是說，篠崎先生是在尋找有故事性、有脈落情節的前例囉。」

篠崎十分欽佩於法子的反應敏銳，畢竟有其父必有其女，篠崎也覺得很高興。

「對，妳說的對。我覺得這次這個事件的特徵，最明顯的一點就是兇手好像是先有故事情節才開始作案的。」

只是那個故事情節是原創的呢？還是有什麼範本呢？篠崎質疑的是這一點。

「所以你的結論是？」

篠崎搖頭說：「到目前爲止我還沒有找到能夠讓我和整個案情聯想在一起的虛擬作品或犯罪記錄。也許我的做法有些漏洞，加上我本來對犯罪小說、電影就不是很熟，所以還沒有信心提出結論。」

「嗯……。」法子嘟起紅色的嘴唇點頭說：「這個兇手會去模倣別人行爲的可能性，說不定本來就很低……我不知道啦。」

就在這時，出關閘口前來了一群像是要迎接什麼人的年輕女性團體，時而發出尖銳的叫聲十分吵雜。女生團體就在法子和篠崎的正前方，一時之間根本不知道她們看見了什麼那麼興奮。篠崎和法子彼此對看了一下。

「是不是什麼演藝人員下飛機了？」

在眾目睽睽之下，一個戴著墨鏡，時髦的女子穿越閘口，在身穿休閒服、體格不錯的年輕男性引導下，快步往大廳的方向移動。一看就是個絕世美女，態度顯得很大方。如果篠崎的記憶沒有錯，那張臉應該是週末晚上十點起一個小時的新聞節目主持人，是個很受歡迎的女主播。

「她是電視主播啦。」篠崎轉移了視線。

但這時法子卻拉著他袖子要他注意。順著法子的視線看過去，看見了另一張臉。那是緊跟在女主播之後快步行走的年輕男性。走在前面的女主播回過頭對著身後的兩個男性說了些什麼。隨身護衛、體格較好的男性露出了白牙齒，另外一個年輕男性則很規矩地點了點頭。

「哎呀……那是網川浩一耶。」

一如遮住法子的驚叫聲，站在閘門前方的女性團體有人大叫：「網川先生，我讀了你的書！」、「加油！」網川一看見她們便微微一笑，女主播也露出微笑。於是現場又一陣歡動。

「那傢伙！」篠崎隔著人牆，瞪著網川浩一的側臉。

「一定又上電視了。」法子說完笑了一下。

「眞是受歡迎。他現在可以說是這個事件所誕生的一個英雄呀。」

女主播和包圍網川的團體，發出尖叫聲開始移動。篠崎自己沒有發覺，他其實鐵著一張臉看著這一切。突然感覺左手肘有人在碰他，低頭一看，法子正微笑地抬起頭看著他。

「你的表情好可怕！」說完，臉上的笑容消失。「篠崎先生好像不太喜歡網川先生嘛。是因爲他完全提倡跟搜查總部不同方針的說法嗎？還是因爲他表面上一付正義使者的樣子，但其實司馬昭之心人人皆知呢？」

篠崎吃驚地反問：「司馬昭之心？」

法子稍微聳聳肩說：「爲了錢或是名？」

「人人皆知？」

「不是嗎？」法子的嘴巴嘟起來跟小鳥一樣。

「還是因爲我想偏了。」

想了一下之後，篠崎說：「上電視會賺那麼多錢嗎？」

法子笑了出來，篠崎則是一身冷汗直流。

「對不起。法子小姐說的不是這個意思吧？」

一急之下，發現自己不小心說出了「法子小姐」，更加嚇得冷汗直流。

如果喊「武上小姐」，感覺上她父親的一張臭臉就在眼前；如果只叫「小姐」，感覺上好像在搭訕，他也不怎麼喜歡。到底怎麼叫比較合適呢？

「篠崎先生最近有沒有看過劍崎的網頁呢？」

篠崎一邊拿手帕擦汗一邊搖頭說：「我沒有，有什麼新的發展嗎？」

抵達班機的乘客到此告一段落，周圍顯得空曠。篠崎看了一下手錶。角田眞弓搭乘的班機如果準時到達，現在應該已經到了才對，馬上就要出來了吧？她是個高個子的女孩，照理說一眼就能認得出來。

「現在劍崎網頁最熱門的話題就是『網川浩一假冒說』。」

網路上認爲：網川浩一其實是警察派來誘出眞兇X的人。他是警方的協力者，故意說出和搜查總部不同意見，不過是配合腳本的演出。搜查總部希望透過這樣讓世人的焦點都放在網川浩一身上，讓他成爲臨時的英雄，然後等待不願意樂觀其成的眞兇X現身。

「這眞是穿鑿附會的說法呀！」

「可是就算是眞的，感覺也很理所當然呀。」法子大放厥詞地表示意見：「日本的警察做什麼不都被綁手綁腳嗎？既不能用誘餌進行調查；在任何緊急的狀況下也不能竊聽。所以簡直就像是在水面下做徒手空翻兩圈半一樣困難。」

雖然有些不應該，篠崎還是笑了。

「這可一點都不好笑！」法子斜眼瞪著他繼續說：「這次的事件不也被媒體罵得很慘嗎？說什麼日本警方的搜查方法是上個世紀的水準，無法因應大範圍的犯罪、無法面對連續殺人兇手的挑戰。如果要這麼說的話，那就應該解除對警方的種種限制，讓他們能更自由地進行搜查才對呀！」

身爲女兒，長期看著父親的辛苦，所以才會有這麼老實的感想吧？雖然有些偏激，聽起來卻不刺耳。

「不過如果說是我們安排網川浩一參與這齣戲的話，至少在實行這個極機密的計畫之前，搜查總部的內部意見會更加統一吧。不只是對高井和明的定位，還有眞兇X是否存在的看法。」

「是呀……。」法子打量著篠崎的表情問說：

「這一點究竟如何呢？」

「武上先生怎麼說呢？」

「不知道。」法子皺起了眉頭：「我爸爸是內勤業務吧？因爲屬於後勤支援，對於搜查總部的方針，絕對不表示其他意見。而且他一向就是這樣，而且我問他個人的看法呢？他也是無可奉告。」

「是嗎？」篠崎低喃。他自己還沒有跟武上談過這一點；因爲自從高井由美子的自殺未遂事件以來，他們幾乎都沒說過話，當然就不可能討論了。

「好像來了！」

法子伸長脖子看著閘口的方向，突然很有精神地舉起右手。篠崎順著她的視線看過去，發現一個看起來很健康、身材高瘦的年輕女性。

「請問是角田眞弓小姐嗎？」

法子一邊上前一邊詢問。高瘦的女子小心翼翼地看了法子又看了篠崎之後才點點頭。

「我是武上法子，這一位是……」

在法子催促下，篠崎趕緊拿出證件自我介紹。

角田眞弓細長的眼睛睜得更大了。

「眞的是警方的人呀……。」

「對不起，我還把人也帶來了。」法子立即表達歉意。

「只是篠崎先生不單只是我爸爸的直屬部下，也是我的朋友。所以今天不是以搜查總部的一員前來的，而是以朋友的身分陪我過來的。所以如果角田小姐還是不願意到搜查總部提供資訊的話，篠崎先生和我都將忘記之前妳說的內容，也不會留下記錄，更不會對外透露。」

篠崎內心覺得很狼狽，本來他也應該說些場面話，卻什麼都說不出口。法子很自然地說他是「我的朋友」，當然這只是爲了讓角田眞弓安心，贏得她信賴的說辭，但還是讓篠崎大吃一驚。

「角田小姐，妳還好吧？」

法子發出關心的聲音，側著頭問對方。果然遠看像羚羊一樣健康的角田眞弓，近看的臉色不太對勁。表情有些暗沉，好像不只是因爲緊張的緣故。

「會不會是暈機了？」

「總之先坐下再說吧。」

三人離開入境大廳，走在機場大樓裡，最後來到比較安靜的咖啡廳。角田眞弓緊張地看著手錶。

「我父母會來接我。」

「幾點左右呢？」

「還有一個半小時。其實我是跟他們說晚一班飛機會到……。對不起，跟妳見面的事，還有之前的種種，我都沒有跟家裡人說。我的朋友、老師和男朋友都不知道。」

看來她的神情很困擾、很疲倦、很害怕，低著頭，說話速度很快。在咖啡送上來之前，法子故意說些無關緊要的話題，一邊擔心地觀察對方的樣子。然後偷偷看了篠崎一眼，使出「這下可不簡單」的眼色。篠崎也用眼光表示贊成。

這種時候或許以事務性態度速戰速決較好。等服務生一離開，周遭變得安靜後，篠崎立刻拿出筆記本表示想要再一次確認之前法子從角田眞弓那裡獲得的證詞。

「我因爲是從法子那裡二手聽來的，恐怕會有哪裡聽錯了不好。」

角田眞弓既不表示「我很困擾」、「我不想幫忙了」，也沒有積極回應，只是臉色更加發青。篠崎面對著她，心想她是不是生病了？實際上在問話進行的過程中，她的頭越來越低，一副幾乎快要吐出來的樣子。

「角田小姐，妳還好吧？」法子再次出聲詢問：「妳好像身體不太舒服。今天還是到此爲止，我們不打擾妳了吧？」

突然間角田眞弓雙手掩著臉。突如其來的動作讓法子和篠崎都吃驚地向後退。

「我該怎麼辦？」埋首在手掌之中，她呻吟地說：「我實在不知道該如何是好？」

「角田小姐。」法子從椅子上站起來，坐到她旁邊的位置去。「妳不要想太多。對不起，都怪我太輕率了。我沒有意思讓妳這麼難過，其實今天說要和妳見面，我還被爸爸罵了呢……。」

角田眞弓抬起頭，用力回頭看著法子說：「不……不是的。我不是這個意思。」

「角田小姐……」

「我……」角田眞弓扭動自己修長的手臂說：「因爲和男朋友約好，昨晚就到了札幌。所以從千歲機場搭飛機回來。在上飛機之前，我本來打算和武上小姐見面之後不再多說，也不對警方作證，請你們忘了我所說的一切。」

篠崎看著法子。法子則是直視著角田眞弓端正的臉。

「那是因爲……和男朋友見面……不禁擔心萬一和事件扯上關係，一定會害他跟著緊張，可能會造成他的困擾。我男朋友是公務員，必須很小心面對周遭的眼光，他的父母又都是當老師的。」

法子溫柔地問說：「你們要結婚了嗎？」

角田眞弓像個少女般點頭說：「我們已經決定要在今年秋天舉行婚禮。事實上這次回東京，就是要跟我的家人說這件事。所以我眞的很怕跟警察扯上關係。會寫信到劍崎的網頁，也是因爲網路上不會曝光，當初才會那麼放心的……。」

篠崎在心中思考。可是妳還不是回答法子的問話，一樣還是跑來跟法子見面了不是嗎？這是因爲自己逃離危險的親身經驗，實在很難沉默不說的緣故吧？目前關於這個事件有太多的臆測、推理和報導，也許妳的證詞能夠幫助破案，妳還抱著如此小小的希望吧？妳難道不是爲了那些不能跟妳一樣能夠即時脫離險境的被犧牲者，祈求事件能夠早日獲得解決嗎？難道不願意看到眞兇（不管眞兇到底是誰）能夠盡早受到應有的懲罰嗎？

「所以我本想就算跟武上小姐見面，也只要說明這些後道個歉，然後就轉頭走人。可是我卻……」

法子什麼也沒有說地伸出手，輕撫角田眞弓的背部。因爲她眞的看起來身體很不舒服。

「在千歲機場時我還沒有發現。」角田眞弓低著頭繼續說：「飛機離開陸地，在繫上安全帶的燈熄滅之後，開始聽見有人的說話聲，聲音很吵鬧。我聽過那聲音。因爲那是電視上常聽見的主播聲音。」

法子張開眼睛，看著篠崎。他問說：「是女主播嗎？」

「對，沒錯。」角田眞弓點頭，眼睛有些濕潤。「好像是在札幌拍攝什麼節目，工作人員也在一起。另外……還有其他人。」

法子立刻說：「是網川浩一吧。他也一起從閘口出來了，果然是參加電視節目的拍攝。」

「所以說妳是和他同一個班機囉？」

「是的。」角田眞弓又開始扭動起手臂。「我……因爲這種身高嘛？座位太小會很難受。所以還沒賺錢就很奢侈，搭飛機時一定是買頭等艙。網川先生他們就坐在我前兩排。」

爲什麼角田眞弓的神情很緊張？跟網川他們坐同一班飛機，會有那麼大的問題嗎？

「我……以前聽過那個人在電視上說話。」角田眞弓脖子僵硬地說話：「特別是因爲那個人主張高井和明不是事件的兇手，我覺得很有興趣。當然書我也讀過了，也看過照片。但是當時都沒有發現。」

角田眞弓用手擦拭了額頭，然後抬起頭分別看了法子和篠崎的臉。

「在飛機裡面，網川先生不停地說話，感覺好像很高興。而且一定是工作人員中有人的名字叫浩美。」

這一次輪到法子的身體僵硬。篠崎終於也明白角田眞弓想要說些什麼。

「那個人在交談中，喊了那個叫做浩美的工作人員。我不記得他是怎麼說的，好像是『那太嚴格了，浩美。』」

就像閉上眼睛、努力走過眼前被綁住的大狗前面的小朋友一樣，角田眞弓握緊拳頭鼓起勇氣說：「聽他這麼一叫，我突然想起來了。就像看見重播的影片一樣清楚地想起來了。當初我被追，拚命逃跑的時候，從車子裡面發出半帶嘲笑的聲音對著栗橋浩美說話的就是那個人。『算了吧，浩美。那女孩身材太高大了！』就是這聲音，沒有錯。聽他本人一說我就聽出來了。當時和栗橋浩美想要誘拐我的人，就是那個網川浩一！」

20

網川浩一接受了名女主播的專訪。地點不是在攝影棚裡，而是北海道有名的滑雪休閒飯店。木屋式的室內裝潢，大型壁爐裡點燃著柴火。窗外是一整片的白雪風光。女主播穿著鮮豔的混色編織毛衣，耳垂上的大顆耳環閃閃發光；網川浩一則是簡單的藍灰色喀什米爾毛衣搭配牛仔褲，意態悠閒地靠在椅背上，兩隻長腳交疊在一起。

每當壁爐的火光搖動，面對面坐在前面的兩人臉上就會有些微的陰影產生。桌上還有未喝過的雞尾酒杯。兩人說話的聲音有時小得近乎是低語，表現出親近、優雅、奢侈與安靜的氛圍。作爲一個半小時的訪談節目，花的預算實在不少。

「狗屁東西！」前畑滋子對著電視畫面大罵。

滋子在赤井市靠近綠色大道的一個商務旅館房間收看該節目。並非事前查看過報紙上的節目欄，而是外出用完簡單的晚餐，回來一打開電視便偶然

看到。位於距離栗橋浩美和高井和明最後出現的場所不到兩公里的地方，看著網川浩一清晰的側臉、一臉愁容地述說的電視畫面，感覺有夠諷刺。這一陣子網川幾乎上遍了所有的電視、雜誌，所以這其實也不能特別說是什麼偶然吧！

這個節目跟以往網川參加的新聞性節目不太一樣，主要是將焦點放在他身上作爲賣點。因此從女主播嘴裡問的問題也跟事件無關，問的都是網川少年時代的回憶、人生的目標、喜歡的異性類型等方面。網川始終一副自然清新的表情，時而顯得羞澀地回答問題。似乎這個爲了幫童年好友洗刷無辜罪名而漂亮登場的無名好青年，短期間之內竟成了十足的演藝人員了。

滋子從房間裡的小冰箱拿出罐裝啤酒，一邊拉開拉環，一邊坐在床上。一如配合滋子的動作，畫面中的網川也伸手取用桌子上的雞尾酒杯。透明的綠色飲料，很漂亮的雞尾酒，那是什麼呢？女主播問。他回答：「金雷特，從以前我就很喜歡喝。」簡直就像是冷酷文學中出現的私家偵探一樣嘛！

「可惡！」滋子不禁又開口大罵：「你這個騙子！」

自己口出惡言的臉就映照在油漆斑駁的牆面鏡子裡。滋子突然覺得很丟臉，卻又按捺不下怒氣，空出來的一隻手只好拚命搔頭。

《日本時事紀錄》的連載遇到了挫折。寫完高井由美子引發騷動的始末報告並刊登後，滋子便沒有新的稿子完成，她已經寫不出來了。

都要怪網川浩一那本可惡的新書，《另外一個殺人事件》。

今天是一月二十二日，剛好是一個月前的事。網川上電視翻閱隔天即將上市的他的新書，滋子當場呆掉，甚至連呼吸都忘記了。因爲胸口太過痛苦，她才發現自己停止了呼吸，這時已經因爲氧氣不足而覺得頭昏眼花。

那個男人……什麼時候寫出了這本書呢？

網川帶由美子來這裡，跟滋子表明將分道揚鑣，並宣布爲了幫高井和明申冤，這一次網川要自己執筆，是在他上電視的幾天前而已。《另外一個殺人事件》算不上是本厚書，以四百字稿紙來計算，頂多三百五十頁吧。可是要在三、四天內完成似乎不太可能，何況只是完稿並不能印成書。還必須有草樣印刷、校稿、裝訂、配送等流程。再怎麼趕工都要一個月的時間。

換句話說，網川浩一在毅然決然宣布分手之前早就寫好了稿子，來到滋子家大放厥詞時，其實他的書可能已經印成樣本了。

怎麼會有這麼睜眼說瞎話的人呢！

去年年底，應該是十二月初的時候吧？高井由美子第一次打電話給滋子，兩人約好在三鄉市的高速巴士車站見面。從那時候起，網川浩一就跟她在一起。那一天網川說是偶然跟由美子遇上，由美子慌亂的樣子也不像是演戲，所以應該是眞的吧？

但是冷靜回想起來，他當時應該已經開始寫稿了，就算已經寫了一半也不稀奇。同時他在考慮問世的時機。

所以他才會想跟由美子接近吧？一開始就是爲了讓自己的書能夠賣得更好，所以他需要由美子的幫忙。不，應該說打著由美子的旗幟會更具效果，所以他在由美子身邊打探，找尋接近的機會吧？

不只是這樣，還有過了年之後發生在飯田橋飯店的騷動。那一天的確是滋子告訴他關於有馬義男他們在飯店聚會的消息。之前還跟眞一商量過，所以她的記憶應該沒錯。

但是仔細想想，眞一就算了，爲什麼自己會將那種消息透漏給網川知道，滋子實在弄不明白？是知道消息的第二天呢還是更晚以後？滋子和由美子見面，當時網川也一起來了。在那種場合之下，絕對沒有提到那件事，因爲不是該讓由美子知道的內容。大概是之後的電話吧？當時的網川說是怕滋子擔心由美子，經常打電話來通知她的近況。於是滋子因爲對方是網川，所以才不小心說溜了嘴吧。

想到這裡，心中就湧起更多的疑問。一開始網川是否就別具動機呢？比方說他曾經說過：「這次的事件受害人家屬很多，不知道有沒有成立什麼受害人家屬協會的組織？」

「滋子姐不去採訪家屬嗎？不是有機會嗎？」

當初就是他故意投石問路的，不是嗎？

要不然就算沒有當過記者經驗的滋子，也不可能自己開口提供這麼大的消息。的確我做事是有些粗心大意，但還沒有笨到如此毫無防備的地步！

當時就是太相信網川了。滋子看著徬徨無助的由美子覺得很擔心，心想有網川陪在一起的話就安心了。所以才會大意漏了口風。騷動之後，網川承認是自己將聚會的事告訴了由美子，跑來道歉。道歉的方式和誠實無欺的樣子，看起來就像是打從心裡在反省，所以滋子也就沒有繼續追究下去，沒有再責怪他了。

然而如今回想，那些都是事前計畫好的表演。

最大的問題是：就算當場由美子引發騷動，如果沒有被報導出來，就不會出什麼問題。可是這件事被報導了，因爲當場剛好有寫眞週刊的攝影師在旁邊，而且時機就是抓得那麼準！

當時還以爲是偶然。心想東京這麼小、攝影師人數那麼多、寫眞週刊的雜誌也不少。所以只能說是自己的運氣眞背！

但其實不然，現在回過頭來思考，一切昭然若揭。那都是事先安排好的。網川事前跟寫眞週刊雜誌社透漏了消息，所以攝影師才會埋伏在現場。網川早就算計到知道家屬有聚會，由美子肯定坐立難安；或者他在由美子耳邊說了些什麼慫恿的話也不一定，而且用的是由美子絕對不會以爲自己「被慫恿」的方式。網川事後還不忘記跑到因爲自己所作所爲而意志消沉的由美子面前，表現出安慰保護她的樣子。於是由美子根本就不會想到是誰煽動她做出如此輕率的舉動，只會對網川更加感謝，更加依賴網川的存在。

眞是卑鄙狡猾的作風！

不，還是說……。滋子試著拉回自己恢復冷靜。就算是網川浩一這種惡魔般的鬼心機男人，他所主張的意見——他在電視上和書裡提到「高井和明是無辜」的說法、「眞凶X另有其人，還活著好好的」的說法，如果具有強烈的說服力，他只是爲了強力推銷這些說法而利用身邊的人，那還有讓步的餘地。所以《另外一個殺人事件》一出版，滋子便買來看了。

一開始是快速瀏覽，第二次則是一條一條列出他所主張的「眞凶X生存說」仔細閱讀。他的說法是：高井和明或許有不在場證明、關於他涉案的證據幾乎沒有、高井家人申冤的呼聲、一些報案的未遂事件中提到的兇手之一跟栗橋浩美外觀一樣，但另一名兇手則是跟高井無法兜在一起、而且根據打電話到HBS特別節目的電話可以推測出兩名兇手之間的力量關係……。

滋子覺得上述每一點作爲主張都顯得有些脆弱。那些被襲擊好不容易逃離險境的女性證詞，並非具有百分之百的可信度。人的記憶和錄影帶不一樣。至於不在場證明和物證，只要警方搜查出更確實的證據時，都可以被推翻的。就算兇手們曾經打電話到HBS，只憑發生過一次的事件做材料，就能斷定之後重撥電話的人是主要兇手，未免顯得太過草率。人際關係常常會因狀況、局面、甚至當天個人的情緒而不同。也許這一天剛好高井和明頭腦靈光，能夠指出栗橋浩美犯的過失，並且漂亮地幫他收拾善後。而平常對高井頤使氣指的栗橋，因爲這樣覺得很沒有面子，於是又打電話給有馬義男出氣。這種情形也是有可能發生的呀！

滋子立刻開始寫出反駁的文章，而且寫完後立刻拿去給手島總編輯過目。沒想到只是稍微看一眼的總編，說了一句「反駁的力道不夠」，將稿子給退了回來。

「只是爲了情緒而反駁是沒有用的。」

「爲什麼？哪裡論點力道不夠呢？就算是網川浩一的主張，也不完全就站在證據上說話，他也是爲了自己的情緒在說話。」

「他是被允許的。」手島總編輯的眼睛冷靜地看著滋子：「因爲他是栗橋和高井的童年好友，他很清楚生前的他們。所以就算是感情用事，大眾還是願意聽他的。我所認識的某某人不可能做出那麼可怕的事。他曾經偷偷背著父母養流浪狗。在學校是飼養小鳥的股長，很友愛同學……。他只要列出說他們做過了什麼事，就是『證據』呀。」

但是滋子不一樣，只是個陌生人。甚至連聽栗橋、高井親口說話的聲音都沒有過。

「如果沒有更堅強的理論基礎加以對抗，是說不過去的。讀者們也不會想讀妳的文章。妳仔細想想看，讀者們會說：『前畑滋子所寫的東西，原來只是羅列一些推測而已嘛！她根本就不知道兇手心理，只是憑自己的想像亂寫！』」

「那我該怎麼辦？」

「妳怎麼會問我？」

手島一副瞧不起她的表情，讓滋子的背部升起一股寒意。

「怎麼？大小姐的繡花枕頭就這麼點看頭。妳還眞是花拳繡腿嘛。」手島說完冷笑了一下。「當初妳是怎麼建立栗橋和高井的形象的？這一點難道完全沒有被懷疑的餘地嗎？妳一字一句刻畫的栗橋和高井扭曲的共生狀態，並非採訪他們的現實生活所寫出來的，一開始不也都是在妳的腦海中所創造出來的嗎？？於是當另一個說得更合理的主張一出現，妳就完全無招架之力了嗎？」

「可是警方……一開始也說是他們兩人的犯案

呀……。」

「警方可不是爲了妳的報導在辦案。我們拿給妳看的搜查資訊也不是全部。聽說現在搜查總部裡面的意見分歧。而且在網川出現之前，搜查總部裡面就有一小部份人對高井是否具體涉案表示懷疑。」

「這種事我怎麼會知道？警察又不接受我的採訪。」

「這才叫做藉口。到現在說這種話有什麼意義，這位太太？」

滋子幾乎是逃走般離開會議室，回到家裡。從此一行字也沒有寫。因爲之後出版社的人打電話來明確地拒絕她說：「反正手島也不急。寫不出來的話就只好停止連載了。」

前畑的公公婆婆在網川浩一初出茅廬的時候，還罵說「好個不要臉的傢伙，這種人肯定是爲了賺錢」，就結果而言算是站在滋子這一邊。同樣地昭二也一樣在一旁敲邊鼓說：「事到如今還說什麼高井和明是無辜的，簡直在說夢話。爲了伸張正義，滋子一定要加油。」

可是隨著網川露臉的機會增加，加上他又擅長表現自己，最近滋子的公婆完全成了他的「信徒」。嘴裡逐漸改口說：「既然是童年好友說的，應該是有什麼根據吧？既然本人都死了，一開始就判人死刑的做法不太好吧。」最後甚至還會勸滋子改變論調，否則就跟不上潮流了。滋子發現這個問題對他們而言只是趕流行而已時，不禁覺得錯愕。可是這也是正常的，不是嗎？社會大眾對於隔岸的火災能抱有多少關心，其實頂多也只是這個限度呀。

還好昭二沒有表現出那麼露骨的變節態度，但內心發生動搖卻是事實。「滋子怎麼了？臉色好像不太好？」他會擔心地詢問。也會簡單地用二分法安慰說：「滋子是親警方派，網川那傢伙是反警方派嘛！」滋子一聽便大聲反駁說：「我可沒有對著警方拚命搖尾巴！」於是兩個人大吵一架，這是昨天發生的事。自從上一次吵架以來，彼此都愼重行事避免發生衝突，但現在一切都毀了。

今天早上，生悶氣吃早飯的昭二，一句招呼也不打就離家去工廠，之後滋子趕緊收拾行李。一開始她沒有想過自己要去哪裡，只是一心想離開前畑家。留下寫給昭二的字條說「我出去採訪」，便離開公寓了。

總之她先來到東京車站，一個人在八重洲地下街亂逛，思考著目的地。突然間想起了赤井市的鬼屋，胸口感覺喘不過氣來。那是寫報導時使用過的場景；儘管滋子的報導不像現在網川的書那麼熱鬧登場，卻也靜靜地獲得好評，並上過電視。當時也是在鬼屋作現場轉播的。對了，那就再去一次那裡吧，一如回到原點，我想再一次接觸那裡的空氣！

就這樣滋子在中午過後來到了赤井市。決定好飯店，租好汽車便直接前往鬼屋。冬季裡的晴天，天空像是洗過一樣的湛藍，片片浮雲悠閒地在天空中散步。在這種天空下的鬼屋，看起來不如滋子想像般充滿刺激感。開發不利的倒楣土地，至今能散發著貧困的氣息，但是被周圍青山的綠意滋潤，在森林樹木的保護下，看起來似乎逐漸回歸成自然了。這景色一點也不難看，甚至給人一種安心的視覺。山林原諒人類的錯誤，隨時都歡迎回歸到自然。

但這也證明了當時滋子在報導一開始所描寫的情景、氣氛已蕩然無存。還是說這裡本來就是這個樣子？第一次來採訪是去年的十一月中旬，不過是幾個月前的事情。當時滋子眼前看到「被當作是充滿殺意的舞台」的情景，難道眞的是滋子腦海中的妄想？

「一開始不也都是在妳的腦海中所創造出來的嗎？」

滋子意志消沉地回到飯店。然後躺在床上胡思亂想，或是望著窗外發呆，無所事事地打發下午的時光。

在電視中，女主播因爲網川的發言而大笑。一向不參加綜藝節目，強調專業形象的女主播，笑的樣子也充滿了知性。網川究竟說了什麼好笑的話？全國的觀眾似乎都忘記了這個年輕男人當初是打著什麼旗幟出現在世人面前的。難道只有滋子一個人認爲說：如果就他出現在媒體上的目的而言，除非那個連續誘拐殺人事件完全破案，他這樣在電視上談笑風生、插科打諢是不應該的。

滋子將空罐子丟進垃圾桶裡，站起來關掉電視。反正節目也快接近尾聲了，看了一下手錶，時間將近十一點。

忽然間她想：再去一次鬼屋吧。滋子很清楚鬼屋之名的由來。在陽光消失的深夜，儘管那裡有再多的鬼魂出現，哪怕鬼魂充滿了惡意，都不能對現在滋子空虛的心靈帶來任何的傷害了。因爲誰也無法傷害空虛。但是如果栗橋和高井被這赤井山中的什麼東西所吸引，就算只剩下一點，滋子也都希望能夠有感受。那個像磁鐵般的什麼東西，會不會只有在半夜才會稍微露臉呢？幸好租的車子還沒還，滋子抓了外套便衝出房間。

白天走過一次的道路，到了晚上卻完全變了樣子，滋子差點要迷路了。難怪人家說——走山路必須要小心。

半路上她臨時想到路邊的二十四小時商店買支大型的手電筒。前往鬼屋的山路固然鋪有柏油，但坡路很陡，而且路況比在白天陽光下要難走許多。滋子有種硬要闖入某種不可理解的禁區一樣的心情，她拉緊了外套的領口。

由於鬼屋沒有設置任何燈光，夜間的視線無法像白天一樣可以邊開車邊抬頭看見高聳如骨骸的鋼筋，只能順著道路前進。這種摸索前進的感覺增加了滋子內心的不安。想一想這種時候來到這裡，完全是第一次的經驗。過去從來沒有感覺需要在三更半夜到此一訪。

車前燈的光線中浮現出一個之前看過的臨時木板標誌。據說這個上面寫著「前面就是鬼屋」的木板，是這裡成爲靈異熱門景點時，當地的年輕人立的。白天絲毫不會注意這個看板，現在卻像是在他鄉遇到嚮導一樣，感覺很安心。

下車之後靠著手電筒的光線前進，發現前面的黑暗中有其他的手電筒燈光搖曳著，還有吉他的聲音。停下腳步豎起耳朵傾聽，還可以聽見人聲。

看來有人先她而來。滋子走向他們，並且故意大幅度揮動手臂，好讓他們辨識自己手上的光亮。在夜空的背景下，當鬼屋的鋼筋近到看起來很清楚的距離時，可以看見在水泥地基上，坐著三個學生模樣的年輕人，穿著牛仔褲的長腳在那裡晃呀晃的。

「你們好！」滋子出聲打招呼。

一眼看過去不是那種接觸之後會令人後悔的類型，滋子先鬆了一口氣。三人之中，一個是男生，兩個是女生。腿上抱著吉他的是男生。

「妳好！」女孩子們回答。尖細高亢、是很流行的可愛聲音。夜晚冰冷，呼出來的氣息是白色的。

「這麼冷，你們在這裡幹什麼？」

滋子一邊注意腳底下，一邊向他們靠近。其中一個女生，長頭髮中分，一邊吐著白色氣息一邊笑說：「妳自己還不是一樣。阿姨來這邊要幹什麼？」

阿姨？滋子苦笑地拉緊大衣的領子，試圖將寒氣阻擋在外。

「我是來看夜裡的鬼屋，不知道會是什麼感覺？」

「妳對靈異現象有興趣嗎？」

長髮女孩的眼睛亮了一下。也許是因爲手電筒的燈光，或是剛好有月光射進眼裡。也可能是她自身的好奇心在內心深處閃爍了一下。

「這個嘛……。如果靈魂眞的存在，又有人具有靈異力量可以自由召喚靈魂，我倒是有很多事情想麻煩他幫我問問。」

長髮女孩從水泥地基上跳下來。然後靠在地基上盤起雙手，分別看了同伴一眼後，對滋子說：

「我可以，因爲我是女巫。」

滋子聽了眞的想笑，但意志力忍住了笑意。難道說剛剛這女孩眼中的亮光，跟這裡被稱之爲鬼屋是有關係的？

「我們剛剛在舉行招魂會呢。」長髮女孩用手臂碰了一下旁邊的削髮女孩說：「妳說是不是？」

削髮女孩沒有看著朋友而是盯著滋子的臉看。

她看得很仔細，然後也從水泥地基上跳下來，小心翼翼地靠近滋子說：「妳該不會之前上過電視吧？」

滋子給予肯定。她就是在這個地方錄節目的，有人在這裡認出她來倒也是理所當然。

「那是新聞節目吧？我有看耶。妳就是站在這裡報導的吧？」

女孩的臉蛋很可愛，而且是目前最流行「巴掌臉」。這裡光線不夠很難說，幾乎看起來是沒有化妝。包裹在牛仔褲裡的長腿形狀很美，可見得她的身材也不錯。

接著她仔細觀察女孩的臉，奇怪的是滋子覺得好像曾經在哪裡見過她。也許是認錯人了，畢竟這種類型的女孩子現在比比皆是。

削髮女孩用戴著毛線手套的手拍打自己的胸口，有點嗆到地表示：「那個報導是關於那個連續殺人事件的兇手吧？他們死在綠色大道上，死之前還來過這裡，所以妳才會來這邊拍攝，就是這麼一回事吧？」

「是的，沒錯。」滋子深深點頭，並且更加靠近女孩。然後突然間想到了，不禁大聲說：「妳就是加油站的那個女孩！」

女孩清澄的眼睛睜大了。「對！」她也升高八度大聲說：「我是蘆原君惠。在拍攝那個節目，我有稍微說了一些話。妳還記得嗎？」

跟吉他青年和女巫女孩道別後，滋子的車只載著蘆原君惠下山。根據君惠的說法，另外兩人是開車上來的，不用擔心他們怎麼回家。

可是那個女巫女孩對於被放鴿子，似乎顯得很不高興。

「這樣會害妳們友情破裂，真的可以嗎？」滋子擔心地詢問，但君惠有點苦笑地搖頭說：「沒關係的，反正我們的友情沒有那麼熟的。」

感情不是很熟的男女朋友，會在三更半夜到「鬼屋」一遊，這對滋子這種年代的大人來說只能說是奇怪得很！

蘆原君惠是當地高中二年級的學生，同行的長髮女孩是她同學。她們會一起行動，是在君惠成爲該事件的目擊者，時而被警方問訊，時而成爲各媒體記者採訪的對象以後。

「她叫上總步，人有點怪。」

「是呀，自我介紹說她是『女巫』呢。」

君惠坐在駕駛座旁邊的位置竊笑。「她常說可以看見別人看不見的鬼魂。不過不能笑她，畢竟有一段時間她安慰了我。」

下山的途中，滋子用行動電話打電話到君惠家。滋子說明自己的身分和在「鬼屋」遇見君惠的經過。君惠的母親則是嘆了一口氣說：「原來如此。」

「媽媽當然知道我晚上出來散步的事。她本來是很生氣的，但是因爲醫生說強迫我停止反而不好，她才不管的。」

兩人結果來到滋子投宿的飯店對面的一家餐廳。說是二十四小時營業，客人這麼少眞令人擔心生意是否合算。

「醫生？」

「嗯，我在那個事件之後，身體出了點狀況。」君惠聳動了一下瘦弱的肩膀。「晚上睡不著、飯也吃不下。人瘦了很多。」

這麼說來，那時滋子看見的她果然臉頰比較有肉，身體看起來也比較健康。

「算是一種的ＰＴＳＤ囉？」

滋子的問話，君惠似乎一聽就懂。大概是從醫生哪裡聽來的吧。

「我不只是目擊到兇手們的車禍，之前還見過活著的他們。我有跟妳說過嗎？」

當然有。栗橋和高井在前往「鬼屋」前，曾經在綠色大道入口的加油站加過油。

君惠戴著顯眼戒指的手指，不斷撥弄著頭髮。另一隻空著的手則玩弄著裝有咖啡歐蕾的馬克杯把手。

「我和那種殘酷的殺人犯距離只有十公分地交談。萬一他們沒有發生車禍的話，或許我也會慘遭毒手。因爲兇手用他的眼睛看著我，好像在打量著我。想到這些就讓我十分痛苦。」

滋子靜靜地點頭說：「妳有乖乖去看醫生是對的。因爲妳的心靈也受到了相當的傷害。」

君惠的眼睛不斷眨動。

「可是既然如此，妳是不是不應該在這種時間還去『鬼屋』混呢？尤其又跟那麼奇怪的朋友。」

君惠笑了出來，趕緊用手遮住嘴巴。滋子也跟著笑了。

「小步說她可以看見附在我身上不好的東西，只要聽她的話去做，她就能幫我消災解惡。」

「如果她眞的做得到，妳就應該更健康才對呀？」

「沒錯。可是我當時眞的很相信了一段時間。今天晚上只是懶得拒絕的惰性才跟他們去的。」

「去幹什麼？眞的是招魂會嗎？」

「小步說她感覺到今晚好像可以控制附著在『鬼屋』的強力地縛靈。一起去的男生是她的男朋友。每次都是男生彈著吉他，小步一副神情恍惚的樣子。」

滋子攪動著咖啡，稍微放低聲音說：「蘆原小姐，妳還相信小步的時候，是不是有付過她錢呢？」

君惠沉默地舔了舔嘴唇，滋子不必多問也知道答案了。

「今後還是別跟她來往的好。」

君惠認眞地點點頭，然後慢慢地喝咖啡歐蕾。

滋子從皮包裡取出香菸點燃。

「前畑小姐，今晚爲什麼到『鬼屋』來呢？」

滋子笑著回答：「我在想如果那裡有附著了什麼，不知道能不能也附著在我身上？」

君惠皺起她那可愛的眉毛，於是滋子趕緊搖頭、揮開煙說：「對不起，我不是亂說話，我是眞的這麼想。」

君惠說她沒有讀過滋子的連載。所以完全不知道文章的走向變得很奇怪，也不知道原因就出在高井由美子在飯田橋飯店鬧出的騷動。

「妳知道網川浩一這個人嗎？」

君惠搖搖頭說：「醫生要我盡量不要回想起事件，也不要靠近有關的消息。那個人是誰呢？」

「跟我一樣寫文章的人。」滋子只簡單回答到這裡。因爲她不知道網川所提倡的「眞凶X存活說」，對受困於事件後遺症的君惠心靈是否有所影響。

「前畑小姐眞的相信『女巫』這種具有招魂能力的人存在嗎？」

「嗯，我相信。只是說招來的是否是『靈魂』就另當別論了。但是我的確相信有人具有一般稱爲招魂現象的能力或技術。」

君惠又皺起了眉頭，或許是覺得女記者的說話有些生澀難懂吧。

「我現在當然對於小步所做的幾乎都不相信……但是她算是一種流行吧。」

「感覺也是。在學校裡就是有人喜歡對老師說這些有的沒有的，製造氣氛。」

「妳也很清楚嘛！」

「因爲我以前有類似這樣的朋友。」

「是嗎……不過我……不知道該怎麼說？有時候我覺得自己或許也有女巫的體質吧。」

滋子不發一語地看著君惠。君惠不安地撥弄頭髮，沒有看著滋子，而是對著無人的櫃檯繼續說話：「中學二年級的時候，朋友失蹤了。說是朋友，其實交情也不是特別好。」

還說那個女孩名叫嘉浦舞衣，在學校裡被當作是問題學生。

「應該說是不良少女吧？平常就不怎麼喜歡上學。不但染頭髮、穿耳洞，還常常跟男生玩，甚至因爲偷東西被輔導過。」

所以在三年前的三月初，舞衣離家出走了。當初接到她家裡來電詢問知不知道她的行蹤時，誰也沒有認眞看待這件事。

「感覺是很平常的事。可是那一天的半夜，我作夢了。」

那是在一片黑暗之中，聽見舞衣尖叫聲響亮的惡夢。

「地點在哪裡，知道嗎？」滋子問。她不是嘴巴上配合敷衍而已，而是因爲君惠的口吻認眞，引發她不安的興趣。

君惠搖搖頭說：「好像是『鬼屋』，我不是很清楚……」

「確定是舞衣的聲音嗎？」

頭搖得更厲害了。「又不是有什麼確實的證據。」

滋子安慰說：「但對妳而言，那就是事實吧。」

君惠的眼角濕潤。滋子不禁同情起她。對於她，沒有人肯關心，沒有人願意積極伸出援手。但是她也是這一連串事件造成的精神失衡受害者之一呀！只因爲和栗橋、高井有過短暫接觸、親眼目睹他們的死，在君惠內心已經形成某種傷害，而且在她不算長久的人生軌跡中不斷回溯並加以變形。

「我……我覺得那就是舞衣。我在想當時的舞衣應該出事了。」

不知不覺間聲音也變得興奮起來。

「我不知道自己爲什麼會那麼想，就是一種感覺吧。也許是這方面的線路突然通了，那種跟黑暗恐怖的事物有關的線路。所以前畑小姐，我更害怕了。當然那兩個兇手已經死了……」

「對，他們已經死了。他們已經不在這個人世間了。」滋子的語氣斷然。

君惠猛然探出身子，好像被什麼附身似地兩手抓住桌子說：「可是也許留下了什麼東西？」她幾乎是用喊叫地說：「靈魂……還是什麼邪惡的力量？這些東西可能留在我的線路當中。」

滋子盡可能溫柔地反問說：「如果是這樣，會變成怎樣呢？」

君惠一隻手遮住嘴巴說：「我可能會再度召喚那種人，可能會跟那種人見面。於是下一次……」

「下一次？」

「下一次就輪到我被殺死。」

滋子沉默地凝視著蘆原君惠，悲傷而清醒的心裡想著：得趕緊送她回家才行。可是就在這時她又閃過一個新的想法。

隔天前畑滋子打電話到蘆原君惠家裡，她想和君惠的媽媽聊聊。她是在上午打的電話，居然是本人出來接。

君惠說話的聲音倒是很明朗。

「我不是跟妳說只能接自己的行動電話嗎？」

「今天不行，因爲小步會打來。她會一直打，太吵了，所以我把電源關掉了。」

「妳那個女巫朋友嗎？是不是我害妳們的感情交惡了？」

「沒有的事。我早就覺得她很煩，只是找不到機會跟她分手。妳是擔心我這件事，專程打電話來的嗎？」

滋子說明目的，君惠顯得很驚訝。

「爲什麼要找我媽媽呢？我不能一起去嗎？」

「不，我也希望妳一起來，同時也想問妳媽媽一些問題。就是關於妳的朋友嘉浦舞衣離家出走的情形，我想知道得更清楚些。」

君惠的母親蘆原太太讀過滋子的報導。初次見面才打完招呼，就開口說：「妳看起來比電視上要嬌小。」讓滋子不禁苦笑以對。

蘆原太太還很清楚記得——嘉浦舞衣離家出走的晚上，君惠做了惡夢，還很擔心舞衣可能發生什麼事了。

「是不是託夢還是什麼，我也不是很清楚……」

「那是一種感應啦。」女兒插嘴說：「舞衣一定是對我發出求救的訊息！」

君惠的表情很認眞。她大概是眞的認爲：明明來向她求救，自己卻什麼忙都幫不上。如果眞是這樣，這個事件對君惠而言，心靈的負擔比旁觀者還要嚴重許多。

「我個人並不太相信隔著距離、不利用任何機械的通訊手段，就能傳達心意的感應現象。」滋子慢慢表明意見：「舞衣離家出走的晚上，剛好君惠做了惡夢。就事實來說，這是確定的吧？也可以說是一種偶然。」

君惠作勢準備反駁，但滋子伸出手制止了她。

「可是做了聽見女性尖叫的惡夢，君惠立即聯想到舞衣，我認爲有一定的意義和理由。舞衣在朋友眼中，給人感覺隨時都有捲入危險事件的可能、她很容易意氣用事，對不對？」

君惠不甘心地低著頭，蘆原太太代替她點頭說：「沒錯，那女孩平常的行爲就不好，在學校是出了名的。晚上玩到很晚、隨便男人的車子也敢坐……。」

「媽！」君惠怒吼。

「媽媽可沒有騙人。」蘆原太太反駁說：「當然我也知道舞衣是妳的好朋友。可是妳自己不是也說過，根本沒辦法接受舞衣做的事嗎？她要妳跟她一起去偷東西，妳不是嚇得跑回家了嗎？」

君惠斜眼看著滋子，趕緊阻止說：「幹嘛提到這種事情……。」

「但這是事實呀！」

滋子記下筆記，並在剛剛寫下的文字下面畫了一道濃濃的黑線。不認識的男人搭訕，也敢搭他們的車子。

「前畑小姐，爲什麼關心舞衣的事呢？」說不過媽媽的君惠，將箭頭指向了滋子。「妳們有什麼關係嗎？」

滋子安靜地回答：「我是在想嘉浦舞衣不是離家出走，其實是被捲入了那個事件。」

蘆原太太稍微側了一下頭，立刻眼睛一亮說：「難道說那兩個人，栗橋和高井是嗎？妳是說跟他們兩個人犯的案件有關係嗎？因爲前畑小姐寫的是他們兩人的報導嘛，一定是這樣子吧？所以妳才會有興趣囉？」

蘆原太太看起來比外表要反應靈敏，滋子肯定地點點頭。

「可是舞衣失蹤已經是三年前的事了。」君惠不平地說：「怎麼會跟他們的事件有關嘛？」

「大概是叫三宅綠吧。那個小姐的情形，也是發生在三年前。這麼說起來，在涉川那裡也有人被誘拐，不是嗎？」蘆原太太說：「可是舞衣她……」

「栗橋和高井爲什麼那一天要載著木村庄司的屍體到鬼屋去？我懷疑的是這一點。」滋子繼續說明：「的確那裡是有名的靈異景點，但並不是全國人都知道的名勝。他們特別選擇鬼屋，應該是有他們個人的理由和原因吧。是因爲對那裡比較熟？還是以前也在那裡做過案？」

君惠睜大了眼睛問：「所以說舞衣她？」

「是的，我是這麼認爲。所以才要問仔細。」

蘆原太太搖頭說：「可是前畑小姐，案發之後警方派了很多人來調查。警方應該也跟妳有過一樣的想法吧，認爲栗橋和高井過去可能在當地做過案。可是應該是什麼都沒發現吧，我想電視新聞也說過了。」

「那是推測可能是他們做的案，於是調查還未解決的女性或女孩失蹤事件。對，他們是調查了，當然應該調查。可是就跟妳說的一樣，沒什麼特別的成果。但是……。」滋子語氣加強地表示：「警方當時也只是漫無目的地做地毯式搜索，到處走走問問當地有沒有行蹤不明的女孩。他們只是在追查記錄，調閱赤井市和向縣警局提出失蹤人口搜索的申請名單。然而舞衣的情況……」

君惠大聲說：「一開始說是離家出走，所以她根本沒有報失蹤人口呀！」

「是的，所以我在想她可能成了警方調查的漏網之魚。」

蘆原太太一隻手撐著下巴陷入思考。君惠在一旁十分興奮，立刻站起來坐到滋子旁邊。

「前畑小姐，所以妳現在要調查舞衣行蹤不明的事件囉？」

「是的，我想試試看。」

「我幫妳！」君惠高興地在沙發上彈跳。「我一定要幫妳。可以吧？」

「君惠！」媽媽發出制止的聲音：「不要亂來！妳還要上學呢？」

「有什麼關係，我可以不去呀。」

「那怎麼行！」

「社會學習比較重要。」

「學費怎麼辦？妳以爲是誰付的？」

君惠生氣了，滿臉通紅。

「又要說到錢嗎？好呀，那我去工作還妳。這樣總可以了吧？什麼嘛，算什麼媽媽呀。」

正好這時電話聲出來打圓場。蘆原太太動也不動地臭著一張臉。君惠立刻站起身來，穿過客廳拿起話筒。

「喂！哎呀……。」

看來是朋友打來的電話。因爲行動電話沒開，所以打來這裡的吧。蘆原太太隔著滋子肩頭看著君惠，確定電話還會聊一陣子，便面對著滋子說：

「我看還是請妳先回去吧。」

「對不起，我無意讓妳和妳女兒吵架的……。」

「不，這件事沒關係，我們常常吵架。君惠是個神經質的女孩，自從那件事之後就更不穩定了。」她像個母親一樣發出悲傷的嘆息。「只是我不希望女兒捲入前畑小姐調查的事。我想對她來說不會發現什麼好事的。」

滋子看著蘆原太太的眼睛，蘆原太太也回看著滋子。

滋子壓低聲音說：「關於舞衣的離家出走，妳是否知道些什麼？」

蘆原太太看了一下君惠，女兒還在大聲講電話，看來對方是小步吧。

「嘉浦家的人已經不住在赤井市了。」她簡短回答：「自從舞衣不見，經過一年後就搬走了。因爲不好的傳聞滿天飛，大概覺得受不了吧。」

「不好的傳聞？」滋子重複說。

蘆原太太在意被君惠聽到。但是女兒整個人背對著她們，專心在講電話。利用這機會，蘆原太太一口氣說明：「舞衣的媽媽是個不檢點的女人。舞衣離家出走當時同居的男人，並不是舞衣的親生爸爸，而是一個沒有工作的年輕人。那個男人聽說也對舞衣動手了。她媽媽每次和男人吵架就鬧得很大聲，附近都聽得見她家在吵什麼。所以她家的事在附近是很有名的。」

蘆原太太偷偷看君惠一眼，君惠還在講電話。

「所以我嚴格禁止君惠到嘉浦家玩。當時不是只有我家，同學的女生家對嘉浦家的事都很注意。舞衣會變壞應該是因爲家裡的因素。而這件事，舞衣被媽媽的情夫染指，其實她媽媽也知道。親生母親爲了想要留住男人，於是利用了女兒的肉體，這種事我不想讓君惠知道，所以以後我不會再說了！」

滋子看著蘆原太太的臉點頭。「我明白了。」

「所以舞衣是自己離家出走的，她媽媽在她不見之後也不緊張，就是因爲後面有這些因素。那孩子是離家出走的，就跟剛剛前畑小姐說的一樣，君惠做惡夢只是一種偶然。如果妳懷疑我說的話，可以去問嘉浦家附近的居民。只要說是我說的，大家都會告訴妳。」

說到這裡，蘆原太太放下肩膀的力氣說：「君惠因爲奇怪的妄想，老是覺得自己也會遭遇不幸。」

「是的，關於這點我也聽她說過。好像是因爲接觸過死之前的栗橋和高井，造成她這種的妄想。」

「心理醫生也是這麼說的，可是他卻不告訴我該怎麼治療。當初要是不答應她去加油站打工就好了，可是君惠說那裡比學校有趣多了。那兩個人車禍死亡當天，君惠也是因爲上課半天，所以說要到加油站幫忙，她就是那麼喜歡去，結果卻發生這種事。」

滋子看著君惠的背影，她手指纏繞著電話線高興地聊天。年輕柔美的身體線條，透過毛衣和牛仔褲依然清晰可辨。

「這個時代對年輕女性而言太多危險了。」滋子說，並以安慰的眼神看著蘆原太太。「不管如何小心注意，光只是因爲年輕，女性就會被捲入事端。所以甚至有人害怕烏雲，就不敢一個人走在路上。」

「說的也是，眞的是這樣。」蘆原太太一副說開了的口氣表示：「可是如果社會上不再發生這種震驚人心的慘酷事件，像妳這種人不是沒飯吃了嗎？」

滋子沒有移開自己的眼神，反而是蘆原太太的眼光低垂，她繼續說：「我就覺得奇怪，就算舞衣的行蹤不明是那兩個人幹的壞事，是到如今調查出來又有什麼意義呢？」

如果硬是要問的話，滋子恐怕也必須回答：我自己也不知道。因爲想到了就不能放手，內心期待著也許能夠找到之前沒有發現的線索，從那裡會有新的發展！所以滋子才決定要調查。滋子小心不讓君惠發現，悄悄地告辭離開蘆原家。蘆原太太沒有送她出門。

拜訪嘉浦母女住過的公寓時，包含房東、附近的鄰居、商店街的老闆們都熱心提供資訊。很幸運的是，有的人還記得上過幾次電視的滋子的臉，有些人也看過她的報導。

聽多了他們的說法，就越發覺得嘉浦舞衣的離家出走是自發性的。公寓的老房東說聽過舞衣和媽媽大吵一架之後怒吼說：「我可不想免費讓那個男人玩！」還說那孩子講的話，連我這種老頭子都不敢對女人開口說。

可是她是自己的意願離家出走的，那她去了哪裡呢？她有能力離開這片土地嗎？這一點讓滋子很在意。關於嘉浦舞衣的失蹤，總覺得有甚麼地方不太對勁。滋子說過不相信心電感應，但或許心裡面還是受到君惠提到的惡夢影響吧。

到處採訪，發現時已經是過了中午。肚子好餓，腳也酸痛。先休息吧，環視了一下周遭，發現公路店面有一間漂亮的木屋風格餐廳。

那是一新蓋的，充滿木頭芳香的店。乾淨而舒暢的空間。但是店裡面很空，只有滋子一個客人。隨便坐哪裡都可以，滋子選擇坐在暖爐旁邊，因爲冷風吹進來很冷。突然間她想到：這大概就最近流行自己DIY的木屋吧⁉一坐下就看見眼前的牆壁上有著網川浩一的笑臉。手上拿著《另外一個殺人事件》微笑著。

眼睛盯著照片，滋子從坐好的位置站起來向照片靠近。拿著菜單向滋子走近的女服務生，一臉笑容地問說：「妳知道他是誰嗎？」

滋子看著女服務生，身穿粉紅色的毛衣，上面套著鮮紅的圍裙，口紅顏色同樣鮮豔，裝扮這麼艷麗的女人年齡卻跟滋子不相上下。她走近滋子時，隨即傳來一陣濃郁的香水味。

「是網川浩一吧！我有他的書，一眼就看出來了。」

女服務生將菜單放在桌上，特意將照片從牆上取下，拿到滋子面前。

「就是那裡窗邊的位置。」空著的手指著對面的包廂說：「上個禮拜六他來這裡拍電視台的節目時，在我們店裡用午餐，就是那個時候拍的照片。」

語氣很得意，而且直接說「他」的樣子也讓滋子覺得好笑。但是女服務生以爲滋子的笑是善意的，立刻愉快地繼續說：「他是現在最熱門的話題人物吧，可是一點都不大牌、很隨性，很自然就跟我和我先生聊開了，還告訴我們下一本書的構想。」

「他還要出下一本書嗎？」

這倒是第一次聽說。滋子也沒聽《日本時事紀錄》工作同仁提過這個消息。那些人不會因爲同情隨著網川出現而逐漸銷聲匿跡的滋子，故意不提他的近況，所以應該是還沒獲得這個資訊。

「還是有關於那個事件的書嗎？」

「當然。」女服務生立刻挺起胸脯，好像很高興能述說話題人物網川浩一的最新近況。「他說要寫得更徹底。他對朋友眞是好呀，不是一般人做得到的。」

滋子有點語帶諷刺地挑高眉毛說：「可是實際上他不是撈了一大筆嗎？書很暢銷、現在又是電視、雜誌搶著要的紅人，簡直就像是當紅的演藝人員一樣嘛。」

「因爲他長得帥呀。」女服務生陶醉的神情好像在說自己的情人一樣：「他在電視上很上相。可是他自己卻說：『我不是演藝人員，我也不想從事類似他們的工作。』他的眼神好認眞喲！」

「那他以爲自己是什麼人？」

終於女服務生才發覺滋子可能並不是跟她一樣是網川浩一的迷。於是很意外地收回下巴上下看著滋子說：「什麼人？他不就是個文字記者嗎？」

「文字記者呀。」滋子重複說，並回到座位。本想拿起皮包就離開這家餐廳。在網川浩一春風得意演講過的地方，她實在連喝一杯咖啡都不願意。

然而心中也很明白自己對於網川浩一的反感，其實沒有任何具體的理由佐證，只是單純的個人好惡。不，還更低劣，她是因為在取得高井由美子信賴的比賽上輸給了網川浩一，因為網川浩一的書讓滋子的報導黯淡了，所以才不願意承認對方的吧。滋子的內心明白這一點，所以只要一想到網川浩一，就有種雙手撐在每個人內心都有的感情糞坑上面的感覺。

「這位客人，難道是討厭我們網川嗎？」

女服務生一副很驚訝的語氣，而且剛剛說是「他」，現在又成了「我們網川」，難道她還以為跟他是親戚嗎？

「我不是很喜歡。」滋子拿起了皮包。「嘴裡說著都是為了朋友，那男人做的卻是沽名釣譽的事，而且還賺了不少錢！」

「我倒不認為書賣得好是他的錯，因為結果就是這樣呀。」

女服務生的話語聽在滋子耳裡有種意外的刺痛。

「他本來是有錢人家的大少爺，所以一開始就沒有賺錢的念頭。而且《另外一個殺人事件》也是為了自費出版而寫的。」

正準備往出口離去的滋子，停下了腳步回頭問說：「那是真的嗎？」

「是真的。那個出版社也有自費出版的部門，他將稿子拿過去……」

「不，我不是問自費出版，而是他是有錢人家的孩子這一點。」

女服務生大概是因為引起滋子的興趣，感覺自己有些功勞，而恢復了笑容。她為網川書迷隊拿下一分。

「他本人自己說的，應該不會錯吧。他父親擁有好幾家公司，母親也是千金小姐出身。他自己擁有一生不用工作也不愁的資產。對了，他不是以前在當補習班老師嗎？人家就是好命不用到公司上班。」

滋子再一次看著女服務生手中的照片。網川浩一浮現清新爽朗的笑容，服飾穿著無懈可擊。

「這麼說來，關於他個人的資訊幾乎都沒有對外公布呀。」滋子低喃。她不是跟女服務生說話，而是跟自己確認。但是女服務生卻擅自補充說：

「他說過那是因爲剛出書的時候，他就做好心理準備將面臨困境，爲了不牽累到父母，故意不透漏個人的資訊。而且自己已經長大成人了，不希望因爲個人的意志連累到家人與親戚。所以到目前爲止都沒有提到個人隱私。」

滋子看著女服務生說：「可是他卻跟妳說了，因爲你們談得來。」

女服務生更加得意忘形。

「我們眞的很談得來，不過私底下他是有錢人家少爺的事好像很多人知道。畢竟也沒有必要隱瞞，何況出身好一看就看得出來。」

「他來拍的是什麼節目呢？」

「他說是來拍那個鬼屋的，聽說是新聞節目中的專題。」

跟以前滋子上的電視節目是一樣的企畫。

「他還在車禍現場供了鮮花呢，之後我們有去看過。也許是因爲天氣冷的關係，他的眼眶濕潤。他是眞心爲高井和明感到悲傷。看他那樣子眞是可憐，忍不住很想安慰他，所以送餐飲的時候拚命跟他說話。而他也讚美說：『這家店很漂亮，用的都是進口的木材吧？』我說：『是呀，都是我先生自己學著蓋的。』」

果然是ＤＩＹ！

「接著網川他說：『其實我也有一間跟這個一樣的木屋。比這裡舊，但我很喜歡，只是整理起來很累人。』我先生也跟他談得很愉快。就是在聊天之中提到了他家很有錢，因爲他擁有別墅嘛。」

滋子將女服務生說的話一一記下來。感覺到一種不懷好意的好奇心開始在腦筋裡面打轉。

網川浩一究竟是什麼人？

之前沒有人問過，就像是掉進亂流裡面的疑問一樣。他和栗橋浩美、高井和明是童年好友。他是爲了洗刷和明的冤情挺身而出的一個好青年、關愛和明的妹妹由美子就像是關愛自己的妹妹一樣、擁有吸引每一位關心他的人的魅力、頭腦反應靈敏、很會說話、外表帥氣舉止得當的年輕人。一看見這樣的「外型」，立刻便接納了，沒有人想再去細究眞實的網川浩一。

財產多到可以遊手好閒的公子哥兒，爲什麼會跟栗橋浩美、高井和明讀同一所公立小學呢？

詳細調查一下，或許能發現什麼吧？只是……

「他有留下名片在這裡嗎？」

滋子的提問，女服務生點頭說：「有，我有跟他拿。不過聯絡對象是跟出版社。」

現在他住在哪裡呢？他的父母還在嗎？他的童年時代眞的跟他說的一樣嗎？

「不懷好意的好奇心嗎？」電話那頭，手島總編竊笑般直言。

「是的，我知道。我就是壞心眼、想追根究柢的女人。」

滋子坐在地板上，身邊攤開了一地的採訪筆記、地址簿、電話本和地圖。

「可是他個人是什麼樣的人，其實是一件很重要的資訊。我打算去他學生時代的朋友家採訪，所以是不是可以……」

「擅自調閱戶籍謄本、住民資料是被禁止的。」

「只要透過正式手續應該沒關係吧？」

「又不是打通電話就能調查的。這裡不是徵信社，這裡是雜誌編輯部呀。」

「拜託啦，我眞的很在意，覺得有些不對勁。」

「假如發現他離過婚、生有小孩怎麼辦？妳想寫這些八卦嗎？那不是社會新聞一樣水準嗎？」

「如果是故意跟我打岔，那就不要繼續浪費時間了。我並不是要挖掘如果的醜聞，只是想知道他是什麼人。我沒辦法什麼都不知道就聽信他的主張。」

「就算是討厭的人所主張的也可能是對的。」

「這一點我也知道。」

手島總編發出介於嘆氣和鼻息之間的聲音，然後直接說：「搜查總部正在監視網川浩一的周遭。」

滋子重新握好話筒問：「你說什麼？」

「他們在期待眞兇X可能會跟網川接觸。所以在他周圍布好天羅地網等著。」

「那是說搜查總部也承認眞兇X存在說囉？」

「沒有開記者會公布，不過我認爲這是個明智的判斷。如果眞兇X存在的話，他當然不能放過無視他存在、自己在社會出名、獨占所有焦點的網川浩一吧！」

「警方有通知網川本人嗎？」

「沒有正式通知吧，這麼一來搜查總部不就太沒面子了嗎？不過如果我們的記者發覺了，親近網川的記者們或文字工作者也會有人注意到吧，說不定他們會跟網川報告。」

「不管怎麼說，不會因此丟掉性命吧？」

「是嗎，也許很危險。」

「眞兇X又不是笨蛋，如果做得太過火，反而會引起警方的注意不是嗎？不過也要是眞兇X眞的存在於這世界上吧。」

手島總編笑著掛斷電話。滋子切掉電話，看著地址簿思考下一個聯絡對象。於是撥了自己家的電話，她想先聽聽電話留言再說。

電話接通後，操作完按鍵，知道自己有十幾通的留言。因爲她的電話留言機是錄音帶式的，倒帶很花時間。她赤腳走在地板上，從冰箱取出冰涼的橘子汁。打開罐頭喝到一半時，留言開始說話。

最初的三通算是業務聯繫。第四通是來自同業的留言。接下來是朋友，接下來又是業務聯繫。都是些不用筆記的小事。

接下來的留言——沒有說話聲。

滋子像個男人一下砸舌頭，什麼無聊傢伙嘛！留言的時間是昨天半夜，不會是騷擾電話吧？

接著又是無聲電話，下一通還是。

滋子用鉛筆頭按著鼻頭，稍微側著頭思考了一下。三通留言間隔都是五分鐘，看來是個很頻繁、個性很急躁的騷擾對象嘛！

接下來再「嗶」聲之後，

「……前畑小姐。」

滋子眨了一下眼睛，這聲音不是高井由美子嗎？

「對……對不起，這麼晚了。我打了好幾次，妳都不在……」

沒錯是由美子的聲音，感覺口齒有些含混不清。

「我想跟妳說話，所以打電話來……。我也知道事到如今沒有臉跟妳見面……」

她是喝醉了嗎？就滋子所知，由美子不是不能喝酒，也不是愛喝酒。因爲她還能喝幾杯，所以在和明死後最難過的時期，她大概是借酒消愁吧？

「我已經搞不清楚了……。」

她的聲音小到不仔細聽幾乎聽不見，留言到此結束，因爲錄音時間完了。接著又是下一通。

「對不起……」

很明顯她說話方式很奇怪，大概不是處於正常狀態吧？可是她還是要跟滋子聯絡。明明知道滋子不在家，卻依然對著電話留言。究竟是怎麼了？滋子一不小心將電話機從床頭邊的桌面扯到地板上。

結果剩下的幾通留言都是由美子打來的。只是很努力傾聽，也聽不懂她在說些什麼。除了不斷道歉外，就是重複說「我已經搞不清楚了」。

由美子發生什麼事了嗎？

21

在《日本時事紀錄》手島總編輯的安排下，有馬義男終於可以跟高井由美子見面是在二月二十日過後。

聯絡由美子並非難事，手島總編輯說明。只是不是透過前畑滋子，而是要透過網川浩一。

「現在的他簡直就是高井由美子的監護人，事實上或許也是。」

網川開始主張那本書的內容時，高井由美子就和前畑滋子斷絕關係，而且滋子的報導好像也出了狀況。義男有些擔心。事情將如何演變，義男自己也不知道；只是覺得就最後呈現的事實來看，滋子在這專業雜誌上的執筆與連載失敗，同時又失去了以前女性雜誌的撰稿工作，會不會對她太殘酷了？

同時又覺得自己這麼想也很諷刺，於是心情低落了起來。前畑滋子因爲工作遭遇殘酷的打擊，那又怎麼樣？比起鞠子遭遇惡夢般的災厄，又算得了什麼？可是他卻開始同情起前畑滋子來了……。自己其實沒有這種打算，但是不是我其實已經忘記了鞠子的不幸？開始逐漸遠離了鞠子呢？

網川浩一聽說義男想跟高井由美子見面，好像很高興地答應了。幾乎是哭泣地感激說：「他寫書、上電視總算有了價值。」

「可是我只想要跟高井由美子見面。」義男對手島總編輯說：「總編輯可以在旁邊，但是我不希望那個叫做網川的年輕人一起來。」

手島總編輯不動聲色地反問：「爲什麼？」

「因爲他是第三者。就算是朋友也是外人，跟事件沒有關係。我不是爲了聽他說話才出面的。」

手島也覺得言之有理，不斷幫忙交涉。但高井由美子的回覆總是：「沒有網川陪同，不想跟任何人見面。」

「麻煩跟她說：『我雖然是鞠子的爺爺，但不是爲了吃掉妳才跟妳見面，所以不必害怕。』」

手島幫忙傳了話，但還是不行。最後是義男屈服，對方是網川和由美子，這裡則是義男一人，見面地點由由美子指定。確定好如何見面已經浪費不少的時間。終於等到手島來電告知完見面日期，掛斷電話的同時義男嘆了一口氣。

「女孩子只要有了男朋友，誰說什麼都沒有用，只有男朋友說的才是全世界最正確的！妳說是嗎？」他問水野久美。

她的頭髮包著頭巾、衣袖挽到手臂上、牛仔褲腳塞到雨鞋裡，努力做著用抹布洗刷地板的工作。距離她兩公尺遠的店裡面，過去放著大型油炸機的地點，塚田眞一正在奮力揮舞著拖把清洗天花板。兩個人幾乎同時停手，彼此看了一下之後又看著義男。

「你說什麼？」久美問。

「啊，沒什麼。」義男笑著揮手說：「沒事、沒事。」

義男爲了收拾關閉之後的有馬豆腐店，僱用了眞一。可是不知道爲什麼她的女朋友水野久美也跟著來幫忙。

剛開始眞一也很意外久美來幫忙，時常表現出害羞又困擾的神色。但是義男很快就喜歡上久美，因爲他發覺到眞一和她之間發生過義男所不知道的衝突與爭吵（對年輕人而言是很嚴重的過程），而久美修正了自己的看法，向前邁出一步，回到了眞一身邊。加上久美的個性明朗活潑，又很勤勞。一看見她，義男便想起了鞠子。久美長得不像鞠子，但有很多地方讓義男回想起鞠子。夢想、希望、溫柔和剛綻放的美。

除了收拾花時間的店面外，義男心想乾脆也請兩個年輕人幫忙整理東中野家中的行李。結果眞一有些猶豫，久美反而很高興地答應，還問說：「有馬先生，如果不嫌棄的話……」

除了自己，還想讓家裡的媽媽和姊姊一起幫忙。

「我想自己一個人會忙不過來，眞一又不懂得整理女人的東西。當然不用給錢，是我自己要找人幫忙的。」

義男斜眼看著眞一睜大了眼睛，並笑著答應了。果然幾天後，久美的媽媽和姊姊難爲情地一起到東中野來，幫義男把一屋子髒亂的家具、衣服整理得乾乾淨淨。

義男和眞一配合她們的指揮，像個「軍伕」一樣搬運大型垃圾或移動家具。

「這個房子會怎麼樣？」眞一問。

「不知道呀。」

「名義上是古川先生的吧？」

「沒錯。所以就算早就賣掉了，我也不驚訝。反正我只能將東西整理整理，好好打掃一下了。」

於是剩下的只有原來的「有馬豆腐店」。裡面的大型機器已經處理完畢，只要房子洗刷乾淨隨時都能出售了。

兩個年輕人努力揮動拖把，義男負責整理辦公桌裡面的東西。眞一和久美其實大概能猜出剛剛電話的內容，但兩人都不約而同裝出不知情的樣子，沒有詢問。於是義男便主動報告說：「後天星期天，也就是二十三日，我要跟高井由美子見面。」

兩人的拖把都停止了動作，彼此又對看了一下。

「可是還是會緊張的，所以結束之後和你們會合，如果大家一起去吃好吃的火鍋，我就開心了。」

「在赤坂的『美寶飯店』，你們知道地點嗎？」久美側著頭想了一下，眞一則回答：「好像沒聽過耶。」

「也許是個小飯店吧，聽說由美子好像住在那裡。」

「住在飯店生活嗎？」

「嗯，得花不少錢吧。」

「誰來付呢？」

「不就是網川嗎？」眞一無所謂地說：「他現在是高收入呀。」

「你是說網川先生在照顧由美子的生活嗎？」

「一點也不奇怪呀。」眞一說的很乾脆，並將拖把擰乾。「問題是，有馬先生一個人去嗎？」

義男說明遊戲規則，久美子的表情顯得很擔心說：「對方有律師隨行，有馬先生卻只能一個人去嗎？」

「我又不是去解決什麼事情的，沒關係。」義男說完，露出笑容。感覺比起他一個人的時候，笑這件事也變得容易許多。

不巧的是，到了當天竟一早下起雨來。含著雨雪的冰雨，從濃厚的雲層不斷灑落。

見面預定從下午一點開始。塚田眞一上午到有馬豆腐店，幫忙整理倉庫裡的舊報紙。和老人用過提早的午餐後，十二點左右送老人出門，然後將店面和住家的門窗都關好，才撐著傘往車站的方向走去。

他和水野久美約好一點半在兩國車站的入口見面。因爲不知道義男和高井由美子會談多久，兩人打算坐在美寶飯店的咖啡廳等待。他們之間不缺話題，吵架之後發生的事、內心的想法、久美爲什麼想到再度拜訪石井家，想說想問的話題太多了。

小心翼翼走在雨中，越走身體感覺越冷。可是走近車站，看見小小車站的入口處，將紅色格子傘靠在肩上的水野久美站在那裡，心情便溫暖了起來。雜色混紡的毛衣很適合久美健康的膚色。看起來很暖和的鋪棉迷你裙下伸出的長腿，包裹在毛皮長靴裡面，就像是個怕冷的森林精靈一樣。

水野久美看見了小路對面的眞一，立刻傾斜著傘笑了出來。但是一瞬間笑容便僵住了，眼神越來越黯淡。她的視線掠過眞一轉移到他的背後。

眞一立即回過頭。雨傘邊緣的水滴了進來。一臉慘白的樋口惠就站在雨傘的水滴能滴進來的近距離。

褪色的牛仔褲腳因爲雨水沾濕而加深了顏色。身上穿著便利商店賣的簡易雨衣，身材似乎比最後一次見面要瘦了許多。這麼說起來，上次跟她見面的時候，也是跟久美吵架分手的時候。

回到石井家以來，就一直很注意，也以爲做好了心理準備。出門去有馬豆腐店時、回家的時候、早起打開窗戶時、到附近便利商店買東西時、帶著洛基出門散步時（能夠和這隻親近的狗一起生活是他最大的喜悅了），眞一總是意識著，做好了準備。也許在下個轉角，會遇見樋口惠；付完帳走出店門時，會發現她的影子就落在自己的身後；黃昏時分，看見洛基對著電線桿背後吟吠時，發現是樋口惠躲在那裡……他總是不斷想像著。

可是到目前爲止從來沒有實現過。已下定決心的眞一聽著自己堅硬如拳頭般的心臟在胸腔內不斷跳動，像個被追蹤的人一樣壓低聲音呼吸、縮短影子走路，偏偏追蹤的人始終沒有現身。眞一開始在內心某個角落產生小小的希望：她是不是放棄了？

結果卻是這樣。她不是好好地出來了嗎？不是現身了嗎？不禁令人懷疑過去那段空白時間，是她算計好讓我鬆懈的。

但是眞一並不害怕她，至少不像過去那樣的害怕。凝視著眼前樋口惠瘦削的下巴，內心感覺到一股過去逃跑、追蹤、決鬥，然後又重複逃跑時所未曾有過的勇氣，眞一自己也很驚訝。有馬義男的鼓勵並不只是當天才有效的。

你不要再逃避了！

是的。追逐遊戲到此結束。

「有什麼事？」眞一問。自己的聲音聽起來非常平靜，讓他更增加了勇氣。

「妳一直在跟蹤我嗎？有事的話，請不要用這種方法。」

樋口惠像即將凍死的動物一樣，緩緩眨了一下毫無生氣的眼睛。然後看著眞一，眞一坦然接受她的視線，毫不閃躲。這種情況是第一次。

「我現在有事必須離開。」

眞一將傘移到另一隻手。這樣子從樋口惠站的地方可以更清楚看見水野久美。他偷偷看了一眼，水野久美還是保持跟剛剛一樣的姿勢，只是臉上失去了笑容。兩手緊握著雨傘，一直站在雨中。

「我和朋友一起。」眞一用眼神指出久美的方向。「所以沒時間和妳慢慢談。下次換個時間再說吧。」

樋口惠的臉沒有化妝。臉頰十分慘白，嘴唇都裂了。她的眼睛感覺不到一點理性，眞一覺得有些心寒。

「你願意跟我說話嗎？」她低聲問。

「願意呀。」眞一簡短回答。「只要是正常的場合，妳的情況也還好時。」

「我隨時情況都可以。」

「那要看別人怎麼認定。總之不要再這麼偷偷摸摸，試著先聯絡。我就肯聽妳說話。我不是嘴巴上說說而已，我是說眞的。」

說完這些，眞一丟下她開始穿越馬路。水野久美也小跑步往路口接近。

突然間像是呆板地朗讀什麼東西似的，樋口惠大聲喊叫：「我們都遭遇這麼悲慘的命運，你卻有空跟女朋友約會。」

眞一沒有回頭。默默地催促著水野久美一起撐傘從雨中走進屋簷下。久美看著他的側臉一下子，然後回頭看看樋口惠。眞一將雨傘從久美手中拿過去，握住她空出來的手，往售票機的位置前進。

「我終於明白了，她就像是附身在眞一身上的幽靈一樣。」水野久美小聲說，接著也用力回握眞一的手。

美寶飯店的一樓，有一間用漂亮浮雕玻璃隔開的小型咖啡廳。但是令久美最高興的是，從上午十一點到下午三點，那裡設有蛋糕自助餐。

兩人坐在靠窗的位置。咖啡廳裡幾乎客滿，但不會太吵雜。在這裡應該不會等得太辛苦太無聊了吧。

「有馬先生剛發給我薪水，我請妳吃愛吃的。」

「可是現在吃太多，待會兒就吃不下火鍋了。」

眞一邊笑邊自然環視著店裡面。這時在咖啡廳入口看見一位矮小肥胖的中年婦女，和可能是她兒子的一個體格不錯、表情認眞的年輕人，以很不習慣的樣子觀察著店裡。接著中年婦女很寶貴地抱在懷裡的東西吸引了眞一的視線。

是書，遠遠也能看的清楚。是《另外一個殺人事件》。好像當作目標似地，故意將封面朝向外面抱著。

是跟誰約好了嗎？

有人會用網川浩一的書當目標，跟別人約會嗎？想到這個網川就在美寶飯店的某個房間，不禁覺得這偶然的意義非比尋常。會有這種事嗎？

坐在咖啡廳最裡面，一個三十歲左右、穿西裝的男性站了起來。很快地走向兩人，跟抱著書的女人說話，同時不斷鞠躬。女人也拚命說話，隨行的年輕男子則是眼神茫然地看著他們。

因爲周圍很安靜，只要豎起耳朵就能聽見說話的片段。穿西裝的男性說話很急促。

「辛苦了。」

「攝影師馬上就來了。」

「只有兩位吧。」

「他現在跟先約好的人見面。」

先來的一人和後到的兩個人走進裡面，坐在穿西裝男人事先占好的位置上。

「妳看得見那些人嗎？」眞一對著久美，用手指指著他們的方向問。久美悄悄地回頭。

「聽他們說有攝影師要來，會不會是雜誌的採訪？網川浩一在有馬先生之後，可能有其他的採訪安排吧？」

於是久美一臉不高興地說：「安排有馬先生和高井由美子見面，跟安排媒體採訪是兩回事。他怎麼可以將它們混爲一談呢？」

「妳不要那麼生氣，這只是我們的想像呀！」

但還是讓人十分在意。一群可能是雜誌記者或編輯的人和攝影師聚集在這裡，而上面的某個房間有馬義男正在跟高井由美子見面，旁邊還有網川浩一在場……。

眞一立刻站起來，對著抬頭驚訝看著他的久美說聲「等我一下」，便離開咖啡廳往飯店櫃檯走去。

上午出門前的有馬義男交代說：「到櫃檯問『網川』的房間號碼後，直接來找我」。換句話說，只要問櫃檯就知道是哪個房間，絕對沒有隱瞞。

果不其然，櫃檯立刻告訴他房間號碼，是一一○一號房。眞一趕緊搭電梯上十一樓，出了電梯衝向迷路般的長廊。令人吃驚的是在一一○一號房前面，一部大型照相機和器材躺在地板上，一名穿著牛仔褲和夾克的女性攝影師，無聊地站在那裡。

「請問……」眞一對著女性攝影師說話：「妳是來這個房間採訪的嗎？」

大約是三十多歲吧？容貌端正，看起來很健康的女性攝影師露出了放心的表情。

「沒錯，已經過了約好的時間，都沒有人來，我以爲是錯過了？」

「房間在這裡嗎，網川浩一先生住的？」

「是呀，沒錯。」

「那我進去問一下。」

眞一不敲門便悄悄打開門。女性攝影師大概以爲眞一是報社、雜誌社或電視台的助手什麼的，毫無戒心地讓他進去了。

進門處首先是一道屏風，裡面很安靜。眞一慢慢地關上門，還是沒有聽見人聲。從屏風後面探頭查看時，發現了面對面坐在粉彩色系漂亮沙發上的網川和由美子兩人，有馬義男則是背對著他。

網川第一個注意到眞一。英俊的臉上立刻浮現近乎可笑的驚訝。他立刻站了起來：「怎麼是你？」

有馬義男也回過頭，吃驚地半蹲著身體站起來。

「怎麼了？」

眞一上前來到有馬義男旁邊說：「不好意思打擾了，有馬先生。」

然後趁著有馬義男什麼都還沒說，便對著網川的方向繼續說：「來採訪的攝影師在走廊上等著。這是怎麼一回事？」

一如謎底被拆穿一樣，當場陷入一陣沉默。有馬義男看著眞一，然後又看看網川浩一。高井由美子也看著網川。

「這是怎麼回事？網川先生。」

網川咋了一下舌頭。一瞬之間他臉上閃過十分懊惱的神色，看起來十分卑微。眞一覺得很驚訝。

「請等一下，這是有原因的。」網川又恢復成穩重的好青年對著有馬義男說：「請留在這裡。」

「可是你……」

「請等一下！」網川大聲說話，高井由美子像被威脅的小貓一樣嚇呆了。

「我會好好說明的，大概是出了什麼錯。你跟我來一下！」

眞一不知道網川嘴裡的「你」指的是自己。直到手被抓住才恍然大悟。

網川直接往房門口走去，扭開門把用力拉開房門。門口站著剛剛的女性攝影師和在咖啡廳看見的兩個人和穿西裝的男性，一臉訝異地杵在那裡。穿西裝的男性似乎正好要扭開門把，一手伸出來好像要跟人握手一樣。

「你好，初次見面，我是足立好子。」

咖啡廳裡的那個矮胖中年婦人，語調生澀地自我介紹。因爲太過緊張，化過妝的臉滿是汗水。跟在她身邊的青年不是她兒子，而是在她家印刷廠工作的員工。「我是增本」，聽他說話的聲音比想像要沉穩許多。

這時眞一才發現這是間豪華客房。所以突然人數增加也不會覺得狹隘，一起坐在沙發上也不覺得擠。

美寶飯店的建築不是很大，但裝潢和家具用品以及整體氣氛釀造出高級旅館的感覺，費用一定也貴。就算網川浩一現在收入很多，只是爲了三人見面也沒有必要租用豪華客房吧。稍微環視一下，這是個幾乎沒有生活感的房間，所以高井由美子應該不是住在這裡。所以說安排客房的是採訪單位，現在這裡的布景、發生的情況都是有所計畫的囉。

「眞是對不起。」

網川浩一從椅子上站起來深深一鞠躬，旁邊坐的高井由美子已經快哭出來了。眞一心想最早在巴士車站看見她也是這副哭臉，但至少還比較有她個人的意志、態度和拚命的熱忱。但現在的由美子簡直是網川浩一的附屬品。

「這裡的足立女士和增本先生，知道生前的高井和明一些事情。所以贊同我的意見，相信那樣的和明不會殺人，而來跟我見面的。」

足立好子縮著肥胖的身材和僵硬的肩膀，顯得很不好意思。

「而這兩位是《週刊日本》的記者，要來寫跟我有關的報導。我們約好是在今天下午……。」

「我們來得太早了。」穿西裝的男性流利地應對，感覺很有禮貌。拿到的名片上印著：「《週刊日本》記者　城下勝」。

「我絕對沒有意思介入有馬先生和由美子小姐的見面。會這樣子碰在一起，眞的是出了點錯誤。」

眞一心裡卻湧出疑問：剛剛在咖啡廳不是說「攝影師遲到了」，怎麼會是來得太早了呢？你們明明是爲了讓那個足立好子和網川見面安排了這間客房，如果跟有馬義男的事無關，又何必帶他來這個房間？爲什麼有馬義男人還沒走，網川也沒通知你們，你們就大方地走了進來呢？

「我並不希望在這裡跟高井小姐見面的事讓媒體報導。」

一直沉默的有馬義男將手上城下勝的名片放在桌上，語氣平穩地說：「如果知道我們的見面會被報導，一開始我就不會來了。」

城下偷偷看了網川一眼。畢竟是網川的演技高明，他不予理會，而是對著有馬義男再一次低頭說：「如果讓你不高興，我眞的很抱歉。我完全沒想過要公開由美子和有馬先生的談話。這眞的是個誤會，只是……」

他像演戲般抬起頭說：「這位足立女士說的話，希望有馬先生也一起聽。我希望你能聽她親口說。就是因爲這樣我才膽敢將兩個見面的場所安排在一起，希望你能諒解。」

義男眉頭的皺紋結在一起。眞一心想他剛剛和高井由美子見面的過程中，交換了什麼意見嗎？有馬義男生氣了嗎？還是很失望？或者說只是累了？

「拜託你，請一定要聽聽足立女士說的話。」網川浩一探出身體說：「當然不會寫成報導的。」

城下在一旁唯唯諾諾點頭。

「也不拍照，妳不要拍喲。」網川指著女性攝影師的方向。她揚起兩邊的眉毛，表示自己什麼都不做地盤起手臂。

在眞一的眼中，這些都像是拙劣的電視劇一樣。

「足立女士，麻煩妳了。」不等義男答應，網川便催促足立好子。

她搓著一眼就知道是勞動階級的粗糙雙手，開始說話。可是畢竟是個外行人，、不習慣說話也是眞的；在這種氣氛下緊張、手足無措也是當然的。一開始她不知道該說什麼、要說些什麼，旁邊的網川不時插嘴催促她。

突然間發生意外的事。「我們老闆娘會緊張。」名叫增本的青年出面幫腔：「我來說明好了。就從老闆、老闆娘和我一起看電視特別節目說起吧。」

增本青年的語彙不多，但比足立好子靈活許多，而且在重要地方都會問足立好子：「這樣可以嗎？」，幫她將故事說給大家聽。連眞一都能輕易理解他說的內容。原來這個人和栗橋浩美的媽媽壽美子住在同一間病房，見過來探病的高井和明，也和他稍微說過話……。

有馬義男中間問了幾次問題，足立好子都小心回答，增本青年則加以補充。網川浩一神色緊張地看著這一切，高井由美子只是低頭。城下記者和女性攝影師在一旁坐立難安。

「兇手用了變聲器。」增本青年說：「所以比較老闆娘聽到的高井和明說話聲音和兇手打電話來的說話聲，一點意義也沒有。」

「說的也是。」義男點頭。「不過就算聲音有變，說話方式應該沒那麼容易改變吧？足立女士感覺在醫院見到的高井和明說話方式，和打給HBS特別節目電話，不是栗橋浩美的那個男人說話方式不一樣，對吧？」

足立好子用力點頭，雙手緊緊握拳。「我沒什麼學問不會說話，但是增本他說的沒錯。」

有馬義男看著足立好子的臉，仔細觀察對方。雖然年齡上義男比較大，但兩人其實是同一時代的人。都是出生於戰前、在戰爭中度過貧困的童年、戰後努力工作以求生存。眞一心想這是同時代的人有他們專有鑑別人的方法。義男現在就是用那種方法在評量足立好子；足立好子也知道這點，正面與義男對看著。

「妳說的我都清楚了，足立女士。」

義男說完，足立好子深深一鞠躬，並遮住嘴巴，眼裡湧出了淚水。

「對不起……我眞的很對不起。」

「老闆娘。」增本青年趕緊安撫她。

「你失去了可愛的孫女，有多麼難過，我很清楚。我很清楚卻……要告訴你這些。」

義男沉默地搖搖頭。足立好子掏著她的大手提袋，找出一條棉紗手帕壓在臉上。

「剛剛聽了高井由美子說的話，我想了一下。」有馬義男說：「光是說是沒用的。」

由美子吃驚地抬起眼睛，網川緊閉著嘴唇。

「妳相信哥哥沒有殺人，身爲家人的情感也是當然的。覺得一個對病人那麼溫和的年輕人，不可能爲了好玩而誘拐女人並殺死他們，這也是很自然的心情。但是，足立女士，光是聽這些話我的心是不能認同的。不，與其說是認同，應該說是『安心』吧。我希望確定這傢伙就是兇手，才能安心。確定殺了鞠子的就是這傢伙，我才能放下心中重擔。而這些需要的是證據，無法動搖的鐵證。」

增本青年點頭，並安慰地拍拍足立好子的肩膀。

「栗橋浩美的部分，有聲紋鑑定。所以他的涉案已無庸置疑。但是因爲高井和明沒有，所以各種說法都有。如果有他生前的錄音的話，那所有問題便解決了。」

這一次像蓋上箱蓋一樣，又是一陣沉默。一群人低著頭，只有增本青年對著義男點頭。

「如果有那麼方便的物證出來的話，」網川浩一嘴角有些歪斜地說：「那我們就不必那麼辛苦了。」

「沒錯，網川先生說的很對。」城下一邊搓揉著雙手一邊說話。但是有馬義男根本不理他們，而是對著高井由美子說話：「警方有沒有很積極在找錄下妳哥哥聲音的錄音帶或錄影帶？」

直接被詢問，讓高井由美子嚇了一跳。她看著網川的側臉，網川也看著她。有馬義男趕緊探出身子，好像要打斷他們兩人之間無言的交流。

「像我們這個時代的人，又不是政治家、藝人，一般老百姓是沒有機會聽見自己的聲音被機器錄下來的，想都沒有想過。就連電話留言錄音，我也不會用。頂多就是收音機吧，就是那種下午的廣播節目，不是有電話猜謎嗎？大概就是那一類的吧。我無法想像妳哥哥的聲音會被怎麼樣錄音留下來，只能靠妳了。警方應該也問過妳許多，請妳再想一想，有沒有什麼線索？」

高井由美子看起來很惶恐。看見這樣的她，眞一感覺好像將手伸進碎紙機一樣很刺痛，心生一股厭氣。只是突然間他發覺自己會這麼討厭由美子，是否是因爲她害怕的樣子讓眞一想起了自己逃避樋口惠的窘狀。於是他流出了一身冷汗。

「有馬先生，你這樣要求太過分。」網川說話：「有馬先生的難過我十分清楚，我們也是因爲沒有物證，才做好心理準備：爲了證明高井的無辜，只有不斷提出各種的狀況證據和心證。這一點請你能理解……。」

有馬義男遮斷了網川的說話。「你做好心理準備是你的自由，我沒有必要配合你。他的妹妹也是一樣。」

包圍在這裡原本和平氣氛的「箱子」完全被打壞了。一時之間，網川露出憤怒的表情。有馬義男以輕鬆的神情看著他。在過去網川演出的任何電視節目中，不管接受什麼採訪，都不會出現這樣的「場面」。

眞一一時之間感覺很痛快。因爲現場沒有一個壞人，大家立場和意見不同，但都是爲了追求正義，所以眞一有這種感覺是不應該的。但他就是覺得很痛快。

「廣播……。」增本青年低喃說。大家的視線一集中在他身上，他搔著漲紅的臉說：「不，對不起。」

「沒關係，你說說看。」有馬義男催促。

「是嗎，那我就說了。」

增本青年瞄了一下足立好子的臉說：「老闆娘還記得嗎？就像剛剛有馬先生說的，廣播公開錄音的節目不是來過我們那附近嗎？大概是五、六年前吧。」

足立好子想了一下，一張圓臉有些放鬆了。

「對耶，你這麼一說好像是有。」

「有吧？我們是印刷廠沒有上，可是商店街的店幾乎都上了。大家彼此貼海報，之後又到處聽錄好的節目，眞是聽得好累。」

網川露出明顯的焦躁說：「所以呢？你想說些什麼!?」

「啊，所以說高井家不是開蕎麥麵店嗎？而且是當地歷史很久的店吧？有沒有廣播節目來公開錄音呢？如果有的話，既然是蕎麥麵店就有可能面對麥克風，我突然這麼想到。」

「假設有公開錄音或實況轉播，和明也不可能出現在節目上！」網川激烈地搔頭，立即否定。「就算有人在背後推他，他也不會站到麥克風前。你不認識活著的他，所以才會說些有的沒的推理。」

增本青年整個人縮小了一圈，足立好子也跟著很難爲情。城下開始晃起腳來。這時聽見柔弱的聲音說：「廣播節目……我想是不行吧。」

是高井由美子。這是眞一進房間以來，第一次聽見她主動發言。

「不行嗎？」有馬義男與其反問，應該說是幫腔。「警方有沒有提到廣播節目的公開錄音呢？」

「沒有，警方沒說過。」高井由美子抬高眼睛看著增本的下巴一帶說：「這是我第一次聽到。」

有馬義男對增本青年笑說：「所以說還有很多可能是我們想得到，警方想不到的。」

「我想沒用的。」網川斬釘截鐵地說：「光憑亂想是沒用的。」

這時眞一心裡好像閃過什麼。爲了捕捉那個東西，他必須集中意識思考。

「網川先生、由美子小姐……」眞一邊想邊呼喚：「你們始終強調高井和明發現栗橋浩美涉案，所以很煩惱，不是嗎？」

「沒錯，我們不是隨便主張。而是這種想法很明顯比較合理。」

這種時候多說無用。眞一問由美子說：「和明先生如果有一個人無法解決的困難，他會跟誰商量？」

由美子一臉莫名其妙的神情，又開始窺探網川浩一的臉。眞一不放棄地說：「我是在問妳，由美子小姐。妳是他的家人吧？同樣生活在一個屋簷下，在這裡有誰還會比妳更清楚妳哥哥的事情呢？」

城下繼續搖晃著腳，並插嘴說：「你想說些什麼？詢問由美子小姐也沒有用，何況你有什麼權利那樣問？」

由美子找到了救兵，趕緊背過身，不發一語地消失在裡面的房間。傳來房門開關的聲音，大概是洗手間吧。眞一心想不知道由美子的身影映照在這個房間豪華的鏡子裡，不知道會是多麼憔悴、多麼沒有用呢？他眞想確認看看。

網川也跟著她，好像臨時想起什麼事地站起來，消失在由美子剛剛關上的門後。剩下的人又陷入了尷尬的沉默，在還沒有人破除尷尬的沉默發言之前，網川已回到位置上。然後一坐下就指責眞一說：「你給我少說一兩句！」網川尖著嘴說話：「不過是來看熱鬧的，居然愛說什麼就說什麼。可憐的由美子因此心情動搖。如果你不安分點，就請離開這裡。」

「這孩子就像是我的親人。」有馬義男反問

說：「他不是來看熱鬧的。我倒想知道塚田小弟心裡在想些什麼？」

「既然這樣，就請你們回去再說！」

網川發出讓在場所有人面面相覷的攻擊性聲音。看見大家的表情才發覺自己說的過分，立即眼光低垂地一手按著額頭，一邊低頭嘆氣說：「對不起……」

城下終於停止晃動腳，出來打圓場笑說：「網川先生這一陣子連續接受採訪，晚上也沒有睡好，所以累了。這一點請各位見諒。」

由美子從洗手間回來了。不知是不是察覺到現場的氣氛不對，她呆立在沙發後面，好像是重新化過妝，口紅的顏色比較鮮豔。眞一的「反感」活生生地從碎紙機的垃圾中跳了出來。

「塚田小弟，我們回去吧。」有馬義男站起來。「沒什麼好多說的了。」

眞一沉默地點頭。足立好子顯得有些驚慌失措，但增本青年卻很沉穩，他和有馬義男視線相對了一下，便說：「老闆娘，我們也該告辭了。要告訴網川先生的話都說完了，老闆娘應該可以放心了吧？」

然後溫柔地扶著足立好子粗胖的手臂。老闆娘就像被自己的兒子催促一樣，突然覺得很安心。同意說：「你說的對。」，不小心膝蓋碰到桌子地站了起來。

城下趕緊慰留說：「可是足立女士，不是說好妳和網川先生的交談內容要讓我們報導嗎？所以我去叫攝影師過來……」

增本回答：「是嗎？可是老闆娘和我沒有聽說這件事，上雜誌並不是老闆娘的目的呀。」

「算了，城下先生，不要寫了。」網川低著頭嚴厲制止說：「不要再說了。」

城下心不甘情不願地閉上嘴巴。

「由美子。」網川一手按著額頭，呼喚沙發後面的由美子。像射標槍一般尖銳的叫聲，讓由美子雙肩顫動了一下。

「妳送他們到樓下大廳去吧。」

由美子這次換成窺探有馬義男和眞一的臉色，

好像自己一點判斷能力都沒有。「我們不需要人送。」有馬義男安靜地回答。

「不，還是去送吧。」網川抬起頭笑著對由美子說：「我一直守在旁邊，都沒有給你和由美子單獨說話的機會，我可不想被背後說話。你們一起下樓，對了，到咖啡廳說說話也好。這樣的話，有馬先生也不會有意見吧？對不起，我想要在這裡休息一下，可以嗎？城下先生？」

「啊，當然可以，你不妨躺下休息吧。」

結果眞一他們將網川、城下和女攝影師留在豪華客房，一一走到長廊。高井由美子最後出房門，在關門的時候還眷戀地看了房間裡面一眼。臉上表情好像有被「同國的人」排擠在外的感覺。

大家一起沉默地搭電梯下樓。一來到大廳，眞一便衝向咖啡廳。由美子也慢慢跟隨在後。眞一回過頭來冷冷地說：「我沒有必要聽網川說的話做。我來咖啡廳是因爲我的朋友在裡面等。」

水野久美在眞一離去後，一個人很有耐心地等著。她無聊地看著窗外的景色，看見眞一走來，臉上浮現安心的表情。

「讓妳一個人在這裡，對不起。」

眞一說完，立刻介紹足立好子和增本青年，並說明狀況。今天足立女士跟我們一樣和網川他們約好見面，結果果然是被擅自安排了記者的採訪……。

水野久美的視線自然流向唯一沒被介紹，退後大家一步站著的由美子身上。有馬義男介紹說：「這是高井由美子小姐。」

水野久美張大了眼睛，仔細盯著由美子看。好像有一段時間停止了呼吸。

水野久美有些斜視，眞一一直都覺得這樣很可愛，同時又帶點神祕感。因爲她的視線和別人的角度不同，總讓眞一覺得是否她能看見別人所看不見的東西。

「妳害怕嗎？」久美小聲問。由美子膽怯地抬高視線，偷偷看著久美。

「怕嗎？」她又更小聲問：「嗯，因爲這裡人多。」

由美子安心地吐了一口氣說：「不會，沒關係的。因爲是在飯店裡面。」然後又縮著肩膀看著眞一說：「剛剛塚田小弟的話說到一半不是嗎？我還想聽下去。你不是問哥哥如果有煩惱會跟誰商量嗎？」

一群人又再度坐在咖啡廳裡。水野久美很細心挑了離窗邊最遠，位在最裡面的包廂位置。在服務生送來大家點的東西之前，每個人都一臉疲倦又安心的神色沉默不語。

眞一開始說明：「我只是突然想到，所以說出來聽聽看。我是想高井和明會不會打電話到電話諮詢中心商量煩惱的事呢？」

他大概是想到，在滋子的報導大獲好評的時候，配音員川野麗子曾經在雜誌上的對談專欄提過。

「在還不清楚事件的兇手形象時，有很多人打電話到諮詢中心去。也就是說，自己知道兇手是誰的那種電話，或是懷疑身邊的人可能是兇手，不知道該怎麼辦？」

增本發出認同的聲音。

「是嗎，也有這種情形呀。」

「因爲和明先生很內向，實際上又沒有對家人訴說。有時想不開，就會隱姓埋名跟這類的媒體訴說。我是在想有沒有這種可能性？妳覺得呢？」

由美子手按著嘴角認眞地思考。這時坐在旁邊的水野久美拉了眞一的襯衫袖子。

「照相機！」小聲地說：「有人在拍照！」

眞一趕緊回頭，一時頭昏眼花，周遭可以看見的東西太多，他不知道焦點要對準哪裡。

「哪裡？」他嚴厲地問久美。久美抓著他的袖子小聲說：「從你那邊看過去，對面左邊的柱子後面。那邊不是有塑膠樹的盆栽嗎？就在那旁邊。」

這時焦點對上了，的確有人。就是剛剛的女性攝影師。對方也發現了眞一的視線，放下照相機露出了臉。

「怎麼了？」

不理會有馬義男的詢問，眞一踢開椅子衝向女性攝影師所在的位置。他以爲對方會逃跑，但對方卻坐著不動，手上還在操作照相機什麼的。

「底片！」眞一停下腳步大聲說：「底片給我！」

眞一對著她伸出右手。來往大廳的人們皺著眉以爲發生了什麼事。女性攝影師只看著自己的手邊，繼續操作照相機。

「底片拿來！」眞一大聲說：「妳剛剛偷拍了我們。我們並沒有答應讓你們拍照。」

「這是具有社會價値的資訊。」她抬起頭斜眼看著眞一說：「我們有報導的權利。」

「什麼價値？妳是說賣給寫眞週刊就能換錢吧？順便妳也可以出名？」

「才不是這樣。網川先生的努力有了成果，連被害人家屬的有馬義男也願意接受高井和明無辜的說法，我是要將這個公諸於世。」

眞一用力搖頭說：「有馬先生並沒有接受高井和明無辜的說法。剛剛的畫面只是在聽而已。」

「可是他不是和高井由美子和諧地一起喝茶嗎？這就是有價値的資訊。」

「只要公開照片，就會擴大誤導的印象。這才是網川先生的目的吧。」眞一再次伸出手說：「底片給我！」

女性攝影師歪著嘴巴說：「我一個人不能決定可不可以給你。」

「爲什麼？不是妳一個人拍攝的嗎？」眞一很難壓抑住自己的怒氣。「妳這麼大的人了，怎麼一點責任感都沒有？」

女性攝影師的眼中浮現出怒色說：「我必須問浩一的意見。」

眞一的身邊有人倒吸了一口氣。眞一吃驚回頭一看，是高井由美子站在那裡。一臉鐵青如月色，兩隻手交錯在胸前。

「什麼嘛！」女性攝影師對著由美子說：「怎麼？妳想說什麼？」

由美子聲音顫抖地說：「把底片給他。」

女性攝影師的眉毛張成跟鐮刀一樣。「妳說什麼？妳給我閉……」

不等對方說完，由美子大聲阻止說：「把底片給他！」然後壓低聲音看著女性攝影師的眼睛說：「我會跟浩一說的。」

女性攝影師瞪了由美子一下。由美子低著頭看著自己的腳尖。但是眞一依然能感覺兩人間碰出的火花比剛剛的視線還要激烈。

突然間女性攝影師從手上的照相機掏出底片，丟給眞一。眞一連忙伸手接住，女性攝影師趁機跑走，往電梯的方向消失。

看著她消失身影後，由美子將視線落在眞一手上的底片，小聲說：「對不起。」

這個人又開始道歉了！

「浩一交代說一起坐電梯下樓時，要我留住你們好讓她能夠拍照。」

眞一沉默不語。除了生氣之外，腦海中浮現出之前沒有想到的看法，因此一時之間說不出話來，心臟跳動得很厲害。之前也有過類似的經驗不是嗎？之前也有過類似的……。

「我得回房間了。」由美子沒有看著眞一的臉低聲說，同時準備轉過身去。

眞一趕緊說：「由美子小姐，妳還記得在飯田橋拱門飯店被拍照的事嗎？」

由美子停下腳步，終於看著眞一的眼睛說：「你是說寫眞週刊的事？」

「沒錯。妳去突擊有馬先生他們的聚會，鬧出了騷動。」

有美子舉起瘦弱的手，按著額頭說：「對不起，這麼說來當時你還受了傷。」

「這件事沒關係。請妳回想一下，當時有馬先生他們在拱門飯店見面的事，是誰告訴妳的？」

由美子放下手，驚訝地側著頭想。

「是網川先生告訴妳的。滋子姐怕妳心情激動，所以沒有跟妳說。不是這樣子嗎？」

有美子閉著嘴巴，蒼白的臉直視著眞一。不知道是生氣還是驚訝，從她臉上讀不出表情。

「我剛剛突然想到。剛剛的情形不也是一樣的狀況嗎？」眞一乾脆直言：「網川先生告訴妳拱門飯店聚會的事，讓妳覺得只要去就能直接跟有馬先生見面，讓妳懷抱希望可以讓有馬先生聽妳說話。是他煽動了妳，他期待妳受不了很想去拱門飯店，於是……」

眞一還是因爲心跳得厲害，不得不停一口氣。

「於是他將這個消息賣給了想要獨家的寫眞週刊雜誌。」

由美的臉色更加鐵青，從正面看她的眼瞳顏色變得很淡。不，她全身的顏色都淡薄，好像被什麼東西吸去了顏色一樣。

「他知道在那種情況下，妳的精神狀態會鬧出事來；所拍出來的照片會很精采，肯定會被大肆報導。他就是算準了這一點吧？之後我問過滋子姐，聽說那一天他爲了幫助妳衝到了拱門飯店。之後妳發生自殺未遂的事件，他也是跑來幫妳。他就是這樣贏得妳的信賴，接著他開始忙著出書、和滋子姐分道揚鑣，整個掌握住妳，開始扮演溫柔的正義和邁向媒體寵兒的康莊大道！」

由美子整個人都僵住了。

「妳可能是被他利用了。也可能一開始就被他玩弄在手掌之中……。」

眞一的臉上發出一記清響，因爲不覺得痛所以不知道是被甩了耳光。直到聽見水野久美叫他「眞一」，才發現她已經跑到身邊。

由美子低頭看著自己的手，皺著眉好像很自責，爲什麼手會違背自己的意志打了眞一。接著她握起了拳頭，低著頭發出半哭泣的聲音呻吟。

「你怎麼這麼過分！」

水野久美抓著眞一的手護衛著反問說：「過分的人是妳！爲麼要打眞一呢？」

「算了。」眞一拍拍久美的肩膀說：「是我讓由美子小姐生氣的。」

有馬義男站在咖啡廳門口看著這一切。眞一以眼色安慰他一臉的擔心。然後將視線移回由美子身上。

「妳還是回房間去吧。因爲偷拍失敗，網川先生大概很生氣吧？妳不妨仔細觀察他對妳說些什麼？態度怎樣？不然也可以將我剛剛說的想法直接問他，看他怎麼反應？聽他怎麼回答？」

由美子雙手掩著臉，裙擺翻飛地逃離現場。眞一看著她沒事地躲進電梯後，整個人十分消沉。

「怎麼了？」水野久美關心地問。這時他才發覺有馬義男也來到他身邊。「我看還是先離開這裡吧。」老人安靜地說。

「足立女士和增本先生已經回去了。爲了以後聯絡方便，我要了他們的地址和電話號碼。」

眞一沉默地點頭。

「增本先生說你的想法很對。問問生命線、煩惱諮詢中心是個不錯的主意；也可以跟警方說說看。只是問題是，那些地方會留下電話錄音嗎？」

「說的也是。」眞一說完，催促三人一起離開。

「對了，你們還有精神吃火鍋嗎？」

「有呀有呀。」

「怎麼突然間又變得很有精神了嘛！」水野久美笑了出來。

有馬義男帶他們去吃好吃的火鍋，不是到火鍋專賣店而是間小酒館。太陽一下山，店裡便開始人多。義男好像跟老闆很熟，幫他們保留了最裡面的四人座位。三個人被包圍在無憂無慮的客人們熱鬧的交談聲和氣氛中，心情也跟著暖和，終於可以三個人好好地聊天。

眞一對義男和久美說明剛剛在咖啡廳外的飯店大廳對由美子說的話。義男沒有責怪他什麼，久美則是一臉悲戚地聽著。

「我覺得你說的很可能是對的。」有馬義男一邊挾雞肉說：「這種情形我們說是『趁人之危』，現在已經很少這麼說了。」

「心情低落到自殺未遂，如果有人伸出援手，說不定馬上心都會被對方俘擄了。」久美放下筷子說：「可是費那麼大的功夫是爲什麼？他的目的何在？」

眞一立刻回答：「爲了讓自己的書賣得更好呀！」

「就只是這樣？嗯……可能嗎，因爲《另外一個殺人事件》又不是繞著由美子寫的，不是嗎？只要是出那本書，光是內容就足以成爲話題了。」

有馬義男若有所思地看看眞一又看看久美的臉。眞一搖頭說：「我不這麼認爲。在網川浩一出來之前，社會對栗橋、高井兩人共犯的說法毫不懷疑。警方雖然好幾次發表說一連串的犯案很難斷定是這兩個人做的，尤其是高井犯案的證據幾乎沒有。可是感覺上還是瀰漫著『就是這兩個人做的』空氣。」

「嗯，你說的沒錯。」義男點頭說。

「在這空氣中，只是突然出版《另外一個殺人事件》，妳看看會怎樣？也許有些讀者會贊同作者說的，認爲高井和明只是被牽扯進來。但效果絕對不會像今天這麼熱絡！」

「可是『眞兇X存在說』不是很令人震驚，很具有話題性嗎？」

「就是太刺激、太聳人聽聞了；而且不只是這樣。雖然沒有證據，一般人依常識判斷，就算對高井和明表示好感，也覺得他的行爲怪異。因爲他是主動配合栗橋，用自己的車裝載木村庄司的屍體，和栗橋一起行動的呀。」

「嗯……。」久美咬著筷子。

「網川的主張如要打破社會原有茫然固定反應的印象，就必須非常具有衝擊性。他必須先做好事前準備。首先讓由美子在拱門飯店受害人家屬準備商談之際發生騷動，並被報導出來。他要讓社會知道由美子被追得走投無路的心理狀態，這是第一階段。接著他要設計讓由美子變成那樣的藉口，報導中提到了以『栗橋和高井的黑暗交友關係，帶他們走向犯罪之途』爲題寫文章的新進女性報導文學作家前畑滋子的事，也讓社會大吃一驚。這是第二階段。第三階段，他聽了被逼到自殺未遂的童年好友妹妹心聲，於是跳出來對著不可理喻的社會和毫不在乎採訪道德及被採訪人心情的記者們，其中代表就是當紅的前畑滋子。網川浩一大喊『不能再沉默下去了』，揮舞著正義之劍登場了。就是這麼回事。」

「嗯。」義男低吟道：「原來如此，說得很不錯。」

水野久美看著沸騰的火鍋好一陣子之後，才隔著白色熱氣看著眞一的眼睛笑說：「眞一眞像個名偵探！」

「眞是不好意思。」眞一也鞠躬致意。

「的確感覺說的很有道理。網川眞是個討厭的傢伙。老實說我一開始就很不喜歡他。」

久美拿起公筷翻攪了一下鍋子裡的東西。義男加了些蔬菜進去。

「不過……不知道是不是因爲吃了好吃的火鍋，心胸變得比較寬大。所以塚田小弟，網川或許眞的如你所說爲了自己成名利用了由美子。但是不表示就不必聽聽他的主張吧？《另外一個殺人事件》所寫的內容，我倒是很贊同。我認爲高井和明並沒有參予誘拐殺害鞠子她們的事件。他是被牽連進去的。因爲他個性儒弱，所以被牽連進去無法自拔。」

「那麼你認爲眞正動手殺害鞠子的眞兇還存活在哪裡囉？」

「應該是。」

說完之後，眞一和久美都同時看著有馬義男的臉。老人什麼都不說，沉默地舀著浮沫。等湯汁都舀乾淨後，他才順便說：「如果眞兇X存在的話，他會怎麼看待網川浩一呢？」

22

沒有必要從這裡引發事端。美寶飯店不愉快見面之後第二天早上，網川浩一打來了電話。一開始接電話的人是石井良江，她眼睛圓睜地看著眞一遞出話筒。

「網川先生，就是寫那本書的人吧？什麼時候認識的呢？」

「有一些原因。」

眞一簡單回答後，看了一下客廳的時鐘，還不到上午八點。今天有馬義男家的打工也休息，所以本來可以睡個懶覺，但是被吵著出去散步的洛基給叫醒了。不過他現在沒有心情對著話筒打招呼說：「早安！」

「你是怎麼知道這裡的電話號碼？」開口第一句話便質問。

「嚇到你，我跟你道歉。」網川低聲回答：「我是想打電話跟你道歉，昨天眞的是很失禮。」

眞一無法判斷對方是故意壓抑著平常自然的語調，還是眞的心情沉重。

「與其對我，你不是更應該對有馬先生和那個足立女士道歉嗎？我只是陪在旁邊的人。」

「我已經打過電話給他們兩位了。跟足立女士說過話，但是有馬先生不在家。這麼早就出門了嗎？他家是在做生意的吧？」

「豆腐店已經收了。從機器到工具都賣給了原來的員工。不過因爲長年的習慣，有馬先生起得很早。」

「是嗎……原來已經關閉店面了。」

口吻聽起來顯得很傷感。眞一對著抱著堆積如山的換洗衣物衣籃，關心眞一狀況的良江點頭表示沒關係。她一副無奈的神情走開。

「總之你沒有必要跟我道歉。我怕嬸嬸會擔心，所以你的電話讓我很困擾。」

「等一下，不要掛電話。」網川趕緊制止說：「我還有其他話說。」

沉默了一下之後，他又慢慢繼續說：「昨天……

……你們回去後，由美子的樣子很奇怪，既不跟我說話，總是一個人在想東西。」

眞一對著牆壁皺著眉頭說：「在我眼裡，那個人的情況一直都很奇怪。被媒體包圍得團團轉，卻整天躲在飯店裡，眞不知道她的家人是怎麼想的？」

「她媽媽早就離開東京，在哪裡的溫泉旅館幫佣。住院的爸爸也移到那裡跟媽媽住在一起。她一個人被丟在這裡。」

「才不是她媽媽把她丟在這裡，是因爲你的安排把她留了下來。由美子小姐還是應該離開東京，去跟她父母住在一起比較好吧！」

「要她們母女兩住在一起舔舐傷口嗎？那樣子她們會被逼得走投無路，最後又有人會自殺的。」

網川不等眞一反駁就說：「打電話跟你說這些也沒用，我們待會兒可不可以見個面？」

這一點對眞一而言倒是攻其不備。

「跟我見面要幹什麼？又不像有馬先生和由美子小姐見面一樣那麼有賣點！」

「你不應該對大人說那種諷刺的話。」網川的語氣冷靜，眞一因爲自己的用詞喚起了昨天遭遇的不快情感，感覺有些生氣。「你因爲不幸事件失去了家人，你是被害者，也是勇敢的倖存者。」

在石井善之的建議下，眞一讀過幾本有關PTSD的入門書籍，其中常見「倖存者」的字眼。在這裡故意用這種新的單字，顯見網川欺騙人的手段。眞一打從心底覺得不愉快，所以沉默不語。我才不會那麼輕易就中了你的懷柔伎倆呢！

網川期待眞一能夠說些什麼吧，所以也沉默了一陣子。然後又擅自繼續說下去：「就這個意思而言，由美子也是一樣。她也是受害者，你可以明白嗎？所以爲了安撫她內心的傷口，你的建議對她來說很重要。因爲你最能理解由美子的傷痛。」

網川說話的時候，眞一正在思考爲什麼事到如今網川拿由美子當藉口要跟眞一見面的理由。於是他趕緊回想昨天在咖啡廳前發生的事。那個女性攝影師，第一次見面時，在眞一眼中是很有魅力的女性。和她之間的爭執、要求她拿出底片、猶豫的她。

「妳這麼大的人了，怎麼一點責任感都沒有？」

「我必須問浩一的意見。」

眞一張開眼睛，對了，就是這個！

浩一，女性攝影師當時這麼喊的。看來他們很親近嘛！普通應該稱呼網川先生才對，頂多也是直呼網川。可是她卻叫他浩一。因爲被眞一指責，所以才不經思索說了出來吧？被不知什麼時候來到身邊的由美子聽到了，整個人呆住了。女性攝影師一時之間也是一副被抓包了的神情。那種表情在由美子以女性才知道的因式分解方式加以分析，或許對他們兩人之間的關係產生了懷疑。所以樣子才會變得奇怪，大概就是這麼一回事吧？

當然網川並不知道咖啡廳前發生的事，但是他知道由美子的樣子不尋常。所以很想知道昨天發生了什麼事？於是來問眞一。

對現在的網川浩一而言，好好抓住深愛高井和明的唯一親妹妹，好好掌握這個相信哥哥無辜、身上充滿悲劇的可憐女性——由美子，從任何一個角度思考都具有重要的戰略意味。實際上由美子依賴網川的事實，不知道爲他的形象提昇加分有多少？就是因爲關於高井和明涉案的鐵證幾乎都沒有，一個印象或是感情問題都能輕易改變輿論的看法。

拜飯田橋拱門飯店騷動之賜，由美子給人自私自利、不知反省的歇斯底里女人印象。加上網川之後巧妙的演出，她那種無法以自身力量證明哥哥無辜的孤軍奮戰模樣，又讓她改變成勇敢堅強的妹妹形象。這眞是漂亮的手法。到如今在四面楚歌之中，爲了強調由美子拚命爲哥哥努力的姿態，爲了展現網川是幫助她作戰的正義戰士，當初在拱門的那場騷動反倒成了一件好事。

眞一的心中不禁浮現不壞好意的好奇心。搞壞了重要旗幟的由美子心情，當紅的網川浩一一定覺得很慌張。他想，看看網川的表情應該也不錯吧。

「好呀，反正我閒著也沒事。」他答應得很乾脆。「如果網川先生一定要跟我見面的話。只是爲了小心起見，我先聲明沒有記者採訪才行。」

「當然，我不會再犯同樣的錯誤了。」網川也回答得乾脆。「我到你家附近，你來指定地方，哪裡比較好？」

有些猶豫之後，最後眞一選擇了大川公園。那裡是整個事件的「爆發點」，而今已不見採訪的人群，也沒有看熱鬧的人。

約好見面的時間是十點，眞一提前三十分鐘出門。他決定帶著洛基過去。良江老是說這傢伙的散步量不夠，作爲出門的藉口正好。而且比自己一個人前往要安心許多。

用力拉著洛基，看著牠健康有勁的腳步，眞一的心思脫離現實，漂流在各種推測和疑惑的雲層中。

動物有種不可思議的力量。剛來到石井家不久，心中還充滿降臨在自己身上的不幸時，每次眞一帶著洛基散步，心靈都有被療傷的感覺。摸著洛基柔滑的長毛、臉頰摩搓洛基涼濕的鼻子、感覺到洛基的腳和眞一碰觸時，一種生物的溫暖就流進眞一心裡，帶給眞一活下去的力量。而現在望著來來回回奔跑、不時高興地抬頭看著眞一的洛基，曾經激動的腦袋也能冷靜下來，站在稍微離開的地方思考事情。

網川說的不錯，眞一是倖存者。但不是普通的倖存者，是有責任的倖存者。因爲眞一不小心的大嘴巴，引發全家人被殺的犯罪。他不加以訂正，也沒有藉口好說。

現在大家都閉口不提，只因樋口他們剛被逮捕，事情還沒有水落石出。但就是有人拿他們的資訊來源是眞一的大嘴巴做文章，懷疑眞一也參與了做案。而且不是陌生人或警察，是親戚裡面的人。的確眞一常和父母吵架；有時覺得妹妹吵得煩人，拌嘴時還舉起手想打她。但是有青春期小孩的家庭，這也是常見的現象呀。偏偏連這一點都成爲眞一被另眼看待的理由。

周圍的眼光就是這麼回事。人們對於降臨在自己身上的命運，除非確定沒有辦法逃避，總是不願意眞實面對。只會採用對自己感覺舒服、自己能接受的最佳解釋當作「眞實」來採用。懷疑眞一的人們與其面對自己因爲說錯話而遭來禍事的可能性，直接採信眞一也是同黨的說法會覺得更安心吧。否定大嘴巴成爲出事原因的不合理現實，將心中對父母和妹妹抱著殺意的不顯眼少年予以現實化，就能讓人生更容易接受嗎？只是爲了這樣的理由。

然而這個「只是如此」是個問題。對網川浩一而言，現在的眞一是否也是在做同樣的事？的確眞一很討厭那個傢伙，看他就是不順眼。受不了他那種帥氣、醒目的正義和形象。可是就這樣創造出否定他的說法，自己高高興興地陶醉在裡面，是不公平的。

網川眞的是同情由美子，對高井和明蒙受的污名感到憤慨，於是勇敢站出來對抗的男人嗎？還是一個立志做記者，爲了等待出名的機會而自私自利的男人呢？

至少在起初，明明因爲義憤塡膺而開始的行動，突然間成了公眾人物，被周遭捧得得意忘形，這一點是無庸置疑的。人們都是有弱點的，特別是自己的名字和長相爲全國各地所知曉，可不是每個人都會發生的事。網川失去了平衡，就算忘記了當初的目的，就算忘記了事情的優先順序，也不應該太過於苛責他。

只有他一個人站在由美子這邊，表現出白馬騎士的姿態，就算私底下跟由美子以外的女性交往，當然在由美子眼中這是個很不誠實的舉動，但網川一開始並不是以由美子的情人出場，所以由美子其實無權指責他是感情的叛徒。

不過有一件事倒是可以很確定，就是由美子自己的立足點。不管多麼痛苦、現實有多殘酷，一旦決定不再逃避，她就必須面對這一切。就算網川是好心人，有馬義男不是心腸邪惡的壞人，她也不能依賴他們。可以接受幫助，但不能依賴他們、躲在裡面。這是她唯一不該做的行爲。

如果網川眞的對由美子有同情心，眞的是爲童年好友的她哥哥著想而行動的話，那麼對她個人沒有任何的愛情，那也是沒辦法的。所以拿這件事來指責網川是不對的。的確他掌控著由美子，確實也很需要由美子，但是只要被掌控的由美子有個人意志，不願意被他利用，就能只贏得他的協助。重要的是，由美子才是掌舵的人。

到達大川公園，坐在約好的涼亭等時，眞一內心已經決定了。要直接詢問網川：你對由美子的想法怎樣？而且爲了不要傷害由美子，你必須從「白馬騎士」的寶座上下來；爲了根本獲得她的信賴，首先必須說服她擁有自立的能力。這才是身爲「倖存者」的眞一所能給予的最誠實建議！

坐在眞一腳邊的洛基突然抬起頭。順著他的眼睛方向，正好看見網川從公園內的散步道往這裡走來。

今天也是穿得很帥氣，看起來很高貴的皮外套，臉上帶著墨鏡。下巴微微翹起，像滑行般輕快地走路。因爲採訪的關係，他來過好幾次這裡，所以說一聽就知道眞一指定的涼亭在哪裡。走過來的樣子從容悠閒，只是還沒發現眞一已經到了。眞一本來想舉起手通知他位置……。

可是眼睛看著網川，不知不覺中眞一的手卻握緊了洛基脖子上的繩索。

心臟跳動得很厲害，爲什麼？爲什麼這種感情像一群紙做的蛇，往喉嚨爬上來呢？呼之欲出的反感，究竟是來自哪裡的呢？

網川走了過來，像個模特兒般。我還是沒辦法信任這個傢伙！毫無來由的強烈直覺打擊著眞一。所有的理由、冷靜的推論、反省都一掃而空。爲什麼？爲什麼他會覺得這麼討厭對方？

突然間洛基「汪」地叫了一聲。網川停下腳步看著這裡。他將墨鏡拿下來，瞇著眼睛看著眞一，然後加快腳步走來。

眞一安撫著洛基的脖子。洛基一向很乖，很少像剛剛那樣子吠叫。洛基抬起烏亮的眼睛看著眞一，表情好像充滿了疑問。

「讓你久等了，不好意思。」網川說，動作輕巧地坐在眞一對面。看見眞一沉默，他又對著洛基微笑說：「不錯的狗嘛，你的寵物？」

眞一在自己內心的激動還未平復前，不想看著網川的眼睛。網川伸出手來想要觸摸洛基。眞一反射性的動作撥掉對方的手，動作比想像要粗魯許多。

網川睜大眼睛，好像在看什麼稀奇的東西看著眞一的臉，然後又看看自己被撥開的手。

「這隻狗很怕生。」眞一簡短說明，並拉著洛基的項圈，將狗拉到自己的腳邊。「我是騙嬸嬸說帶狗出來散步，才能出來的。」

心臟依然跳動得很厲害，感覺還是有些不愉快。就像飛蟲黏在紗窗上一樣，爲什麼自己會這樣的疑問也不停在眞一心中出現。

網川一臉微笑，彷彿隨時都在注意周邊是否有攝影機待命，他總是準備好職業用的標準笑容。

「我小時候也養過狗，名叫亞瑟，是隻狼狗。一隻很聰明，值得信賴的好狗。」

聽起來很懷念的語氣。

「和亞瑟在一起，就會覺得這世界上沒什麼好怕的。牠是我最好的朋友、最棒的夥伴！」

眞一很自然問說：「比栗橋浩美和高井和明還好嗎？」

一瞬之間網川的臉上失去了表情。就像按了電腦按鍵一樣，出現整頁的空白。眞一也嚇了一跳，雖然只是一瞬間，也是他頭一次看見網川如此不設防的臉。

「沒錯。因爲狗比較特別，尤其對小孩子而言。」網川恢復了笑臉，接著又進行了修正：「不過栗橋和和明也是很好的朋友。」

「想來也是吧，當然囉。」這一次故意帶著諷刺的口吻，眞一誇張的點頭說。只是沒有產生剛剛的效果，剛剛只是幸運的一擊。

「謝謝你出來。」網川正式道謝。「你好像不太相信我，我知道。所以我們能這樣見面很好。」

「我又不是你的女朋友，你說這種台詞對我沒用。」

網川笑了出來。「我倒不是要討好你。不過，算了。」

「由美子小姐，今天在做些什麼？」

「做什麼？她在飯店裡。說是頭有點痛想休息。」網川聳聳肩膀。「從昨天起就這樣了。」

「所以你懷疑有馬先生和我是不是跟她蠱惑了

些什麼？」

「我想蠱惑不是適當的字眼。」

眞一有些困惑。心情在前不久才做過客觀的反省和幾乎是本能性的反感之中搖擺不定。他有很多話想說，也有很多問題要問；但是該怎麼開始，他不知道。感覺就像和比自己實力高強的對手下棋一樣，連放下第一顆棋子，都受到完美的反擊！

結果他以短兵相接的方式問了：「網川先生有情人嗎？」

網川驚訝的眼睛不停眨動。「爲什麼會問這種問題？」

「由美子小姐是你的情人嗎？」

網川的嘴唇閉成一條直線，視線低垂。

「你不必演戲想安慰我什麼的，我只是想知道實情。」

網川苦笑說：「你還年輕，不應該說是年紀小。倒是你有沒有女朋友呢？」

「現在不是在談論我的事！」

網川用食指摩挲鼻子，然後將手指停在臉上想了一下。最後說：「喜歡人有好幾種形式。」接著慢慢說：「戀愛也有各式各樣的色彩。有濃有淡，形狀也各不相同。有時自己以爲是愛情，但其實只是友情，甚至是類似親情。兩個人之間也會有幾乎感覺是相同色彩的愛情產生。不是嗎？」

眞一腦海中浮現網川對著一群補習班學生如此高談闊論的畫面。只可惜眞一已經不是小孩子，不會被這種說話術所蠱惑。

「演講到此爲止。」眞一阻止說：「我只是很單純的詢問。你和由美子小姐都住在飯店，在外人眼中像是情侶，這是常識性的判斷。」

「我們的房間不同。」

眞一冷笑說：「你們是情侶嗎？還是不是？你除了由美子小姐是否還有其他親密的女性朋友？」

「爲什麼要問這些呢？」

「因爲我認爲由美子小姐躲著你沉思，是不是被你背叛了呢？」

眞一提起女性攝影師的事。網川面無表情，但是聽到女性攝影師喊出「浩一」讓由美子倒吸一口氣，他的眉頭稍微皺了一下。但是立刻恢復笑臉，邊嘆息邊說：「什麼嘛，原來是這麼回事……？」

「應該不是什麼嘛吧？由美子小姐十分依賴你。如果被你拋棄她就只剩一個人。她會緊跟著你也是當然的呀。」

「叫我『浩一』的女性，還有其他人呀。」

「就算如此，由美子小姐過去都沒遇見過這種情形。或許她本來就在懷疑你和那個女性攝影師之間的關係。因爲懷疑得到證實，她可能十分震驚吧。」

「我和她又沒有什麼特別的關係。」

網川恢復一向的冷靜，一雙長腳交錯地坐在長椅上。

「由美子依賴我，我也很清楚。」稍微仰望著天空，輕聲說：「我也想配合她的依賴。我是眞的這麼想，但是……」

眞一搶先說：「沒有一點戀愛感情嗎？」

網川看著眞一，然後隨著嘆氣一起說：「沒錯，不是戀愛。但是由美子不這麼認爲。她對我和對她自己的感情都有所誤解。事實上從不久前我們之間就有許多問題發生。」

「因爲由美子小姐認爲你和她是情侶關係嗎？」

網川低著頭說：「是的。」

「那也是沒辦法呀。誰叫你一直都做出讓她產生那種誤解的行爲。」

網川慢慢地搖搖頭說：「這才是誤會。我從來沒有那樣做。」

「你騙人！」眞一說的斬釘截鐵。熱血又衝上頭腦，喉嚨有些乾燥。

網川抓著頭，有些哀傷地看著眞一。一副帶著同情的眼色，讓眞一幾乎要顫抖了。

「你因爲失去家人的事件而受傷了。」網川聲音滑順地說著：「由美子也是一樣。想想看，換做是你，如果身邊有個盡心盡力爲你治療心靈創傷的醫生，而且又是個漂亮的女醫生，你會怎樣？就算對方認爲你是被犧牲者所以伸出援手幫助你，難道你就有自信敢說不會誤解那雙手的溫暖意義嗎？」

眞一正面接受網川的視線。「你不是醫生。也不是治療心靈創傷的專家。自以爲是也請適可而止。」

爲了抑制聲音的顫動，眞一的話是從齒縫中迸出的。要不然他擔心會因爲憤怒而動粗。現在任何一絲客觀性的見解都已經蕩然無存。明知道身體裡面有一個眞一不斷揮手跟他說「這樣子不行、退後」，但眞一已經走不回去了。本能和情感用事已經大於一切。

網川凝視著眞一。然後關愛地表示：「眞是可憐，你也需要幫助。現在的你就像是刺蝟一樣充滿攻擊性……」

眞一握緊了拳頭。腦海中比光速還快運作的放映機，在眼底播出了他揮拳痛毆網川的畫面。但現實生活他沒有動拳。

洛基在一旁低吼。牠低著頭、背部和脖子的筋骨隆起，隨時做好準備可以用力撲向網川。

主人的思想能傳達給狗兒。狗兒能閱讀主人的心思。洛基也能察覺對面的男人是眞一的敵人。

眞一慢慢放開拳頭，安撫洛基的脖子。網川看這樣子，明智地一根手指也不敢動。看來洛基的恫嚇產生了充分的效果。

眞一以低垂的視線窺探網川的表情。全心注意在狗身上的他，只讓眞一看到他稍微低頭的側臉。雖然只有幾秒間，就像剛剛觀察網川在公園內走路一樣，眞一又看見了網川的「空檔」。

而且他發現到驚人的事實。

網川的眼瞳裡面跳躍著一種不該這種情況下出現的情感，一種跟這裡不搭調的東西。一如嬰兒床上的水果刀，或花束中的冰錐一樣的刺眼醒目。

網川覺得這一切很好玩。

眞一幾乎像是親手觸摸般地眞實感覺得到，對方的愉悅、對方的歡喜、對方的快樂。

這傢伙像玩玩具般以言語激怒我、擾亂我、刺激我，他玩得很高興。

原來一開始這傢伙就是期待這種情況而來的。

「眞是不錯的狗。」網川溫和地安撫著洛基說話。「塚田小弟至少你不是孤獨一個人。有這麼棒的夥伴，你可以安心了。」

眞一從腳底昇起一股寒意。

這傢伙早就算計好這一切。

眞一張開眼睛立刻說：「果然沒錯。你是故意的，不是我想得太多。」

網川一臉驚訝地問：「你說什麼？」

「你是故意做的，飯前橋拱門飯店的騷動。是你故意將那天有馬先生他們的聚會告訴了由美子小姐，然後煽動她。你知道會發生那樣的騷動，爲了引起騷動，你故意告訴她的！」

沒錯。所有事情的起源是那個事件，結果都是中了網川的詭計而發生的。

發生拱門飯店騷動之前，網川就陪著由美子經常和滋子姐聯繫。那也是網川爲了寫自己的報導所做的準備。爲了蒐集事件搜查狀況的資訊、觀察輿論動向，跟在正在寫話題報導的滋子姐身邊是最有效率的做法吧。滋子姐是那麼大方的人，又是第一次從事這種性質的工作，現在回想起來，連外行人的眞一都覺得她的周邊太不嚴謹了。網川知道這點，利用滋子姐作爲他的資訊來源，等到時機一成熟，便以拱門事件爲由將由美子從滋子姐那裡拉到自己身邊……。

於是他成了媒體的寵兒。

由美子成了他的俘虜。

他的身邊有一堆的書迷。

但是這還不夠，網川是貪心的。他連最難馴服的眞一、有馬義男都想打敗。也想將前畑滋子拉到他的旗下。他有計畫地依序策定戰略，總有一天要將所有人控制在手中。這就是那傢伙的願望，所以他玩得很高興。現在的眞一就像匹野馬，還需要時間才能被騎。因爲難馴服所以更有意思，所以這傢伙高興得不得了。

這就是他的眞面目。

直覺的漩渦排山倒海而來，讓眞一說不出話來。網川向前探身好像要對眞一說什麼，突然間睜大了眼睛直視著眞一的後面。

「你的朋友嗎？」視線固定在後面，網川問。

眞一回過頭，在涼亭後面的樹叢對面，看見了樋口惠的臉。他毫不驚訝。對網川如閃電一擊的洞察，已經讓他無暇顧及其他的情感了。

樋口惠跟平常一樣瞪著一雙充滿恨意的眼睛。眞一還來不及反應，她已經快步走了過來。不是靠近眞一而是走向網川。

「你就是那個叫做網川浩一的人嗎？」她問。新的藍色短大衣下面，穿著沒有摺邊的牛仔褲。臉色依然不好，但頭髮好像剛剛才修剪過。

「是的。」網川一邊起身一邊回答。「妳是塚田小弟的朋友嗎？」

樋口惠看也不看眞一就簡短回答：「我是他的敵人。」然後緊緊盯著網川說：「我想要寫一本那樣的書。我想寫我爸爸的事，你可以幫我嗎？」

眞一嚇得說不出話來。感覺好像臉被打了，所以站穩腳步，結果腳又被摺倒一樣。她說：「我爸爸？幫我寫我爸爸的事？」

「妳是塚田小弟的敵人？」

網川浩一看看眞一又看看樋口惠的臉，表情雖然很嚴肅，但眼睛深處又跳躍出那種光芒。這下子好玩了、這傢伙可高興了。

「該不會妳是塚田家事件的關係人之一？」

「沒錯。」樋口惠毫不以爲意地點頭。完全無視於眞一的存在。「我爸爸是主要嫌犯，樋口秀幸。可是他那麼做是有理由的，是有原因的。老實說爸爸根本不是會殺人的人，這一點我想請你寫成書說明給大家知道。」

「開什麼玩笑！」眞一嘴裡終於說出話來：「我不允許這種事。誰會答應妳做這種事！」

「我不需要妳的許可。」樋口惠無視於眞一的口吻繼續說：「這是我們家的事，爲什麼需要陌生人的你答應呢？」

陌生人，眞一眼前一片血紅。胸口好像迅速湧起整團的熱血，直逼頭頂。熱也衝到了手腳。當他發現時，自己已經握緊拳頭想要毆打樋口惠。

「住手！」

網川以迅雷不及掩耳的速度上前阻止了眞一，又跳過去拉開了樋口惠。跌坐在涼亭長椅上的眞一在紅色的視野中搖搖晃晃站起來，再次要撲向樋口惠，但是又被推開了。網川抓著他的肩膀。

「不可以使用暴力，那是沒有意義的。」他冷靜的聲音說道。

眞一幾乎不能呼吸地氣喘著。樋口惠「你是陌生人」和網川「不可以使用暴力」話語代替了氧氣吸進眞一的肺部，從身體內側想要吞食眞一。

「冷靜點，打她也沒有用，知道嗎？」網川意圖說服眞一，語氣就像是勸架的裁判。眞一像個笨蛋一樣胡思亂想：這不是吵架、我又沒有錯、被殺的是我的家人呀、被殺的是我的人生呀、可是你卻像阻止打架一樣阻止我、妳居然說我是沒有關係的陌生人！

網川靠近眞一的臉，表現出不適當的親密。像是共犯一樣親切地對眞一耳語：「這一陣子我身邊都有警察護衛，所以最好不要在這邊鬧出事來。萬一警察跑過來就麻煩了。」

眞一的視線終於對上了焦點，他抬頭看著網川的臉問：「有警察跟蹤你嗎？」

網川點頭。「可能是認爲眞兇X會跟我接觸吧。我先說吧，他們不是在護衛著我，而是有所期待。我就像是誘餌一樣。當然這種事又不能公開，不是嗎？說出我被護衛，不就等於公開搜查當局承認了我的說法可信度很高嗎？」

眞一突然覺得好累。爲什麼自己會在這裡？之前都說些什麼話？他已經搞不清楚了。

「你們偷偷在說些什麼？」樋口惠伸長脖子看著這裡。

「網川先生你是打算不理我說的話嗎？」

網川兩手在眞一的肩膀拍了一下，然後走近樋口惠。從外套口袋掏出一張名片交給她。

「今天晚上打電話給我。找一天我們慢慢聊。」

樋口惠接下名片笑了出來，這才正眼看著眞一的方向說：「我寫了一封信給你。是寄到出版社，但是沒有回音。」

「寫給我的信像山堆一樣多。」

「是嗎，可是我今天運氣眞好。前天吧，你在電視上提到這傢伙，不是嗎？」她用鼻子指著眞一說：「看完之後，我想只要跟在這傢伙後面，總有一天會遇到你。沒想到這麼快就成功了。」

「妳可以走了。」網川揮手趕走樋口惠。「妳多少該爲塚田小弟的立場想想，被妳跟蹤在後，他會是什麼樣的心情？妳有沒有想過？」

樋口惠立即轉身，毫不理會網川的問話便離去。輕快的腳步讓眞一恨不得追上去痛毆她。但是他的腳動不了、身體也很重。全身上下包圍在失敗感之中，只想趕緊當場消失。

網川低頭看了眞一好一陣子，才壓低聲音說：「剛剛她說的電視節目，你看過了嗎？」

沒看，我根本就不知道會有那個節目。於是沉默地搖頭，但是又覺得不夠，趕緊加了一句：「有你的電視我才不看！」

網川冷靜地說：「我希望你看。」接著又安撫說：「我明白你的心情。你因爲不能救父母和妹妹而自責。你跟前畑滋子來往，幫助她將栗橋和和明亂寫成壞人，其實也是希望透過責備其他犯罪者，來減輕自己心靈的重擔。所以你沒辦法冷靜面對事實。」

「我並不想聽你說教。」

「當然電視上我沒有說出你的名字。因爲不對的人是前畑滋子。她知道你的心理，故意利用了你。」

「滋子姐不是那種人。」眞一說，但只能發出沙啞的聲音。他用力抓頭髮，因爲疼痛恢復了力氣。他抬頭看著網川說：「你絕對不能幫樋口秀幸寫書！」

網川低著可憐的眉，搖頭說：「誰都不能阻止文字記者。」

「你算什麼文字記者！」

「那隨便你愛怎麼稱呼好了。我想寫什麼就寫什麼。聽到了嗎？塚田小弟。」

網川再度逼近眞一的臉，眞一將眼睛避開。耳邊聽見他的鼻息聲。

「每個人心中都有一片黑暗。不是只有犯罪的人才邪惡。就連你、我，天生都有黑暗的部分。我就要把它寫出來。所以等我洗刷了和明的污名，下一個我要來寫浩美。的確他是做了可怕的事，但是一定有他不得不爲的理由吧。而這一點是許多人想知道的。為什麼呢？因為他們知道自己的裡面隱藏著『和栗橋浩美相似的部分』。所以他們覺得害怕，又很感興趣。我就是要將這一部份打上光線。而且我大概會比前烟滋子更勝任這個工作。」

「你說得那麼好聽的聲明中，是否有犯罪受害者的立場存在？」眞一好不容易能說出話，正準備抬頭尋求回應時，網川已經不在那裡了。

直到想起武上的名字，花了很長的一段時間。眞一很後悔沒有跟他留下名片。因為他沒想到會在這種情況下去找那一天在墨東警署只說過一次話的刑警。

假如用心思考，就會發現找栗橋、高井搜查總部的刑警幫忙，並不能阻止網川浩一幫樋口秀幸寫書。甚連阻止他們進一步接觸都不可能。但是眞一一定要找個對象發抒他的憤怒、他的害怕。在強烈的感情下，他已經不管什麼道理、做事的順序了。有這麼愚蠢的事嗎？有這麼不公平的事嗎？為什麼大家只聽殺人者一方的說法？說什麼警方為了跟眞兇X接觸，居然派人護衛網川？難道眞的贊同他的主張嗎？搜查總部已經決定對網川脫帽投降了嗎？網川浩一有那麼值得信賴嗎？

我不相信那個傢伙。那傢伙很討厭。我覺得那個傢伙就是哪裡不對勁。這種本能的厭惡，為什麼其他人都沒有感覺？

他也沒有想到事先打個電話去問，結果就被留在墨東警署櫃檯邊的長椅上等了好久。不知道一起等待的其他人，是來繳納交通罰款、或是領回被輔導的子女、還是前來自首說自己殺了人呢？大家都一樣覺得無聊，絲毫沒有什麼緊張感。畢竟警察局也是公家機關嘛。

「你是塚田眞一吧？」

被叫到，眞一還來不及看對方便先站了起來，結果有些失望。站在那裡的是一個戴著眼鏡，有些文弱的年輕刑警，而非武上刑警。

「我是來找武上先生的。」眞一說得很快，趕緊搖頭說：「他說我有任何事都可以找他商量。」

「嗯，我知道。」年輕刑警點頭說：「武上先生現在剛好有事回總廳。我跟他聯絡過了，他叫我先代替他跟你見面。」一副很委婉抱歉的語氣。

「我是篠崎。服務於這裡的搜查課，目前在特搜總部武上先生的手下幫忙。總之在這裡說話不方便，請跟我來。」

眞一被帶到狹小的會議室。桌上一角有部電腦，螢幕保護程式正在運作，旁邊的檔案堆積如山。大概是慌忙關上的，內頁有些混亂，甚至露到外面來了。

「坐呀坐！」自稱是篠崎的刑警趕緊拉張椅子請眞一坐，自己則坐在電腦旁邊的位置。

「我先說清楚，我沒有意思要完全代理武上先生，只是將你所說的轉達給他，我能回答的就直接回答給你。所以你有什麼事嗎？」

因爲太過制式化的開場白，反而讓眞一完全不能信賴。眞一心想對方拚命微笑其實是想隱藏自己的無能，這傢伙根本沒用，還是回家吧。

「你受的傷，已經好了吧？沒有留下傷痕眞是太好了。」

突然被這麼一說，眞一很驚訝。「受傷？」

「就是在飯田橋飯店受的傷呀，不是你嗎？」

「你怎麼會知道？」

「我也是會看週刊雜誌的。而且在武上先生的指示下，我們也要收看社會新聞等新聞節目。」篠崎刑警微笑說：「當然上面沒寫你的名字，是武上先生說的，他很擔心你。」

「武上先生爲什麼把我的事告訴你們部下呢？」

眞一有一種很想攻擊人的心情。

「他不是隨口說說，只是因爲很擔心的關係。」

篠崎刑警又變得畏畏縮縮的樣子，感覺很膽小。就是因爲用這種刑警，才會讓網川浩一那種人爲所欲爲。

「聽說網川浩一身邊有人保護，是眞的嗎？」

篠崎刑警臉上的笑容僵住了。

「眞的有嗎？」眞一的聲音尖銳。篠崎刑警的嘴角抽動了一下。

「這件事是誰告訴你的？」

「那就是眞的囉？」

篠崎刑警好像求救般看著電腦畫面。然後才吞吞吐吐回答：「是的。」

眞一又開始覺得頭腦發熱，推開椅子，發出刺耳的聲音。

「我要回去了。」

「喂，你怎麼……」

「太可笑了，警察根本都不可靠嘛！」

「請……請等一下。爲什麼那麼生氣呢？」

「當然會生氣呀！搜查情況沒有進展，卻提供那傢伙特別待遇。派人保護他，不就等於承認那傢伙的『眞兇X存在說』嗎？」

「說的也是。」篠崎的眼光低垂。

「他本人可是得意洋洋，還說自己就像是誘餌。其實內心根本就沒把你們看在眼裡，自以爲是天下第一了！」

「他本人那麼說了嗎？」

「還趾高氣揚的。」

「不，不是這個。他本人說了『自己就像是誘餌』嗎？」

「說了呀。就是剛才，我親耳聽見的。」

篠崎刑警睜大了躲在無框眼鏡後面的小眼睛問：「塚田小弟跟他見面了嗎？」

「他把我叫了出去。」

「爲什麼網川要叫你出去呢？」刑警眨著眼睛，盯著眞一的臉問：「你們以前就認識嗎？難道說你是他教的補習班學生？」

「開什麼玩笑！」眞一不屑說：「那傢伙只是來探口風的。因爲由美子小姐的事出了點狀況。」

「你說的由美子小姐，是高井由美子嗎？」篠崎刑警的聲音非比尋常。「她發生什麼事了？」

這一次換眞一盯著年輕刑警的臉看。因爲他的語氣中充滿了明顯的個人感情因素。

篠崎刑警慌忙拿下眼鏡，故意將眼神避開。然後用襯衫袖子，動作誇張地擦拭眼鏡。

「刑警先生，你也知道高井由美子嗎？」

「當然知道。她是關係人嘛。」

「我不是問這個，而是私人關係。」

擦拭眼鏡的手停了下來，刑警抬起眼睛。沒戴眼鏡的他，看起來就像沒有防備的孩子一樣，跟眞一的年紀不相上下。

「你不是幫過前畑滋子寫報導嗎？」

「也沒幫上什麼忙啦。」眞一回答，重新在椅子上坐好。感覺有點喜歡這個刑警了。

「高井由美子之前接受前畑小姐的採訪，現在則是跟網川在一起。這方面的事情，我們好像知道又不是很清楚。如果你不討厭的話，可不可以告訴我呢？」

眞一嘆了口氣。那其實是個很自然的反應，並非對篠崎刑警表示「眞是麻煩」，但刑警又開始緊張了。

「我是說眞的，如果不願意就算了。」

眞一搖搖頭。雖然還無法露出笑臉，但嘆口氣好像緊繃的身體舒緩了許多。

「我說，只是不曉得能不能夠說清楚。因爲我很生氣，可能會加入警方說的什麼……偏見或先入爲主的觀念吧。」

「那沒關係。」刑警平靜地說：「前天在電視上，網川也對前畑小姐說了很多單方面的話。所以正好扯平。」

從一開始跟前畑滋子的見面說起，便必須花很長時間說完。篠崎刑警一邊記筆記，除了確認時間日期外，很少提出類似問題的疑問。

爲了避免情緒激動，眞一盡量注意控制。但是自言自語到最後，尤其提到對網川的不信任和厭惡感時，還是覺得頭腦發熱。腦海中不斷想到網川對樋口惠點頭致意的表情，怒氣就從眞一的胸口逐漸湧出。

「發生了……很多事呀。」

篠崎刑警放下鉛筆、摘下眼鏡，按摩了一下鼻樑。平常這是疲勞時才有的動作，但是他做起來卻不是那個樣子。猛然一看，刑警的臉頰好像有些潮紅。

「其實我也跟網川浩一見過一次面。」篠崎刑警透露說。

「是調查還是偵訊呢？」

刑警苦笑說：「都不是，我沒有那種立場。對不起，前後順序有些反了，我應該先說明我們的工作執掌。所謂的內勤業務，是負責文件方面的工作。武上先生是這個部門的專家，得一邊教我們這些下屬東西一邊工作。」

換句話說是不負責搜查的。

「所以幾乎都是後勤支援。當然我們處理所有的的調查資料，大致看過可以發表個人意見，但除非是很特殊的案例，通常沒有機會在搜查會議上發言。當然也不會出去調查和偵訊。」

眞一十分失望。「武上先生也是一樣嗎？」

「沒錯。他的立場只是身爲一名警官支持搜查總部公開的看法而已。」

接著趕緊補充說：「但是武上先生是老手了，具有不同於我們的影響力。現在派人保護網川浩一，也是他向總部建議的。」

這麼一說反而是逆效果。明明是爲了來討救兵，結果那個武上刑警居然是最虔誠的網川浩一信徒。

篠崎刑警默默地觀察眞一臉上浮現的失望和生氣的神色。然後他慢慢地表示：「你的心情好像有些混亂。」

「混亂？」

「嗯。我知道你的憤怒。網川在你面前，表現出答應樋口惠要求的態度，實在是神經大條到殘酷的程度。可是這一點請你跟目前總部處理連續殺人案對他的做法，能夠嚴格區分來看待。」

眞一安靜地看著年輕刑警的小臉。刑警面對著電腦的方向。

「我也很討厭網川。覺得他不可信賴。」篠崎刑警毫不猶豫地一口氣說出：「我認爲他是個以自我爲中心的人。」

「你是說他寫《另外一個殺人事件》、站在由美子小姐這邊，結果都只是爲了成名嗎？」

刑警停頓了一下似乎在選擇合適的言語，他搖頭說：「我不認爲是爲了出名。老實說，像現在這樣到處成爲話題，所有媒體都跟他站在一邊，一味地擁護他。我想他自己也沒有料想到吧？當然他也期待會成爲話題，但沒想到這麼轟動。」

「因爲一下子變成了名人。」

「嗯。」篠崎刑警戴上眼鏡，鏡片閃閃發光。

「但是這個令人高興的失算，果然還是發揮了作用吧？他被捧得昏了頭，開始露出了馬腳。」

「怎麼說？」

刑警對著眞一一笑。「不是嗎？他傷害你讓你生氣，本來不是不該做的行爲嗎？甚至他還說下一本書要寫栗橋浩美。我想他應該會寫吧，他也不得不寫。因爲《另外一個殺人事件》的讀者都在期待著。他也是栗橋浩美的童年玩伴，可是那是這個事件正式結束，栗橋浩美和高井和明被貼上殺人犯的黑色標籤，社會都接受這個事實，整個告一段落之後的事，現在還太早。網川浩一能夠受到輿論的支持，是因爲他是爲了幫很可能是『未知的另一個被害者』高井和明辯護而出來，他對事件整體的分析也很有趣。如果他搞不清楚這點，那麼在一夜之間，他受歡迎的立場便馬上消失。」

「那關於我家事件的書……？」

「他馬上寫的話就是減分。在這個事件還沒有結束前，他做其他事情都是減分。因爲他是爲了高井和明和高井由美子而戰的正義使者。戰爭還沒有結束，是不可以東張西望的。我想頭腦這麼好的男人不可能不知道這點吧？」

篠崎刑警只在一瞬之間露出了可怕的眼神，眞一十分吃驚。看起來不太可靠的年輕刑警，讓他看到了那一瞬間的變貌。還是說選擇刑警這一行的人，表面上看起來很老實的人，其實內在都隱藏著那種的眼神呢？

「他開始得意忘形了。」篠崎刑警再一次說明：「他對你說了那麼多，最好他也在出現的電視節目上說出同樣的話來。只要遇到反擊，他就會驚慌吧？現在需要的就是讓他慌張。」

眞一感覺內心有些騷動。那是眞一所不知道，社會也不知道、網川浩一也不知道，而搜查總部正在考慮的什麼計畫？

「刑警先生剛剛說網川浩一不是爲了出名而行動嗎？你是說他完全沒有期待會這麼快速成爲話題

嗎？」

「嗯，我是這麼認爲。」

「那麼他的目的是什麼？」

篠崎刑警慢慢地眨眼睛，對著電腦。好像那是一個活的說話對象，他以十分相信對方會贊同他說法的親切眼神看著電腦，平靜地說：「他的目的……是掌控狀況。我想就只是這樣子而已吧？」

「掌控狀況？」

「嗯。就像是舞台劇導演。從頭到尾都是以他爲中心在活動整個事件。他可以感覺掌控一切，只有他能將知道的內容告訴社會大眾。就像我說過好幾次一樣，錢和名聲都只是副產品。」

對眞一而言，這答案太抽象。掌控一切是什麼意思？

「我好像聽不太懂耶。」

「聽不懂是應該的，其實就連我們也不是很清楚。所以才要觀察網川浩一呀。」

篠崎刑警說完，微微一笑。

「對不起，只能跟你說的這麼籠統。不過話又說回來，網川寫你們家事件的計畫，你應該可以不必擔心，我們不會讓他做的。因爲那是不可以的事情。」

語氣平靜充滿熱忱，但眞一感覺是空無邊際的安慰話語，反而聽了十分不安。加上刑警站起來表示所有的話都說完了，他也跟著離開座位。他不得不趕緊想些話來接續，他想到了。

「篠崎先生，你剛剛說跟網川見過一次面吧？是在哪裡呢？」

篠崎眼見顯現狼狽的樣子，眼鏡滑落到鼻翼。這下子連眞一也覺得慌張：「我是問了什麼奇怪的問題嗎？」

「不，沒有的事。」

「我只是在想刑警先生是不是跟由美子小姐認識。大概你也知道了，她現在都跟網川在一起。」

「他們都住在飯店裡吧？」

「是的。現在還會對由美子小姐偵訊嗎？」

「這一陣子都沒有吧。因爲沒有發現新的事實需要跟家人確認……。所以她父母離開東京，我們也沒有阻止他們。」

眞一猶豫了一下，終於決定說出：「由美子小姐，現在情況不太好。」

篠崎刑警的臉色從狼狽變成擔心，顯得有些消沉。「情況不太好？」

「是的。網川那麼受歡迎，整天忙的到處跑，也不見得完全都是爲了由美子小姐。」用暗示的太麻煩，乾脆直接挑明說：「換句話說，網川身邊不是跑來許多女性嗎？那傢伙應該也不覺得討厭吧。於是由美子小姐就只剩下一個人了。」

「她一個很人孤單無依囉？」

篠崎刑警形容的像是少女小說的字句，但眞一很能明瞭他的心情。

「是嗎……。」年輕刑警嘆了口氣。「只是我現在又不能馬上爲她做什麼。可以的話，希望能借助你的力量。不過你跟她起了衝突，大概不行吧。」

因爲他的語氣太過悲傷，眞一不禁想得更多。警察是不是還掌握了其他高井由美子不好的事實？

現在隱瞞不說，但之後還是得公諸於世。因爲知道由美子的心事，所以神情才會顯得這麼悲壯呢？

「刑警先生好像知道很多不能跟我說的事吧？」

對於眞一試探的問法，篠崎刑警只是無力地微笑。

「武上回來了，一定還會打電話給你。」

「可是他大概只會跟我說跟篠崎先生一樣的內容吧。」

「這個嘛，我就不知道了。」刑警神情認眞地搖搖頭。「可是我們大家都很用心在處理這個事件。因爲這種事件前所未聞，因爲這種事件不能讓它再度發生，因爲這個事件讓我們搜查單位不得不改變對人的想法。」

過去也發生過以女性爲對象的連續殺人事件。視人命如草芥的兇手也曾經存在過。的確這一次的事件很可怕，但爲什麼篠崎刑警會這麼賣力呢？眞一心中掛意著這個問題，像荊棘般刺痛著他。於是他頭一次發覺——在大川公園發現右手腕時他並沒有感受到，有一種來自深處的嚴寒讓他渾身顫抖。

23

前畑滋子心想回到東京的家，昭二大概還在生氣吧？這一次我得主動道歉才行。一方面是對擅自跑出家門有些反省；而且頭腦也冷靜下來，又恢復了積極採訪的工作態度。總之得趕緊跟昭二重修舊好，然後跟高井由美子聯絡。最好能盡快跟她見面，那些電話留言實在令人擔心。

可是回家一打開大門，整個計畫安排都泡湯了。

「妳還有什麼臉回家？」

這是昭二說的第一句話，滋子覺得自己臉上隨著聲音的開始而失去了血色，因爲她馬上就知道昭二已經氣急敗壞。

「我不是有留下字條才出門嗎？上面不是寫著我有採訪嗎？」

滋子裝出毫不畏懼的樣子抬高下巴，盡可能冷靜而平穩地看著昭二的眼睛說話。

「我知道吵架離家出走是不對。可是那樣子整天杵在家裡，彼此也不好過呀。何況我突然有個緊急的採訪要做，也是事實。」

騙人的，其實是漫無目的地離家出走……內心的聲音在揶揄自己。滋子將聲音趕到身體的最深處。

「我的工作狀況，你不是最能理解的嗎？爲什麼這一次要那麼生氣呢？」

昭二穿著工作服，站在衣櫥前。滋子心想他是在幹什麼呢？畢竟現在是他在工廠的時間才對呀。

「工廠沒事嗎？」

昭二一句話都不說，嘟著嘴杵在衣櫥前瞪著滋子看。他的臉色蒼白，甚至看起來內心很憔悴。我留下字條離家出走，難道眞的讓他這麼受到這麼大的衝擊嗎？

昭二終於開口了，聲音沙啞地說：「爸爸病倒了。」

「什麼時候？怎麼了？」

「妳跑出去……一個小時後吧。他說頭很痛，先回家休息。然後媽媽通知說爸爸的樣子不對勁，只是睡著搖也搖不醒，所以就叫救護車來了。」

因爲太激動吧，昭二的喉嚨梗住了。

「說是腦中風，意識一直都沒有恢復。醫院的醫生說生還的機率只有一半。」

公公有高血壓，一直有跟常看的醫生拿降血壓的藥。但是老一輩的人經常故意忘了吃藥，家人一提醒就說些有的沒有的理由，不然就惱羞成怒，很難應付。而且不管醫生怎麼規勸，就是不肯戒酒。

滋子因爲驚訝也沒有細想，最先想到什麼就直接說出口。於是一開口就說：「又是因爲沒吃降血壓的藥吧，我說的對嗎？」

突然間昭二睜大眼睛，一時之間在滋子眼裡看起來就像是妖怪的臉。

「所以妳是說他自作自受囉？」昭二氣憤到語尾發顫，他怒吼說：「所以妳是說他本人死了活該囉？」

昭二的氣勢讓滋子退後半步。「我又不是那個意思。」

「那妳是什麼意思？妳說呀，說清楚呀！」

「你不要大聲吼嘛！你是怎麼了，昭二？」

昭二用力踢開衣櫥的抽屜。

「爸爸快要死了，你說我還能怎樣？」

他的兩個肩膀因爲生氣而顫抖、拳頭握緊、呼吸急促。滋子則雙手抱著胸口，心臟快要跳了出來。她想現在多說什麼或做什麼，都會被打吧。

與其說是傷心，應該說是害怕。昭二看起來就像是完全陌生的人。就連看習慣的公寓家裡也像是別人的家。

她很想右轉逃出這裡。

「昭二，找到毛巾了嗎？」

背後有人說話。回過頭一看，是婆婆站在門口窺探著屋裡。她和滋子視線相對，立刻睜大充血的眼睛，嘴角歪到一邊。

「哎喲！」還發出驚訝的聲音說：「妳也在家呀！」

聽起來就知道她故意不說「妳回來了呀」，而用「在家」的字眼。儘管家裡的狀況這樣，婆婆還是綽綽有餘地挖苦她。因爲形勢對婆婆而言是壓倒性的有利。

過去從來沒有兩個人一起給滋子難堪過。滋子如果被婆婆唸了或責罵，昭二一定會幫她說話。而他們夫妻自己吵架時，昭二也絕不會跑到自己媽媽那裡去訴苦。偶而滋子和昭二吵嘴時被婆婆聽見，婆婆逮到機會想介入時，昭二一定會箭頭轉向出面制止婆婆說：這跟媽媽沒有關係，於是那次的吵架也不了了之。

但是今天不同。而且更令人生氣的是，造成這種狀況的人是滋子自己。

「我剛剛聽說爸爸的事了。」對著婆婆，滋子盡可能溫和地說話：「因爲工作不在家，又沒有立刻聯絡，眞是對不起。現在要去醫院嗎？我也一起……」

彷彿滋子的話會推人似地，婆婆的臉轉向另一邊說：「跟妳沒有關係。」

滋子閉上嘴巴看著婆婆。婆婆斜眼瞪著滋子，一副得理不饒人的口氣說：「不說一句就出去，三天兩頭到處鬼混，回來一句招呼也沒有。實在是太不要臉了吧！」

滋子拚命保持溫和的口氣說：「媽會生氣是當然的。我如果知道爸爸病倒了，也不會出門的。實在是時間點不對呀。」

昭二從衣櫥理拿出毛巾、衣物包成包袱。大概是要帶去醫院吧？滋子一半的心思轉移到他身上。「總之我也很擔心爸爸，請讓我跟你們一起去醫院！」

突然始終沒有停過手的昭二說話了：「不要說的那麼好聽，不用說也無所謂。不必勉強了。」

滋子當場呆掉。「你說什麼？」

「我叫妳不必勉強了。」昭二抱著包袱站起來說話：「妳不是工作比較重要嗎？跟工作夥伴在一起比較愉快嘛？所以妳就以那邊優先好了，不用在家也沒關係的。」

婆婆趁勢說話：「說的也對，我們家和妳斷絕關係。我們已經不是婆媳了！」

「媽，我們走。」

昭二抓著婆婆的手打開大門。兩人丟下滋子，眼看就要離開了。

「慢點！這樣太過分了。」

滋子一叫，昭二背對著她停下腳步。接著將包袱交給婆婆，簡短說聲「妳先走」，將婆婆推出走廊，然後關上大門。

喉嚨梗住了，滋子一時之間說不出話來。昭二也是直立不動。

「眞的要趕我出去嗎？」好不容易開口問，滋子突然很想哭地低下了頭。

昭二回過頭，以很疲倦的眼神看著滋子。實際上他也很辛苦了吧？或許一直在醫院守候著沒有睡覺。

「已經沒用了。」他小聲說：「剛剛滋子不是說時間點不對嗎？」

「是的，我說了。」

「意思是說自己不在家的時候爸病倒，時機不對嗎？」

「是呀，難道還有其他意思嗎？」

昭二雙肩低垂地嘆氣說：「妳只能想到這些嗎？」

「怎麼了？」

「在妳想到這些之前，沒有先想到說：『不在家很抱歉。』嗎？沒有想到說：『你們辛苦了！』嗎？沒有想到說：『對不起！』嗎？」

「所以……我才會說時間點不對，不是嗎？」

的確滋子什麼都不知道地帶給了家裡困擾也說不定，但是她不是出門去玩呀。只要有工作，就算不是文字記者之類的職業，偶而也會有這種時機不對的情形發生。所以爲什麼一開始就要先道歉呢？又不是做了什麼壞事？

「我有工作呀，也不能對那邊沒有責任吧！」

「就算造成家裡的困擾也是一樣嗎？」

「不在家我眞的很抱歉。所以我不是說要拚命彌補你嗎？爲什麼這樣不可以呢？」

昭二緩緩地搖搖頭說：「那已經不行了。」

「什麼不行嘛！」

「我的思想也許古老。但是滋子，我還是希望自己的老婆以家人爲第一優先。自己不在家時家人生病了，一點也不覺得抱歉，只是認爲因爲有工作所以沒辦法的女人，我還是無法忍受。」

滋子凝視著昭二的臉好一陣子，他將視線避開了。

「昭二，可是這不是你一開始就知道的嗎？」

我從結婚前就從事這個工作，你一直都很支持我的工作。不是嗎？

「我的報導受到好評時，你不是對你的朋友自傲過？說我的老婆很厲害。應該沒錯吧？」

滋子向前靠近昭二一步。

「可是做這種工作，並不見得都很風光呀。也會發生像這次的情形。有時如果想要做出讓社會看好的結果，就必須有所犧牲呀。又要做你可以驕傲的能幹文字工作者，又要在妻子和媳婦的角色考滿分，我做不到呀。」

「所以我說已經沒用了呀。」

與其說是冷淡，應該說是平靜的語氣。

「我們已經沒辦法再一起下去了。」他是說要分手。滋子感覺好不容易才對上焦點。昭二卻在跟她提分手的事。

「你……」爲了讓自己平靜下來，滋子用力握緊指頭。「離婚這麼重大的事，你就在這麼短的時間內決定嗎？只是因爲這點小糾紛，就要做出結論嗎？」

「我不認爲這次的事只是一件小糾紛，我覺得很嚴重。」

「爸爸病倒的時候，我不在家，這件事有那麼嚴重嘛？有嚴重到改變人生大事嗎？」

「沒錯！」昭二平靜地回答：「對我而言是的。」

滋子咬著唇忍著不說話，心想：又回到了原點。一開始不是說我有工作，這種事是可以辦到的！

「滋子，妳出去連一通電話也不打回家的嗎？所以當然不知道爸爸病倒的消息。」

看來開始要宣讀我的罪狀了……滋子心想，在被放逐之前。

「我覺得問題不在於妳不在家，我說的是妳一出去就完全不管家裡的心態問題。就算再怎麼忙，打個電話回家問看看有沒有什麼變化，也不過只要一分鐘就能完成。」

「因爲吵架了，所以才不好打電話嘛。」

「不是這個問題！」

昭二已經做好了結論。滋子心如止水地明白了。

「連妳自己都沒有發現自己的眞心意。不在乎家裡的事，對現在的妳而言是很正常的。因爲妳覺得外面的社會比較好玩，對妳比較合適。」

滋子抬起眼睛問：「合適？」

「嗯。」昭二像個孩子般點頭說：「我的頭腦不好、又只是高工畢業，爸爸媽媽也沒什麼知識教養，根本趕不上妳所做的事，只會給妳扯後腿。」

「沒有這種事呀。」

昭二笑了一下說：「因爲我對妳的活躍感到高興嗎？」

「是呀，你不是很支持我嗎？」

「我也搞不清楚了。我只是因爲大家在起鬨，所以覺得很厲害。爸爸、媽媽和工廠的大夥兒也是一樣。覺得妳上了電視、上了雜誌、好厲害、已經成了名人、大概也賺了錢吧？就是這種水準。」

我也差不了多少，昭二低喃。

「對我而言，與其有個我跟不上的好工作的老婆，我還是覺得有個頭腦不好、沒受過什麼教育、家裡有人生病時能隨時陪著照護的溫柔好老婆比較好。在這個意義下，我想我是錯了。沒有想清楚就對滋子說些好聽的話，隨隨便便就答應說要支援妳、要妳加油。我錯了。」

「所以滋子妳沒有錯！」他還小聲補充說。

滋子什麼都不能說。已經被說成這樣，還能回答什麼。她總不能回答說要辭掉工作回歸家庭、成爲溫柔體貼的好妻子吧。「你一直有這種感覺嗎？」終於她開口問了：「應該不是這一兩天才有的吧？」

猶豫了一下，昭二點頭說：「嗯，是的。」

「爲什麼不早點跟我說？」

「我……我以為自己會改變，我以為自己應該要改變。因為我答應滋子要支持妳，我以為我必須遵守答應過的事。」

滋子感覺眼眶開始泛淚。「謝謝你。」

「不要跟我道謝。」昭二也開始有了哭聲。「結果還是不行。爸爸病倒，家裡一團糟時，我才深深感受到。我已經無法再欺騙自己了，我已經無法再配合滋子的生存方式了！」

滋子緩緩地點頭。就算情緒不能接受，但道理是講得通的。昭二並不只是一時的感情用事。

「滋子，我先把話說清楚。」昭二聲音溫柔地表示：「我曾經問妳過，為什麼要寫犯罪的報導文學？結果妳回答是為了可以窺探人類內心的黑暗，可以幫助理解那樣的黑暗。」

當初話說的眞是好聽，滋子苦笑地點頭說：「嗯，我是說過那種話。」

「我聽了滋子說的話，心裡覺得滋子好棒，我實在配不上妳。」

可是我……，昭二的聲音變小。

「我要的是不知道人們內心黑暗也沒關係、頭腦簡單也沒關係、只要和我一樣想著家人和人生、溫柔照顧家庭的老婆就好。這是我的眞心話，我終於明白了。」

滋子沉默不語，只是不斷地點頭。昭二低聲說「對不起」，打開家門便離去了。

滋子開始收拾行李。

24

「喂，足立印刷。」

「喂……喂……？請問是足立先生嗎？」

「是的。」

「還是你是增本呢？」

「我是增本沒錯……」

「太好了，我是網川浩一。」

「啊，你好。」

「星期天麻煩你們親自跑來，還讓你們不高興回去，眞是不好意思。」

「這個……我是沒有關係的，你別這麼說。」

「足立女士會不會心情被破壞了呢？」

「放心好了，老闆娘不是那種人，她不會心情不好的。」

「太好了。足立女士的做證，我一定會用在下一本書上，當然電視上也會。因爲那是證明和明做人怎樣的重要證詞呀。」

「請問找我們老闆娘有事嗎？現在我們是午休時間，老闆娘出去買東西了。」

「不，沒關係。其實我不是要找老闆娘，而是要找你才打電話來的。」

「嗄？找我？」

「嗯，增本，你現在一個人嗎？旁邊有人在嗎？」

「沒有，老闆去銀行了。」

「是嗎，那就太好了。對了，增本，有件事想麻煩你，你願意聽嗎？」

「什麼事？」

「電話中不好說。能不能見個面？今天晚上。」

「這個嘛……不行耶。我們這裡很忙，因爲只有我和老闆兩人，晚上還得熬夜加班趕工。」

「這麼不景氣，你們印刷廠的生意還眞不錯。那明天呢？」

「這個……你有什麼事呢？電話中不能說嗎……。」

「嗯，很重要的事。」

「什麼樣的事呢？」

「所以說電話中不好講。你也已經在社會上立足，應該能體諒我吧。有些事不見面是沒辦法說的。」

「你這樣說……我有點……這種事我最不在行了。」

「眞糟糕，怎麼像個小孩呢！」

「對不起。」

「其實也不是很困難的事，我只是想請你幫個忙。」

「我想不行吧。我沒有能力幫你們這種寫書的人。」

「不是的，我又不是叫你寫文章。只是一點小事。」

「一點小事，做什麼？」

「我想請你打電話給我。明天我要上中午的社會新聞節目。」

「你是說打電話到電視節目裡嗎？」

「嗯。我要你威脅我。內容我來想，你只要打電話到電視台，對著稿子唸就好了。」

「要我威脅呀……」

「你知道吧？警察完全漠視我的說法。不管我怎麼說眞兇X另有其人，他們就是裝作沒聽見。所以爲了讓他們醒過來，如果讓眞兇X打電話給我的話，應該會很有效果！」

「我不懂你在說什麼？」

「我是說你只要假裝成眞兇X，打電話到電視台就好了。很簡單吧？至於電話呢，找個距離遠一點的公共電話打就可以了。盡可能是在都心裡，我也會幫你準備好變聲器的。」

「這麼一來就是欺騙警察和電視台的人囉？」

「沒錯，可是爲了讓警察能正式開始搜索眞兇X，我才硬要這麼做的。所以不算是欺騙，只是演個戲嘛，爲了宣傳效果。」

「可是那還是騙人的呀。」

「不一樣的。你的頭腦又不笨，應該了解才對。」

「我雖然頭腦不好，也知道那樣是騙人的！」

「什麼呀，別讓我失望嘛。你不是也贊成老闆娘的意見嗎？你不幫助我就等於是反對老闆娘哦！」

「我不這麼認爲。我從中學畢業就在這裡工作，所以我很清楚老闆和老娘的做人。老闆娘最討厭拐彎抹角的事情，她常說騙人是最要不得的！」

「即便爲了目的去做也不行嗎？」

「不行的事就是不行。」

「眞是遺憾，我很期待你的。我很看好能跟你一起合作的。」

「我要掛電話了。」

「我知道了。不過增本，這件事千萬別跟老闆娘說，我不想讓她操心。」

「再見了。」

電話切掉，網川浩一握緊行動電話，罵了一聲：「狗屎！」

「那個笨蛋明明腦袋空空，爲什麼就是不聽我的話呢？」

足立印刷有限公司裡，增本青年看著剛掛上的電話心中思考著。

星期天在美寶飯店的見面，雖然出現許多狀況，但畢竟是一件好的事，至少老闆娘能說出心裡的話。老闆娘所知道的高井和明絕對不是那種可怕的人，能夠對外說出內心的事，感覺很好。

還有那個小孩的頭腦不錯，那個小孩是叫做塚田眞一吧？他提出意見說：「高井和明的聲音可能會被煩惱諮詢中心給錄下來。」眞是令人驚訝。之前電視、新聞，都沒有人想到這一點。至少在增本青年所知道的範圍裡。

他的提議很棒，放著不做太可惜了。所以增本青年一直考慮是不是應該跟老闆和老闆娘商量後去報警呢？搜查總部一直在徵求民眾提供資訊，他們一定會聽吧？當然他不會說是自己的意見，一定會說明是塚田小弟的看法跟警方商量。警方的話，就能夠調查各地的諮詢中心。說不定眞的就能找到高井和明的聲音。

只是現在工廠眞的很忙。因爲老闆一向規規矩矩做生意，所以有很多不被景氣影響的忠實客戶。這種時候他實在不太敢增加老闆和老闆娘多餘的麻煩。

「我回來了。」足立老闆從銀行回來了。

「三間建築包商的匯款已經進帳戶了。」

「是嗎，太好了，老闆辛苦了。」

「午飯吃了嗎？」

「是的。有幫老闆的飯菜留下來。」

「那我得趕快吃才行。」

增本一直盯著邊笑邊走進辦公室的老闆的臉看，說呢？還是別說？

還有剛剛那傢伙打來的電話？那個叫做網川的傢伙，其實是個很討人厭的傢伙吧？居然有臉提出那種事，還以爲我會答應，簡直把人當作笨蛋看！

（可是老闆娘很稱讚那傢伙耶！）

「怎麼了？我臉上沾了什麼東西嗎？」

「沒有，沒什麼事。」

「奇怪的傢伙。」

老闆笑了。增本還在考慮，說呢？還是別說？

25

走了。

他走了。

高井由美子一個人在飯店房間裡，坐在床上盯著牆壁看。早餐沒有吃，午餐也什麼都不想吃，只是坐著發呆。好不容易換好了衣服，卻赤著腳沒有穿鞋。這幾天都是這個樣子。今天是幾號呢？那之後經過了幾天呢？

由美子的樣子不對勁，網川浩一應該早就發覺了。現在的由美子已經沒有力氣隱瞞內心的動搖，老實說她希望網川能讀出她內心的混亂，甚至直接將感情的混亂表現在臉上。這也是當然的。

儘管如此，他還是出門了。說是和人約好了見面，他說他很忙。他說有約會。連續好幾天都出去，把由美子丟著不管。

是由美子自己說要一個人靜靜，有事情要想。所以別人會說，妳變成一個人是應該的呀。但是內心卻不是這樣想，過去從來沒有這樣子過。由美子所謂的「一個人靜靜」，是希望網川陪在她身邊。只有一個人，由美子會胡思亂想太多，所以需要他陪在旁邊跟由美子說說話。他完全接受由美子的說話行事，這還是第一次。

那個週末的晚上，受不了夜晚的沉重，她衝動地打了好幾次電話給前畑滋子。衝動地很想問問對方：「滋子姐，我錯了嗎？我做的事錯了嗎？我打算和網川先生一起為洗刷哥哥的污名而戰，可是外人真的是這麼看嗎？

我的內心，從滋子姐那邊也能看得清楚嗎？

我喜歡網川先生，希望網川先生永遠在我身邊。我希望網川先生總是最先想到我，我希望永遠被網川先生守護著。

不知道從什麼時候起，這個念頭比幫哥哥洗刷污名，在我的心中更加膨脹。

我的內心，滋子姐是否也能看得見呢？如果滋子姐能看見，表示世間的人也看得出來了吧？我很丟臉嗎？我是表錯情的女人嗎？」

前畑滋子不在家。她的聲音只是電話錄音。雖然想對著機器訴說心事，但最後還是覺得難為情而放棄了。電話留言的後半段只錄下了由美子的哭泣聲。

聽了那些，前畑滋子會怎麼想？會生氣說這個時候還有什麼臉回來找她吧？還是會嘲笑說：「反正妳是跟網川吵架了吧，可是我不想當他的代替品？」因為害怕這些，由美子沒有再打電話。

自從出書、成名之後，網川就變了。不，與其說是他自己變了，應該說他關心由美子的方式變了。有了名氣、到處受歡迎、被公認是文字記者的他逐漸開始離由美子而去。雖然他還是跟剛開始一樣以溫柔、親切、關心來對待由美子，但兩人之間已經開始有了縫隙。

出書前兩人是同志。網川是實力強的戰士，由美子力量微弱幫不上忙。但是立場是一致的。為了替高井和明這個倒楣、沒用的青年申冤，他們倆是戰友。

但是現在已經完全不一樣了。

網川浩一成名了。走在路上總有女孩子對他歡呼，書迷鼓勵的信件如雪片般飛來，其中也有幾近情書的內容。也不知道是哪裡搞錯了，有不少女生還會寄照片、留下電話號碼、住址，希望網川回信、要求跟他兩個人私下見面。

網川浩一成了英雄。爲了不幸的童年好友，他鼓起勇氣面對社會而戰，說服大眾，吸引他們的目光、聽覺。現在連警方也開始逐漸接納他的主張；因爲面子問題還不能公開，但這一個星期已派人保護網川，就是警方承認他的意見的不可動搖鐵證。

而由美子卻被丟在一旁。

由美子不是英雄，她不能跟網川站在同樣的立場。她甚至不能踩著威風凜凜前進的英雄影子，偷偷尾隨在後。沒有人想看由美子，也沒有人會注意到她。

傳說或神話中的英雄，如果和被他們從怪物或妖魔手中救出的公主結合，兩人就可以手牽手接受民眾的歡呼。這是一種約定，一個慣例。所以由美子誤會了，以爲網川被社會接受的同時，自己也能站在一起。

然而現實和傳說是不一樣的。尤其是由美子一開始就不是「公主」。的確她是被英雄救了出來，但由美子只是個無名的鄉下姑娘。鄉下姑娘和英雄是不可能結合的。

英雄凱旋回都市，那裡自然有適合他的公主等著。鄉下姑娘目送著英雄離去後，只好回到田園認眞工作。

但是由美子又誤會了。

她以爲英雄會思念鄉下姑娘又跑來救她。

解救有困難的人是英雄的職責，所以他會這麼做。

但他不是因爲喜歡鄉下姑娘。

成名之後的網川身邊，有許多適合他的「公主」圍繞著。大家都比由美子出色，長得漂亮，頭腦也好。網川和那些女性在一起的時間其實過得快樂。看見他和年長的名女主播，毫不畏懼地對等聊天、談笑、開玩笑，由美子心中覺得很驕傲。但是只要從誤會的夢中醒來，她根本沒有驕傲的權利。

「浩一……。」

她知道那個女性攝影師跟網川很親密。常常兩個人在酒吧，喝到深夜。但是她以爲那是工作，她想這麼以爲。由美子就是這樣子欺騙自己。她欺騙自己：在許多故事中，英雄就是和鄉下姑娘結合，沒什麼好奇怪。我和網川先生是因爲高井和明這個死者的靈魂而結合的。

但是這只是空虛的幻想。星期日發生的事，事前完全沒有跟由美子商量，網川就擅自安排採訪，激怒了有馬義男和塚田眞一。而這一次他又想利用由美子欺騙他們。從頭到尾，由美子只是個棋子，網川眞正的計畫商量對象、配合他行動的助手是那個女性攝影師。聽見她叫網川「浩一」的那一瞬間，由美子已經無法置身在曖昧的迷霧中了，她已經被迫明白了。

於是他走了。

丟下由美子，他走了。

門鈴響了。由美子慢慢抬起臉看著房門的方向。

門鈴還在響。一種急躁、吵雜的響聲。由美子從床上起來走向房門之際，門鈴始終在響。

打開房門，從十公分寬的門縫中，看見那個女性攝影師的臉。兩隻眼睛由下而上看著由美子，直到四目交接時，她從外面伸手推開房門。她穿著口袋很多的短背心和緊身牛仔褲，踩著腳尖突出的長靴踏進房內。一隻手按著門，生氣般地尖著嘴瞪著由美子。

「妳還好嗎？」猛然一問，好像由美子應該不好的口吻。

由美子不發一語從她身邊穿過，想要到走廊。可是手臂卻被抓住了。

「早上出門時，網川先生擔心妳，拜託我來看看妳的情況。他說妳最近很消沉、不太高興的樣子，所以我來看看。倒不是我高興來看妳的。」

由美子慵懶地回過頭，故意反問：「網川先生？」

「是呀，沒錯。是浩一拜託我的。」她也故意回嘴。由美子覺得心痛，結果這是場贏不了的戰爭。

女性攝影師用力關上房門，擋在由美子和房門之間。兩手插腰，速度很快地說出：「我看妳有些誤會，所以先說清楚。浩一要跟誰交往，跟誰談戀愛，妳沒有什麼說話的權利！」

由美子沉默地看著腳下的地毯。

「妳以爲擺出一張悲傷的臉，大家都會同情妳，那妳就錯了。就連浩一也說過妳最近一點霸氣都沒有，看了眞煩呀！」

她說話的速度更加快了，彷彿說出口，丟下自己的話語就要逃跑一樣。

「妳絕對不是什麼悲劇故事的女主角，這一點妳最好張大眼睛、認清事實！」

由美子抬起眼睛看著她。對方退縮了，心裡好像有些驚訝：「怎……怎麼樣？」

「剛剛的那些話，是網川先生拜託妳來說的嗎？」

女性攝影師閉上了嘴巴。自己說的話被追究，突然間臉色開始發青。

由美子重複問：「是他拜託妳的嗎？」

「他……才沒有那麼神經大條。我想妳也很清楚才對吧？所以不要再纏著他不放了。」

由美子打開房門說：「妳給我出去！」

「我說由美子小姐，妳呀……」

「我和妳沒什麼話好說了，妳給我出去！」

「是嗎！」女性攝影師不屑地說，然後從許多口袋中，伸手到最深的口袋拿出一封信。

「這個！」她拿到由美子鼻頭前說：「送到櫃檯的，寄給妳的。好像是妳媽媽寫來的吧。」

由美子接下信，的確是託飯店轉給由美子的信。郵票貼歪了，翻開背後的寄件人，上面只有歪斜的小字寫著「母寄」。

趕出女性攝影師後，關上門上了鏈條，回到床上後才拆開信封。信件很厚，裡面好像不只有信紙而已。

將信封倒著甩了一下，由美子的腿上掉落兩張快拍照片。很奇怪的照片，整體色調很暗。被拍攝的東西扭曲著，而且好像是什麼信件一樣。由美子拿近觀察。

不是好像，根本就是信件的特寫照片。整個畫面拍的是寫滿直式文字的信紙。由於表面反光，不容易閱讀，由美子皺起了眉頭，這是……

讀了之後，感覺腳底開始搖晃。只好抓緊床單才能穩住身子。

這個……究竟……

抓著信封，用手指掏出裡面的信紙。那是一張影印用紙，上面排列著文書處理機打出來的文字。

「高井由美子收

認清事實吧

這照片拍的是高井和明留下遺書的一部份 遺書中 高井對於和栗橋浩美共同犯下的殘酷罪行做出完全承認的告白 他們的車禍身故至少對高井而言是做好心理準備的自殺 高井只有以死才能補償被栗橋慫恿犯罪的內疚

這封遺書是寄給網川浩一的 他一直偷偷留在身邊

他一開始就知道事件是栗橋和高井兩人一起做的 知道卻故意隱瞞

我調查網川身邊 終於成功拍攝到這兩張照片

不用多說底片在我手上 就算消滅照片事實也不會消失的

要是暴露這個眞相會發生什麼事呢

網川和妳什麼都將回到原點

讓網川看這封信

我要跟你們談交易

你們已經無路可退

要想演戲欺騙世人的話 就必須有付出代價的覺悟」

沒有寄信人的名字，也沒有日期。

信件從由美子的手中滑落。她呼吸了一口氣，整個人跌坐在地板上。

認清事實吧！

不知道經過多久，一個人跌坐在地上。文書處理機打出來的文字一直在腦海中迴旋，整篇文章碎成一句句又連在一起，連成圈又分散，像是嘲笑由美子般充滿色彩，在腦海裡翻飛。突然她想到，也許是自己失去了意識，也許是做了惡夢。

但是低頭看著自己的手，信件還在手上，自己的手指還緊緊抓著信件。腳邊有兩張照片，正面對著由美子躺在地板上。的確是存在的，丟也丟不掉，不可能消失。

認清事實吧！

哥哥留下了承認犯罪的遺書，浩一他知道這件事。

門鈴又響了。不像剛剛那麼急促的響法，而是慢慢地一次又一次按著。第二響、第三響。

由美子看了一下床頭的數位鐘，已經是晚上了。由美子僵凍的時候，時間已經過去了。

聽見有人敲門的聲音。有人在叫她，她聽見有人呼喚由美子。由美子妳在嗎？可不可以開開門？是網川。他從外面回來了。

由美子感覺自己分爲兩個人，一個由美子想要衝過去開門，跳進他懷裡哭泣；另一個由美子則是像這樣沉默如死人等著他離去，然後收拾行李離他而去。

但是要去往哪裡？目的地何在？懷抱著這樣的事實，這地球上還有由美子容身之處嗎？

報警？報社？還是到前畑滋子的公寓？她應該會聽我說話吧，而且會很高興聽我說話吧？因爲這些照片和信就是鐵證。前畑滋子是對的。她的資訊來源和信念所在的警方也是對的。高井和明眞的是殺人犯。拿著證據前往投奔的由美子，怎麼可能前畑滋子會拒絕她呢？

可是這麼一來由美子會變成怎樣？

前畑滋子終究是外人，她和事件毫無關係。她只是採訪和寫成報導而已，她只是撈到大功而已。她不能守護著由美子的人生。

「由美子，妳睡了嗎？」

網川的聲音在叫她。由美子抓著床站起來，靠近門邊，扭動門把。爲什麼這個門這麼重呢？好像是在說不能開門。門也有意志，那有這麼可笑的事呢？張開雙眼，網川正注視著由美子，由美子也看著他的臉。猛然發覺，她已經好久沒有這樣正面看著他的眼睛了。

「請進！」

由美子的話語跟網川的「妳還好吧？」同時說出，形成沒有意義的合音。

「請進來，我有東西給你看。」

由美子說完，背對著他說：「信……來了一封信，裡面有照片。」

這時另外一個想要離開這裡的由美子，像靈魂般安靜而悲傷地漂浮在房間的某個角落看著這一切。由美子明顯可以感覺到的同時，將信交給了網川。

很長很長的沉默。

讀完寄件者不明的威脅信後，網川浩一坐在由美子房間裡的沙發上，一手撐著下巴，始終保持沉默。回來的時候，雖然疲倦但還很開朗的表情，現在已消失無蹤。由美子坐在旁邊的床上，隨時等待他對她說些什麼、給她一個笑容、或是抬起因爲生氣而潮紅的臉。

網川在想些什麼呢？面對現在的情況，他在思考什麼呢？看著無機質跳動報時的數位時鐘，由美子突然覺得：只要這樣閉著嘴等待時間經過，那封信和照片就會消失、還有可怕事件的記憶也會一併不見、世上的人們都會忘記這一切、所有問題都能解決朝向明亮的未來，或許事情能夠順利地過去。和事件對抗、違背潮流實在是太辛苦了。只要是放鬆氣力隨波逐流，也許會出現更好的結果。

數位時鐘跳動了一下，時間是凌晨零點。

這時由美子耳朵聽見了什麼。覺得好像是許多人的聲音，從隔壁房間傳過來的吧？她抬起頭看了一下才發覺，是頭低著、拳頭握緊壓在嘴上的網川在笑。「哈……哈……哈……」，眼角堆滿了笑紋。看起來很溫柔的眼角笑紋是由美子最喜歡他的特徵之一。

她放心地開口問：「那個應該是惡作劇吧？」

網川繼續奇怪的笑聲。信紙、照片都攤在茶几上。他看著那些東西在笑。

由美子走下床來，來到他的對面。拉了一張椅子坐下來，網川似乎故意不讓由美子看見他的臉，依然低著頭笑著。

「討厭，有什麼那麼好笑嘛？可是我剛開始讀那封信的時候，心臟都快要停止跳動了。」

網川嘆了一口氣，發出「啊……啊……」的叫聲。就像一般人在笑得太過頭的時候，常常會那麼做一樣。然後他交差盤腿重新坐好，愉快地看著由美子的臉。

「由美子，妳看這照片上拍的遺書上的文字，眞的是和明寫的字嗎？」

意外的詢問。由美子完全沒想過這個問題。

「這個嘛……」她拿起照片再一次仔細端詳。可是不太清楚耶，字太小了；內容也是片段式的，看不懂。她老實地回答網川。

「哥哥的字很醜，眞的很醜。每次拿到哥哥記的外賣訂單，我和媽媽都認不出來，會忍不住唸他兩句。」

網川對著照片皺著眉頭說：「這個字也很醜，所以由美子沒有任何懷疑，以爲就是和明寫的。」

實際上是因爲衝擊太大，根本還來不及想到那裡，但是由美子還是點了點頭。

「那麼是惡作劇囉？這個遺書是假的囉？」

網川臉上浮現淡淡的笑容，沒有回答。

「哥哥才不會寫什麼遺書呢。但是有誰會花這麼大的功夫搞這種惡作劇呢？信是送到飯店的櫃檯來的，而且寄信人還寫著是我媽。大概是認爲這麼寫，我就一定會打開來看。」

網川沒有改變臉的角度，只是移動眼睛看著由美子，就像觀察很有興趣的動物一樣。然後他說：「那是眞的。」

由美子隨著他的微笑也跟著笑了，但表情就此僵住。

「信的內容也是眞的。從頭到尾都是眞的。」

由美子手上的照片掉在地板上，因爲感覺好像照片在自己的手上滑動。她抗議般扭曲著身體說：

「怎麼可能……」

呼吸變得痛苦，腳好像踩在沙地上，逐漸往下被吸進去一樣。

「和明的遺書在他們車禍死在綠色大道的隔天，寄到了我那裡。」

網川像讀台詞一樣，語氣平淡地述說著。他的視線從由美子身上移到窗戶的方向。然後好像很刺眼地瞇著眼睛說：「讀過之後我嚇了一跳。因爲新聞已經大肆報導了，我大概知道事件的經過，總之心裡覺得這下糟了，我手上居然握有天大的證據。」

「可是……你爲什麼……」

「妳是說我爲什麼不趕緊報警嗎？」網川反問，然後苦笑地搔頭說：「因爲我想就算不報警，他們兩個也已經被認爲是連續誘拐殺人事件的兇手。一開始所有的新聞節目都那麼認定。所以用不著報警，目的也已經達到了。而且我也不希望被媒體追著跑、整天接受警方的偵訊調查。搞不好我也會被懷疑是這個事件的關係人，被這些沒用的警察誤會！」

由美子感覺身體開始傾斜。

腦海裡浮現的、喉嚨裡跳出來的，只有一個想法、一句話，就是「爲什麼？」「爲什麼？」「爲什麼？」

「我決定忘記手上擁有遺書的這件事。」網川語氣平靜地繼續說：「可是在這麼做的時候，透過報導發現事件的搜查漏洞百出。找不到任何和明涉案的證據、也沒有發現兩個人犯案使用的祕密基地。因爲沒有作爲聲紋鑑定的材料，那通打給HBS特別節目的電話也不能成爲決定性的關鍵。什麼都是空談。」

「於是我想到了。」網川的語氣稍微加強了：「這下可好玩了。」

由美子像隻鸚鵡般重複他的話。「好玩？好玩？」

「由美子知道什麼是debate嗎？就像是辯論會一樣。」

由美子只是茫然地看著網川，什麼？你說什

麼？

「我在大學的社團做過幾次，很好玩的。我很厲害，幾乎都沒有輸過。」

這種辯論會純粹是爲了磨練辯論的技術。在裡面辯論的主張，有時會和個人的信念相違背。例如個人反對安樂死，但是在辯論會上卻必須擁護安樂死而加入辯論的行列。

「我想應用這些技巧。換句話說，全日本只有我一個人擁有鐵證，知道和明是事件的共犯。但是我硬要主張和明是被捲入事件的受害著，我要讓社會大眾接受和浩美聯手的是另有一個眞凶X的存在。我想試試看能否挑戰成功。」

由美子的腦中一片空白，跟不上他說的內容。但是網川似乎已經忘記自己爲什麼而說話，只是一個人高興、自傲地繼續說下去。

「這是很困難的事，難度相當高。暫且不管不習慣處理連續殺人事件的笨警察怎麼想。因爲輿論已經決定是他們兩人犯的案，爲什麼會這樣？因爲大家想早點安心。因爲大家想可怕的殺人犯死了，就沒事了。所以要推翻這一切，需要很大的力氣。什麼時候開始做是個問題。要將社會大眾推進不安的漩渦，時機是很重要的。」

所以我觀察警方緩慢的搜查動作，等待著時機的到來。

「結果就像爲我安排的一樣，一個圍繞在警方身邊的笨女人前畑滋子，根據警方資料寫出報導，簡直是幫我做出好球。我判斷該我出場的時機到了。與其拿『搜查總部』這種模糊的組織做對象，不如以擊垮個人意見的做法，更容易在大眾之間發揮宣傳的效果。」

由美子想說些什麼，卻只是下巴顫動說不出話來。網川看了那樣的由美子一眼，語氣有點安慰地繼續說：「當然對由美子你們，我覺得很可憐。」

接著他補充說：「做壞事的是和明，不是由美子也不是妳的父母。可是這是日本人的壞習慣；因爲對家庭單位抱持著絕對的信仰，所以已經死去的和明所不能負擔的責任，必須改由由美子你們承擔。我想從這種愚昧的大眾攻擊中，將由美子你們救出來。」

由美子好不容易說話了：「我……可是我……我是眞的相信哥哥不是殺人兇手呀。」

網川傾身，輕輕拍著由美子的手臂說：「由美子，人一長大，即便是家人好友，彼此之間也有不爲人知的另一面。和明心中有不讓由美子看見的黑暗面。關於這一點，前畑滋子小說般的分析寫法雖然說的大致沒錯，但她是浪漫主義者，女人都是這樣。」

「前畑小姐……？」

「沒錯。妳讀過她的報導嗎？文章雖然是日文，但是基本想法根本是抄襲美國犯罪報導文學的主張。模倣也要有個樣子嘛！根本連事實都沒有看清楚。結果只是將自己想寫的寫成事實而已。」

由美子抬起頭，淚水滴落在茶几上。網川看著由美子哭泣的臉，就像父親俯視安慰著撒嬌孩子一樣。

「我成功了。」他肯定地宣布。

「現在整個形勢都轉變過來了。全日本都站在我這邊。連警方暗地相信我的說法，期待著眞凶X跟我接觸。由美子現在是悲劇的女主角。也許妳一直關在屋子裡不知道，妳出去看看，那些在事件剛開始時視妳如牛鬼蛇神、避而遠之的人們，都會上前擁抱妳了。他們會說妳的悲劇就是我的悲劇，也一定會有男人跟妳求婚，要妳馬上嫁給他。」

由美子只能注視著網川，她已經說不出話來。她不知道該說些什麼才好。

「關於這個可惡的威脅者，妳不必擔心。」網川說的乾脆，然後抓起照片說：「是誰幹的，我大概能猜得出來。不敢直接交給我，而找由美子下手，乍看之下好像很狡猾，其實正表示這傢伙是個膽小鬼。根本沒有和我對抗的頭腦和勇氣，放心好了，我有辦法制服這傢伙的。因爲目的還不只是爲了錢嗎！」

網川一副早就猜透由美子內心的態度。由美子也完全決定贊同他的意見。所以由美子不得不從混亂的心中找出什麼話來表白。

「你應該說出眞正的事情！」

網川就像搞笑綜藝節目裡的藝人一樣，做出誇張的吃驚表情。

「什麼是眞正的事情？」

「就是這個遺書的事。」

「說了又能怎樣？」

「又能怎樣？可是那就是眞實呀。」

「所以由美子又想被滿街追著跑嗎？妳的父母好不容易恢復平靜的生活，妳又要他們被放逐嗎？或許妳的爸爸病情會加重，甚至到不能挽回的地步。」

我知道。你不必說我也知道。可是……

「頭腦知道的，跟現實人生身體承受的，是兩回事。」網川好像眞的能讀透她的心。「事到如今將遺書公諸於世，將事實呈現出來。由美子的這種正義是小學生的正義。因爲有誰能得到什麼好處呢？頂多只有前畑滋子翹著鼻子出現在電視上頭。可是她又能幫由美子做什麼呢？」

是的。前畑滋子終究是外人，並不能取代由美子的人生。這就是由美子心中所考慮的。

「不只是這樣。包圍在妳身邊的狀況，會比剛開始的時候還要惡劣。例如妳反對我，想要將遺書公開。因爲妳覺得『眞實』必須明白呈現，所以妳淚流滿面地拚命說明。可是妳的說法，世人並不接受。妳說那都是網川浩一一個人亂搞的，我什麼都不知道，知道的時候自己也嚇了一跳。誰會聽妳的呢？大家都會說：『說了那麼多好聽的話，眞是過分的女人！明明一開始都知道卻故意撒謊。明明一直都跟網川是一掛的，怎麼可能什麼都不知道呢。就算現在會公開遺書，不也是因爲警方發現了高井和明果然是兇手的證據才做的。其實是想先公開遺書，好讓自己的說法能夠說得通，立場也比較站得住腳吧。』」

由美子混亂的腦海中傳來網川的說話聲，沒錯，他說的對。就算現在將眞相公諸於世，也沒有任何人會站在由美子這一邊了。

「所以說，由美子。」

網川從沙發上站起來，來到由美子身邊，蹲下來說：「忘了這封信和照片的事。知道嗎？就當作沒這回事。不管情況怎麼變化，我們的關係是不可分離的，我們也算是一種共犯。所以妳不要背叛我、想離我而去，妳要永遠在我身邊。我絕對不會讓由美子吃虧的。我們是同志，我們是盟友呀。」

由美子雙手蒙住眼睛。她不想看見網川，也不想被看見。

在雙手製造的小小黑暗中，浮現一個小白影，那是哥哥悠哉的笑容。那是張對世界上任何人都沒有絲毫敵意的臉。那是張由美子深信不疑的臉。

寒冷的夜晚，冰凍的夜晚。滿天星星裝點著清澄的冬天夜空，空氣中似乎還能看見些微的冰霜。

因爲是深夜發生的事，並沒有立刻造成太大的驚動。凌晨三點，就算是都心，美寶飯店所在的這附近，路上沒有行人的蹤跡。或許立刻沒有人發現吧。

但還是聽見了聲音吧？直到之後獲得詳細的資訊之前，網川以爲第一發現者應該是深夜計程車的司機吧。但實際上飯店員工聽見重物落地的聲音，有些懷疑地跑出去看，果然發現不祥的預感還是對的。

到網川房間通報的飯店員工很年輕，大概是去年春天才新採用的吧？明顯看得出來心情動搖得十分厲害；雙手顫抖、一臉發白，令人擔心這傢伙是不是馬上要哭出來了。沒有按門鈴，而是用力敲房門吵醒客人，根本就忘了這種做法其實是違反了員工手冊的規定。

他自己倒是毫不驚訝。掉到哪裡去的，他大概可以預想得到。而且往左掉還是往右掉，將影響今後的行動和計畫完全不一樣。所以他不斷在心中模擬，根本無法睡覺。他還是將房間的燈光給熄滅了，換好睡衣，一直坐在椅子上凝視著黑暗。

還好打開房門跟飯店員工面對面時，他能做出一副剛剛還在熟睡、被光線亮得睜不開眼、還很想睡覺的精神恍惚表情。對於飯店員工帶來的消息，他無法立刻反應出驚訝的神色，反而是沒睡飽的樣子，更有助於他表現出「幹什麼嘛？發生什麼事了？該不會是做惡夢吧？」的態度。

「我……我知道了。我立刻就過去，等我換好衣服……算了，我還是先下去吧！」

因爲一直是一個人沉默不說話，舌頭有些轉不過來，這也很好。年輕飯店員工眼睛含著淚，一樣結結巴巴地表示：「是……是的。已經聯絡警察了。」

「救護車呢？」

「啊！我想是叫了。」

「只是想不行，趕快去叫。」

「是的，對不起。」

年輕員工一走，網川浩一慢慢關上門，身體靠在門板上。

這裡是幾樓？最頂樓的十一樓。那麼叫救護車來也是沒用的。可是形式上不叫也是不行呀！飯店小子。

當初會選擇美寶飯店落腳，除了離集中在都心的出版社、電視台交通方便外，房間安靜、設備齊全也是他中意之處。

這裡不像其他現代化的高樓飯店，在決定住下時他就發現客廳的窗戶能開，可以通到外面。當時還沒有什麼特別感覺，因爲還不知道會不會一直住下去。

但是結果這一點還是奏效了。

高井由美子跳樓了，從十一樓的窗戶跳到地面上。

網川浩一看著窗簾緊閉的窗戶，這時候他應該打開窗簾往下看吧？他應該探出身子，差點自己也要跌倒地確認由美子掉下去的地方吧？

可是他動也不動，感覺那樣做太麻煩了。心中知道該做，但就是不願意。總之今後的行動更重要，必須要更加謹愼小心才行。或許哭給人家看是必要的，但他不想做。

從小他就能自由自在露出任何表情，也能完美演出任何態度。任何場合，任何時間，只要對方希望的話。有時候對方還沒有注意到，或是下意識希望什麼樣的表情、態度，網川浩一總能敏銳地察覺，提前表演出來。

他想自己是有這方面的天份。

但就是哭泣這一項，他偏不行。他從來沒有假哭成功過。

高井由美子的自殺，肯定需要他的淚水吧？失去守護的公主，正義騎士理應哭泣。但與其被發現是虛假的淚水，還不如不哭的好。即便冒著可能被批評是冷漠的人的危險，也比被笑是假淚水要好許多吧。

那張照片、文書處理機打的威脅信，都已經從由美子的手中拿回來了。這種東西，妳拿著也是沒用吧？總之今晚先休息吧。說完，他便離開了由美子的房間。她只是茫然地坐著，臉上沒有任何表情。看起來就像是失去了一張應該戴上的面具，不知道該如何是好？又像是操作的手抽出來，被丟在椅子上的指頭娃娃一樣。如果是傀儡也還好；繩子斷了，玩偶主體還是存在。但是指頭娃娃不一樣，沒有裡面操作的手，就只剩下空虛的軀殼，甚至作爲玩偶已經不夠健全了！

自從栗橋浩美和高井和明死後，整個十一月份，網川浩一都在等待。等待搜查的進展、等待被發現的物證、等待新的目擊證詞。如果有哪一項指向他時，他就必須迅速做出因應的行動。

然而光是等待是很辛苦的，所以他寫了很多東西。高井和明的遺書就是其中之一。那是在「山莊」寫的。雖然兩個人以那種形式死去，根本不需要假證據的遺書了，他還是寫了。只是爲了解悶、打發時間罷了。在冰川高原一帶的道路封鎖解除前、在行走在附近道路被盤問的可能性消失前，他必須忍耐，必須躲藏在山莊裡，所以時間實在是太多了。

而且天運也站在網川浩一這一邊。

知道車禍現場沒有發現栗橋浩美的行動電話時，他不禁大叫一聲「爽！」如果檢查電話，浩美和和平一直通電話的事實便敗露了。那是最危險的東西，但是沒有被找到。是赤井山幫他吞沒了行動電話。

那個「山莊」不在他的名下，是他媽媽的所有物。而且姓名跟他完全不一樣。除非詳加調查，誰也不知道跟網川浩一有所牽連。雖然誘拐木村庄司的地點在附近，很可能警方搜索的人力會到「山莊」

這一帶；但是這裡的人家、別墅星羅棋布，只是單純的地毯搜索，他有自信絕對不會發現到他的名字的。

來往山莊的時候，他絕不會利用收費道路。所以他的人和他的車，也不會被暗藏在某處的監視器、攝影機給拍到。而且他一向很小心，從一開始就很小心。

所以只要在車禍現場和車子裡（那個可惡的高井和明的車子），不要發現任何他跟栗橋浩美有直接關聯的證據的話，就表示他還在安全圈裡。加上看這連續幾天的報導，高井和明孤獨的私生活、他的視覺障礙等，都爲他難以預料的「犯罪」提供了動機因素。本來他跟生活比黑夜還要陰暗的栗橋浩美在一起，以及後車箱裝有木村庄司的屍體，就已經是夠不利的狀況了！

作爲網川浩一的替代品、被犧牲的羔羊，高井和明的確是再適合不過了！

進入十二月份，網川更加確信自身的安全。警方固然繼續搜查，那是因爲從浩美的住處找到了那些照片。大約是一年前的事了吧？浩美覺得一點點無所謂，便從「山莊」帶了那些資料回東京。網川覺得很不是滋味，只好嚴格禁止他將女孩子們的所有物、衣服帶出去，其他就不多說了。因爲照片是在「山莊」的暗房裡洗的，底片也好好保管著，不必擔心。他想栗橋浩美的偏執精神狀態，如果能因爲欣賞那些照片而獲得滿足的話，就先觀察看看，說不定日後有什麼用處也未可知。何況他也不想說太多，免得吵起架來。栗橋自以爲自己相當聰明，但其實是個笨蛋。一生氣，當場就會做出不可思議的傻事。現在他就做過許多蠢事，比方說日高千秋那一件就是個好例子。因此在沒有太大影響的範圍內，偶而讓他做想做的事或許比較好。只要一旦不好控制了，就只能割捨掉他！

所以當事件開始擴大時，網川就在考慮該儘早「解決」掉栗橋浩美了。

將栗橋和高井一起送往赤井山時，他想先嫁禍於高井，等新聞熱度一過便偷偷殺了栗橋。在那個時間點，社會應該爲高井的話題而吵得火熱吧？而當高井的童年好友，比他風評更加不好的栗橋自殺消息傳出，肯定會跟連續女性誘拐殺人事件連在一起吧！整個事件就到此爲止，這不是很棒嗎？

可是現實生活卻不這麼走。在綠色大道上，栗橋和高井出車禍死亡。兩個人一次解決，倒省了網川的麻煩。而且幸運接二連三，網川居然完全置身於事件的圈外……。

他應該就這樣放著不管，一如忘記有這回事一樣。他其實應該這麼做的。

偏偏覺得有什麼不對勁，感覺好像有什麼不滿足。對於這件震驚社會的事件，他希望多一點關聯。他當然有權利與之關聯，因爲他是當事人嘛。

這時他在電視機前看到了前畑滋子，也讀了她的報導。第一回連載，那個感傷的開頭好像是「與絕望約好的地點」什麼的？造成了話題，前畑滋子也倍受矚目。但看在網川浩一的眼裡，那篇報導就像是小學生的作文一樣。

他很生氣，心情浮躁。他認爲自己可以寫得更好。如果這種半調子的女記者也能出名，自己應該就能爬得更高！

畢竟這是他精心設計的故事呀，這是他的舞台劇。跟前畑滋子一點關係都沒有，她沒有任何參與的權利。又不是警察、律師或犯罪心理學者，只知道排列出道聽塗說、千篇一律的修辭、比喻，卻什麼都寫不出來的女人，居然想搶了他的舞台劇，網川怎麼可能沉默得住？

他想：我要拿回來，我要拿回來我的舞台劇！

只是他的起步慢了，雖然不是他故意的。所以他不能和前畑滋子走同樣的路，他必須另闢新路，用不同的光線打亮這個事件。

訴求高井和明的無辜、強調眞兇X的存在就是最具效果的方法。熱鬧登場、引人注目，大家都想知道結果如何，再也沒有比這更棒的腳本了！

所以網川浩一開始創作，在眾人的希望下開始創作。

因爲他具有這種能力。

眞兇X，不是別人，就是他網川浩一自己。但是他從來不擔心自己可能會被懷疑。本來就是嘛，如果網川是眞兇X，他爲什麼要故意洗刷高井的嫌疑呢？只要閉嘴不說話，警方、媒體、還有整個社會都自動認定栗橋、高井是兇手，事件也就因此平息了。眞兇X何必跟這種潮流唱反調呢？

大家都會這麼想吧，實際上也是這麼想。網川找到了盲點，這也是他從小就很得意的伎倆。就算沒有半個人看見他，他也會將自己躲在沒有人看得見的地方，甚至在沒有必要閃躲的時候。

而且他做得很好。

高井由美子大聲疾呼自己的哥哥無辜。身爲同班同學的他，只要稍微接近栗橋家和長壽庵就很容易知道這個消息。由美子從來沒有隱藏過這個企圖，還跟高井高中時代的恩師柿崎老師商量過。柿崎老師來參加高井的喪禮時，聽到由美子的主張。網川則是從柿崎老師那裡知道的，他想老師可能知道些什麼事情？於是跟他聯絡，老師也知無不言。這讓網川再一次體會到學生時代的他是多麼受到老師們的好感與信賴。

柿崎老師已經榮昇爲其他學校的校長。關於這個事件讓他很難過，加上動過手術，整個人看起來很沒氣力。

「我覺得高井由美子很可憐，現在的我卻什麼都不能幫她。就算是她過去的同學，面對這種事情，也不好幫忙，也不想幫忙吧！可是你，網川同學，如果可以的話，就算是很小的事，也請你幫由美子盡點心力吧！我沒有權利拜託你，但是打電話給我關心栗橋和高井家人近況的，也只有你一個人呀。」

「我知道，只要我能做的，我願意幫忙。」網川這樣答應了老師。所以也是柿崎老師告訴他由美子和媽媽離開家裡躲在朋友家，並說出了她們的行蹤。

之後只要躲在她身邊，等待靠近的時機，而這件事也是發展得十分順利。那一天專程跟蹤由美子到了三鄉市的高速巴士車站時，根本不知道她在搞什麼鬼。但是去了竟是那樣的結果，不僅取得了由美子的信賴，還獲得接近前畑滋子的機會。

其實繼續利用由美子也不錯。至少在當初的計畫中，本來決定等警方找不到眞兇X，最後還是以栗橋和高井爲這一連串事件的兇手，發送「兇手死亡的文件審查」來結束案情前，都要將由美子留在身邊。

而且網川還要繼續主張高井的無辜，繼續這樣表演下去。但是這麼一來，媒體會逐漸離他而去，電視台也不再找他上節目吧？那也無所謂，他只要安靜平穩地貫徹自己的主張，不受到媒體的青睞，就這樣和栗橋、高井逐漸脫離關係。

接著網川開始寫下一本書。內容可以是犯罪的，也可以是教育問題。只要又成爲話題，媒體又會一擁而上。如果他們問起栗橋、高井的事，只要回答自己的主張不變就行了。只要回答爲了持續自己的主張，將繼續從事報導的工作。

而在這個過程中，找個機會跟由美子委婉地分手就好了。讓她不覺得「被甩了」，適當地保持距離。

這是他的計畫。反過來說，這個計畫在網川說結束之前，如果被由美子任意破壞就糟了。

但是星期日那天的失態以來，由美子看他的眼光有些轉變了。不是懷疑或是責怪，只是她的眼睛裡浮現一種「期待落空」的神色。

當然這種「期待落空」，跟網川所寫的腳本一點關係都沒有。由美子不是那麼聰明的女子；她只是不知道自己的斤兩，居然以爲這個網川浩一是她的所有。然後發現這不是事實，是自己的錯覺時，她開始有種被背叛的感覺。

於是事情有了不好的進展。

所以他必須設下圈套。送出那封威脅信和假遺書的照片。

同時對由美子說：「眞正的兇手是和明，我一開始就知道這個事實。」

她會有什麼樣的反應呢？關於這一點，機率只有一半。她可能會相信網川的話，再也不想被社會的利爪抓傷，一心只想守候著現在的生活和今後的人生，像過去一樣留在他身邊、聽他的命令、當他的指頭娃娃呢？

還是會選擇死呢？

高井由美子選擇了後者。

因此今後網川浩一有一段時間必須假裝背負著死者的靈魂。

終於聽見了警車的警報器聲。聲音還在遠處，在清澄的夜晚空氣中逐漸向這裡靠近。

新的一幕即將開始。網川慢慢站起身來，然後笑了一下。

暫時這一段時間，他不能在人前表現出笑臉。他必須忍耐，做出沉痛的表情。他覺得自己很可憐，只能趁現在先笑一笑了。

26

高井由美子的自殺果然震驚了社會。

塚田真一一早被洛基催促要出去散步的叫聲給吵醒。在寒冷的空氣中顫抖著換衣服時，石井良江衝進了房裡，通知他這個消息。他趕緊跑下樓梯，來到客廳，看見石井善之緊盯著電視畫面。

「什麼時候？」搖晃著還睡意迷濛的腦袋，真一詢問。不，睡意早就消了，他是因為驚嚇而無法用腦思考。

「說是昨晚，凌晨三點左右吧。」

「聽說是從住宿飯店的窗戶跳下來的。」石井善之手指著電視畫面說：「你看，就是那扇窗戶。好像是直接墜落到飯店前面的人行道上。」

灰色的水泥地上，白色粉筆畫出人體的形狀。上面供著花束，周邊用黃色禁止進入的膠帶圍著。飯店大門前則是擠滿了報導的媒體。

「究竟是爲什麼呢？」真一出聲詢問，但是良江和善之都沒有回答。善之專心在看電視，良江則是不安地皺著眉頭注視著眞一。

「你還好吧？小眞。」

眞一轉身跑進了洗手間。他用冷水潑臉，一次又一次，低著頭，將水龍頭全開，雙手撐在洗臉台的邊緣。

之前的星期天因爲當時情勢，他和由美子之間處得不愉快。當時她的表情。由美子和那個女性攝影師對峙的表情。

他試著想起自己做的和自己說的。不只是之前的星期天，離開前畑滋子家時也是一樣，眞一對由美子說了氣話。但他不只是生氣得口不擇言，那是眞一內心眞實的想法……。

「妳和樋口惠是同一種人！」

「自私鬼！」

沒錯，他一直都是這麼認爲，認爲由美子在逃避，認爲她不夠腳踏實地。眞一怪罪她；雖然也覺得她很可憐，但責備的情緒還是比較強烈。然而這種責備，其實只有少部分是針對她的；大部分的責備是眞一對自己內心的憤怒、對不公平的命運所表達的怒氣，只是剛好發在最近距離的由美子身上罷了！

星期天之後，由美子發生了什麼事？因爲女性攝影師的關係，和網川吵架了嗎？還是因爲自己的個性忍氣吞聲而負氣自殺呢？

不，不是這樣。事情沒有這麼單純。自從高井和明過世以來，由美子都是站在懸崖邊，而且她的背後有強風吹襲。別說是一步，只要移動半步就會跌落山谷，而強風不停吹著想要讓她身體搖晃地踏出那致命的半步。

那股強風中應該也混合了塚田眞一吹出來的風。

大門的門鈴響了，良江趕緊出去應門，電視的聲音轉得更大聲了。

「早安，對不起這麼早就來打擾。」聽見的是水野久美的聲音。

「啊，是水野小姐呀。」

「我看了新聞，嚇了一大跳。眞一呢？」

良江叫了眞一。眞一沒有回答，只是呆呆站著，讓水滴在下巴上滴著。快步跑來的腳步聲傳來，洗手間的門被打開了。

「眞一！」久美衝了進來。臉頰因爲寒冷而潮紅，身上穿著牛仔褲和紅毛衣。

「你聽說由美子小姐的事了吧？你還好嗎？」

隨後進來的良江大概是好意，趕緊又退回到客廳。

眞一嘴裡喃喃自語，不知道在說些什麼，連他自己也聽不清楚。

「什麼？」久美上前靠近，想要抓住眞一的手臂，他卻受到驚嚇地甩開了。

「你說什麼？」久美睜大清澄無邪的眼睛，半伸開手臂，手指對著眞一的方向問。

「爲什麼？」眞一擠出沙啞的聲音，好不容易說出話來：「爲什麼大家都要問我還好嗎？」

「嗄？」

眞一看著久美說：「爲什麼大家一有人死，就要問我還好嗎？又不是我的錯！」

「眞一……」

久美吞了一口氣後，放下手說：「我不是……不是這個意思問你的。我只是……」

眞一聽不進去她說些什麼，只是喃喃自語：「可是眞的是這樣子嗎？難道不是我的錯嗎？其實不是我的錯吧？」

「你在說什麼……？」

「可是我的身邊眞的死了很多人，不是嗎？一直都有人死掉了，不是嗎？」

他眼底浮現畫面。那隻右手腕從大川公園的垃圾箱裡掉出來，塗成紫紅色的指甲垂直地指著眞一。

死神、死神、塚田眞一，你是死神！你就是死神！你也許能欺騙活者的人，但欺騙不了死人的靈魂。你爲了讓自己存活下去，爲了吐出心中沉重的內疚好讓自己舒服點，於是讓周圍的人一一死去……。

「死了這麼多的人。」眞一低喃說：「爲什麼我卻不會死？我才是該趕快死掉的人，爲什麼我還活著？」

時間像是停止一樣地沉默。連流水聲也消失了，空氣依然顯得冰冷。

水野久美趕緊吸一口氣，向前一步舉起手，甩了眞一一巴掌。

清脆的聲音響起，眞一的眼前冒出一陣火花，下巴歪到一邊。

久美和眞一視線相對後，趕緊看著自己的手，看著她打了眞一臉頰的右手，手掌已經發紅。久美焦急的眼神，好像手掌上面寫著什麼重大的訊息，必須立刻讀完才行，她看著自己的手。

接著握起手，遮住嘴巴，眼淚奪眶而出。

「爲……爲……爲什麼？」斷斷續續隨著淚水哭問：「爲什麼你要說那種話？爲什麼嘛？」

眞一什麼都不能做，也不敢靠近久美，只是雙手垂著站在那裡。久美閉上眼睛，用力在地上頓足，然後突然跳到眞一懷裡。

「爲什麼你要那樣子亂說？爲什麼你不明白我的心情？爲什麼要說死了算了？爲什麼你不知道大家都很關心你呢？」久美揮舞著柔弱的拳頭不斷搥打眞一、不斷大聲喊說。

不久她停止搥打和喊叫，兩手抓住眞一，用力搖晃並叫說：「我在這裡呀！眞一也在這裡呀！爲什麼你不看著前方呢？你想要怎麼樣嘛？我該怎麼做呢？你告訴我呀。我該怎麼樣才能幫助你呢？我想那麼做呀，我希望你振作起來。我不要你說什麼自己不如死了算了。你告訴我，我該怎麼辦？我哪裡做得不夠，你告訴我，拜託你告訴我呀！然後我都能爲你做。只要是我能做的，我都會爲你做。」

久美嗚咽地抓著眞一不放，但是她的手臂漸漸放鬆，整個人跌坐在地上。

慢慢地眞一的眼睛裡有了焦點。感覺好像一個躲在身體裡面很久、不可捉摸的影子般的東西因爲久美的叫聲而醒來了，在眞一的身體裡面開始伸展手腳。

他蹲下身，雙手按著久美的肩膀說：「對不起。」

最初一聲聽起來像是嘆息聲。

「對不起！」這一次他說的更清楚了。

「對不起！」

久美抬起頭，早已哭花了臉。但看起來還是很美麗。

「笨蛋！」一邊灑淚一邊叫罵，久美抱住了眞一，他也緊緊回抱不放。久美的淚水沾濕了他的耳朵、臉頰、下巴。在擁抱中，她突然想起來似地搖晃眞一。好像要確定眞一眞的在那裡，她用力搖、用力搖。

兩人來到有馬豆腐店時，電視新聞已正式開始報導這個消息。老人坐在曾經是店後面的小客廳看電視。好像不斷地吸菸，菸灰缸已堆滿了菸蒂。

「有馬先生。」眞一一呼喚，老人疲倦地轉過頭說：「啊，你們早。」

「你還好吧？」

「我還好呀。爲什麼要這麼問我呢？」

老人的表情要他們上來屋裡，但神色顯得突然蒼老許多。

「還不知道詳細情形。但根據電視台的說法，有的說有遺書，有的又說沒有。」

這倒是第一次聽到，眞一和久美彼此對看了一眼。

「如果有遺書的話，或許就比較能了解情況了。」久美小聲說。

「果然……」老人說到一半，將吸得很短的菸頭塞進成堆的菸蒂裡。香菸沒有立刻熄滅，冒出了一縷清煙。「果然我是不該去看她的，我不應該去找那個人的。」

大家想的都一樣。眞一搖頭說：「不是這樣子的。」

「可是……」

「而且去找她的並非只有有馬先生，我也去了。之前我還對她生氣過。」

義男沉默地看著眞一的臉，眞一也勇敢面對老人的視線，毫不閃躲。

「你要是那麼說，根本就沒完沒了。覺得自己什麼事做不對，一想起來就會沒完沒了的。」

「說的沒錯。」久美也說。

老人什麼都沒有說。將視線從電視畫面移開，重新又叼起一支香菸。

「但是唯一確定能說的是，不應該讓由美子小姐過那種生活，不應該讓她跟網川在一起。」

眞一提起星期日那件事的隔天，他被叫到大川公園的經過。還有樋口惠出現在那裡，對網川提出幫她爸爸寫書的事，網川很有興趣的樣子，眞一也全部說了出來。還有他因爲這樣姿態狼狽、心情動搖，於是直接跑到墨東警署搜查總部，雖然沒遇到武上刑警，卻跟篠崎刑警說話的事也跟老人報告了。

「事到如今說這些，也不能安慰由美子。但根據篠崎刑警說話的態度，雖然還沒有對外公開，感覺上搜查總部已經開始動作了。」

「說是已經開始動作，好像也只是這樣嘛。」

「只是一種感覺。而且感覺上網川好像也跟案子有關。」

有馬義男額頭的皺紋糾成一塊：「怎麼說？」

「篠崎刑警沒有說得很具體，只說如果能讓網川慌張就好了。這種說法，讓我覺得他是不是暗示我不必擔心網川。也許有希望找到重要證據推翻網川的說法，讓事件的方向確定吧。」

義男表情嚴肅地將視線移回電視畫面，拿起遙控器關掉電視。

「今天我本來想去長壽庵一趟。」他說：「我想去訪問附近的人，看看高井和明是個什麼樣的人？但是算了，暫時什麼都不能做了。」

關於這一點眞一和久美也只能在一旁點頭。

「希望這個事件不要再出人命了。」義男肩膀無力地說。「究竟要到什麼時候才能結束呢？究竟還要多久，才能完全結束呢？」

27

前畑滋子是在《日本時事紀錄》編輯部看到同樣的新聞報導。

剛開始的一天，她看了整天的電視，不跟編輯部的任何人說話，拿起不知誰買來的報紙從頭讀到尾，讀完報紙又打開電視找新聞節目看，連飯也不吃。

第二天起，她則完全不看電視。先跟好幾個工作同仁拜託，如果有發現由美子的遺書、網川浩一是否接受偵訊、有召開記者會的動向等消息時要通知她，然後便埋首在自己的桌前。累了就趴在桌子上；或是躲在桌子下面、蓋著毛毯睡覺。

自從離家以來，滋子一直都住在這裡，在這裡生活。

她在《日本時事紀錄》的編輯部要了一個位置，晚上則睡在休息用的沙發上。因爲離開前畑家，決定和昭二分手，目前她沒有地方可去。當跟手島總編拜託在找到房子前讓她住在編輯部時，手島總編並沒有太驚訝，只說了句：「好歹自己的睡袋得自己買呀！」其他作家或記者們雖然表情顯得有些好奇，但還是沒有人有勇氣問滋子出了什麼事。

所以滋子就在《日本時事紀錄》編輯部的堡壘知道了由美子的死訊，與觀察之後網川的行爲舉止。看起來網川因爲由美子的死而心情動搖，至少他表現出逃避記者遞給他麥克風的動作、拒絕各家報社的採訪。這是他成名以來從未有過的舉動。他發傳眞給各電視台，通知將在由美子的喪禮結束後召開記者會，請各媒體等到那時候在說。這份聲明表示自己比誰都受到衝擊，希望各界能理解他的心情，對他一向的表現而言，算是難得的審愼語氣。

這也難怪，滋子心中諷刺地想。他也知道一個人再怎麼有名氣，失去了成功的關鍵「身爲高井由美子的白馬騎士」，根基便開始不穩。至少在栗橋和高井事件正式結束之前，網川的立場是必須作爲由美子的保護者而行動。可是他卻讓那麼重要的由美子死了，這是個無可挽回的錯誤。

沒錯，這個重大失策不太像是網川會犯的，滋子首先覺得這一點很可疑。他究竟爲什麼會出錯呢？還是說滋子對他的頭腦評價過高呢？他畢竟也是一個涉世不深年輕人，要想支援像由美子這種身上背負太多負面因素的人生存下去，他的力量還是不夠的吧？

於是滋子想起來了。留在電話錄音中由美子斷斷續續的訊息：「我已經不知道了……」

由美子說她不知道的是什麼事呢？她和網川的關係嗎？他的眞心？還是對事件眞相的確信呢？她是想說對哥哥高井和明不是眞兇的確信已經動搖了嗎？

當時爲什麼沒有想到立刻前往由美子住的地方找她問個明白呢？只爲了無聊的固執作祟。對於放棄滋子意見而投奔網川的由美子，滋子內心還是有不能原諒她的心情存在。

沒錯，我是還在生氣。滋子重新體會到。躲在網川高舉的宣傳旗幟下，由美子時而扮演悲劇女主角的樣子，看了的確讓人覺得討厭。她在心中不得不糾正他們說：「你們才不是受害者。眞正被犧牲的人是古川鞠子這些被殺害的女性。請你們不要誤會了！」

所以滋子沒有想要幫助她的心情。

所以聽見由美子留在電話錄音中的訊息，即便感覺她處於不安的現狀，還是沒有跟她聯絡便放過了。當然一方面也是因爲滋子面臨離婚的危機，根本無暇顧及這些。但是這都是藉口，滋子根本不想管由美子，所以放棄了她。

她無法逃避了。說出一大堆藉口也不能脫身。在被別人責怪之前，滋子首先自責。而且到了那時候，她願接受懲罰。

可是時候還未到，現在的滋子還有事要做。就是發掘網川的過去，調查出他是什麼人，究竟來自何方？

這項工作進度雖慢，但還是稍有成果。調查他的身邊，固然費事但並不困難。滋子甚至納悶爲什麼之前都沒有人做呢？

因爲是個盲點。由於他的主張、他個人的存在本身太過鮮明，在他亮麗地站在眾所矚目的位置之前，沒有人會注意到他曾經走過什麼樣的路。而且他上場的時間還很短。這個事件因爲受害人很多也給人事件很大的錯覺，其實這個事件從案發以來不過才經過半年到一年的時間。一切都是從大川公園事件開始的，那是去年的九月十二日。而栗橋浩美和高井和明在赤井山綠色大道車禍身故，則是發生在十一月五日。之後網川在事件中出場是在過完年的一月二十二日，參加HBS電視節目的演出是他第一次露面。隔天他的書《另外一個殺人事件》就陳列在書店販賣。

而現在只不過是三月六日。從網川上電視以來開始計算，實際上只經過了四十天。就算是臨時冒出來的鄉下藝人，四十天還不會消失。才四十天，還不會被挖出過去的醜聞。

但是警方怎麼想呢？搜查總部說不定已經開始在調查網川的周遭。警方的搜查綿密而有組織性，以不顯眼的方式進行，確定的事實也不對外公布。所以滋子做的事說不定搜查總部早已經做過了，也許她發現再怎麼挖也挖不出東西而放棄調查，結果只是白忙一場，什麼都沒有發現。

她自己也知道這一點。所以滋子有時候不得不問自己：是不是爲了拖延時間，而故意延後了面對由美子自殺的事實呢？於是她會當場全身無力，就算是坐在桌前打電話，也會想丟下一切找個地洞鑽進去！

「怎麼了？一個人抱著頭坐在那裡。」

滋子抬頭一看，手島總編正以嘲笑的眼神看著她。

「妳要找的舊電話冊，找到了。」

丟過來一本厚重的黃色電話冊，滋子不敢去接掉在地板上，只好苦笑地撿了起來。那是昭和五十一年（1976年）版的東京都二十三區電話冊。太好了，這樣就能繼續調查下去了。

滋子目前調查的是昭和五十一年（1976年）負責管理當時還是小學生的網川浩一和媽媽一起住的租賃公寓的不動產公司。這棟公寓目前還是租賃的物件，負責管理的公司則是八年前從上一個業者手中接管過來的。所以不清楚網川母子當時居住的情況，當然也沒留下任何記錄。上一個業者是城東不動產有限公司，如今怎麼找也找不到了。之後接手的業者，也已經將記錄當時城東不動產的資料毀棄，手邊已經沒有了，連公司老闆的姓名都不知道。「的確城東不動產是停止營業了，他們將過去手上的業務分發給其他業者。當時他們老闆已經六十好幾了，大概是想退休吧？不過妳是要調查什麼呢？」

她想知道網川母子住進這棟公寓時，誰是保證人呢？假如滋子的推測沒錯，應該就是「天谷英雄」吧。

網川浩一昭和四十一年（1956年）四月，出生於千葉縣市川市，是網川啓介和網川聖美的長子。沒有其他兄弟姊妹。而且網川夫婦結婚、入籍是在他出生前五個月，接著出生後一年便離婚了。

離婚時，浩一由媽媽撫養，移進了媽媽的戶籍。聖美沒有恢復舊姓，還是沿用網川的姓。因為她的本籍在東京都，新的戶籍也就遷回本籍地。

可是在兩年後，網川浩一三歲那年，網川聖美突然成為居住在東京都世田谷區的天谷英雄的養女，改名為天谷聖美。一般說來，聖美的親生子浩一也應該跟從改籍的母姓，但這時浩一卻回到了父親網川啓介的戶籍。網川啓介已經再婚，和妻子之間有一個女兒，所以浩一在戶籍上有一個媽媽和妹妹。

但這只不過是戶籍上的關係，浩一實際上還是跟親生媽媽住在一起。當時聖美和浩一的戶籍資料，還是跟天谷英雄的地址一樣。聖美在那裡生活了幾年，才搬到城東不動產仲介管理的這棟公寓，戶籍資料也跟著改了過來。當然浩一也跟她一起搬了過來。於是轉學生的網川才會遇見了栗橋浩美和高井和明。

追查到此的滋子覺得這真是件奇妙的事。

天谷英雄出生於昭和二年（1927年）九月，年齡上作為聖美的父親不足為奇。但他和妻子之間有三男二女五個小孩，他的孩子跟聖美的年齡相仿。

所以說他收養聖美的理由肯定不是爲了有人繼承家業，或是爲了防老。在現在這個年代，生有五個小孩算是少見的了。

而且天谷家頗有資產。如果在電視上介紹他們家時，恐怕得用「不動產租賃業」來稱呼才合適吧。他們在首都圈內擁有許多不動產，實際上也靠著那些租金收入過著悠閒的日子。

世田谷的住家建地就有兩百坪以上，廣大的庭院裡錯落著大小三間房子。在滋子確認之下，其中一間是天谷夫婦住、一間是長子夫婦，最小又差的一間則是傭人們住。長子以外的小孩各自結婚獨立了，住的房子都是父親持有的不動產。因爲是父親名下的不動產，所以沒有一個小孩能走出父親的手掌間。

只除了「養女」聖美不是。

他們不是表面上的養父女關係，明眼人一想就知道。百分之百錯不了的，聖美是天谷英雄的情婦。有錢人家的男性爲了不受法律保護的情婦著想，希望留下某種形式的財產給她，於是突發奇想利用了這種「收養」關係。既然不能獲得妻子的名分，就當作女兒處理吧。

而且百分之九十九的機率，滋子認爲網川浩一應該是聖美和天谷英雄之間的小孩吧。考慮到網川啓介和聖美之間短暫的婚姻，就覺得很不可思議。

這眞是個複雜的家庭環境。網川浩一是否從小就被告知自己的親生父親是誰呢？

是網川啓介還是天谷英雄呢？

不，實際上可能連聖美自己都搞不清楚。假如她同時跟網川啓介和天谷英雄交往，這就很有可能了。總之聖美懷孕了，是誰的孩子呢？她該如何跟兩個男人表白？天谷是有太太的人，無法立即負責。那麼網川呢？他不知道另一個男人天谷的存在，如果他愛著聖美，當他知道聖美懷孕或發現她的體型產生變化，應該會覺得很高興吧？

於是乎兩人結婚了，浩一也出生了，一家子幸福無比。但是聖美和天谷眞的分手了嗎？天谷是否也有心跟她斷絕關係呢？浩一也許是天谷的小孩吧？

事情並非到此解決，所以網川啓介和聖美一年後離婚了。而在離婚後到聖美成爲天谷家養女的這兩年時間，應該是天谷家裡面的調停期間吧。或者說在這個期間裡，天谷和浩一很可能進行了親子鑑定的測驗。

但是又該如何來解釋聖美成爲了天谷家的養女，但浩一的戶籍還是回到網川啓介家的事實呢？解釋之一，雖然浩一眞的是天谷和聖美之間的小孩，但因爲無法跟天谷太太和其他小孩對抗，聖美母子無法全部入籍，最後只能妥協讓聖美成爲養女。解釋之二，爲了讓聖美成爲養女，天谷和浩一做了親子鑑定，卻諷刺地發現浩一是啓介的種。但是因爲天谷對聖美的執著，所以留在自己身邊接受庇護，對於不是自己小孩的浩一則送回生父那裡去……。

但是接受這種安排的啓介應該也覺得很困擾吧？那是他一度以爲不是自己親生的而放棄過的小孩呀。何況他已再婚，有了眞正喜愛的妻子和女兒，正準備建立新的人生，卻硬被塞回過去的包袱——浩一，他眞的會覺得高興嗎？他對浩一會有做父親的感受和親情嗎？這樣要求他未免太殘酷了。

結果浩一還是留在媽媽身邊，終於母子兩人得一起離開天谷家。

然而母子倆的生活，沒有天谷英雄的背後支持就無法過得下去吧？這一點詢問城東不動產的老闆或員工，或許能知道當時的情形。因爲公司本身已經不存在了，他們或許更能輕鬆說出口也不一定。

滋子不是小說家，所以太過想像力豐富也沒什麼用。她搖搖頭重新整理思緒，不管有過怎樣的過程，有一個事實是唯一能夠確定的。那就是從年幼時期到青春期網川浩一的人生一直都是處於很難被發覺他存在的立場之中。不管他是誰的小孩，總有人覺得困擾、有人因此而生氣。甚至也確實有人希望他乾脆不要活在這個世界上。

拿出現在網川浩一的戶籍謄本，他現在在戶籍上還是跟父親、非親生的媽媽和妹妹在一起。如果之前有記者或作家對網川浩一的私生活好奇，調查他的家庭關係，乍看網川啓介的戶籍謄本一定不覺得怎麼樣。頂多只是認爲父親再婚，現在的媽媽不是親生的，這種事情在現在社會很常見的。如果進一步調查浩一的親生母親天谷聖美，才會發現這個奇怪的人際關係。

生下來沒什麼立場，到哪裡去都惹人厭的小孩，那就是網川浩一扮演的角色。那個總是滿臉微笑，所以外號叫做「和平」的少年，其實是生活在不安定的家庭環境中，唯一的親人就是不可靠的媽媽。

網川浩一會那麼愛出風頭、愛鬧事，其實是對親情飢渴的反動吧。只是微笑並不能在大人的社會通行無阻。必須要有能力，必須要強調自己很特別，才能建立自己的一片天。

不能輕易同情他，自以爲已經很了解他。滋子告誡自己，並翻著電話冊。不動產業者的篇幅實在多的驚人，廣告也很多，簡直令人眼花撩亂。其中開頭是「城東」的公司就有八家，名爲「城東不動產」的也有兩家。滋子記下地址後，從第一個開始打，電話立刻接通了。該公司還在營運，但不是滋子要找的房屋租賃管理公司。掛上電話，再打另一支電話。如果要找的「城東不動產」停業了，那麼電話應該也不會通才對……。

「喂……喂……。」是老年人的聲音。

滋子趕緊說明來意，說話的同時心中想著：那個不動產公司的名字也許不是「城東不動產」，而是「城東建設」或「城東開發」吧。

這時電話那頭的老先生說話了。

「我還記得，天谷先生呀。他是我結束公司業務時，最後一個客人嘛。」

「仲介給天谷先生租賃公寓是在昭和五十一年吧？所以應該不是最後的業務吧？那是貴公司停止營業前八年的事呀。」

老人笑了。「沒錯。我說的不是房屋仲介，而是他給了我其他的工作。」

滋子將話筒拿離開耳朵，看了一下。

「對不起，請問你是原來的老闆嗎？」

「我是呀。」

「公司已經關了，怎麼電話還留著呢？」

「這是我家裡的電話，說是公司其實很小，等於是家庭事業。」

「原來如此。關於天谷先生……還有他的孩子天谷聖美，有些事想請教你，不知道現在去找你方便嗎？」

「我沒有關係，但是如果你想見天谷先生的太太，可以直接去找她呀。」

「她在哪裡？」

「冰川高原呀。」

滋子一時之間懷疑自己的耳朵是否聽錯：「你說什麼？」

那一晚，晚上九點五分。前畑滋子抵達了冰川高原車站。

從月台走電梯下去，穿過收票口，在即將關門的車站賣店買了份冰川高原地圖。然後便往計程車招呼站走去。跟上了年紀的司機說出城東不動產江崎老闆告訴她的地址，車子便立即出發。

「請問……這裡是別墅區嗎？」

司機客氣地說明：「冰川高原可說是最早開發的別墅區。這位客人，妳是第一次來這裡嗎？」

有氣無力地回答是之後，滋子發出顫抖的一聲長嘆。這裡的確是冰川高原，江崎老闆告訴她的別墅區和地址也確實存在。她還是無法相信，擔心自己是否做了一場幸運的好夢。

從東京出發以來，她就按捺不下心情的激動，有時甚至覺得呼吸困難。配合著車身的震動，感覺心臟即將跳躍出來。不曉得是不是因為興奮的關係，眼睛覺得有些刺痛。

網川浩一的媽媽天谷聖美距今八年前，從她的養父也就是她的情夫天谷英雄那裡得到了位於冰川高原北邊別墅區的一棟山莊。正好這個冰川高原就是木村庄司被誘拐殺害的地點。搜查總部也認為栗橋和高井的祕密基地在該地區的可能性很高。

而網川的媽媽在那有擁有別墅。

江崎老闆對於突如其來的電話毫不驚訝，仔細說明天谷英雄交代他的最後一件事就是將山莊所有人的名義變更為聖美。

「天谷先生是我常年的好客戶，雖然可惜，但是我因爲糖尿病，實在沒辦法繼續工作了……。」

語氣很輕鬆。爲什麼他會這麼安然自在呢？難道他不知道這個資訊有多重要嗎？滋子的嘴張開著，根本閉不起來。

「請等一下，江崎老闆。你知道天谷先生和聖美女士之間有一個兒子的事嗎？」

「我當然知道。變更山莊名義就是爲了分財產給那個孩子。其他還有股票債券什麼的，盡量以沒有贈與稅的方式進行安排，天谷先生分給那個兒子不少財產呀！」

「那個孩子，天谷先生的小孩現在已經長大成人，你知道他在做什麼嗎？」

「這我就不知道了。大概是在做生意吧？我雖然每年和天谷先生有賀年片的往來，但聽說他去年得了大病幾乎都躺在床上。」

「你知道聖美女士的近況嗎？」

「我不是說她住在冰川高原的山莊嗎？變更名義的時候，她說討厭都市，像要定居在空氣新鮮的那裡。還是說她之後改變心意了!?」

如果天谷聖美住在山莊，就算不是定居，而是習慣偶而來訪暫住一下。想到這裡，一股冷氣從滋子腳下爬到背後，整個裹住了她身體。也許山莊就是他們的祕密基地。天谷聖美是否有知道這一連串犯案的機會呢？還是知道卻故意裝做沒看見？人會邪惡到這種程度嗎？

不，事到如今有什麼好驚訝的。網川浩一都可以承認他可能就是眞兇X，既然他都可以做出天地變色的舉動，其他還有什麼是不可能的呢？就算發生什麼情況也不會令人訝異呀！

滋子先將電話保留。江崎老闆大概很希望跟人家說話，並不以等待爲苦。滋子趕緊寫紙條傳給手島，要他立刻調查出天谷聖美的住處。看見讀了紙條的手島臉色大變，滋子不禁一笑。剛剛的我肯定也是那樣的神情吧。

「江崎老闆，如果你知道請告訴我。八年前的分財產是怎麼回事？天谷先生不是還很健康嗎，爲什麼要進行那些手續呢？」

江崎老闆這才對跟他講電話的對象身分感到懷疑。「妳剛剛說是雜誌記者？妳究竟在調查什麼？」

「這一點恕我不能奉告。」

「是有關天谷先生在銀座的大樓，就是松阪屋隔壁的那個事件嗎？」

看來有錢人家的天谷還有其他的問題。滋子隨便回答，江崎老闆也就隨便接受了。

「那件事我不太清楚。那個大樓跟聖美女士沒有關係。」

「是嗎？可是聖美女士跟天谷家是收養關係，所以萬一天谷先生出了什麼事，她應該也能和其他孩子一樣繼承財產吧？」

「就是因爲這樣，所以不一樣呀。」江崎老闆隨口說出：「爲了不會發生這種事，大老婆和孩子們便逼著天谷先生在八年前先將財產分給了聖美女士。還要求聖美女士寫下不要其他財產的切結書。」

「原來是這麼回事呀！可是他們之間的兒子那一份呢？」

「那倒是出了一點困難！」

據說天谷英雄本來是想同時收養聖美和網川浩一。

「對聖美女士而言，最好是能讓孩子獲得天谷先生的認養。但是他的大老婆絕對不願意承認。沒辦法只好使出收養兩個人的怪招。」

這時天谷和網川浩一進行了親子鑑定，這也是在天谷的大老婆堅持下做的測驗。

「沒想到出現諷刺的結果……」

結果證實浩一是天谷小孩的可能性只有百分之二十。「聖美女士結過婚，所以孩子是之前的先生的。」

「沒錯就是那樣。所以孩子不能收養了。可是天谷先生眞的很愛聖美女士，就算不是自己的種也無所謂；只是旁邊的人不答應。最後就算聖美正式成爲天谷的養女，卻也不好待在天谷家裡。分到了些微的財產，得放棄遺產繼承權，都是因爲孩子不是天谷先生的種所害的。但是聖美女士還是捨不得拋棄自己的小孩。」

「但是在戶籍上是拋棄了，孩子入了父親那邊的戶口。」

「是這樣子嗎？」

「本來聖美女士就好像想跟孩子住在一起，所以孩子也讓他什麼事都沒發生地讀東京的學校。只是不知道現在怎麼樣呢？」

「所以妳一直在找聖美女士的住址囉。」

「沒錯。對了，江崎老闆，你還記得天谷先生和聖美女士所生的小孩名字嗎？」

江崎老闆想了好久才回答說：「好像是叫浩一吧。」

滋子道謝後，表示以後再聯絡才掛斷電話。對方高興地回答：「隨時歡迎。」滋子不禁擔心對方：萬一被全日本的媒體追著跑，看你還高不高興？恐怕對糖尿病也不好吧！

手島就站在她後面。「天谷聖美三年前的戶籍資料是搬到了冰川高原。」

滋子站起身來：「我出去了。」

手島要她帶著手電筒去，並表示他會調查網川啓介和他妻女的近況。

進入山路，計程車搖晃得很厲害。滋子緊抱著腿上的旅行袋，裡面裝了大型手電筒、行動電話、照相機、筆記手冊、小型錄音機。現在就已經夠重了，回程的時候還會增加更多沉重的東西。一些無法動搖的鐵證。

「根據這個住址……應該是在這上面的人家吧？」

只憑著微弱的車前燈，走在寒冷陰暗的冬夜森林裡，司機面有難色地看著黑暗說：「我們也很少來這種地方。」

「在很下面的地方經過了兩三戶的人家，其他好像沒看到什麼房子嘛。」

「是呀，這位客人，妳真的要到這裡嗎？」

司機擔心地回頭看著滋子。滋子正好注意到森林對面露出來三角形屋頂的陰影，一時之間沒有回答。

就是那裡，那就是山莊。

「就是那個建築，請開到前面停下來。」滋子重新抓好手中的手電筒。

好暗。到處都是一片黑暗，而且十分冰冷。冰川高原是避暑勝地，到了冬天訪客稀少，應該就是因為氣候的關係吧！滋子之前太小看了這點。雖然穿著好走的鞋子，但腳下還是濕滑很危險。每次滋子搖搖晃晃差點跌倒時，大型手電筒照射出來的黃色光圈，就像頑皮的幽靈在黑暗的樹林間跳動一樣。

山莊的確就在那裡。越走上前，整體的造型就顯現出來。木屋風格的漂亮三角形屋頂、寬闊的門廊、兩支煙囪、遮雨板緊閉的窗戶。架設在屋頂上的衛星收視天線總算證明了這個房子有人居住。要不然房子本身就像是突然出現在山裡面的鬼屋一樣。

沒有任何一絲燈光。房子周圍的斜坡，整好地的停車場也沒有任何車子。

森林發出沙沙作響的聲音。北風幾乎要割下滋子的耳朵。即便帶著手套，手指也冰冷得僵硬。

慢慢向大門的方向接近時，感覺突然從後面傳來其他的腳步聲。滋子趕緊停下來，聽見風聲掠過耳邊，聽見自己的心跳聲。不，應該說穿著厚外套的滋子整個人變成了一顆大心臟，全身不停地顫動著。

她調整好心情再度開始走。走不到幾步，又感覺到有其他人在。這一次她整個人用力轉過去，連束起來的頭髮都跟著在背後跳動，但是還是沒有看見任何人。

她的呼吸變得急促，連她自己也不知道是因為興奮還是害怕？

爬上連接山莊大門的四個階梯。橡膠鞋底接觸到木頭踏板發出聲響。「砰……砰……砰……。」然後滋子站立在大門前。那是個單扇的高大門扉，感覺厚重又很堅固。伸手握住鈎子形狀的門把，用力搖晃扭動。門當然是上鎖的。

門的右邊有一扇寬約五十公分的鑲嵌玻璃窗。造型很漂亮的取光窗，高度約一公尺吧。寬度五十公分，表示脫了上衣應該就能穿越過去囉？這陣子還好很瘦，滋子一個人竟吐著白色氣息笑了起來。冷空氣都快凍僵牙齒了，滋子卻覺得內心有股熱血流過讓她嗆得咳嗽起來。

好，進去吧！滋子看了一下腳邊，一個空的花盆倒在樓梯旁的門廊邊。她蹲下抓住花盆，然後舉起來要往那扇採光用的鑲嵌玻璃窗丟過去。

突然間她的手被人抓住了。

28

「嚇了我一跳！」滋子的旁邊，一個高大的刑警說話。

滋子聽說警車每次載著可疑的人時，一定會讓他們坐在後座。夾在中間兩邊各有一名警察的話，就會被擠在後座，前座也有人守著。而且因爲後座的車門沒辦法由內側打開，也會讓可疑人物沒有退路。

滋子現在就是處於這種狀況。而且那個自稱是秋津的刑警不僅高大，還虎背熊腰、體格粗壯。所以坐在他身邊，身體幾乎快被另一邊的車門給擠扁了。

警車是到處可見的白色轎車，停在距離網川媽媽的別墅斜坡下方的森林裡面。此外還有一輛車，是深灰色轎車。

刑警全部共有五人。其中一名最矮小的白髮長者是現場的指揮官，另外還有一名跟指揮官同樣年紀的瘦男人。其他就是秋津和他的年輕學弟，最後一名則是當地冰川警署的警官。看起來他在當地警局的地位很高，但也是說話最客氣的人，或者說態度顯得有點卑躬屈膝。

在別墅前抓住滋子手臂的人是秋津。滋子嚇得心臟都要停止了，他的臉上卻浮現微笑。站在後面的年輕刑警表現出孩子般驚訝又好笑的神情時，滋子突然想起媽媽經常用的形容詞：「他整個臉都笑開了！」

看來他們比滋子還要早到達山莊，正準備離開時，發現滋子所坐的計程車從遠處逐漸接近，於是他們關掉車燈，屏氣凝神監視現場。滋子在登上山莊的坡路前下車，一開始走動，秋津他們便跟蹤在後。就在滋子準備潛入房子裡面時，當場被逮個正著。

滋子一被帶這裡，他們便立刻表明身分。只是不肯說明他們為什麼在這裡、在這裡幹什麼；反而是嚴格質問滋子為什麼來這裡、來這裡幹什麼。警察做的事都一樣，沒有回答只有訊問。

秋津說：「如果繼續沉默，只有被凍死。」滋子也沒打算堅持無聊的固執。其實她對這種情形感到十分驚訝，為了想聽聽警方的說明，首先得解釋自己為什麼來這裡的原因。

於是他們讓滋子上車，旁邊坐著年輕刑警看守著她。其他人到另一部車子上，開始侃侃而談地討論。秋津讓年長者上車，自己一隻腳撐著打開的車門，速度很快地說話著。看起來是指揮官的年長刑警，好像在打無線電話聯絡。他們吐出來的氣息凍成了白煙。因為看見秋津吸菸，滋子也想吸菸，她問年輕刑警哪裡有菸灰缸，對方卻說：「車上禁菸。」

大概經過了三十分鐘吧，終於秋津回來了。他讓年輕學弟下車，自己坐在滋子身邊。不久指揮官的年長刑警也過來坐在前座。被趕下車的學弟只好當司機。

這就是現在的狀況。

「所以呢？」滋子看著照後鏡問。鏡子裡面沒人，或許它的角度就是故意調成這樣吧。

「什麼所以呢？」秋津反問。從一開始到現在，他看起來最沉穩也最頑皮，不知道是不是滋子的心理作用？

「我會怎麼樣？被當作是侵入住家未遂的現行犯給逮捕嗎？」

秋津伸出大手摸了一下臉頰，然後從外套口袋拿出一個皺成一團的七星牌淡菸菸盒。因為裡面沒有香菸了，他咋了一下舌頭。

「我有帶菸，但是這個年輕刑警說車裡禁菸。」

秋津笑了。「打開窗戶不就好了，學弟是不是？」他嘲笑學弟，年輕刑警有些不高興。

「看來妳和我都是不受歡迎的老菸槍呀！」秋津像唱歌般對滋子說：「如果妳給我香菸，我就幫妳點火。」

「秋津！」坐在前座的上司簡短斥責說：「別放肆！」

「是……是。」秋津的回答也像是在唱歌。

這傢伙怎麼了？滋子心想。突然間她發現，原來這些刑警們跟我一樣覺得驚訝，覺得興奮！

滋子拿出香菸，秋津幫她點火。兩人沉默地吸了一口、又一口的菸。

這時坐在前座的上司面對著前方跟滋子說：「前畑小姐，我們得好好談一談了。」

滋子看著他，卻只能看見他的後腦杓。而剛剛什麼都看不見的後照鏡裡面卻清楚反映出他的眼睛，滋子覺得就像在變魔術。警察就是用這種方式來動搖可疑人物的心情吧？

「說要談談，我又不清楚你們是誰。只知道你們是警察，什麼階級、什麼立場、也不知道你叫什麼名字。你們也不告訴我為什麼會在這裡的原因。」

這些人之中只有秋津透露了姓名。雖然所有人都讓她看了警察證件，但是在這種夜晚的森林裡，她一次也記不住五人的身分。

他們大概是怕滋子會將他們的名字、階級、在搜查總部的工作在報導裡或告訴其他人，所以保持警戒吧？

「妳說的沒錯。」秋津叼著香菸口齒含混地

說：「妳應該知道我才對。我曾經拒絕過妳的採訪邀約。」

滋子想了一下。的確當時明知沒有希望，但還是期待搜查總部能有人跟她見一面，就算時間很短也無所謂。當時拒絕她的男人聲音，在電話中的，就是這個聲音嗎？

「既然這樣，我請問你，秋津先生。」滋子重新面對高大的刑警說：「我們到底要談些什麼？」

他弄熄香菸，將菸蒂丟進菸灰缸裡，很可惜地發出一聲長嘆，吐出最後的一口煙。

「妳知道這裡是網川浩一母親的別墅，所以來調查的，對不對？」

「是的。我不是老實跟你們說過嗎？」

「很好，妳能誠懇老實作答非常好。希望妳繼續保持這種態度。這件事是誰拜託妳來調查的？」

滋子看著他的眼睛：「沒有人拜託我來。是我自己要來調查的。」

「爲了寫文章？在那個雜誌上連載嗎？」

「你有讀過嗎？那眞是榮幸。」

「我們沒有讀過，只是當作資料歸檔。」秋津平淡地說：「不過妳上個禮拜起不是已經停了嗎？因爲寫不下去了嗎？」

滋子沒有回答。

「還是說有新的發現，在找到證據前不會刊登出來？」

滋子感覺對方探索的視線，越發將嘴巴閉緊。

「我們也和妳一樣。」秋津繼續說。一副好吧，我們也跟妳攤牌吧的語氣。「我們知道網川浩一的母親有一棟她名下的別墅在這裡，所以前來調查。」

滋子顫抖了一下，不是因爲寒冷。車子裡面開著暖氣。

一種猜到賓果的感覺油然而起。

「我們的上司，搜查總部的最高主管有高血壓。」秋津笑了一下。「剛開始掌握到這個資訊時，他的血管差點爆掉了。假如量那時候的血壓，應該是金氏紀錄吧！」

坐在前座的上司也不禁笑了出來。只有坐在駕駛座的學弟保持嚴肅的表情。

「他要我們馬上到現場，確認別墅是不是眞的在？看看是不是廢墟還是被燒掉了？他要我們親眼確認是眞的存在還是只是海市蜃樓。於是我們來到了這裡，還特別請冰川警署的署長同行。」

果然是這麼一回事。

「結果妳也來了。剛剛回報之後，我們高血壓的上頭又快要昏倒了，還說要衝到這裡將妳的頭給摘下來。他說：『居然是記者，還是個女的。再糟糕不過了，不把她頭給摘下來，就不能讓她閉嘴不說話！』」

滋子聽了大笑，秋津也哈哈哈地開口大笑。

「所以我跟他說，請平靜下來，警長，情況還好。是我們先到的，她之後才來。假如順序相反，你再來操心這些吧！」

「結果呢？」

「他罵聲混帳東西，就把電話掛了。」

滋子和秋津放聲大笑，前座的上司卻已經不笑了。

因爲笑讓滋子意外地平靜下來。滋子她親手掌握的事實，安撫了她的心情。

她慢慢地說：「我不是記者。」

秋津盯著她眨眼。

「我不是眞的記者。雖然我是在寫報導，但寫那種東西跟成爲記者是兩回事。我不是眞的，只是臨時客串。我犯了許多眞的記者不會犯的錯誤，我的錯誤是不該夢想自己可能會成爲記者。」

這是她打從心底說出的眞心話，沒有絲毫的虛僞，是滋子的心聲。

「那妳爲什麼要寫？現在又爲什麼要調查？」

「這個嘛。」滋子聳聳肩膀說：「我自己也不是很清楚。可能是爲了想確認自己犯過多大的錯誤吧。」

「妳的說法很詩意嘛。」

「不，一點都不詩意。我只是說得好聽一點罷了。」

滋子覺得累了，大概是因爲安心的關係，也可能是知道自己再也不能做什麼了，車上的暖氣使得她開始想睡。

「你們放心好了，我可以答應你們。這件事我誰都不說。」滋子一邊點頭，其實她是在對自己表示「這樣可以了吧」，一邊說：「我絕對不會妨礙警方的搜查。其實我只能查到這個地方，接下來我什麼都不能做。」

「可是妳剛剛表現的不是很勇武嗎？居然想潛入別墅裡，不是嗎？」

「那是一時衝動呀。」

「是爲了找尋無法動搖的證據吧。」秋津確認地問說：「想找網川跟這一連串事件相關的物證，看看有沒有被害者的遺物、照片什麼的……。」

「秋津！」上司出聲制止，意思是警告秋津說的太多了。

「對，你說的沒錯。我是想找那些東西。因爲根據過去的經驗，很可能會留下什麼東西。我想找出來……」

「找出來之後呢？」

「不知道。也許會報警吧。但至少我不會聯絡電視台，弄來轉播車回到這裡。」

秋津大聲吐氣。「太好了，太好了。因爲我們的法院比起美國，在證據採用的規範上還落後太多。如果妳比我們先進去那個別墅裡到處亂摸亂碰，雖然不會因爲這樣就禁止採用別墅內的東西當證據，但也會造成搜查上的障礙。我們必須先從取得這個房子搜索令開始做起。」

思考了一下，滋子試著說：「如果我做出那種行動，網川浩一也會反擊吧。他會說所有發現的遺物、可能成爲證據的東西都是前畑滋子爲了陷害他而安排的。」

秋津沒有說話，大家也都沉默。只有暖氣發動的引擎聲在深夜的森林中響著。然後秋津低聲問：「他會說整個別墅都是妳的安排嗎？」

「那個男人很有可能說這種話，這算得了什麼！」

「嗯。」有人回答。滋子以爲是秋津，其實是前座的上司。

「我答應你們保持沉默。」滋子說：「但是有個條件。」

「條件?」

「現在請你們當場回答我的問題。我知道警方不可能跟一般人隨便透漏搜查的內容。所以你們可以不說,只要聽我說就可以了。如果我說的沒有錯,就請你們安靜。我說錯了,告訴我錯在哪裡。只要這樣就可以了」

沒有人開口,大概是默認的意思吧?

滋子第三次抬眼看著照後鏡,裡面只反映出車內的樣子。

「網川浩一就是眞兇X。」

沒有人說話。

「警方開始對他起疑,是因爲知道他媽媽的別墅在這裡嗎?還是因爲有其他可疑的因素出現呢?」

秋津咳嗽了。

「是因爲其他的因素吧。」

這一次沒有人做聲。

「這樣的話,對他的搜查就不是這一兩天的事囉?只是消息被嚴格地封鎖。」

沒有人說話。

「我知道了,謝謝。」滋子說完,閉上眼睛。「請逮捕他吧。雖然來不及救由美子小姐。可是眞相不管拖到多晚,都必須公開才行。請逮捕他,逮捕那個男人。不管他說什麼好聽的藉口、理由,拿什麼來辯解,請你們蒐集可以擊垮他的證據,然後將他逮捕!」

拜託!說完之後滋子一鞠躬,低下頭,身體就沒能拉直起來。

過了一會兒,秋津的手拍拍滋子的背部。

「我們回去了。」

車子發動前進。

經過長時間的沉默,秋津說話了。「那個別墅在我們祕密基地地毯搜索的名單之列。上面還有將近二十個地點。假如沒有發現什麼,早晚我們還是會查到那個別墅的。」

聲音低沉而有力。

「網川浩一的確很難對付,我們也被耍得很

慘。他所做的那些事，假如他是眞兇X的話，就絕對不可能去做，至少在我們過去的常識是這麼認爲的。所以說這是一個盲點。我只是打個比方，從其他事實開始對他起疑之前，我們也沒想過對他做聲紋的鑑定。就連電視台現在也沒想要這麼做吧？因爲根本沒這種必要。爲了找出眞兇X，就算要調查全日本的男人，唯一會被除外的人也是網川吧！大家都會這麼想的，這也難怪。因爲大家都認爲眞兇會躲起來，不可能出現在最顯眼的位置。

可是網川浩一是無法用過去的常識評斷的人。所以他犯罪的動機，也不是過去我們的感覺可以衡量的。老實說，我現在還想不透。網川在追求什麼？他爲什麼要這麼做？我的上司之一，認爲他只是想要導演一齣大型的舞台劇，但我還是聽不懂。我只知道網川是個天大的騙子，他說謊的技巧高明得嚇死人。

可是前畑小姐，說謊的有效期間是很短的。越是誇張的謊言就越短。他成名是一月二十二日，到今天已經過了幾天？剛好四十天。這還算是維持得久的。已經到了極限，是該結束的時候了。」

因爲滋子沒有什麼反應，秋津注視著她的臉看。滋子睡著了。靠在車窗上，像個孩子般睡著了。

29

時間經過得很慢。總是黑夜白天，白天黑夜的交替，速度慢得像是蝸牛走路。

一想到新聞隨時會報出來，滋子晚上睡不著覺。她很想電視一直打開著，又怕被其他工作同仁覺得她奇怪，所以在編輯部附近找了家商務旅館，整天窩在裡面。也不接電話，也不管這個工作可能會被掃地出門。反正報導已經沒了，身為作家的前畑滋子也完蛋了，她沒什麼好擔心的。

每天她都在跟心煩不安作戰。胃因為焦躁而發熱疼痛。感覺胃就像破了個大洞，一不小心亂跑亂跳，身體裡面的器官就會掉落滿地。可是她就是吃不下、睡不著。

搜查總部還沒公布破案嗎？要到什麼時候才有動作呢？繼續這樣拖拖拉拉下去，或許會有別人跟滋子想到的一樣，也開始調查起網川浩一的身邊了。而且萬一那個人沒有保持沉默，還跟網川說了怎麼辦？就算那是他企圖跟網川決鬥的行為表示，但結果還是如秋津所說的，對搜查行動造成了妨礙。被懷疑的這件事，千萬不能讓網川發現。不能給他丟棄什麼、隱藏什麼、想出花言巧語蒙騙其他人的花招、排練脫逃藉口的腳本等時間。必須像特務人員一樣偷偷行動、包圍住網川，然後以電光石火的迅速行動逮捕他；否則網川就會像是身上塗了油一樣找到脫身之路！

滋子咬著牙整整忍耐了四天。於是在第五天她終於受不了準備打電話給搜查總部的秋津時，行動電話響了。

是手島總編輯打來的。

「妳現在在哪裡？」對方簡短地詢問。

「我在飯店，有什麼事？」

「如果妳一個人想罷工，隨便妳愛搞多久都無所謂。自由業的罷工等於是自己讓自己餓死，我可是不痛不癢的。」

滋子絲毫都不想回嘴。不，她其實有話想說，想把所知道全部告訴手島總編輯。但是她答應了警方，必須保持沉默。

「電視台找妳上節目，是HBS的特別節目。妳去不去？」

滋子有些訝異：「怎麼回事？」

「根據對方的說明，好像是想把到目前爲止的狀況做個整理報導。」

「那又跟我有什麼關係呢？」

「不知道。只是聽說網川也會上那個節目。這是高井由美子自殺以來，他頭一次出現在現場播出的電視節目上。」

滋子握緊了電話，從椅子上站起來，在房間裡打轉。

「他想幹什麼呢？」

「這個我也不清楚。只是這個時候那男人的想法和他提供給電視台的意見大概可以想像吧。」

「我倒想聽一聽你的看法。」

「自從高井由美子自殺以來，他的立場就變得很不好。」手島總編繼續說明：「這也是當然，因爲他讓該保護好的旗幟給死掉了。本來我以爲那傢伙應該會先召開記者會，但他沒有；我想是因爲他發現周遭的冷空氣比他想像的要冷淡許多，他有些驚訝吧。」

滋子點頭贊同。

「所以這次上電視，是想要挽回頹勢。」

「他要如何挽回？」

「表達出不能守護住高井由美子的遺憾，和強調她的死不是自己的責任吧。」

「他要表達是他的自由，問題是會被接受嗎？」

「做得好的話，或許會被接受。其實很簡單，只要搞出其他犯人就可以了！」

滋子來到窗邊，往下俯視。一早開始天空就很陰霾，關東北部已經下大雪，天氣預報還說傍晚時候開始，都心地帶也可能下雪。

「其他犯人？」

誰呢？那還用說嗎？就是拋棄由美子，不肯聽由美子傾訴，否定她說法的人。

「沒錯。」

「就是我囉。」滋子說：「所以他要我上電

視。」

「當然，我要是網川也會這麼做。只是我不認爲這是個聰明的做法。」

眞是意外！

「是嗎？」

「是的。現在除了垂著頭一心一意爲高井由美子的死哀悼之外，網川別無良策。就算有充分的理由，就算對方眞的有責任，他只要對第三者攻擊，看起來就像是他在逃避責任。而且絕對看起來就是那樣。如果看不清這點，表示網川也開始頭腦不清楚了吧？說不定老狐狸終於也要露出馬腳了？」

滋子仔細玩味手島說的話。「可是他卻想要這麼做。」

「沒錯，他想要這麼做。妳是不是被他抓到什麼把柄？有沒有寫信罵過高井由美子或打過電話呢？」

「沒有。至少在她自殺之前，我們的關係一直都很疏遠。」滋子說，然後突然連自己也很驚訝地笑了。「可是總編，那種東西其實沒什麼必要。他可以編不是嗎？需要的東西，有需要的話。他不是一向都這麼做過來的嗎？」

滋子的話裡面或許有種非比尋常的魄力，讓手島沉默了一下。「還是妳握有他的把柄呢？」

滋子微笑了。心想還好手島看不見她現在的表情。他是個連聽電話都很敏銳的人，要是面對面，肯定會被看出來。他以爲一出招，滋子就會全盤說出來吧。

「什麼時候呢？」

「節目嗎？今天晚上，七點開始。對方說最晚四點要進攝影棚。」

「只要上節目我就如甕中之鱉了呀。」

「大概吧。是HBS捧紅了他，所以現在也會挺他吧。這一點網川也很清楚。」

「如果我不上呢？」

「就會被認爲逃避接受大家的批評。就這個意義來看，妳上不上節目都是吃虧呀。」

手島說：「今天的節目是現場播出，卻到了這時候才來通知，也是因爲對方認定滋子會拒絕吧。」

「所以我不上節目，結果也是一樣的囉。」

「應該是吧。」

「可是如果我上電視，電視機前面應該還是會有很多觀眾看了，會有跟剛剛總編說的一樣的感想吧？」

「是不是很多，我就不知道了。但是有一點很確定，大家並非都是那麼笨的。」

滋子咬了一下嘴唇，然後回答：「我願意上，請告訴對方我答應。」

或許是覺得意外，手島有些退縮。因爲是電話只能憑感覺，這是滋子頭一次感覺手島的猶豫。

「可以嗎？」

「可以。我想賭一賭總編說的話。」

其實應該說是跟搜查總部賭一賭。就算今晚滋子被打得很慘也無所謂，被罵得狗血淋頭也好。只要能釐清眞相，能夠弄清楚網川欺騙由美子就表示他是比誰都冷酷的「兇手」，那麼今晚的犧牲對於公開網川浩一這個人的眞面目讓全天下知道，便有所幫助了。

「我懂了，我會跟對方聯絡。」

「好，那就麻煩你了。」

「前畑！」

「什麼事？」

「我不知道妳在想些什麼。」手島停了下來，似乎在找尋適當的話語。

滋子等待著。

「小心點！」

「我會的，謝謝。」

之後滋子陷入思考。她在房間裡走來走去，一下子跳上床、又跳下來，看一下鏡子，抓抓頭髮繼續思考。

聽見了嗎？我已經準備好去挨打。我知道你的底細而你卻不知道。所以我無所謂，看你要怎麼對付我！

可是滋子心中還是湧上一股難以抑制的怒氣，如果繼續隱忍會讓她發瘋。到了這時候，網川居然還要利用由美子，他甚至想利用由美子的殘骸！這是不可以的，這一點絕對不能允許！

要反擊其實很簡單，只爲隨口一問就行了。網川先生，聽說令堂在冰川高原擁有別墅呀。你去過那裡嗎？因爲你跟令堂的姓不一樣，沒有調查就不知道，那的確是令堂名義下的別墅吧？你去過那裡嗎？

可是這樣是不行的。她答應過警方。滋子不是眞正的記者，那些調查醜聞的報導對滋子而言是遙不可及的世界。她必須努力遵守跟秋津刑警之間的約定，這才是她的義務。

可是這麼樣子下去，她一定會覺得氣憤和懊悔吧！一旦和網川見面，她的氣憤和懊悔就會奪眶而出。或許反而會讓網川發現了什麼。

所以至少要給他迎頭一擊！不是透過未來將公布的事實，而是用她的手。只要一拳就好了，她想痛毆網川浩一，打得他眼睛黑一圈！

他的確是個厲害角色。所作所爲前所未聞，簡直是空前絕後。自己殺了一堆人，卻將罪過推給其他人，然後裝著若無其事地站在無辜的受害人家屬身邊。誰能想像世上竟有人會這麼做？所以他才能隱藏這麼久，因爲他在無人能想像的地方排練劇本、編寫劇情、照著劇本演出慘劇。他的手法相當高明。

他一定覺得很驕傲。自己既是作家、導演，又是主演的演員。這麼獨創性的劇本，過去從來沒看過！這是他創造出來的，不是模倣，從頭到尾都是原創的。

突然間滋子在腦海中閃過跟誰的對話。

「人總是會模倣誰的，滋子。」

滋子停止在房間裡打轉的腳步，定在那裡。

沒錯，剛剛說這話的人是誰？我是和誰說話呢？是寫作的同業。沒錯，他曾經這麼問過我：

「栗橋和高井會是卡通或漫畫迷嗎？他們可能從那方面學習做案手法嗎？」

「我想不會吧。如果是的話，早就有人找出他們的範本作品，鬧得滿城風雨了吧！」

沒錯，就是這樣。

網川浩一的犯罪沒有範本，都是他的獨創。是他全然嶄新的獨創與獨演！

那他心中會是多麼遺憾呢？到目前爲止都是他憑想像力創造出來的，卻不能公諸於世，他會覺得多麼不甘心呢？他其實很想說出來，他做得是多麼的成功。老實說他很想公開出來，讓大家大吃一驚。

總有一天他會這麼做的，在不遠的未來。只要他被逮捕，就會讓大家吃驚。全日本的人們都會吃驚。驚訝這竟都是網川浩一一個人編劇、導演和主演的戲劇。

或許他自己也看穿了這一點，他其實也意識到了這一點。所以在內心深處，他將這一點安排成最後的結局。就算被逮捕，網川浩一打敗全日本人的「成果」是不會變的。因爲他做到任何人都無法想像的事。

滋子雙手按著臉頰，不知什麼時候她已經全身是汗。

如果她讓那個「成果」有了傷痕呢？

在全國的觀眾面前說他的戲劇、他的演出，其實不過是模倣了某人的作品，那會怎麼樣？

就算是說謊也好，有什麼關係。說出來的話會留下來，那是網川曾經做過的。說話的人先贏，看看能夠有多快、有多少說服力、將自己相信的事情推廣出去？重要的是這一點呀。事實並非眞相，他一向秉持這個原則行動。今晚也是一樣，他想拿滋子開刀！

既然這樣，就以其人之道還治其人之身吧，看看會怎樣？

滋子又開始在房間裡漫步。這一次她決定好要思考什麼了。手段、方法和材料。然後她打定主意，開始撥電話。第三通的電話，她找到了想要找的人。

「喂！是山田小姐呀，好久不見。對不起，突然打電話給妳。是呀，眞的是好久沒聯絡了。我剛好有些急事，不知道能不能麻煩妳？妳現在還在蒐集外國推理小說、犯罪報導之類的東西吧？一些沒翻成日文的書，妳應該也收藏不少吧。就是說嘛，因爲妳能直接閱讀原文呀。妳的收藏眞的是很驚人！不知道能不能借給我一本看看，內容無所謂什麼都好。只要是一般人不太知道的，舊一點的也沒什麼關係……」

30

ＨＢＳ簡直把滋子當成重要人物對待。一到電視台就被帶到個人專用的化妝室，和製作人的事前會議也在裡面進行。說明了節目進行的流程，並介紹座位順序等無關緊要的小事。製作人還說：「順著話題，自然說話就行了。雖然有主持人，但不會特意誘導你們說話。」

滋子溫和地答應了，但爲了怕對事件的細節記憶不清，所以要求能帶一本檔案夾進入攝影棚裡。製作人答應了，也沒有檢查一下檔案夾的內容。

化妝師也來到裡面。匆匆地來匆匆地完事就走。沒有人想跟滋子說說話，或許被命令不能跟她說話吧！

這種做法，或許是在隔離滋子吧，也可能是讓她不能臨陣脫逃而將她關了起來。

這正是求之不得。因爲滋子想穩定情緒，靜心地等待那個時刻的到來。

過了五點鐘，有人來敲化妝室的門。打開門一看，是一個見過面的臉。一個容貌端正的中年男子站在門口，身上穿著筆挺的西裝、打好領帶，也上了妝。對方開口說：「前畑小姐嗎？今天就麻煩妳了。」

聽他的聲音，滋子立刻就知道了，他是向坂主播。十一月十一日的特別節目也是他主持的；上個月的也是吧!?就是網川浩一在鬼屋實況轉播的特別節目。

向坂主播進入化妝室後，謹愼地關上了門。滋子跟他簡短打聲招呼，因爲不知道對方的目的，臉上也浮現不出親切的表情。

「突然拜託妳，妳卻爽快答應上節目，眞是十分感謝。」

向坂主播客氣地低頭致意。

「哪裡，不用客氣。」

滋子心想：這個人好像有點緊張。難道今天晚上的節目很特別嗎？還是有什麼安排是滋子和手島總編所沒有預料到的呢？

早知道就不來了。滋子刹那間開始後悔了。

「在節目開始前，負責主持的我來跟妳說話，好像有點不太應該。」

說話圓柔的方式，果然像個主播。聲音很好聽，但是有點緊張。視線則看著滋子的肩膀不動。

「是嗎。」

「我……」向坂主播重新對著滋子說：「這是我個人的意志，想事先跟前畑小姐說些話。」

「什麼事呢？」

「今晚的節目除了對事件做總整理外，也會提到高井由美子小姐的自殺。」

「我想那才是這次的主題吧？」

向坂點點頭。「妳說的沒錯。」

「這一點我還算清楚。我也知道自己將因爲這件事情被追究責任。實際上有沒有責任，身爲當事者我不能說什麼。但是如果問我說難道不能對她表示親切、不能試著防止她的自殺嗎？我無法回答說什麼都不能做。所以我願意接受責難，這一點請放心吧。」

向坂主播再一次低頭致意。然後終於看著滋子的眼睛，正面相對地看著。

「我不管節目的主旨是什麼，我不打算讓前畑小姐一個人被推上祭台。」

滋子也看著對方的眼睛。

「我想現在是這樣做的時候。關於高井由美子小姐的事，也不是前畑小姐一個人的責任。」

向坂主播話說到這裡便停了，大概是在等滋子說些什麼話吧。但是滋子沉默以對。

「前畑小姐……」向坂主播的聲音有些沙啞，他說：「也許妳認爲我們電視台只要有收視率什麼都好，所以不管是什麼樣的悲劇、殘酷的犯罪，只要有趣就行。妳可能以爲電視台裡都是聚集了這種人。遺憾的是，那是事實的一部份，而我們之中有很多那個部分。但是……」

這一次換成滋子催促：「但是？」

「但是我們也是追求眞相的人呀。也許看起來我們好像沒有認眞考慮過什麼是對的、什麼是錯的，就播出震驚社會的新聞節目；但其實並不然，不是只有這樣子的。我不過是一個新聞主播，這一點我今晚一定要跟前畑小姐說清楚。」

一口氣說到這裡，他好像回過神來眨了一下眼睛，神情顯得吃驚。然後說聲打擾了，深深一鞠躬，向坂主播準備離去。

「慢點！」滋子出聲呼喊：「向坂先生，難道說……」

兩個人摸索般四目相對。彼此都在打量對方是否和自己探索的是同樣的東西。所以即便視線相對，卻沒有什麼實際的感覺。

「沒……沒什麼啦。」滋子搖頭說：「謝謝你專程過來跟我說話。」

向坂主播出去了。滋子回到椅子上，面對著鏡子。

剛剛她其實想這麼問——向坂主播，難道你也對網川感覺有什麼不對勁嗎？

但是她沒有問，問了就會讓自己加把勁嗎？

仔細想想，向坂主播在每次事件發生重大變化時都在場。十一月一日他在攝影棚和那個代替栗橋浩美重新打電話進來的未知兇嫌對過話。之後和網川浩一見過面，還擔任他演出節目的主持人。

主播的工作是運用語言，他們是擅用人類聲音的專家。如果向坂主播根據他專業的經驗，受過千錘百鍊的耳朵，從網川的聲音、說話方式、遣詞用句中聽出了什麼呢？但是在網川技巧的誘導下，他沒辦法在那樣的情況下說出自己的意見呢？因爲沒有人問他，他就沒辦法說明，終於他受不了了，所以才會到這裡來找滋子的嗎？

「畫上電視妝，自己看起來好老。」滋子對著鏡中的自己心想。

或許時候已經到了。或許打瞌睡的神明終於發現那個趁自己不注意時到處作怪的網川浩一了，這時已經開始要起身處理了。

對於即將在全國觀眾面前丟出炸彈的她而言，這個主意倒是不壞。這個主意一點都沒有什麼不好！

31

表面上節目一開始並沒有想像中不好。攝影棚布景簡單，上場的來賓也不多。

座位分成兩列。一邊坐的是向坂主播、女助理和網川浩一；另一邊則是前畑滋子、HBS的報導記者和另外一名HBS負責新聞節目的男製作人。他的採訪經驗豐富，滋子從以前就常看他的節目。能以這種方式坐在一起，眞是作夢也沒想到。

向坂主播一開頭就大致說明整個事件、介紹搜查的最新資訊，其中特別就高井由美子的自殺，爲什麼她會選擇死等幾個疑點提出作爲今天節目討論的重點。

這一次在攝影棚裡一樣設置了電話和傳眞機。女助理在一旁提示寫有電話和傳眞號碼的告示板。

關於整個事件的概括解說，主要是以錄影帶進行的。滋子幾乎沒什麼機會說話，只能忍受著攝影棚內的熾熱，動也不動地坐在那裡。

還好不是公開錄製的節目，可以不用直接和觀眾面對面。就算再怎麼做好心理準備，還是不希望和丟自己石頭的人四目相對吧。明知道一旦眞相水落石出，他們會很驚訝，但現在還是不願意被什麼都不知道的人們臭罵。

網川浩一表現出以前從未見過的憂鬱的神情。沉默不說話，除非向坂主播問話，他也只是簡短回答。這樣的他，滋子頭一次見到。

但是當節目進行到介紹觀眾打給攝影棚內的意見之後，情況有了變化。

滋子努力不要顯現出驚訝的臉色。就像手島預料的一樣，傳來的觀眾意見中，固然有不少是鼓勵網川、儘管由美子過世依然支持他的觀眾；但是也有幾乎相同多的意見表示既然由美子都已經死了，他就不應該再繼續上電視。還有人認爲與其上電視，不如協助警方的搜查，或是怪罪網川如果不要多事，由美子也許會難過但至少不會去尋死。

網川假裝虛心地聽著那些意見。滋子知道那是他的表面功夫。

就像是看一幅引人錯覺的圖畫。如果有人告訴你畫中的水果籃裡其實藏著蒙娜麗莎的微笑，之後你不管怎麼看，總是會看見蒙娜麗莎。已經認識網川眞面目的滋子，看他的行爲、演技、做出來的每一個表情，都覺得很可笑。

這時候突然間她感覺到隔壁的男製作人也跟滋子一樣，對網川保持距離。從一些小地方，如語調、講話方式、如何回答等，都可以傳達出隱藏在其間的感情。

話題終於轉到了由美子的自殺。網川大概受不了了，開始變得多話。他說由美子從窗戶向下跳時，他在隔壁的房間寫東西。在回到各自的房間前，因爲由美子很沮喪，他說了些安慰的話，看到由美子的心情好轉些，便道別回房了。

「可是她打開窗戶跳樓時，我居然沒有在場。在她最需要我的時候，我竟然在牆壁的另一邊。」

說著說著，表情扭曲了、眼眶也濕潤、垂頭喪氣、頓足握拳。他責備警方嚴厲對由美子的問訊、對她周遭人們的冷酷態度表達不滿。對報導由美子在飯田橋飯店闖入被害人聚會造成騷動的寫眞週刊提出指責……。

話說到這裡，滋子已經做好接受攻擊的準備。

「關於被害人聚會的事，我的確也有責任，但是前畑小姐……」

網川浩一提起了滋子。

「當時妳比我更靠近由美子。她相信妳。因爲那件事妳捨她而去，我其實希望妳能多爲她做些什麼，希望妳能不要棄她於不顧。現在說這些並不是爲了轉嫁責任，只是這件事讓我不得不怨恨起妳來。」

愛說什麼就讓他說吧。然後滋子語氣平淡地回答：「當時的自己無法接受由美子的主張，這一點也跟她說的很清楚了。的確發生被害人聚會的騷動我也有錯，不能事先防範實在是很遺憾。」

滋子不理會他的挑釁，也沒有人幫著網川。所以網川很明顯地開始緊張。報導記者就報導犯罪事件的困難、社會必須重新考慮如何看待加害者或嫌犯家人等提出一般性看法。於是網川口出惡言罵記者只會說些好聽的話根本沒用，搞得現場氣氛十分尷尬。

在中間的廣告時間，網川紅著一張臉，女助理在一旁不停安慰他。

節目只剩下二十分鐘，又開始了觀眾意見的時間。儘管這是事前通知的節目流程，在向坂主播和觀眾電話連線的同時，網川還是經常插嘴說話。

「讓我說一下話，那樣子太過分了。」

「這個說法不是怪我而是怪由美子了，不是嗎？」

「我只是做我能做的事，今後也將繼續如此。」

滋子開始焦急了，最後應該還會讓每個來賓說話，但是照這情形看來，滋子大概只能分十秒鐘。這麼短的時間內，她能辦到嗎？

向坂主播開始總結，終於輪到滋子說話。網川好像排到最後，太好了！

「前畑小姐，妳現在還在繼續寫報導，關於這個事件目前的看法如何？」

滋子聽了向坂主播的詢問，抬起頭來，對著攝影機說：「老實說就在最近，我發現一件事十分驚人！」

「妳是說發現嗎？」

滋子打開帶來的檔案夾，裡面是一本書。大約有三百多頁的薄書，封面已經破損了。簡單的黑色底色，印刷著紅白兩色的標題和作者姓名。

「這是十年前美國出版的報導文學。」滋子故意半掩著著那本書在攝影機前。「作者原來是紐約時報的記者，經常以實際發生的犯罪事件爲題材寫作。這是其中的一本，是原文書。可惜沒有翻譯成日文，所以不太爲人所知。」

滋子開始描述事先準備的說法。她說朋友打電話來告訴她這本書的內容和這次連續女性殺人事件的經過很像。因爲自己看不懂原文，所以拜託朋友翻譯故事大綱給她。讀過之後，果然兩者十分相像……。

「妳是說事件的經過很像嗎？」男製作人問：「比方說兇手也是兩個人嗎？」

「不，書中的事件是一個人。」

「那麼是選擇女性爲被害者，以及跟報導媒體和被害人家屬聯絡的情形很類似嗎？這是事件的最顯著特徵。」

「是的，沒錯。而且還不只是這樣。」滋子完全是面對著鏡頭說話，面對著看不見身影的全國觀眾們。

「最顯著的類似點是，書中實際發生過的事件也是在最早被認爲是兇手的嫌犯死掉之後……」

「妳是說嫌犯死亡了嗎？」

「是的。結果之後有人跳出來主張她是無辜的，不是殺人兇手。說話的青年自稱是兇手的朋友。」

網川的表情僵硬。攝影棚裡有人發出驚訝的叫聲。

滋子繼續說：「實際上他的主張相當具有說服力，也被媒體廣爲採用。於是已認定死亡青年是兇手的州警決定重新搜查，聯邦調查局也一起出動了。但是最後發現的眞相實在令人意外。」

滋子停了一下，攝影棚裡一片寂靜。

「原來被懷疑的青年是無辜的，那個爲他申冤、成爲全美話題的朋友才是眞正的兇手。因爲發現許多的鐵證，無法脫罪的他。人們問他爲什麼這麼做，他說因爲這樣很好玩！裝成正義使者獲得大家矚目是件愉快的事。」

滋子手上的書名爲《JUST CAUSE》，應該可翻成《你問我爲什麼》吧？當然內容完全不一樣，雖然也是犯罪小說但情節截然不同。滋子只是因爲喜歡標題而借來一用。

「胡說八道！」網川浩一的聲音。

不只是來賓，攝影棚裡在場的所有人都看著他，以過去從來沒有的目光看著他。爲什麼會這樣子呢？因爲他說話的聲音是過去他們從來沒有聽過的聲音。

滋子在椅子上稍微放鬆一下腿部，然後面對著他。

「我沒有胡說八道。」平靜地回答。她的心臟跳動得很厲害，腳也在發抖。抓著書本的手指開始麻痺，手心也在冒汗。

「一切都是書上寫的，而且是事實。十年前，不，正確說來是十一年前的事件。眞實發生在美國的馬里蘭州。所以說這個事件的兇手知道十一年前的該事件，以爲日本沒什麼人知道，就偷偷模倣了起來。不過是有樣學樣的模倣呀，根本只是個模倣犯。讀了這本書，連我都覺得丟臉！」

網川浩一握緊拳頭，從椅子上站起來。

「妳不要在那裡胡說八道地鬼扯！」

他的聲音岔開了。他看著滋子。造成錯覺的圖案消失了。過去網川浩一藏在可口的水果籃後面的臉，清楚地顯現出來。在畫布上只剩那張臉，而他的臉不像蒙娜麗莎一樣微笑著。永遠謎樣的笑容不復存在於上面。

有的只是自尊被傷害的憤怒！

看見了嗎，各位？你們都看見了嗎？

「慢點，請等一下。前畑小姐。」採訪部的記者出來打圓場地伸出手敲打滋子前面的桌子說：「就算妳說的是眞的，也不見得這次的事件就是從頭到尾模倣十一年前的事件吧？否則網川先生不就是……」

不就是眞兇了嗎？本來等到對方說到這裡，滋子打算笑一笑，然後說：是呀，我沒有意思說的那麼明白。節目到此結束。先說的人先贏。

可是阻止採訪部記者說下去的人卻是網川浩一。

他立刻站起來，用力推開椅子，發出很大的噪音。可是他的聲音也不比噪音小，響徹了整個攝影棚，也響遍了全國。

「妳說我是有樣學樣的模倣嗎？」

網川浩一手指著滋子質問。

「妳說我……妳眼前的我居然拿了別人的故事，裝成是自己的提供給社會看嗎？我？妳說我嗎？」

每說一次就拍打自己的胸口。「我？妳說我嗎？」

他的眼睛像石頭一樣不動。這就是栗橋浩美生前害怕的，認爲是和平最難以理解的謎題而敬而遠之的眼睛。無法接受任何的外在因素，在網川浩一的平台下，這是已經暴露的自我開始運作的前兆。

如今前畑滋子正親眼目睹這現象。那是過去栗橋浩美看過的，也是高井和明看穿的現象。

網川浩一淒慘地咧開嘴巴嘲笑，並大聲說話：「開什麼玩笑！我會去模倣別人。我的所作所爲都是獨創的，都是我的創作。我是用我的頭腦想出來，一個人辦到的。」

沒有人說話。原來半蹲的記者也跌坐在椅子上。

眼睛和嘴巴都張開著。

「我絕對不會去模倣別人，絕對不會的！」

網川浩一大叫。脖子上的血管暴突，他音量極大地叫著。任何音響效果都遮蓋不了他大叫的聲音。

「我才不會做那種無聊的模倣！前畑滋子，妳才是模倣犯吧？模倣別人的人是妳。妳想獨吞我做的事，我寫的劇本。不就是妳裝出一副什麼都知道的臉色描寫栗橋浩美心中的黑暗和高井和明的自卑感嗎？妳自己的頭腦什麼都想不出來，只會騎在別人騎過的馬上！不是嗎？我說的沒錯吧？妳承認吧，妳回答是呀！」

「可是我不一樣！」網川幾乎是以喊叫的方式逼問滋子。

「我是自己想出來的。全部都是我自己想的。從頭到尾，都是原創的。栗橋不過是個棋子，那傢伙不會想劇情，只知道殺死女人。連累高井和明的計畫，也是我想出來的。我想好劇情去實現的，哪有什麼範本，根本就不是有樣學樣的模倣！

我不是模倣犯！」

大概播出時間已經結束了吧？電視畫面應該是在放映廣告。我做的還算不錯吧？滋子腦中只有以眼還眼、以牙還牙的念頭，她的視線緊盯著網川的臉，整個人麻痺地跌坐在椅子上動也不動，什麼話也說不出來。

看見了嗎，各位？

「網川先生！」

聽見男製作人的說話聲，感覺他好像是在遠方呼喚，聲音很小。滋子心想說不定是我的錯覺吧！

但是那聲音跟網川的聲音一樣地清楚，並且遙遠而冷靜地提出質問說：「剛剛你的發言，聽起來好像承認你就是眞兇，我們可以這麼認定吧！」

32

那一天，塚田眞一過了中午便一直和有馬義男在一起。他們去找不動產仲介業者，因爲老人要尋找新的住處。

「既然關了店，一個人住那裡太不經濟了。我想在眞智子的醫院附近找房子。」

聽義男這麼說，即便對方沒有拜託他，他還是決定陪老人一起，因爲他不忍心讓義男自己一個人找房子。雖然是他的多事，但也沒什麼不好。實際上，這幾乎是義男頭一次一個人過日子，很多事都不懂，所以還要眞一多多教他。

「過去我雖然只有一個人，但是店一開店孝夫就來了，早飯午飯我們都是一起吃的。」

「是嗎……？這麼一來會很寂寞囉。」

「只要眞智子出院就好了。」

「木田先生在哪裡開店呢？」

「就在附近，說是找到好的店面了。」

眞一本來想說爲什麼不用原來的店面呢，但他沒有說出來。那是不行的，應該不行吧。

兩人跑了許多家業者，看過許多房子。拿了一些中意的廣告單，義男的手冊上也記了不少地址。老人收放在背心胸前口袋的小手冊，是大豆批發商送給客戶的贈品。老人用短小的鉛筆一邊認眞寫著一邊說：「銀行、合作金庫送的不好用呀。」

到了傍晚，義男說要直接去眞智子的醫院。

「如果可以的話，我也一起去探病好嗎？」

義男高興說：「那等眞智子用過晚飯，我們一起去找個地方吃飯。今天你陪我走了半天，我請客。」

「沒關係啦，是我自己要跟來的。」

「你不要這麼說嘛。」

古川眞智子躺在四人病房的靠窗床位，安靜地看著電視。除了乍看之下臉色不好、身體瘦了些以外，看不出來有什麼毛病。傷勢的部份已大致好了，只是走路還不是很穩。

儘管眞一跟她打招呼，義男溫柔跟她說話，眞智子都沒有開口。模糊的視線不知道看著哪裡。有時眼睛的焦點對上了，有時又變得迷濛，也不知道是根據什麼法則轉變的，外人根本無法得知。義男不管這些，一邊餵眞智子吃晚飯，一邊高興地述說找房子的事、木田下個禮拜開店等消息。

義男對眞智子說聲「我明天再來」，並對同病房的其他人點頭致意，跟眞一一起離開病房時已過了六點半。下樓梯時，義男說：「主治醫生說眞智子已經好了許多。」

「那……」

「嗯，看她那個樣子，有點難以相信吧。可是她好了許多。實際上眞智子聽得見我們的聲音，也知道我們是誰，自己身邊發生了什麼事。醫生說她應該都知道，只是沒有勇氣跨出來而已。」

是嗎，眞一點點頭。

「人的心一旦遇見太過悲傷的事，或是很可怕的事，就會像那樣關閉起來。可是並沒有全部壞掉。也許有一部份是眞的壞掉了，但是眞智子還有其他沒事的部分。醫生說該擔心的反而是腳的治療，她那個樣子恐怕沒辦法自己復健吧！所以出院之後搞不好還得依靠輪椅一陣子時間。」

「這樣的話，房子得寬敞一點才行，最好是無障礙空間。」

「是呀，問題是房租怎麼算囉。」

「古川先生……我是說鞠子小姐的爸爸，眞的一點都不能指望嗎？」

義男搖頭說：「他說要幫忙，我拒絕了。我太心急了吧！」

「他叫古川茂吧，他對眞智子女士應該也有責任吧。」

「一提到責任，他就覺得麻煩。但是那個男人，」義男走下最後一個階梯，往一般人用的出口前進。「那個男人還是會覺得內疚吧。我最近開始覺得我得承認這一點才行。以前因爲太生氣，所以沒辦法這麼想。」

他低聲說：「畢竟阿茂也失去了心愛的女兒。」

走出醫院大樓時，眞一將行動電話開機。剛剛在醫院面是關機的。於是他看見有水野久美來電留言的訊號，是十分鐘前打來的。

眞一回電時，她問眞一現在人在哪裡？

「在路上走，跟有馬先生一起。」

「然後兩個人要去哪裡嗎？」

「說是要吃晚飯，妳想來嗎？」

義男在旁邊笑說：「我請客。」

「來不來呢？」

「我是很想跟你們在一起。」久美說得很快：「但又想看電視。現在開始的特別節目，前畑小姐也上了電視，跟網川一起。」

一時之間眞一說不出來。「爲什麼呢？」

「不知道。既然是HBS，肯定會提到由美子小姐的自殺吧？我很擔心，所以打電話給你。有馬先生應該不想再看這種電視節目吧……？」

義男說要看。「在路上買些東西，回我家看吧。隨便什麼都好，只要丟進過裡煮來吃吧。」

結果久美也跑來了，三個人一起看電視。眞一心想滋子比他想像的要有精神，久美也這麼認爲，但她表情憂鬱的說：「就是瘦了。」

「網川浩一也很憔悴。」

「當然囉。」

看起來這個節目不會有什麼新的發現或進展，倒是因爲由美子的死帶來很大的迴響，許多觀眾表示意見，其中不乏對網川的責備。這一點讓眞一十分意外也覺得新鮮。

就這照樣看到最後時，新鮮感蕩然無存！

「我不是模倣犯！」網川浩一大叫。

他蒼白的臉變成特寫後，節目畫面馬上轉換成廣告。是清涼飲品的廣告。

沒有人說話，下一個廣告又開始了。這一次是汽車，深藍色的轎車正在行駛。

砰然一聲，眞一回過神來，趕緊轉過頭去。原來是將碗筷收拾回廚房的久美打破了盤子。

「有沒有受……」

久美推開上前關心她有沒有受傷的眞一，衝向了有義男身邊。「有馬先生，有馬先生振作點！振作點呀！」

義男的臉就像剛剛電視上網川的臉一樣的慘白，鐵灰色的嘴唇痙攣地顫動著，身體維持坐著的姿勢，手卻緊緊握著無法打開。

「呼吸呀，有馬先生呼吸呀。快呼吸呀！」

「救……救護車！」久美往電話的方向爬去。

「沒……沒……沒事了。」義男的下巴動了，發出呻吟般聲音。「我沒事的，你們放心。」

用力眨眼睛之後，義男身體震動了一下。他慢慢張開手指，眼睛盯著看是否還能確實活動。

「沒事了，我沒有停止呼吸。」義男分別看著兩人的臉說話。

廣告結束後，畫面又回到剛剛的攝影棚。座位上只有向坂主播和男製作人。工作人員穿越鏡頭而過。向坂主播對著畫面外的誰在講話。

「又開始轉播了。」眞一說：「這是怎麼回事？剛剛那個眞的是現場實況轉播……」

男製作人對著鏡頭開始說話。看起來好像很鎮定，但畢竟是緊張。畫面一角的工作人員還是跑來跑去。

「怎麼會是這樣？」義男說：「怎麼會是這樣！原來那傢伙是兇手？全部都是那傢伙幹的！」

網川浩一衝出攝影棚後，滋子在工作人員的誘導下回到化妝室。他們要求沒有人來接她時，一定要留在這裡。即使沒這麼要求，滋子一個人哪裡也不敢去。全身開始不停地發抖，別說是坐下，連拉張椅子過來都動不了了。最後她當場蹲下、抱著膝蓋。

外面走廊有人跑過去。有人說話的聲音。在哪裡？這邊呀這邊。攝影機拍過去，在四樓、四樓呀。

檔案夾留在攝影棚裡，但重要的書還抱在懷裡。滋子抱著書閉上了眼睛。啊，謝謝，謝天謝地呀。成功了，我成功了。我辦到了！

電話聲響了，響個不停。那是滋子留在化妝室裡的行動電話。因爲站起來會頭暈，她無法走近電話。電話還在響、還在響。斷了，然後又開始響，不停地響著。

好不容易滋子抓到行動電話了。放在耳邊時，身體還是蹲著。

「喂！」是男人的聲音，她還以是手島。

「喂？喂？滋子，滋子是妳嗎？滋子，妳在那裡嗎？」

不是手島，是前畑昭二的聲音。

「滋子，妳是滋子吧？回答我，快回答我呀。」

「喂……。」滋子覺得自己的聲音聽起來很奇怪，因爲跟剛剛完全不同，因爲沒有透過麥克風。好奇怪，不過是上了兩個小時的電視節目，自己眞正的聲音已經聽得不習慣了。

「昭二？」

「滋子！」像吠叫般，昭二大聲呼喚。「太好了！妳沒事吧？妳還好吧？現在人在哪裡？在安全的地方嗎？嗄？」

滋子發出抽搐的哭聲，趕緊按住嘴巴說：「嗯……我還好。」

「妳一個人嗎？人在哪裡？」

「還在電視台裡，我在化妝室裡。」

「妳不可以一個人，太危險了。我馬上去那裡，妳別走，等我喲！滋子。」

「昭二！」滋子邊哭邊笑說：「我沒事了，我很好呀。」

「妳胡說些什麼！網川還在那裡呀。電視還在播呀，說他不知道在哪裡躲著。他人還在電視台裡。」

現在是這麼回事嗎？難怪剛剛四樓吵著要攝影機？

「這樣我安心了，昭二。電視說那傢伙還在電視台裡嗎？」

「嗯，他衝出攝影棚，正要往下跑時被阻擋了。好像是要往外逃吧，那有這麼好的事。電視說他好像被關在什麼地方了，還不知道詳細情況。」

「一團亂吧。不過那傢伙不在這裡，我想也不在這一層樓。因爲很安靜。」

「是嗎？」昭二發出一聲安心的長嘆。「不過我還是要到那裡去。如果說是滋子的丈夫，他們會讓我進去吧。」

「我不知道。」滋子又笑了。淚水溢出了眼眶。「可是我想警方也正在趕過來，應該不會讓你進來吧？本來警方就在監視網川浩一了。」

「是這樣子嗎？」

「嗯。」

「這麼說來，警方也在懷疑那傢伙囉？」

「很早以前就開始了。可是這是祕密，我答應警方不能說出去。」

「妳和警方？」

「嗯。」

停頓了一下子，昭二才發出興奮地聲音說：

「滋子，妳做得太好了！」

「是嗎？」

「嗯，太棒了，妳眞的太棒了。是妳……讓那傢伙說出眞相了！」

「說的也是。」滋子說。她眞的哭出來了，泣不成聲。

「沒錯。」昭二說：「是妳讓那傢伙說出了眞相。」

她還在哭。

「滋子太棒了，做得好。妳很努力在做呀！」

「嗯。」

「所以夠了。在網川被逮捕前，妳要躲好。躲起來不要被他發現了。因爲是他，千萬別大意。誰知道他會用什麼骯髒的手段逃跑，妳要躲好，知道嗎？在我去之前，要躲好喲！在我叫妳之前，任何人叫妳都不要出來！聽見了沒有？」

滋子回答：「嗯。」

網川浩一躲在ＨＢＳ本館四樓的器材室，沒有人質。他一個人躲進這裡面，從裡面關上了唯一的一扇門。先是電視台的警衛，接著是監視網川的搜查總部監視組刑警，包圍在外後對網川喊話，但是沒有回答。

ＨＢＳ變更了之後預定播出的所有節目，從網川躲藏的器材室所在的四樓進行轉播，和特別節目所在的攝影棚裡交錯報導最新狀況。其他電視台也暫停了預定的節目，開始播出新聞快報。ＨＢＳ新聞攝影棚裡的電視牆畫面，不斷出現各個電視台的轉播畫面。除了其中的HBS螢幕播出網川浩一所在位置的四樓狀況外，其他電視則不斷轉換各式各樣的畫面。新聞攝影棚、HBS門口前的轉播、剛才特別節目的錄影帶、網川浩一的照片、過去他參加過其他台的電視節目錄影帶、和女主播對談時說笑的網川、爲高井和明申冤時的網川。

有的電視播映出了古川鞠子的笑臉，也有的電視是日高千秋正經八百的制服照。在不斷轉換的電視畫面中，有時是網川和鞠子排列在一起出現，有時則是高井和明和栗橋浩美並列的畫面。

行動電話響的時候，眞一還跟有馬義男在一起。水野久美也在身邊，她坐在電視機前，緊靠著眞一、抓著他的手臂。

「誰呀？」眞一一接電話時，久美便問。義男則看著電視畫面。

「喂……喂？」

沒有聲音。眞一和久美對看了一眼，正要說是：可能打錯了吧？卻聽見：「你是塚田小弟吧？」

眞一感覺胸口好像被踢了一腳。受到沉重打擊的心臟，抗議般地猛烈跳動。

「你是塚田吧？聽得見我說話嗎？」

是網川浩一。

「誰打來的？」久美又問，眞一面有懼色地跳離開久美。

「是誰打來的呢？」

眞一俯視著手中的行動電話。然後慢慢再拿到耳邊。

「喂……喂？」沒錯，他不可能弄錯的。

義男納悶地看著這裡，久美只覺得不應該跟眞一分開，不管三七二十一就是用力抓著他的手臂不放。

眞一輕輕推開她的手，後退一步，然後慢慢說：「我聽得見。我是塚田，你是網川先生吧？」

久美兩手按住臉頰，一時之間好像眞一就是網川浩一本人似地，就像變魔術般網川和眞一交換過來了，而久美她不願意觸碰那麼可怕的人於是身體倒退。

義男站起來走到眞一身邊。他的視線沒有離開過眞一，一邊用手摸索著遙控器將電視關掉。

「沒錯，是我。」網川回答，語氣很冷靜。他已經恢復眞一不喜歡但已經聽習慣的豁達口吻。

「你現在人在哪裡？」

網川故意出聲笑了一下。「你明明知道還故意問的吧？不是看了電視嗎？我人在HBS，被包圍了，出不去了。」

「電視上說你是自己把自己鎖起來的。」

「看起來是這樣子吧。」

「你想出來就出來嘛，打開門，很簡單呀。」

「我要是想的話，自然會那麼做。但是現在我還想在這裡。」

「就算拖延時間，你也是逃不出去的。」

「你眞的這麼想嗎？」

他的口氣充滿了自信，讓眞一有些退縮。

「警察不是包圍住你了嗎？」

「就物理現象而言，是的。但也只是那樣子而已。」

「其他還有什麼嗎？」

「我只是說人的心是無法逮捕或關起來的。」

網川大笑，實際上他很愉快。就算落到這步田地，他好像還是很愉快。

「我打電話給你，就是想告訴你這件事。因爲暫時不能跟外界通電話了吧，在我被關進監獄之前。」

又在說些理論。他只是不服輸。這傢伙在實況轉播的現場節目，在全國觀眾面前，被滋子姐給剝掉了假面具。他現在想要挽回一點失去的分數。卑鄙的傢伙，他就是不懂得該收手了。

可是爲什麼自己還是覺得很不安呢？

「我還要繼續寫。」網川說：「我還要創作今後的劇情，創作給大眾看的劇本。我要爲那些願意聽我發言的年輕人創作劇本。這是誰也不能阻止我的。我所說的話將成爲照亮人們內心黑暗的明燈，爲他們指出一條道路。」

「這一次本來也是做得很好。」網川的語氣有些懊悔。「只是讓高井由美子自殺壞了事。那是我的失算。自從那之後情勢就變了，我承認。我應該更謹慎點行動，但是我已經受不了她了。千萬不能被感情左右，這是我獲得的重要教訓。」

彷彿是個指導重要球賽失敗的教練一樣，被記者詢問到失敗原因的口吻。是的，我們今天輸了，但是明天我們一定會加油！

「隨便你愛怎麼說吧！」眞一的口氣變得不好。「殺了這麼多人，你將被判死刑。什麼教訓嘛，對你來說已經沒有必要了。」

「當然有囉。因為就算是死刑，到判決也要十年吧？還是十五年？不，應該是二十年。之後到行刑還要花時間。我還能做很多事呀。」

眞一舉起手擦拭臉上的汗。義男將臉湊到眞一身邊，耳朵靠近行動電話。水野久美在一旁發抖。

「法院審判應該也很有趣吧？」網川繼續說：「大家都會聽我說話。都想知道只有我最清楚的眞相。要想還原事情的原貌，就必須要我的合作。記者們也會爭相跟我見面吧。犯罪心理學家們都想分析我吧。於是我的所作所為會留下記錄，書也會出好幾本吧？當然我也會寫。但是我會讓想寫的人寫，想採訪的人來問我，我會回答所有問題，但是回答每個人的內容都不一樣。我只回答他們所想要的答案。然後看看他們寫出來的書和我的書，和我眞實的告白有多大的出入，讓他們成為笑柄。愚笨的社會大眾是不能分析理解我的，只能承認我的存在！」

眞一的心裡已經沒有任何怒氣了，只剩下一個單純的疑問。他說出口問：「你是什麼人？」

究竟想幹什麼呢？

「我是網川浩一。」他回答：「誰也忘不了這個名字。」

眞一閉上眼睛，想切斷這通電話。

「還有樋口惠喲。」網川說。

「你說什麼？」

「她在HBS旁邊停車場的我的車裡等我。我本來想今晚的節目一結束，要一邊吃飯一邊聽她說話。」

「聽她說話……？」

「還記得在大川公園碰面的事吧？她來拜託我，幫她寫樋口秀幸的書。我答應了，之後也跟她聯絡過。這一陣子你不覺得她很少出現在你身邊嗎？因爲我說好幫她寫書，她的心情也比較穩定了吧。」

眞一感覺血在下降，從腰部以下向外流出。就算是呼吸也吸不到氧氣，空氣也傳達不到心臟。

「我是想停在電視台的停車場，但是被警方監視著，我不想被看見和她在一起，只好停在外面的停車場。她乖乖地在那裡等著我，大概她還不知道現在的情況吧。因爲她說在我到之前，她要在車裡面睡覺。」

網川說：「她已經不會再靠近你了。所以這是你們見面說話的最後機會。今後就算你怎麼跟她聯絡，她也是不理你的。」

「爲什麼我要……」

「去跟她見面說一下話比較好吧！不然你做不好心理準備。我要寫樋口秀幸的書，會充分採納他女兒樋口惠的說法。到時我不會採訪你。你做的事也許是個錯誤，卻是很大的錯誤。你家人的死，你要負很大的責任，我會這麼寫。我不想聽你的說法，光是這點事實就足夠了。」

水野久美碰了一下眞一的手。眞一空出來的手抓住她的手，緊緊握著。

「我是想沒先說一聲不公平，在我被抓之前先通知你這件事。」網川告訴他停車場的位置。「我雖然換了車，但停車場不大，所以一台一台地找也能找到樋口惠。我看你乾脆跪下來拜託她吧？拜託她叫網川先生不要寫這本書。反正沒人看見，做什麼事也不會丟臉的。」

他在大笑。

「你只是想說這些嗎？再見了。」

這時有馬義男從眞一僵直的手中取過電話。

「你還在吧？」老人有力的聲音呼喚著。

「咦？」

「我是有馬義男，古川鞠子的爺爺。」

「嘿……你跟塚田交上朋友了嗎？」

義男沒有回答網川的問題。他緊緊抓住行動電話，沒有顫抖也毫不畏懼，一句一句好像在宣告般，鏗鏘有力地開始說話。

「我不想跟你說話，但是有話必須先說清楚。所以我要開始說了。」

網川沉默以對。

「以前你對我說了不少話，現在又說了不少話。自大輕狂、裝模作樣、一副以爲什麼都知道的口吻說了不少話。所以你根本不知道自己是什麼東西！」

「是嗎？」網川冷靜地回應：「那你說我是什麼東西呢？有馬先生。」

有馬義男回答：「你不是人，你根本就不是人，你是個殺人犯。」

眞一甚至看不出來他在憤怒。長期以來困擾他身心的謎，終於解開了。義男現在的眼睛甚至可說是明亮有神的。

「人不是爲了好玩、爲了愉快、爲了讓眾人喜愛追著跑，只要能出名就是對的。像你這樣想做什麼、愛說什麼就胡作非爲也不行。那是錯的，絕對是錯的。你欺騙了許多人，結果謊言是會被拆穿的。一定會露出馬腳的。我告訴你，網川，眞實這個東西，不管被你丟得多遠，它一定會找道路回家，回到你身邊的。」

眞一聽著，用心聽著，他只是聽著義男的說話。

「你從剛剛開口閉口提到『大眾』，說什麼愚笨的大眾、想要向大眾表現什麼的。你嘴裡說的『大眾』，究竟是什麼呢？我不懂。在你還沒出生的很久以前，我們經歷了幾乎亡國的大戰爭。可是那時候被你一概稱之爲『大眾』的人，哪裡也沒有！我們雖然都是大日本帝國的國民，但是在即將餓死、燒死的時候，大家都是一個一個的人。所以很辛苦、很害怕。你隨便就用『大眾』啦『年輕人』的字眼，而且把他們說成一氣，那都是幻想，只是存在於你頭腦裡的幻想。大概是誰曾經說過那個『大眾』的幻想，而你只是把它借來一用。這就是你最拿手的，你只是有樣學樣吧！」

網川拉高了聲音說：「前畑滋子是騙子，我才不是模倣犯！」

「你給我閉嘴聽好！」義男大喝一聲。

「你那麼殘忍殺害的人們，並非是你所謂的『大眾』之中，像是可以取代零件的東西。他們每一個都是好端端的人呀！他們被殺後，還有其他人爲他們傷心難過。就算是你自己也一樣。不管再怎麼掙扎、說些什麼冠冕堂皇的理由，你不過也是一個人。不過是個扭曲、壞掉、長大成人卻什麼大事都不會做的可憐人。而且你在日本的每一個人眼中，那就是你自己的模樣。那些直盯著你看的人，絕對不是你頭腦中幻想的『大眾』那樣的濫好人！」

義男重新握好行動電話，說得更大聲。好像眼前就是網川躲藏的器材室大門，他對著裡面喊話一樣。他固定著視線繼續說下去：「你剛剛說自己的名字將不會被遺忘吧？你說過了吧？可是你錯了。大家都會忘記的。你的事大家都不會記住。一個偷偷摸摸、卑鄙無恥、愛說謊的殺人犯，大家都會忘記的。我們都是這樣忘記不需要的繼續活下去。忘掉過去的事繼續活下去。就像戰爭的記憶也是這樣子處理，忘掉之後活到現在。可是你忘不掉吧？而且你會因爲大家都忘了你，好像你一開始就沒有活在這世界上，你會煩惱痛苦。你搞不清楚爲什麼會這樣而煩惱。那就是你受到的最大的懲罰。」

網川說了些什麼，因爲聲音太小，眞一無法聽清楚。

「不要瞧不起社會，不要太小看了這人世。你就是沒有大人教，從小就是沒有大人告訴你這些道理，所以才會變成這樣。你這個不是人的殺人犯，我要說的就是這些了。」

說完義男將行動電話遞出去。眞一接過去後，指頭用力按下按鍵，將電話切斷了。

「要去嗎？」

「我去去就回來。」

不知什麼時候起，外面下起了帶有雪片的冷

雨。眞一站在門口，將外套的釦子扣好。

「帶這把傘去！」義男拿出一把塑膠傘。「還有錢也帶去。」

「不用了，坐電車的錢我有。」

「可是這種天氣，會發生什麼事不知道。還是帶著吧！」義男起身找錢包，趕回到客廳到處翻看。然後拿著皺成一團的一萬元和五千元的鈔票各一張和一些零錢過來。

水野久美對著眞一點頭，眞一從義男伸出的手上拿走了錢。

「那這些錢算我借的。」

他看了一下天空撐開傘，冰冷的雨雪打在臉頰上。

「你會馬上回來嗎？」久美問。

「嗯。」

笑得像個勇敢的小孩，久美點點頭說：「那我等你。」

「嗯。」

那個停車場位於地形交錯的赤坂區一帶。的確是個很小的投幣式停車場。

隔著不斷落下的雨絲，可以看見頭上聳立的HBS辦公大樓。所有的窗戶都亮著，探照燈的光線照亮了天空。

不用到處找，一眼就看見網川的車子在哪裡。憑著停車場微弱的光線，眞一發現了身體窩在後車廂、蓋著小毯子睡覺的樋口惠。

他用力敲打車窗，不停地敲打。好不容易她的頭動了，臉看著這裡。

眞一撐著傘，彎下身子靠近窗戶。樋口惠眨了眨眼睛，然後搖搖頭看了周圍一下。最先看的是車子前面的時鐘，時間已經接近午夜。

因爲匆忙之際不知道如何操作，樋口惠好不容易才打開車窗。

「幹嘛呀？」剛睡醒的沙啞聲音說：「你在這裡幹什麼？」

「網川不會來了。」眞一說。

「什麼？」

「我想妳還不知道情況，總之他不會來了。待會兒妳可以聽收音機看看！」

「怎麼回事？」

眞一將傘由右手換到左手。天氣雖然很冷，還好的是雨勢並不激烈。也沒什麼風。不用太大聲也能將話說清楚。

「我還是不能原諒妳！」

樋口惠嚴厲的眼神仰望著眞一的臉。

「可是我知道妳也是被犧牲者！」

「事到如今還說些什麼？」

「可是我不能幫妳，一如我不能幫助妳爸爸是一樣的。我做不到，所以妳去找別人幫妳吧。」

樋口惠用手揉眼睛。一副好像做了夢的樣子。

「但是妳要小心點。」眞一繼續說：「這世界上有很多壞人。就是有些人會在妳我這種有了難過的事，一個人不知道該怎麼才好而迷惘時，想要壓榨我們、欺騙我們、利用我們。」

雨水繼續下著，凍成了銀色線條。

「可是應該也有很多不是那樣的人們。所以妳該去找那些人，找眞正可以幫助妳的人。我能說的就是這些。」

樋口惠凝視著眞一的眼睛，過了一會兒才問：

「網川先生呢？」

「他不會來了。他不能幫助妳。本來他就沒有意思要幫助妳。他只是爲了自己想做的事而打算利用妳罷了。」

「可是我……」

「去找肯聽妳說話的人吧。去找願意爲妳幫妳爸爸的事奮戰的人吧。只要去找，應該就能找得到。」

「如果這樣我就要說，我要對那些人說，你其實是壞人！」

「好呀，妳就去說吧。因爲那是妳的說法。」

「說謊也無所謂，這樣也可以嗎？」

「可以。」

眞一想要微笑，卻笑不出來。取而代之的是，他換手撐雨傘，撐那把有馬義男借給他的雨傘。

「如果說謊能讓妳消氣，那就說吧，我無所

謂。因爲我知道自己在做什麼。還有……」

「還有？」

「眞實是不管丟到多遠，最後還是會找到路回家的。所以沒關係的，我從此要好好想想自己的事了。」

樋口惠的臉上浮現眞一以前從未看過的表情。那是不遠的過去，和一位名叫高井由美子的女孩見面時，她爲了安慰樋口惠，在她緊張憔悴的臉上浮現的一絲安慰之情。在她眼睛看著樋口惠的時候，稍微浮現出來的表情。

「妳一直在這裡的話，待會兒警察會來找網川的車的。」

「警察？」

「妳不想要扯在一起吧？趕快離開吧。有地方去嗎？」

「我媽那裡。」

「那就去吧。有帶錢嗎？如果很遠就得搭電車囉。」

樋口惠沒有回答。眞一伸手從口袋中掏出皺成一團的鈔票。

「這不是我的錢，是跟有馬先生借的。」

樋口惠嘟著嘴問：「不會之後又要我還吧？」

「我不是這個意思，只是覺得妳至少該知道是跟誰借的錢。」

「這是他借給你的錢，不是嗎？我拿了，你不會有問題嗎？」

「放心好了。有馬先生知道我會這麼做才借給我的。他就是這種人。」

樋口惠收下了鈔票。

「要乖乖回家哦！」

說完，眞一轉身離去。走出停車場往車站的方向前進。他沒有回頭，但還是看見了樋口惠的臉。陰暗中看見的樋口惠的臉，深深烙印在他的腦海裡。過去他看過好幾次她的臉，一邊害怕、一邊生氣、一邊逃跑，她逼問的臉、諂媚的臉、責備的臉。因爲就像惡夢一樣，眞一從沒有仔細看過身爲一個人時的樋口惠的五官、身影、聲音。每次看她都有新的威脅感，所以每次遇見她，都因驚嚇而有了新的傷口。

但這次不一樣，遠離她坐上電車、走在冰雨淋漓的夜路上，很長一段時間眞一的眼底還依然浮現她的臉。

終於可以跟她告別了。

凌晨四點二十六分，網川浩一自己打開器材室的門出來，向等待已久的警方投降。從他和前畑滋子的決鬥以來，已經過了七個小時半。

33

自從被逮捕後，網川浩一幾乎都不說話，保持完全沉默的態度。

但是「山莊」會說話。經過住家搜索後，搜查總部發現了許多物證，被害者的遺物、毛髮、衣服纖維、指紋。

同時也開始搜索其他遺體。廣闊的「山莊」庭院，究竟埋葬了多少的屍體？

「山莊」吐露一個又一個的祕密，吐出一具又一具的白骨。個體鑑別需要一些時間。搜查總部發表說：「整個事件的規模有多大？最早的犯案開始於什麼時候？總共殺害了多少人？現階段還無法推測。」

最早做個體鑑別的屍骨之中，有一具是網川浩一的親生母親天谷聖美。手腳彎曲地被埋葬在庭院的東北側。她的洞穴比其他遺體埋葬的洞穴要淺很多，所以才會先被發現。

殺死親生母親是網川浩一最初的犯案。天谷聖美搬到「山莊」開始一個人生活時，網川就殺了她，將屍體埋起來。和天谷家斷絕關係的聖美，事實上只有浩一一個親人。他殺了母親，只要保持沉默，這世界上是不會有人關心他媽媽的安危的。

為什麼網川要殺死母親？是因爲想要將「山莊」和她的錢據爲己有嗎？還是有其他理由？

網川不回答。現在對他來說，還不是時候。他需要準備，因爲劇本沒寫好。

但是「山莊」依然不間斷地繼續吐露事實。在網川開始回答一些疑問之前，有些疑問好像已經自然說出了眞相。比起網川的回答，好像那些事實、既成的事件、在這裡死去的人們、被殺害的人們、受傷的人們，都希望攤開在陽光底下。希望能被發現。比起任何的語言、任何的說明、任何的解釋都要明確，因爲它是事實。

搜索還在繼續進行當中，寂靜的山區因爲搜查人員和報導相關人員而擁擠，看熱鬧的人也來了。他們擠在禁止進入的區域邊緣，甚至有些年輕人差點跟警方發生衝突。

在這樣的吵雜中，一對夫婦來到了十一月四日晚上，栗橋浩美叫出高井和明約好見面的咖啡廳「銀河」。在嬌小的太太扶持下，好不容易能走路的先生很明顯是生了病，下巴尖細、臉色蠟黃、腳步也很不穩。

幫他們帶位的女服務生，就是那天出聲以爲栗橋浩美是年輕音樂家的小姐。她也被警方問訊了好幾次，媒體也來採訪過。最近終於安定了下來，她覺得鬆了一口氣。

「兩杯咖啡歐蕾。」

太太叫住了接受點完餐即將離去的女服務生。

「我想問一件奇怪的事。」

「嗄？」

「那個事件……就是這家店吧？十一月四日晚上，栗橋和高井來過的店是這裡吧？」

「是的，沒錯。」女服務生有些警戒，這些人也是媒體嗎？

「他們坐在哪個桌子呢？」

問完之後看了女服務生的表情，那位太太立刻補充說：「我們不是來看熱鬧的。只是因爲我先生以前認識他們。」

整個人攤在椅子上的先生，微微抬起眼睛看著女服務生點頭。

「我先生是老師。」太太說：「尤其很清楚高井的事，我先生是他游泳社的顧問。」

柿崎校長雖然協助警方接受問訊，但沒有上電視，也不接受任何採訪。所以女服務生不認識他。她當然不知道眼前的這個病人就是中學時期發現高井和明的視覺障礙，重新賦予他人生希望的老師。

雖然不知道是怎麼回事，但還不是來看熱鬧的嗎？女服務生心裡認定是這樣。所以回答說：「那兩個人是來過，但是坐在哪裡我也不清楚。就連店長也不清楚吧。」

「是嗎，那就算了。眞是不好意思。」太太心虛地微笑。「我們只是想全部走過一遍那些孩子生前走過的地方。因爲我先生說要這麼做呀。雖然醫生也阻止他了，他就是一定要。之後我們要去綠色大道。」

這時女服務生才發覺看起來身體很差的丈夫，好像有點含著眼淚。

突然她對自己不友善的態度感到內疚，於是趕緊說：「高井人不壞吧？我不知道詳情，但他應該是被連累的吧？」

「是的，沒錯。」太太說完，伸手整理丈夫的大衣領子。

「他是什麼樣的人呢？高井。」

他們沒有立刻回答。女服務生正準備離去時，聽見了沙啞而微弱的聲音。

「是個好孩子。」生病的丈夫說話了，聲音微弱到不彎下身傾聽就聽不見。

「他是個好孩子。」柿崎校長重複說，很安慰地、擁抱著護衛地說：「眞的是好孩子，是個溫柔的好孩子。他是個好孩子呀。」

武上率領的內勤業務組，忙碌情形跟案發當時幾乎一樣，每天不眠不休工作。必須做出來的正式文件、該整理歸檔的資料夾、該鍵入的新資訊，不管怎麼做，工作還是如雪片般飛來。

篠崎努力工作，但是因爲忙碌而加深了近視度數，必須重新配付眼鏡。秋津還是一樣取笑他，叫他「小姐」。武上沒有告誡那樣的秋津，還是不停地派工作給篠崎做。

「這時候你們要學會的事情可多了。」武上對部下說：「現在學到的經驗，或許對下個事件有用處。但也可能現在學到的經驗，對下個事件沒有用處。所以今天能做的事都得在今天完成！」

篠崎十分努力工作。故鄉雖然又捎來相親的消息，他卻因爲能夠以工作忙而拒絕覺得安慰。

「結婚什麼時候都能做！」武上說。

「只要找得到對象的話。」篠崎回應。

「這一陣子還是請你跟高久由美子的回憶湊合一下。」

「武上先生……」

「啊，對了，法子要我跟你說。」

「什麼？」

「我拚命阻止了，但是她好像對你有意思，聽說你們是網友？」

「武上先生，你也知道什麼是網友呀？」

「人家都叫我ＩＴ武上，你不知道嗎？」

「不知道。法子要跟我說什麼呢？」

「有空的話，要不要去看個電影。我先說好，那傢伙是刑警的女兒，居然喜歡看那種大家都帶著槍，隨隨便便就你來我往的槍戰電影。」

「我也喜歡呀。」

「所以隨便你們，我才不管。不過篠崎……是？」

「你來我家住的時候，不准你用法子的洗髮精！」

「武上嗎？」

「哎呀，我才想說要打電話給你呢。」

「我知道你們很忙。」

「哪裡，我是想跟你說聲謝謝。你的分析相當有用，謝謝。」

「建築師」笑得很爽朗。

「不行呀，武上。根本沒用呀，因爲沒能找到被害人。大家都被殺死了。我們就像是比賽結束後的評論家。」

「的確就像是你說的一樣。」

「不果如果武上有意謝我，就讓我拜託一下。」

武上先對方說出想法：「你是說搜索結束後讓你參觀網川的『山莊』吧？」

「沒錯。」

「可以。什麼時候結束我不敢說，但是我一定會帶你去參觀。讓你從頭到尾看個清楚！」

「謝謝。」

「你骨子裡還是個道道地地的警察呀。」

「是嗎，那麼我是想要當警察卻不得不辭去警察職務的囉？因爲我的調查方式很奇怪。事到如今跟武上說也沒什麼意義了。」

「是呀。」

「看過網川的『山莊』，下次再遇到這種混帳傢伙出現，或許就有所幫助了。也許趁著還沒有人被殺害就能夠幫助他們，是嗎？」

「嗯。」

「可是其實不是那樣的。我們哪裡幫得上忙，不行呀，你知道嗎？」

「我知道。」

「武上你要睜大眼睛呀！」

「我已經是老花眼了。」

「那也一樣。」

「你是自由人，所以會比公務員的我活得長壽吧？如果我一下子猝死，我的部下就麻煩你了，下次我帶去跟你認識。」

「是嗎，聽起來很好玩。我們就是這樣繼續做下去。雖然不知道是怎麼回事，就是繼續做下去。」

「是呀，沒錯。」武上回答：「沒錯，繼續做下去，現在做的事。」

前畑滋子還是沒有回到前畑家，而是搬家了。但是不是她一個人，昭二也跟她一起搬家。

「媽還在碎碎唸。」一邊將滋子的電腦椅搬上卡車後面，昭二邊說：「不過時間過了她就不會氣了。爸也恢復了健康，沒有事的。」

「是這樣就好了。」滋子用脖子上的毛巾擦去臉上汗水。今天天氣溫暖，陽光明媚，已經是春天了。

「可是滋子，眞的可以嗎？」昭二一雙大手沒事地垂在身體兩側，看著滋子問。

「什麼可以嗎？你在說什麼？」

「我說了那些難聽的話……」

「那我也一樣呀，彼此彼此嘛。」滋子笑著走近他，抓住了他脖子上的毛巾。

「所以我要謝謝你給我重新來過的機會，我很高興。」

「我也是。」昭二害羞地低垂著眼睛說：「想一想，我們一直都跟爸媽在一起，新婚生活根本過得不完全。」

「不是只有爸爸和媽媽喲。」

「是嗎？」

「還有那些LKKCIA呀。」

「老太婆中央情報局！」

「是呀。」

兩人推著空的推車回到公寓，行李已不多了。附近鄰居經過時，問說：「哎呀，要搬家嗎？」

「是的，謝謝妳的照顧。」

「不會搬到太遠吧？那前畑太太可就要寂寞了。」

「我們會常來玩的。」

看著鄰居走遠，兩人相視一笑。

「那也是情報局的一員吧！」

「說不定是。」

他們將棉被、衣物搬上推車。

「滋子，妳可以繼續寫作的工作。」

「就算我想，也沒有地方想用我吧。《日本時事紀錄》已經把我開除了，原來的雜誌社，我又太對不起人家。」

「可是再找就有吧。」

昭二停下手，看著滋子說：「我也喜歡寫美食報導、煮菜、時尚專欄的滋子，妳一直都做得很好！」

「謝謝！」滋子微笑說：「也許吧。可是我忘記了一個很重要的事。比起我自己做的事，就像人家說的——鄰居的草坪比較翠綠，我總是想插手自己做不來的。」

「又不是說完全都做不到吧。」昭二似乎在尋找適當的言詞。「所以我覺得就算不寫震驚社會的報導，滋子還是很棒的文字工作者。又不是因爲選擇題材來決定作者的價值。」

「對呀，我實在應該早點發現這點才對。」

「所以說。」昭二的手推著推車，趨身上前說：「滋子在《日本時事紀錄》做的事也是必要的。我不是說它比較偉大或是專業，就只是它是必要的。」

「……」

「我想不會再有像網川那種人出來了，出來就糟糕了。」昭二握緊拳頭說：「可是比他小一號的人，或許還會出現。」

「嗯……」

「到時候，滋子再做吧。妳要指著他們大聲說：『你是騙人的！各位，這傢伙說謊呀！』」

滋子的心中浮現出網川的臉。指著滋子高聲怒斥說不要胡說八道時的網川的臉。

昭二搖一搖頭，用力繼續說：「重要的是，就算有沒人出面，網川還是存在。那傢伙可能還會說些什麼。而且經過幾年後事件被淡忘了，可能還會有人相信那個人渣說的話。因爲曾經有一段時間我們也相信過，所以今後也可能發生這種事。尤其是年輕人，他們沒有免疫力。所以需要有人在旁邊大聲唸，說網川這傢伙又在鬼扯了，他說的話千萬不能相信。你們眞的以爲他說的是眞的嗎？沒錯吧，滋子，妳不這麼認爲嗎？」

「我是這麼認爲呀，可是就算不是我來做……」

「當然，不是滋子一個人做，大家也必須一起做。但是滋子能做吧？這是必須要做的事。滋子不是做成功過一次嗎？也許還會再成功。如果做得成，不肯做的女人就會落伍了，不是嗎？」

滋子凝視著昭二的臉。於是乎他的臉紅了。

「到時候我一定不會碎碎唸老是抱怨，我會幫妳的。」

滋子笑了出來。昭二一開始還有些顧慮，但是立刻也跟著放聲大笑。兩人無憂無慮明朗的笑聲，會讓公寓的其他住戶驚訝得打開窗戶問說什麼事那麼高興呢？

34

有報導指出：逮捕之後的第十天，終於網川浩一承認涉入這一連串的案件，開始做具體的供述。

那一夜很晚的時候，眞一在自己房間裡，石井家的電話響了。眞一出去接，是木田孝夫打來的。

「這麼晚了，眞是不好意思。我突然打電話給你，你大概嚇了一跳吧？我是在電話簿上找到電話號碼的，請你不要介意。」

「沒關係的，有什麼事嗎？」眞一重新坐好。

「有馬先生出了什麼事嗎？」

「嗯。」木田難以啓齒地說明：「傍晚的時候，他來我店裡。當時已經喝得醉茫茫的。我留他下來，他卻說要喝到死爲止，不知道跑到哪裡去了。我關了店後，在附近到處找，都找不到他。心想可能會在你那裡吧？」

「他沒有來，也沒有打電話。」

「是嗎……。」

「原來的店那邊呢？」

義男才剛搬新家。

「會不會喝醉了又回到了舊家呢？」

「沒有呀，我去看過了，他不在。怎麼辦呢？他的肝臟不好，一直有在吃藥。年輕時也曾荒唐過……。那樣子喝酒，肯定要出毛病的。」

眞一立刻想到說：「可不可以再到附近的店和公寓去找？我也幫忙找。」

告訴木田行動電話的號碼後，眞一穿上外套。他想到的地方只有一個，大概就是那裡不會錯的。

有馬義男靠在大川公園的垃圾箱旁邊。在夜晚沒有人來的公園裡，他坐在地上，已經喝得很醉了，手上還是拿著酒瓶。

眞一跑過去，看見老人的手、脖子還會動，這才覺得放心。他放慢腳步，慢慢靠近老人。

在出聲前，老人先發現了他。迷濛的眼睛看著眞一。

「原來是你呀？」大聲問道：「有什麼事？」

「在這種地方會感冒的。」

「感冒算什麼，哼！」義男打了個嗝，口齒有些不清。「事到如今又能怎樣!?」

眞一蹲在老人身邊，因爲酒臭味讓他忍不住叫了出來。

「你喝了多少？」

「喝酒不行嗎？」

「傷身體不是嗎？」

「你這傢伙懂什麼？」義男好像說了這些話。

那一晚天晴，滿天都是星星，到處閃爍著。唸了好一陣子，也在垃圾箱裡吐過了。義男說：「聽說網川那傢伙開始說了。」

「新聞是這麼說的。」

「說了，嗯，他說了。」義男又打了個嗝，然後對著天空說：「這一連串的事件開始邁向解決了。NHK這麼說的。」

眞一沉默不語。

「說是解決。」義男重複說，舉起了酒瓶，抗議般地對著夜空搖晃。「說是解決了、結束了。」

眞一沉默地動也不動。

「結束了，說是結束了呀。」

一開始是沙啞的聲音低喃著，突然間義男大聲說：「開什麼玩笑！」

老人的聲音響徹在清澄的夜氣中。

「哪有結束！什麼都沒有結束。因爲鞠子沒有回來，鞠子她沒有回家呀。不是嗎？嗄？不是嗎？」

丟出酒瓶後，義男撲向眞一，抓著他的衣袖、抓住他的肩膀、搖晃著眞一大聲喊叫。

「不是嗎？還沒有結束呀。鞠子沒有回家呀。還給我鞠子呀，還給我鞠子呀，把我的孫女還給我呀。她是我唯一的孫女，還給我呀。」

眞一只是被搖晃著，心想就讓義男搖晃他直到氣消爲止吧。

義男大叫一聲，推開眞一，兩手抱著頭說：

「鞠子不會回來了，她不會回來了，她已經不會回來了。」

好不容易眞一站起來，伸出手抱住義男。就像老人曾經對他做過的一樣，眞一抱著他，默默地抱著老人。

於是他用全身去聽有馬義男的第一次、兩人見面以來的第一次、事件發生後的第一次，他毫無顧忌的啜泣。

三月的陽光中，一個年輕媽媽牽著小女孩的手走路。她們去買菜。小女孩最喜歡跟媽媽出門買東西。

年輕媽媽停在街頭的一角。一間鐵門拉上的店門口。已經破舊的「有馬豆腐店」招牌，在風吹雨打中油漆都已經斑駁脫落。

年輕媽媽想：房子只要沒人住就容易損壞，店面也是一樣。

「賣豆腐的店。」小女孩說：「休息了嗎？」

「不是，這家賣豆腐的店已經關店了。已經不做生意了。」

「嗯。」

以前常帶小孩來這裡買豆腐。雖然有些貴，但不用消費稅，味道又很不同。做涼拌或煮湯，不用這家的豆腐，老公就會說話。他會說：「今天的豆腐不好吃，是超市買的吧？」

她心想豆腐店的老爹是怎麼了？她當然知道他的孫女遭遇不幸的消息，她不只是看過電視和報紙的報導。

是叫做鞠子吧？

當遺體被發現時，年輕媽媽剛好來這裡買豆腐，當時孩子也是一起來的。

那時不知道該跟有馬義男安慰什麼。知道他孫女失蹤時，也曾經安慰說：「老爹，你要打起精神。」偏偏當時她就是不知道該說些什麼。

一向叫慣了「豆腐店的老爹」，從來也沒想要知道他的名字。

「老爺爺的豆腐很好吃吧？」年輕媽媽抬頭看著褪色的招牌，對小女孩說：「爸爸最喜歡這裡的豆腐了。」

「就是說嘛。」小女孩說。可愛的臉龐。年輕媽媽突然胸口一股熾熱，我要好好保護這孩子，不管發生什麼事，不管發生什麼不幸，我都要保護好這個孩子。我一定會做到，神明請賜給我力量！

「老爺爺一定會打起精神的吧？」媽媽對著小女孩笑。

「會吧？」小女孩也回答。

「好了，去買菜吧！」

「嗯。」

兩人手牽手離開了。

好不容易帶著暖意的風像是不客氣的訪客一樣，輕敲著有馬豆腐店拉上的鐵門。沒有人回應，也沒有人回來。只有風靜靜地吹過去。

（全文完）

國家圖書館出版品預行編目資料

模倣犯／宮部美幸著；張秋明譯－－初版.
－－臺北市：一方，2003〔民92〕
面；　公分.－－（宮部美幸作品集；1-4）
譯自：模倣犯

ISBN 986-7722-25-6（第1冊：平裝）
ISBN 986-7722-26-4（第2冊：平裝）
ISBN 986-7722-27-2（第3冊：平裝）
ISBN 986-7722-28-0（第4冊：平裝）

861.57　　92009059